# 中國語言文字研究輯刊

五 編

許 錟 輝 主編

## 第25冊

## 戴震《方言疏證》研究

徐 玲 英 著

花木蘭文化出版社

國家圖書館出版品預行編目資料

戴震《方言疏證》研究／徐玲英 著 — 初版 — 新北市：花木
蘭文化出版社，2013

目 2+236 面；21×29.7 公分

（中國語言文字研究輯刊 五編；第 25 冊）

ISBN：978-986-322-531-7（精裝）

1. 方言學 2. 校勘

802.08 102017940

中國語言文字研究輯刊

五 編 第二五冊 ISBN：978-986-322-531-7

## 戴震《方言疏證》研究

| | | |
|---|---|---|
| 作 者 | 徐玲英 | |
| 主主 編 | 許錟輝 | |
| 總 編 輯 | 杜潔祥 | |
| 出 版 | 花木蘭文化出版社 | |
| 發 行 所 | 花木蘭文化出版社 | |
| 發 行 人 | 高小娟 | |
| 聯絡地址 | 235 新北市中和區中安街七二號十三樓 | |
| | 電話：02-2923-1455／傳眞：02-2923-1452 | |
| 網 址 | http://www.huamulan.tw 信箱 sut81518@gmil.com | |
| 印 刷 | 普羅文化出版廣告事業 | |
| 初 版 | 2013 年 9 月 | |
| 定 價 | 五編 25 冊（精裝）新台幣 58,000 元 | |

# 戴震《方言疏證》研究

徐玲英　著

## 作者簡介

徐玲英（1972～），女，安徽大學學報編輯部副編審，文學博士，安徽大學出版社特聘編輯。於 2002～2005 年在安徽師範大學文學院攻讀中國古典文獻學專業碩士學位，師從袁傳璋、胡傳志、李先華先生，主要研究方向爲清代文獻研究；2005～2008 年在安徽大學中文系攻讀漢語言文字學專業博士學位，師從楊應芹先生，主要研究方向爲戴學研究。從 2005 年起，已在《安徽大學學報》、《湖南大學學報》、《四川師範大學學報》等刊物上發表本專業學術論文近 20 篇，其中 4 篇論文爲 cssci 來源刊物和國家核心刊物。同時，主持安徽省教育廳項目一項。

## 提　　要

有感於《方言》「訛舛相承，幾不可通」，戴震爲《方言》訂訛辨誤、刪衍補脫，並進一步疏證詞條，利用漢字系統聲近義通的內在規律，讀破通假、系聯同源，更用「語轉」明方言音變，從而溝通了《方言》訓詞與被訓詞，使這部瀕於隱沒的語言學著作重發光彩。本論文從校勘、訓詁、音韻三方面對《方言疏證》進行全面研究。

本書第二章在歸納《方言疏證》的校勘內容和校勘方法基礎上，總結了戴震的校勘特色。即博綜群籍傳注，本之小學六書，以理論斷；以求是爲根本旨歸，大膽改正訛文；發凡起例，首次從致訛角度總結誤例。本章重點是結合傳世文獻、後人《方言》研究成果以及現代方言，對戴震校改內容逐個考察，進行窮盡式研究，從量上確定《方言疏證》的校勘價值。第三章研究了《方言疏證》的訓詁內容和訓詁方法，並對《方言疏證》中因聲求義法、異文、引用書目和語法觀念進行了專題研究。第四章對《方言疏證》的音韻研究，主要是通過對戴震系聯的方言音變詞、通假詞、同源詞以及聯綿詞的音轉材料進行語音分析，進而總結出聲轉、韻轉規律，並進一步揭示音轉時聲、韻相制約的關係。

基於以上研究，本書最後一章總結了《方言疏證》對揚雄《方言》的貢獻、《方言疏證》在方言學史中的地位及其方法論價值。同時從校勘和訓詁兩方面討論了《方言疏證》的不足。

目 次

第一章　緒　論……………………………………………1
　　第一節　戴震生平…………………………………………1
　　第二節　《方言疏證》的寫作及其版本………………………5
　　第三節　《方言疏證》的研究現狀及選題意義………………13
第二章　《方言疏證》校勘研究………………………………17
　　第一節　《方言疏證》的校勘內容和術語……………………17
　　　一、對《方言》本文的校勘………………………………18
　　　二、對《方言》郭注的校勘………………………………25
　　　三、對引書的校勘…………………………………………28
　　　四、對《方言》別本校勘…………………………………31
　　　五、《方言疏證》所用校勘術語…………………………33
　　第二節　《方言疏證》的校勘方法……………………………34
　　　一、對校法…………………………………………………35
　　　二、他校法…………………………………………………35
　　　三、本校法…………………………………………………39
　　　四、理校法…………………………………………………40
　　第三節　從《方言疏證》看戴震的校勘特點…………………45
　　　一、參驗群籍　以理論定…………………………………45
　　　二、實事求是　勇定是非…………………………………48
　　　三、規範文字　俗字從正…………………………………52
　　　四、分析歸納　總結誤例…………………………………53
　　第四節　《方言疏證》校改內容評述…………………………55
　　　一、正例……………………………………………………56
　　　二、誤例……………………………………………………87
　　　三、爭議例…………………………………………………94
第三章　《方言疏證》訓詁研究………………………………101
　　第一節　《方言疏證》的訓詁內容……………………………101
　　　一、疏通詞義………………………………………………102
　　　二、注明音讀………………………………………………107
　　　三、解釋名物………………………………………………109
　　　四、揭示文字學知識………………………………………110
　　　五、分析文獻引證與《方言》之關係……………………115
　　第二節　《方言疏證》的訓詁方法……………………………116
　　　一、形義互求………………………………………………117
　　　二、匯綜群籍………………………………………………119
　　　三、引申推義………………………………………………120

　　　四、因聲求義 ……………………………………… 122
　　　五、其他方法 ……………………………………… 122
　　第三節　《方言疏證》因聲求義法研究 ………… 124
　　　一、因聲求義理論的提出 ………………………… 124
　　　二、因聲求義的表述形式 ………………………… 125
　　　三、因聲求義的功用 ……………………………… 131
　　　四、《方言疏證》因聲求義法的價值和缺憾 …… 136
　　第四節　《方言疏證》異文研究 ………………… 137
　　　一、繫聯異文的術語 ……………………………… 137
　　　二、異文的來源 …………………………………… 140
　　　三、異文的關係 …………………………………… 142
　　　四、異文的作用 …………………………………… 148
　　第五節　《方言疏證》引書考 …………………… 149
　　　一、引用書目 ……………………………………… 149
　　　二、徵引古書的體例 ……………………………… 153
　　第六節　《方言疏證》中體現的語法觀念 ……… 159
　　　一、詞性觀念 ……………………………………… 159
　　　二、構詞觀念 ……………………………………… 163
第四章　《方言疏證》的音轉研究 ………………… 169
　　第一節　「音轉」研究的歷史發展 ……………… 169
　　第二節　《方言疏證》的音轉研究 ……………… 177
　　　一、方言音變詞的語音分析 ……………………… 179
　　　二、通假字的語音分析 …………………………… 185
　　　三、聯綿詞的語音分析 …………………………… 196
　　　四、《方言疏證》音轉規律研究 ………………… 203
第五章　《方言疏證》的價值及不足 ……………… 217
　　第一節　《方言疏證》的價值 …………………… 217
　　　一、對揚雄《方言》的貢獻 ……………………… 217
　　　二、在方言學史上的地位 ………………………… 221
　　　三、方法論價值 …………………………………… 224
　　第二節　《方言疏證》的不足 …………………… 226
　　　一、校勘方面的不足 ……………………………… 226
　　　二、訓詁方面的不足 ……………………………… 227
參考文獻 …………………………………………………… 231
致　謝 ……………………………………………………… 231

# 第一章　緒　論

　　清初發展起來的考據學，到乾隆、嘉慶年間大為興盛，大家巨匠輩出，專書名著不絕，後代把這一時期的考據學稱為「乾嘉之學」。乾嘉學術研究在諸多領域碩果累累，足以凌駕前代。清代注釋學的大發展，是由戴震創其業、發其端的。戴震的《方言疏證》連同他的《毛詩補傳》、《屈原賦注》、《考工記圖注》等注釋著作，奠定了清代注釋學的基礎，「奠定了解釋學中的文本解釋的基礎，使我國古代的注釋學繼《世說新語》劉孝標注、酈道元《水經注》、《三國志》裴松之注、《文選》李善注四大名注釋著作以後，進入一個全面復興和昌盛的時代」〔註1〕。

## 第一節　戴震生平

　　戴震（1724 年～1777 年），字慎修，又字東原，安徽休寧隆阜人，乾嘉學派樸學大師、唯物主義哲學家。他精通於經學、哲學以及天文、地理、算學，是個百科全書式人物。其弟子段玉裁稱其師是：「凡故訓、音聲、算數、天文、地理、制度、名物、人事之善惡是非，以及陰陽氣化、道德性命，莫不究乎其實。」〔註2〕

---

〔註1〕 李開《戴震評傳》，328 頁（凡見於參考文獻的書目不再注釋版本）。
〔註2〕 段玉裁《戴東原集序》，《東原文集》，黃山書社，2008 年。

　　戴震兒時家貧，不獲親師。就塾讀書，「過目成誦，日數千言不肯休」〔註3〕。他天性善疑好問，喜刨根究實，即便對朱熹之《大學章句》也報以懷疑態度。《戴東原年譜》十歲記載：「授《大學章句》，至《右經一章》以下，問塾師：『此何以知爲孔子之言而曾子述之？又何以知爲曾子之意而門人記之？』師應之曰：『此朱文公所說。』即問：『朱文公何時人？』曰：『宋朝人。』『孔子、曾子何時人？』曰：『周朝人。』『周朝、宋朝相去幾何時矣？』曰：『幾二千年矣。』『然則朱文公何以知然？』」梁啓超深服戴震童年便有此等懷疑精神，云：「此一段故事，非惟可以說明戴氏學術之出發點，實可以代表清學派時代精神之全部，蓋無論何人之言，決不肯漫然置信，必求其所以然之故，常從眾人所不注意處覓得間隙，既得間則層層逼拶，直到盡頭處，苟終無足以起其信者，雖聖哲父師之言不信也。此種研究精神，實近世科學所賴以成立，而震以童年具此本能，其能爲一代學派完成建設之業固宜。」〔註4〕於私塾中，戴震打下了堅實的小學功底。「凡讀書，每一字必求其義。塾師略舉傳、注訓詁語之，意每不釋。塾師因取近代字書及漢許氏《說文解字》授之，先生大好之，三年盡得其節目。又取《爾雅》、《方言》及漢儒箋、注之存於今者，參伍考究。一字之義，必本六書、貫群經以爲定詁。由是盡通前人所合集《十三經注疏》，能全舉其辭」〔註5〕。由於戴震早年就立志走「由字以通其詞，由詞以通其道」之路，故刻苦研讀《說文解字》、《爾雅》及《方言》，由此廣及漢儒傳注，熟背《十三經》及其注文。戴震謹慎地稱：「余於疏不能盡記，經、注則無不能倍誦也。」〔註6〕由此已可見戴震學術根柢之深厚。

　　走出私塾後，有一定基礎的戴震「隨父文林公客江西南豐，就近課學童於邵武，又一年，於經學益進」〔註7〕。其後的教學謀食、賣文爲生的經歷又使其學問大有長進。二十歲時戴震拜見邑人程恂，程氏一見大愛重之，曰：「載道器也，吾見人多矣，如子者，巍科碩輔，誠不足言。」〔註8〕其後，戴震受聘於儒

〔註3〕段玉裁《戴東原先生年譜》壬子條，《戴震全書》六。

〔註4〕梁啓超《清代學術概論》，34 頁。

〔註5〕段玉裁《戴東原先生年譜》己未條。

〔註6〕《戴東原先生年譜》己未條。

〔註7〕洪榜《戴先生行狀》，《戴震全書》七，4 頁。

〔註8〕《戴東原先生年譜》壬戌條。

商汪梧鳳家。汪梧鳳爲歙縣西溪紳士，數代經商，樂善好施，創建不疏園，弘揚儒學。此園聚集眾多名家、學者，汪梧鳳於《松溪文集・送劉海峰先生歸桐城序》中云：「吾友志相合、業相同，擇師而無不相同者，休邑鄭用牧、戴東原，吾歙汪稚川、程易田、方希原、金蕊中、吳蕙川數人而已。」〔註9〕孤學而無友，則泯然而不彰，不疏園爲戴震提供了與學人相切磋之機會。當時前輩學者江永也在汪家，戴震「與鄭用牧、金榜、汪肇隆、程瑤田、方矩等從江、方二先生質疑問難」〔註10〕。江永治經數十年，精於三禮及步算、聲韻、地名沿革，博綜淹貫，歸然大師。江永深愛戴震盛年博學，「一日舉曆算中數事問先生曰：『吾有所疑，十餘年未能決。』先生請其書，諦視之，因爲剖析比較，言其所以然。江先生驚喜，歎曰：『累歲之疑，一日而釋，其敏不可及也。』先生亦歎江先生之學周詳精整」〔註11〕。他們相師相友，學識大長。此時的戴震已小有成就，許承堯《戴東原先生全集序》言：「先生之學，深造自得，不由師授。年未逾壯，所爲《策算》、《六書論》、《考工記圖》、《爾雅文字考》、《屈原賦注》皆成書。迨策蹇入都，一時通人如紀昀、王鳴盛、錢大昕、王昶、朱筠、盧文弨輩，莫不斂手。」〔註12〕

戴震三十三歲時，族人搶占其祖墳並賄賂縣令，欲致戴震罪。戴震族裔戴琴泉記述此事曰：「公祖墓在距隆阜二里之外之茅山橋南，東對公宅，遙望山勢，如書架層疊，青鳥家謂爲萬架書箱，主子孫著作等身，血食萬代。豪族某意欲侵佔，以廣己之祖塋，公訴諸官，縣令利豪族賄，將文致公罪。公乃日行二百里，徒步走京師。」〔註13〕戴震隻身避難北京，寄居於歙縣會館，過了一段清苦的生活。是年，戴震拜見錢大昕，談論學術，錢大昕對其極爲賞識。經錢大昕推薦，戴震爲秦蕙田所延請，於味經軒同纂《五禮通考》。秦氏所遇難題，戴震一一爲之疏通剖析，戴震之說多被採納。1756年戴震又受聘於王安國府第，教其子王念孫讀書。後來王念孫及其子王引之皆成爲皖派考據學大師。

---

〔註9〕 汪梧鳳《松溪文集》，《四庫未收書輯刊》第10輯28冊，北京出版社，1997年。

〔註10〕 魏建功《戴東原年譜》，《戴震全書》七，124頁。

〔註11〕 洪榜《戴先生行狀》，《戴震全書》七，7頁。

〔註12〕 《戴震全書》七，173頁。

〔註13〕 《戴東原先生軼事》，《戴震全集》六，清華大學出版社，1999年，3468頁。

戴震以其淵博的學識贏得學界認可，聲譽鵲起。其後，王昶、紀昀、王鳴盛、朱筠、姚鼐等京師名流皆與戴震頻繁交往。洪榜稱：「先生之始至京師，當時館閣諸公，今光祿卿嘉定王君鳴盛，今學士嘉定錢君大昕，大興朱君筠、紀君昀，餘姚盧君文弨，今大理卿青浦王君昶，皆折節交先生。」〔註14〕「學者於交遊誦讀間，固可以多方啓發，自得深造」〔註15〕。躋身於眾碩儒之中，問學於諸大師之間，他們或抵掌而談，或書信往來，質疑問難，切磋學問。例如戴震《與王內翰鳳喈書》探「光被四表」之「光」之「充」訓，《與姚孝廉姬傳書》論求十分之見，《與盧侍講召弓書》論《大戴禮》校勘事宜……

戴震仕途不濟，四十歲方才中舉。五十一歲時，經紀昀等人推薦，戴震以舉人身份特招四庫館，充任纂修官，主要負責校訂經學、天文、地理、算術等書。他五十三歲時奉命與乙未貢士一同殿試，賜同進士出身，授翰林院庶吉士。這是戴震以其學識所得的殊榮。此後，戴震一直致力於《四庫全書》的編纂工作。《清史稿·儒林傳》記載：「震以文學受知，出入著作之庭。館中有奇文疑義，輒就咨訪。震亦思勤修其職，晨夕披檢，無間寒暑。」〔註16〕在館四年，經戴震親手校訂之書有：《儀禮集釋》、《儀禮識誤》、《大戴禮記》、《水經注》、《周髀算經》、《九章算術》等近二十部書。《清史稿》對戴震所校之書評價極高，曰：「震爲學精誠解辨，每立一義，初若創獲，乃參考之，果不可易。」〔註17〕辛勤的編纂工作損害了戴震的健康，五十四歲時突患腳病。於臨終前十數日成《聲類表》九卷，又手批《六書音均表》一部。當年五月二十七日，戴震於北京崇文門西范氏穎園去世。戴震卒後，其弟子各傳其學，「其小學，則高郵王念孫、金壇段玉裁傳之；測算之學，曲阜孔廣森傳之；典章制度之學，則興化任大椿傳之：皆其弟子也」〔註18〕。

戴震一生發憤爲學，勤苦自礪，雖饘粥不繼，仍筆耕不輟，故其著作等身。《戴震全書》收錄的戴震著作有：《尚書義考》二卷，《毛詩補傳》二十六卷，《毛鄭詩考正》四卷，《杲溪詩經補注》二卷，《中庸補注》一卷，《深衣

---

〔註14〕《戴先生行狀》，8頁。

〔註15〕錢穆《中國近三百年學術史》，393頁。

〔註16〕《清史稿·列傳二百六十八·儒林二》，1508頁。

〔註17〕《清史稿·列傳二百六十八·儒林二》，1508頁。

〔註18〕《清史稿·列傳二百六十八·儒林二》，1508頁。

解》,《石經補字正非》,《經考》五卷,《經考附錄》七卷,《經雅》七卷,《方言疏證》十三卷,《續方言手稿》二卷,《聲類表》四卷,《聲韻考》四卷,《屈原賦注初稿》三卷,《屈原賦注》十二卷,《原象》八篇,《續天文略》七篇,《水地記初稿》六卷,《水地記》一卷,《水經考次》一卷,《策算》一卷,《算學初稿四種》,《句股割圜記》三卷,《九章算術訂訛補圖》九卷,《五經算術考證》一卷,《考工記圖》二卷,《原善》三卷,《孟子私淑錄》三卷,《緒言》三卷,《孟子字義疏證》三卷,《東原文集》十二卷。此外,未刊刻著作有:《爾雅文字考》十卷,《直隸河渠書》一百十一卷,《儀禮考正》一卷,《大學補注》一卷。已亡佚著作有:《六書論》三卷,《轉語》二十章,《氣穴記》一卷,《藏府象經論》四卷,《葬法贅言》四卷。

## 第二節　《方言疏證》的寫作及其版本

梁啓超曰:「清學之出發點,在對於宋明理學一大反動。」〔註19〕顧炎武針對晚明理學家遺留的空談心性、不講實學的學風,首先提出「經學即理學」的口號,認爲聖人之道存於經書之中,要眞正理解聖賢本意,必須依賴於一種有效的知識工具來正確把握古代的語言文字。所以顧炎武主張「讀九經自考文始,考文自知音始」〔註20〕。戴震遠承東漢古文經學的思想方法,近接顧炎武倡導的樸實學風,切實走出了一條「由詞通道」之路。他《與是仲明論學書》云:「經之至者,道也。所以明道者,其詞也。所以成詞者,字也。由字以通其詞,由詞以通其道,必有漸。」〔註21〕由字到詞到道,是一個循序漸進的過程,誰都不能超越。所以梁啓超說:「乾嘉間學者,以識字爲求學第一義,自戴氏始也。」〔註22〕

戴震主張「由詞通道」,就不能不重視字書辭書研究。於字書辭書中,戴震最重《爾雅》,因爲「六藝之賴是以明」〔註23〕。「自《爾雅》外,惟《方言》、《說文》切於治經」,因爲「庶幾漢人故訓之學猶存於是」,所以戴震整理《方

〔註19〕梁啓超《清代學術概論》,66頁。
〔註20〕錢穆《中國近三百年學術史》,122～146頁。
〔註21〕《與是仲明論學書》,《戴震全書》六,370頁。
〔註22〕《論中國學術思想變遷之大勢》,《飲冰室合集》卷七,中華書局,1936年,93頁。
〔註23〕《爾雅文字考序》,《戴震全書》六,275頁。

言》，以期「俾治經、讀史、博涉古文詞者，得以考焉」〔註24〕。

《方言》全稱爲《輶軒使者絕代語釋別國方言》，西漢揚雄作。揚雄在《答劉歆書》中說：「嘗聞先代輶軒之使奏籍之書，皆藏於周、秦之室，及其破也，遺棄無見之者，獨蜀人有嚴君平、臨邛林閭翁孺者，深好訓詁，猶見輶軒之史所奏言，翁孺與雄外家牽連之親。又君平過誤，有以私遇，少而與雄也。君平財有千言耳，翁孺梗概之法略有。」「天下上計孝廉及內郡衛卒會者，雄常把三寸弱翰，齎油素四尺，以問其異語，歸即以鉛摘次之於槧。」〔註25〕揚雄根據嚴君平、林閭翁孺的梗概之法，合以自己採集的方俗異語寫成《方言》一書。《方言》是我國最早的方言比較詞類集，具有描寫詞類學價值和歷史詞類學價值，在中國語言學史上佔有極其重要的地位，是中國語言學史上一部里程碑式的著作。時人張竦便以《方言》爲「懸諸日月不刊之書」〔註26〕。晉代郭璞對揚雄《方言》的功用和崇高的歷史地位做了精闢的評價，曰：「考九服之逸言，標六代之絕語，類離詞之指韻，明乖途而同致，辨章風謠而區分，曲通萬殊而不雜，眞洽見之奇書，不刊之碩記也。」〔註27〕並用心爲之作注。

郭璞爲《方言》作注後，《方言》屢見翻刻、徵引，在長期流傳過程中，斷爛訛誤，幾不可讀，甚至被認爲是「是書雖存而實亡」〔註28〕。戴震有感於「宋元以來，六書故訓不講，故鮮能知其精覈，加以訛舛相承，幾不可通」〔註29〕，於乾隆二十年開始研究《方言》。他將《方言》寫於李燾《許氏說文五音韻譜》之上方，並自題云：「乙亥春，以揚雄《方言》分寫於每字之上，字與訓兩寫，詳略互見。」段玉裁解釋道：「所謂寫其字者，以字爲主，而以《方言》之字傳《說文》之字也，寫其訓者，以訓爲主，而以《方言》之訓傳《說文》之字也。又或以聲爲主，而以《方言》同聲之字傳《說文》。所謂詳略互見者，兩涉則此彼分見，一詳一略，因其便也。先生知訓詁之學自《爾雅》外，惟《方言》、《說

---

〔註24〕《方言疏證序》，《戴震全書》三，7頁。

〔註25〕《揚雄答劉歆書》，《戴震全書》三，241～243頁。

〔註26〕應劭《風俗通義序》，王利器《風俗通義校註》，中華書局，1981年。

〔註27〕郭璞《方言注序》，華學誠《揚雄方言校釋匯證》，1頁。

〔註28〕《四庫全書總目提要》。

〔註29〕《方言疏證序》，《戴震全書》三，6頁。

文》切於治經，故傳諸分韻之《說文》，取其易檢。」〔註30〕此種《方言》與《說文》的比較研究，實即解釋學中將一個文本轉嫁於另一個文本之方法。這本《方言》《說文》互見本為段玉裁借取，最終「於《說文》討論成書，於《方言》亦窺闚奧。」〔註31〕戴震《方言疏證》的最終完成，與他在四庫館任職密不可分。清廷為了稽古右文，崇儒重道，大力倡導編纂各種典籍，設立四庫館，專門從事《四庫全書》的編纂工作。四庫館的設立，為清儒提供了讀書治學的資料，使原有學者的學術得以發揮。戴震入四庫館充任纂修後，得見《永樂大典》內《方言》，便開始以永樂大典本《方言》與平時所校訂者對校，又遍稽經史諸子之義訓相合者，及諸家引用《方言》者，「交互參訂，改正訛字二百八十一，補脫字二十七，刪衍字十七，逐條詳證之」〔註32〕。

　　《方言疏證》的版本有兩個系統，一是戴震姻親孔繼涵於 1777～1779 年刊刻的《微波榭叢書戴氏遺書》所收本。此本題名《方言疏證》，署名清戴震撰，卷首附《方言疏證序》，每卷首行頂格題：《輶軒使者絕代語釋別國方言》第幾。第二行空十三格題「戴震疏證」。「戴震」與「疏證」間空一格。正文半頁十行，行二十一字。注文雙行小字。按語降一格以「案」字標識。四周雙欄，版心為白口單魚尾，上題有書名《方言疏證》，下次第題有卷數、「戴氏遺書」，每卷頁數，「微波榭刻」字樣。每卷卷尾題方言疏證卷幾終。卷末附《李孟傳刻方言後序》、《朱質跋李刻方言》、《劉歆與揚雄書》和《揚雄答劉歆書》。此本為戴氏家藏的稿書。常見的《安徽叢書》本、《四部備要》本、《萬有文庫》本均屬這一系統。

　　另一系統是《四庫全書・經部・小學類》所收的本子。此本在 1779 年送呈御覽，武英殿修書處版刻。書名為《輶軒使者絕代語釋別國方言》。卷首附《方言提要》和郭璞《方言注自序》，《方言提要》署名為總纂官臣紀昀、臣陸錫熊、臣孫士毅，總校官臣陸費墀。每卷首行題《欽定四庫全書輶軒使者絕代語釋別國方言》幾，第二、三行低五格次第題「漢揚雄撰」和「晉郭璞注」。每字間三格。正文半頁九行，行二十一字。注文雙行小字。按語另行降一格以「案」字標識，「案」字黑底白文並著以方圍。四周雙欄，版心白口單魚尾，上題有「欽

---

〔註30〕《戴東原先生年譜》乙亥條。

〔註31〕《戴東原先生年譜》乙亥條。

〔註32〕《方言疏證序》，《戴震全書》三，6 頁。

定四庫全書」，次題方言卷幾，下題每卷頁數。卷一、卷四、卷七、卷十三卷首有「文淵閣寶」方印。卷三、卷六、卷十二、卷十三末有「乾隆御覽之寶」方印。卷末附《李孟傳刻方言後序》、《朱質跋李刻方言》、《劉歆與揚雄書》和《揚雄答劉歆書》。常見的武英殿聚珍版本，嘉慶六年樊廷緒刊本及《叢書集成》本均屬這一系統。兩種版本不同之處甚多，具體列表如下：

表 1　微波榭本與四庫本文字差異

| 卷數 | 微波榭本 | 四庫本 |
|---|---|---|
| 卷一第二條 | 《郭注》：「亡山反。」 | 《郭注》：「莫錢又亡山反。」 |
| 卷一第四條 | 《郭注》：「五割反。」按：在正文「餘也」後。 | 《郭注》：「五割反。」按：在正文「枿」後。 |
| 卷一第四條 | 《戴疏》：「蓋郭注偶訛耳。」 | |
| 卷一第五條 | 《戴疏》：「保艾爾後。」 | 《戴疏》：「又保艾爾後。」 |
| 卷一第六條 | 《戴疏》：「煤、憮蓋聲義通。」 | 《戴疏》：「煤、憮聲義通。」 |
| 卷一第八條 | 《戴疏》：「李善注並引《方言》。」 | 《戴疏》：「李善注皆引《方言》。」 |
| 卷一第十條 | 《戴疏》：「《說文》：『懟，饑也，餓也。』」 | 《戴疏》：「《說文》：『懟，飢餓也。』」 |
| 卷一第十條 | 《戴疏》：「今從李善所引改正。」 | 《戴疏》：「今從李善所引爲正。此前後字異音義同，猶卷二內前作『顮』，後作『睺』，《郭注》論之甚明。此因注偶未及，後人改而一之耳。」 |
| 卷一第十二條 | 《戴疏》：「敦、大語之轉。」 | |
| 卷一第十二條 | 《戴疏》：「雅記故俗謂常記故時之俗。」 | 《戴疏》：「雅記故俗語謂常記故俗之語。」 |
| 卷一第十二條 | 《戴疏》：「舊書所常記故習之俗所語。」 | 《戴疏》：「舊書所常記故俗之語。」 |
| 卷一第十三條 | 《戴疏》引《釋文》：「艐，郭音屆，孫云古屆字。」 | 《戴疏》引《釋文》：「艐，孫云古屆字。」 |
| 卷一第十五條 | 《戴疏》：「『閔』亦作『憫』《廣韻》：『憫，惶恐也。或作潣』。」 | |
| 卷一第十九條 | 《戴疏》：「李善注引《方言》：『延，年長也。」 | 《戴疏》：「注引《方言》：『延，年長也。」 |
| 卷一第二十六條 | 《郭注》：「火金反。」 | 《郭注》：「火全反。」 |
| 卷一第二十七條 | 《郭注》：「古塌字。」 | 《郭注》：「古蹋字。」 |
| 卷一第二十八條 | 《戴疏》引陸機《辨亡論》作：「鼎跱立。」 | 《戴疏》引陸機《辨亡論》作：「鼎跱而立。」 |
| 卷一第三十條 | 《戴疏》：「《楚詞》『朝搴阰之木蘭兮。』」 | 《戴疏》：「《離騷》『朝搴阰之木蘭兮。』」 |
| 卷一第三十條 | 《戴疏》引《禮記》：「有順而摭也。」 | 《戴疏》引《禮記》：「有順而撫也。」 |

| 卷二第六條 | 《戴疏》:「曹憲於『嫛』下列『其癸』、『渠惟』二反。」 | 《戴疏》:「曹憲於『嫛』下列『其癸』、『渠惟』二反。『其癸』與『羌筆』所得之音同。字母之說,上聲亦分清濁,古人不分也。注內『偍偍』各本訛作『偍偕』,後卷六內作『偍皆』,以『皆』屬下『行貌』,並非。《說文》云:『偍偍,行貌。』謂細步緩行。今據以訂正。」 |
|---|---|---|
| 卷二第八條 | 《戴疏》:「當亦是《方言注》。」 | |
| 卷二第十二條 | 《戴疏》:「罟,許救反。」 | 《戴疏》:「注內『於寄反』各本多作『丘寄反』,從曹毅之本。」 |
| 卷二第二十條 | 《戴疏》:「洪興祖《補注》引《方言》『馮,怒也』。」 | 《戴疏》:「洪興祖《補注》引《方言》『馮,怒也。楚曰馮』。」 |
| 卷二第三十三條 | 《戴疏》:「任昉《南徐州蕭公行狀》『奄見薨落』。」 | |
| 卷二第三十三條 | | 《戴疏》:「傅毅《舞賦》『翼爾悠往,闇復輟已』注云:『闇猶奄也。古人呼闇,殆與奄同。《方言》曰:『奄,遽也。』」 |
| 卷三第二條 | | 《戴疏》:「注『是也』下各有『卒便一作平使』六字。」 |
| 卷三第七條 | 《戴疏》:「故書『協』作『叶』。」 | 《戴疏》:「鄭注云:故書『協』作『叶』。」 |
| 卷三第七條 | 《戴疏》:「故書作『叶詞命』。」 | 《戴疏》:「注云:故書作『叶詞命』。」 |
| 卷三第九條 | | 《戴疏》:「注內『音魚』曹毅之本作『音吾』。」 |
| 卷三第十一條 | 《戴疏》引《周禮·蘿人》:「菱芡茢頭。」 | 《戴疏》引《周禮·蘿人》:「菱芡槀頭。」 |
| 卷三第十二條 | 《郭注》引《爾雅》作:「茦,賴也。」 | 《郭注》引《爾雅》作:「茦,刺也。」 |
| 卷三第十六條 | | 正文:「或曰度。」 |
| 卷三第二十二條 | 正文:「秦曰湛。」 | 正文:「秦曰瘩。」 |
| 卷三第三十一條 | 《戴疏》:「《春秋昭公元年左傳》『勿使有所壅閼湫底,以露其體。』注:『露,羸也。』《易》:『羸其瓶』,注:『羸,敗也。』」 | |
| 卷四第三條 | 《郭注》:「音止。」 | 《郭注》:「音氏。」 |
| 卷四第六條 | 《戴疏》:「此條或改『蜀』為『屬』者非。」 | 《戴疏》:「謂蜀與漢中也。此條各本作『屬漢』,蓋後人所妄改,今訂正。」 |
| 卷四第八條 | | 《戴疏》:「《廣韻》於『襗』字云:『齊魯言袴。』」 |
| 卷四第九條 | 《戴疏》:「注內『襗』字亦舛誤。」 | |
| 卷四第三十八條 | 《戴疏》:「或後因應劭語改而同之耳。」 | 《戴疏》:「或後人因應劭語改而同之耳。」 |
| 卷五第十一條 | 《戴疏》:「各本『甂』作『儋』,注內『甂石之儲者也』作『儋石之餘也』。」 | 《戴疏》:「注內『儋石之儲者也』各本訛作『儋石之餘也』。」 |

| | | |
|---|---|---|
| 卷五第二十八條 | | 《戴疏》:「《漢書・王莽傳》:『必躬載拂』,顏師古注云:『拂,所以擊治禾者也,今謂之連枷。』是『拂』『柫』亦通用。」 |
| 卷五第三十條 | | 正文:「南楚謂之蓬薄。」 |
| 卷五第三十條 | | 《戴疏》:「《漢書・周勃傳》『勃以織薄曲爲生』,蘇林注云:『薄,一名曲。』」 |
| 卷五第三十條 | | 《戴疏》:「注內『此直語楚聲轉耳』各本訛作『此直語楚轉聲耳』,曹毅之本作『此直語楚聲轉也』,今訂正。」 |
| 卷五第三十條 | | 《戴疏》:「繏各本作纚,從曹毅之本。」 |
| 卷五第三十二條 | | 《戴疏》:「檈、旋同音,此字疑有訛舛。」 |
| 卷五第三十五條 | 《戴疏》:「『艑』下『履屬』二字未詳,當是如『音鞭』等字訛舛而成。」 | 《戴疏》:「『履屬』二字,當是『音邊』二字之訛,無從據證。」 |
| 卷六第一條 | 《戴疏》:「『㢑』,古獎字。《說文》:『㢑,嗾犬厲之也。』」 | 《戴疏》:「《說文》作『㢑』,云『嗾犬厲之也。』」 |
| 卷六第一條 | 《戴疏》:「《廣雅》:『獎,譽也。』《玉篇》云:『獎,助也,成也,欲也,譽也。嗾犬厲之也。』『欲』之義取於《方言》。然『聳』、『㢑』皆爲中心不欲,而由旁人之勸語,則『欲』字應屬訛舛,或『譽』『欲』聲相近而訛。注作『皆強譽也』,義尤明。『山頂反』,各本『反』訛作『也』,後卷十三有『聳』字,注內亦音『山頂反』。」 | 《戴疏》:「『欲』當作『譽』,注內同。下文因義引申,『聳』『㢑』皆爲中心不欲而由旁人之勸語,則『欲』字訛舛甚明。《廣雅》:『獎,譽也。』《玉篇》、《廣韻》『獎』皆訓『譽』,蓋本此。『譽』『欲』聲近似而訛。又『山頂反』,各本『反』訛作『也』,後卷十三有『聳』字。注云『山頂反』可證『也』字之訛。」 |
| 卷六第十二條 | 《郭注》:「行路逴也。」 | 《郭注》:「行略逴也。」 |
| 卷六第二十二條 | | 《戴疏》:「《史記・屈原列傳》『汩徂南土』,《索引》引《方言》曰:汩謂疾行也。」 |
| 卷六第三十二條 | 《戴疏》:「王粲《登樓賦》『夜參半而不寐兮』,李善注引《方言》:『參,分也。』《荀子賦篇》『攭兮其相逐而反』,楊倞注云:『攭與劙同。攭兮,分判貌。』蠡、離古皆與劙通。《廣雅》:『參、離,分也。』」 | 《戴疏》:「王粲《登樓賦》『夜參半而不寐兮。』李善注引《方言》:『參,分也。』《廣雅》:『參、離,分也。』『蠡』亦作『攭』。《荀子》《賦篇》『攭兮其相逐而反』,楊倞注云:『攭與劙同。攭兮,分判貌。』」 |
| 卷六第三十九條 | 《戴疏》:「田各本訛作由,今改正。」 | 《戴疏》:「田諸刻訛作由,從永樂大典本。」 |
| 卷六第四十二條 | | 《戴疏》:「義本此。」 |
| 卷七第十五條 | 《戴疏》:「《春秋》《成公二年左傳》:『殺而膊諸城上。』孔穎達《正義》曰:『《周禮掌戮》:掌斬殺賊諜而搏。』鄭康成云:『搏當爲「膊諸城上」之膊,字之誤也。膊爲去衣磔之。』《方言》云:『膊暴也。』」 | |

| 卷七第二十七條 | 《戴疏》：「注內『音勝如』訛舛不可通。」 | 《戴疏》：「注內『音勝如』當作音沮洳。」 |
|---|---|---|
| 卷七第三十條 | 《戴疏》：「《唐郝處俊傳》：『羣臣皆賀戟侍。』」 | |
| 卷八第八條 | 《郭注》：「立斑。」 | 《郭注》：「音斑。」 |
| 卷八第十三條 | | 《戴疏》：「倉鶊、庚鶊古通用。」 |
| 卷九第二條 | 《郭注》：「余正反。」 | 《郭注》：「余整反。」 |
| 卷九第十二條 | | 《戴疏》：「《詩・小雅》：『約軧錯衡。』」 |
| 卷九第十四條 | | 《郭注》：「張由反。」 |
| 卷九第二十一條 | 《戴疏》：「藏弓爲韇。」 | 《戴疏》：「藏弓謂韇。」 |
| 卷九第二十六條 | 《戴疏》：「《說文》又作𦩆：『船行不安也。讀若兀。』仡、扤、𦩆義同。」 | |
| 卷十第一條 | 《戴疏》：「媱各本訛作姪，今訂正。」 | 《戴疏》：「媱各本訛作姪，曹毅之本不誤。」 |
| 卷十第五條 | 《戴疏》：「《方言》諫是相問而不知答。」 | 《戴疏》：「《方言》謰是相問而不知答。」 |
| 卷十第七條 | 《戴疏》：「注內『南鄙之代語』謂語相更代，諸刻作秦漢之代語，蓋不知者所妄改。今從永樂大典本。」 | 《戴疏》：「注內『南鄙之代語』，諸刻作秦漢之代語，蓋不知者所妄改。後『南楚江、湘之間代語』，《郭注》云：『凡以異語相易謂之代也。』惟永樂大典本及曹毅之本作『南鄙』，據下文，則南鄙正謂南楚江、湘之間。」 |
| 卷十第十三條 | 《戴疏》：「宋各本作冡，筆劃之舛遂成或體。」 | 《戴疏》：「宋各本訛作冡，筆劃之舛遂不成字。」 |
| 卷十第三十條 | 《戴疏》引《列子・黃帝篇》：「衣冠不儉。」 | 《戴疏》引《列子・黃帝篇》：「衣冠不檢。」 |
| 卷十第三十一條 | 《戴疏》：「《商書說命》：『若藥弗瞑眩。』孔穎達疏曰：『瞑眩者令人憒悶之意也。《方言》云：「凡飲藥而毒，東齊海岱間或謂之瞑，或謂之眩。」郭璞云：「瞑眩亦通語也。」』見前卷三內。瞑、眠古字同。」 | |
| 卷十第三十三條 | 《郭注》：「六者中國相輕易蚩弄之言也。」 | 《郭注》：「六者亦中國相輕易蚩弄之言也。」 |
| 卷十一第一條 | | 《戴疏》：「注內『料』字，曹毅之本作『聊』。」 |
| 卷十一第二條 | | 《戴疏》：「曹毅之本訛作『蜓』。」 |
| 卷十一第十五條 | 《戴疏》引《魯語》韋昭注：「蚔蝗子子可以爲醢。」 | 《戴疏》引《魯語》韋昭注：「蚔蝗子，可以爲醢。」 |
| 卷十一第二十條 | | 《戴疏》：「注內『螂蛆』當作『音螂之蛆』。」 |
| 卷十二第十八條 | 《戴疏》：「注內『洩氣』二字與《說文》『歇』字注『一曰氣越泄』合。」 | 《戴疏》：「注內『洩氣』二字與《說文》『歇』字注『一曰氣越泄』合。」 |
| 卷十二第五十二條 | 《郭注》：「苂光也。」 | 《郭注》：「炏光也。」 |

| 卷十二第七十九條 | 《戴疏》:「『曫』亦作『燁』,『賊』亦作『盛』。《廣雅》『燁、昆,盛也。』」 | 《戴疏》:「『曫』『曄』同,亦作『燁』,『賊』亦作『盛』。《廣雅》『燁、昆,盛也。』張協《七命》:『觀聽之所煒曄也』,李善注引《方言》曰:『煒,盛也。』郭璞曰:『煒曄,盛貌也。』當即此條而字有訛舛。」 |
|---|---|---|
| 卷十二第八十七條 | | 《戴疏》:「張衡《西京賦》『赫昈昈以宏敞』,李善注引《埤蒼》云:『昈,赤文也。』」 |
| 卷十三第二十九條 | 《戴疏》:「今訂正。」 | 《戴疏》:「從曹毅之本。」 |
| 卷十三第三十四條 | | 《戴疏》:「《後漢書·楚王英傳》『既知審實,懷用悼灼。』」 |
| 卷十三第六十二條 | 《戴疏》引《說文》:「饑虛也。」 | 《戴疏》引《說文》:「飢,虛也。」 |
| 卷十三第六十三條 | 《戴疏》引曹憲音釋:「文減反。」 | 《戴疏》引曹憲音釋:「丈減反。」 |
| 卷十三第一百零一條 | | 《戴疏》:「『賦』疑『賕』之訛。《說文》云:『賕,以財物枉法相謝也。』臧贓古通用。《漢書·景帝紀》『皆坐臧爲盜,沒入臧縣官。』『畀其所受臧』是也。」 |
| 卷十三第一百零五條 | 《戴疏》:「《釋文》云:腯,徒忽反,本或作豚。」 | |
| 卷十三第一百零五條 | 《戴疏》:「『腯肥』不得作『豚肥』,蓋不知注有脫誤,從而妄改耳。」 | |
| 卷十三第一百零七條 | 《戴疏》:「於行之義近。」 | 《戴疏》:「於行之義爲近。」 |
| 卷十三第一百三十八條 | 《戴疏》:「各本通作『去』。」 | 《戴疏》:「各本多訛作『去』。」 |
| 卷十三第一百三十八條 | 《戴疏》:「即口盧。」 | 《戴疏》:「即凵盧。」 |
| 卷十三第一百四十九條 | 《郭注》:「以名之。」 | 《郭注》:「因名之。」〔註33〕 |

　　其中郭注文字不同的 13 處,《方言》正文不同的 4 處,不同之處主要是翻刻過程中文字訛誤或遺漏。例如:卷一第二條四庫本郭璞注「謾」爲「莫錢又亡山反」,而微波榭本僅有「亡山反」。盧文弨《重校方言》云:「卷十二內『謾』亦音『莫錢反』,是舊讀如此,非傳寫之誤。本或刪去前一音,非也。」劉台拱《方言補校》云:「《集韻》刪仙兩韻皆收『謾』字,當兼存二音爲是。」據盧、劉之說,微波榭本有文字脫漏。又如卷三第十二條,微波榭本郭注引《爾雅》作:「茱,賴也。」四庫本郭注引《爾雅》作:「茱,刺也。」參之《爾雅·釋草》可知,微波榭本「賴」即「刺」字之訛。再如卷五第三十條,

四庫本正文有「南楚謂之蓬薄。」微波榭本無此語。錢繹《方言箋疏》云：「苗薄或爲蓬薄，猶『簟，宋楚之間或謂之籧苗，自關而西或謂之笄』，注云：『今云笄簾筐。』皆以曲折得名也。此條各本並同，唯戴本無『南楚謂之蓬薄』六字，蓋誤脫也。」

戴震疏證內容不同的有 75 處，其中論證詳盡程度不同的 26 處；內容相同，敘述不同的 17 處；疏證、校勘對象不同的 18 處；徵引他書文字不同的12 處；疏證用字不同的 2 處。比較兩個版本，明顯可見四庫本論證更爲詳審，例如：卷十二第八十七條「昒，文也」，微波榭本《疏證》曰：「《廣雅》：『昒，文也。』義本此。」四庫本進一步徵引《文選注》證明《方言》訓釋，曰：「張衡《西京賦》『赫昒昒以宏廠』，李善《注》引云：『昒，赤文也』。」徵引他書文字的不同也以四庫本爲正。例如卷一第十條微波榭本戴氏《疏証》曰：「《說文》：『憨，饑也，餓也。』四庫本作：「《說文》：『憨，飢餓也。』」四庫本之文正與《說文》大徐本合。微波榭本是戴震家藏稿本，四庫本則是戴震呈交四庫館的最後寫定本，故四庫本一般較微波榭本更爲精審。

## 第三節　《方言疏證》的研究現狀及選題意義

《方言疏證》是清代《方言》研究的第一個校本，也是第一個注本。自其問世便受到時人關注。段玉裁讀其書，並稱讚曰：「先生以是書與《爾雅》相爲左右，學者以其古奧難讀，郭景純之注語焉不詳，少有研摹者，故正訛、補脫、刪衍，復還舊觀。又逐條援引諸書，一一疏通證明，具列案語，蓋如宋邢昺之疏《爾雅》，而精確過之。漢人訓詁之學於是大備。」〔註34〕盧文弨精研其書，考其得失，述其成就曰：「《方言》至今日而始有善本，則吾友休寧戴太史東原氏之爲也，義難通有可通者通之，有可證明者臚而列之，正訛字二百八十一，補脫字二十七，刪衍字十七，自宋以來諸刻洵無出其右者。」〔註35〕並補其不足，而作《重校方言》。其後的《方言》研究者，如王念孫、劉台拱、錢繹，以及近現代學者如王國維、吳予天、周祖謨和華學誠等，皆在研究《方言疏證》的基礎之上繼續羽翼之、修正之。

---

〔註34〕　《戴東原先生年譜》丁酉條。

〔註35〕　《重校方言序》，《重校方言》。

　　前人著作中專列章節研究《方言疏證》的有：華學誠《漢語方言學史研究》中《論戴震的方言疏證》和《方言疏證的詞義學成就》（南京大學出版社，1991年）；李開《漢語語言研究史》中《戴震方言疏證的詞義學成就》（江蘇教育出版社，1993年）；李開《戴震語文學研究》中《方言疏證的校勘和注疏》（江蘇古籍出版社，1998年）；李開《戴震評傳》中《語言解釋中的方言研究》（南京大學出版社，1992年）；劉君惠《揚雄方言研究》中《戴震的方言疏證》（巴蜀書社，1992年）。到目前為止，就我所知，專門致力於《方言疏證》研究的成果並不多。碩士論文僅2篇：1·馮曉麗《戴震、盧文弨方言校勘比較研究》（吉林大學，2004年）。論文主要從校勘體例和校勘方法幾個方面，將戴震的《方言疏證》和盧文弨的《重校方言》進行比較研究，從而揭示出清代對校學派和理校學派不同的校勘觀點和校勘方法。2·劉巧芝《戴震方言疏證同族詞研究》（西南師範大學，2005年）。論文從同源詞語音關係和語義關係兩方面分析了戴震繫聯的同源詞。其他散見於各種期刊雜誌的論文，可細分為三種：（一）校勘研究（1篇）：鄧躍敏《〈方言疏證〉的校勘成就》（《求索》2007年第1期）。（二）引書研究（3篇）：1·佐藤進、小方伴子《戴震〈方言疏證〉引〈文選〉考》（《人文學報》NO.292，1998年3月）；2·小方伴子《戴震〈方言疏證〉引〈荀子〉考》（《人文學報》NO.311，2000年3月）；3·王雲路《〈方言疏證〉及〈重校方言〉所引曹毅之本考》（《漢語史學報》第6輯）。（三）音轉研究（1篇）：王平《戴震〈方言疏證〉中的「聲轉」和「語轉」》（《山東師範大學學報（社科版）》1988年第1期）。

　　本文選擇《方言疏證》作為研究對象，是出於以下幾方面的考慮：第一，雖然前賢時哲已有了一些研究成果，但《方言疏證》尚有不少真知灼見有待整理。《方言疏證》薈萃了傳統語言文字研究的諸多精華，足以啟迪後學。總結該書的諸多成就，借鑒其中的科學方法，這對於繼承和弘揚傳統語言學，用更科學的手段和方法進行今天的語言文字研究，具有很重要的意義。第二，論文通過對具體語料的分析歸納，從校勘、訓詁和音韻幾方面進行綜合研究，這將全面揭示《方言疏證》的學術成就和價值。第三，從事與發展今日之中國學術研究、訓詁研究，必須以清代學術研究的輝煌成就為起點。而全面總結清代語言文字學成就需要建立在專人專書研究的基礎之上。對《方言疏證》的深入研究，

將為當代從事方言學史、訓詁學史、漢語詞彙學史的研究者提供某一層面上的研究資料，揭示出某個階段的發展水平。第四，對《方言疏證》的研究，也將為進一步研究戴震，弘揚鄉邦文化，奠下燕石一片。

　　總之，《方言疏證》的成就散見於《方言》的逐條疏證中。在參考已有研究成果的基礎上，通過全面把握和專題研究相結合，可以深入地歸納和總結《方言疏證》的成就和經驗，這將有利於進一步挖掘《方言疏證》的價值，加深人們對《方言疏證》的理解和認識，為人們進一步借鑒和發揚戴震的科學研究方法提供堅實的基礎，從而為中國古代語言學史的研究和理論建設提供一些有用的積纍。

# 第二章 《方言疏證》校勘研究

## 第一節 《方言疏證》的校勘內容和術語

　　古籍因傳抄的增刪訛誤或版刻的剜改缺失，必然會產生魚魯、虛虎之訛。糾正古代典籍錯誤，對典籍進行校勘是正確理解典籍的前提條件。因爲校勘「能提供學者以正確的資料，有了正確的資料，才能有正確的認識與正確的結論」〔註1〕。梁啓超說：「古書傳習愈稀者，其傳抄踵刻訛謬愈甚，馴至不可讀，而其書以廢。清儒則博徵善本以校讎之，校勘遂成一專門學……諸所校者，或遵善本，或據他書所徵引，或以本文上下互證，或是止其文字，或釐定其句讀，或疏證其義訓，往往有前此不可索解之語句，一旦昭若發蒙。」〔註2〕清儒對古籍的一大貢獻是校勘古籍。作爲清代考據學派的代表人物，戴震特別重視文字校訂，他嘗云：「經之至者，道也；所以明道者，其詞也；所以成詞者，未有能外小學文字者也。由文字以通乎語言，由語言以通乎古聖賢之心志，譬之適堂壇之必循其階，而不可以躐等。」文字若有訛誤，便有「守訛傳謬」之弊。「守訛傳謬者，所據之經，併非其本經。」〔註3〕戴震對

---

〔註1〕 蔣禮鴻《校勘說略》，《蔣禮鴻集》，浙江教育出版社，2001年，107頁。

〔註2〕 《清代學術概論》，60頁。

〔註3〕 《古經解鉤沈序》，《戴震全書》六，378頁。

文獻訛誤表現出憂鬱沉思之情，曰：「以今之去古聖哲既遠，治經之士莫能綜貫，習所見聞，積非成是，余言恐未足以振茲墜緒也。」〔註4〕「生千百餘年後，欲稽古畢得，用訂史籍訛文，誠匪易易。」〔註5〕段玉裁《戴先生年譜附言談輯要》引其師所論校勘之事曰：「《水經注》『水流松果之山』，鍾伯敬本『山』訛作『上』，遂連圈之，以爲妙景，其可笑如此。『松果之山』見《山海經》。」〔註6〕「水流松果之上」，意境雖美，但已非《水經注》原文。

　　有感於「宋元以來，六書故訓不講，故鮮能知其精覈，加以訛舛相承，幾不可通」，戴震「從《永樂大典》內得善本，因廣搜群籍之引用《方言》及注者，交互參訂」〔註7〕，使這本雖存而實亡的語言學著作神明煥然，頓還舊觀，成爲小學斷不可少之書。

## 一、對《方言》本文的校勘

　　段玉裁《與諸同志論校書之難》云：「校書之難，非照本改字不訛不漏之難也，定其是非之難。是非有二：曰底本之是非，曰立說之是非。必先定其底本之是非，而後可斷其立說之是非……不先正注疏釋文之底本，則多誣古人；不斷其立說之是非，則多誤今人。」〔註8〕戴震對《方言》的校勘，是既校底本之是非，又校立說之是非，務求其實，做到既不誣古人亦不誤今人。

### （一）校勘《方言》訛文

　　訛文即文字錯誤。漢字成千上萬，字與字之間往往僅一筆之差，或僅是偏旁位置的顛倒，極易混淆。《方言》因其特殊的價值，屢經傳抄翻刻，文字訛誤嚴重，甚至有「是書雖存而實亡」之歎。因此，校理字形之誤便是研究《方言》者首先必須進行的工作。爲復興古道，不使《方言》失去本眞，戴震爲《方言》一一釐正訛文。例如：

　　　　《方言》卷一：「虔、劉、慘、㨜，殺也。秦晉宋衛之間謂殺曰

---

〔註4〕　《原善》，《戴震全書》六，7頁。

〔註5〕　《壽陽縣志序》，《戴震全書》六，511頁。

〔註6〕　《言談輯要》，《戴震全書》六，716頁。

〔註7〕　《方言疏證序》。

〔註8〕　段玉裁《經韻樓集》卷十二，332～336頁。

劉，晉之北鄙亦曰劉。秦晉之北鄙，燕之北郊，翟縣之郊，謂賊爲虔。晉、魏、河內之北謂揪曰殘，楚謂之貪。南楚、江、湘之間謂之歁。（言歁揪難猒也）」

《疏證》：「『歁』各本訛作『欺』，注內同。《説文》：『歁，食不滿也。讀若坎。』《廣雅》：『歁，婪貪也。』義本此。曹憲音『苦感反』，今據以訂正。歁、揪，疊韻字也。」

戴震根據《説文》、《廣雅》之訓詁改正文及注內「欺」爲「歁」，並據曹憲音指出「歁」與「揪」組成疊韻聯綿詞。戴氏所校是也。《廣雅·釋詁二》：「歁、欿，貪也。」王念孫《疏證》云：「歁，《方言》『南楚、江湘之間謂貪曰歁。』」是王氏所見本與戴震所改同。盧文弨《重校方言》云：「歁，俗本誤作欺，宋本不誤。」爲戴氏校改提供了版本依據。欺，《説文》：「詐欺也。」徐灝箋云：「戴氏侗曰：欺，氣餒也，引之爲欺紿。欺於心者，餒於氣。」「欺」字於義無取。又如：

《方言》卷六：「聳、聹，聾也。半聾，梁益之間謂之聹。秦晉之間聽而不聰，聞而不達謂之聹。生而聾，陳楚江淮之間謂之聳。荊揚之間，及山之東西，雙聾者謂之聳。聾之甚者，秦晉之間謂之䁹。吳楚之外郊，凡無耳者亦謂之䁹。其言䁹者，若秦、晉、中土謂墮耳者眀也。」

《疏證》：「諸刻『眀』訛作『明』，惟永樂大典本仍作『眀』。下『五刮反』乃『眀』字音注。《説文》：『眀，墮耳也。』即此所云『秦晉中土謂墮耳者眀也』。」

戴震首先據別本——永樂大典本發現異文，然後據郭璞注音和《説文》訓詁，實行形音義互求，確定「明」爲「眀」字之訛。段玉裁《説文解字注》於「眀」下云：「䁹，吳楚之外，凡無耳者謂之䁹。《方言》曰：『吳楚之外郊，凡無耳者謂之䁹。其言䁹者，若秦、晉、中土謂墮耳者眀也。』」朱駿聲《説文通訓定聲》曰：「眀，墮也。從耳，月聲。《方言》六：『秦晉中土謂墮耳者眀。』」是朱氏、段氏所見本與戴氏所改皆同。再如：

《方言》卷十三：「枚，凡也。」

　　　　《疏證》：「『枚』各本訛作『牧』。前卷十二：『個，枚也。』《廣

　　　雅》：『枚，個，凡也。』今據以訂正。」

戴震實現全書前後互證，並參驗《廣雅》釋義，改訛文「牧」爲「枚」。戴震所改是也。《玉篇》：「枚，個也。」《廣雅》：「個，凡也。」是「枚」有「凡」義。《左傳・昭公十二五》：「南蒯枚筮之。」杜預注：「不指其事，凡卜吉凶。」便以「凡」釋「枚」。錢繹《方言箋疏》：「枚之言每也，非一端之辭也。」

　　釐正文字是《方言疏證》校勘內容主體部分，而且大都言而有據，確鑿可信。張之洞《書目答問・校勘之學家》說：「諸家校刻〔書〕，並是善本；是正文字，皆可依據，戴、盧、丁、顧爲最。」〔註9〕

## （二）補充《方言》脫文

　　《方言》在傳抄翻刻過程中，或因疏忽，或因妄刪而形成脫文，戴震或據別本，或據推理爲其補足。如：

　　　　《方言》卷二：「娃、嫷、窕、艷，美也。吳楚衡淮之間曰娃，

　　　南楚之外曰嫷，宋衛晉鄭之間曰艷，陳楚周南之間曰窕。自關而西

　　　秦晉之間凡美色或謂之好，或謂之窕。故吳有館娃之宮，秦有榛娥

　　　之臺。」

　　　　《疏證》：「諸刻脫『秦有』二字。永樂大典本、曹毅之本俱不

　　　脫。陸機《擬古詩》『秦娥張女彈』，李善注云：『應瑒《神女賦》曰：

　　　『夏姬曾不足以供妾御，況秦娥與吳娃。』」

戴震首先以永樂大典本和曹毅之本對校，發現脫文，再以古注爲據，證明榛娥之臺爲秦所有，從而補充「秦有」二字。又如：

　　　　《方言》卷十三：「類，法也。」

　　　　《疏證》：「『類，法也』已見前卷七內，諸刻無此三字，永樂大

　　　典本及曹毅之本有之，書內重見者多矣，後人刪去，非也。」

戴震據其他版本以及《方言》體例補正此條。再如：

　　　　《方言》卷十二：「即、圍，就也。即，半也。」

　　　　《疏證》：「各本『就』下脫『也』字，今補。《廣雅》：『即，就

---

〔註9〕張之洞撰，范希曾補正《書目答問補正》，上海古籍出版社，2001年，267頁。

也。』《玉篇》云：『圍，就也。』《廣韻》：『即，就也。半也。』義
皆本此。」

《廣雅》、《玉篇》和《廣韻》皆晚出於《方言》，而又多本《方言》成說，戴震
據其校對《方言》，補正脫文。況且《方言》全書無單字作釋之例，戴氏補「也」
字是也。錢繹《方言箋疏》底本即有「也」字。

### （三）刪除《方言》衍文

衍文即多出的文字。《方言》往往涉上下文或注文而多出文字，戴震爲其刪
除，以還舊貌。如：

> 《方言》卷二：「儴、渾、膿、膿、儻、泡，盛也。梁益之間凡
> 人言盛及其所愛，偉其肥晠謂之膿。」

> 《疏證》：「《漢書・賈鄒枚路傳》：『壞子王梁、代，益以淮陽。』
> 晉灼曰：『揚雄《方言》梁益之間，所愛諱其肥盛曰壞。』李善注《文
> 選》云：『《方言》云：「瑋其肥盛」，晉灼《注》以「瑋」爲「諱」。』
> 《說文》：『益州鄙言人盛，諱其肥謂之膿。』《玉篇》引《方言》：『膿，
> 肥也。』今《方言》各本作：『凡人言盛及其所愛，曰諱其肥膿謂之
> 膿。』明正德己巳影宋曹毅之刻本作『曰偉』，皆衍『曰』字，據《說
> 文》及《漢書注》、《文選注》刪。」

戴震據《漢書注》、《文選注》所引《方言》及《說文》訓詁，刪除曹毅之本衍
文「曰」字。又如：

> 《方言》卷五：「繘，自關而東，周、洛、韓、魏之間謂之綆，
> 或謂之絡。關西謂之繘。」

> 《疏證》：「《廣雅》：『繘、絡，綆也。』末句各本作『謂之繘綆』。
> 《易・井卦》：『汔至亦未繘井，羸其瓶。』《釋文》：『繘，鄭云「綆
> 也」，《方言》云：「關西謂綆爲繘。」郭璞云：「汲水索也。」』《春
> 秋・襄公九年左傳》：『具綆缶。』《疏》引《方言》：『自關而東，周、
> 洛、韓、魏之間謂之綆。關西謂之繘。』所引末句皆無『綆』字，
> 今刪正。」

《經典釋文》、《左傳疏》所引《方言》皆不作「繘綆」，戴震據以刪除衍文「綆」

字。再如：

> 《方言》卷十三：「炖、（託孫反）烌、（音閱）煓，（波湍）赫
> 也。（皆火盛熾之貌）」

> 《疏證》：「《説文》云：『赫，火赤貌。』《玉篇》云：『炖，風
> 與火也。烌，光也。煓，火熾也。』各本『赫』訛作『薛』，下衍『貌』
> 字，今訂正。」

《方言》全書沒有稱「某貌」之例，戴震據《方言》行文規律刪除正文「貌」
字。

### （四）訂正《方言》分條之誤

《方言》的體例：一事別為一條，即相同相近的詞或事列為一條；不同的
詞或事則單獨分條。俗本有當為一條而分為兩條的，有當為兩條而連為一條的。
戴震據其體例為其釐定條目。如：

> 《方言》卷九：「車下鈇，陳、宋、淮、楚之間謂之畢。大者謂
> 之綦。（鹿車也。音忌）」

> 《疏證》：「此言維車之索，故郭璞注云：『鹿車也。』前卷五內
> 『維車，東齊海岱之間謂之道軌』，《廣雅》云：『道軌謂之鹿車。』
> 各本『鈇』訛作『鐵』，非也。《玉篇》云：『紩，索也。古作鈇。』
> 據此，紩乃本字，鈇即其假借字。《考工記》『天子圭中必』，鄭注云：
> 『必讀如鹿車綦之綦。謂以組約其中央，為執之以備失隊。』圭中
> 必為組，鹿車綦為索，其約束相類，故讀如之。《士喪禮》『組綦繫
> 於踵』，鄭注云：『綦，履繫也。讀如馬絆綦之綦。』疏云：『馬有絆，
> 名為綦。』此履綦亦拘止履。蓋履綦、馬絆綦與圭中必義皆取於約
> 束。綦、畢古通用。『大者謂之綦』，各本別為一條，又改『者』作
> 『車』，今訂正。」

戴震據字書及文獻注疏詳細論證「鈇」、「必」、「畢」、「綦」皆為繩索，「義皆取
於約束」，為同類詞，故將「車下鈇，陳、宋、淮、楚之間謂之畢」與原本另列
條目的「大者謂之綦」合併為一條。後人皆從戴氏改。周祖謨《方言校箋》指
出：戴氏所改與《原本玉篇》「緅」下所引正合。王引之《經義述聞・春秋名字

解詁》「楚公子結，字子纂」條引《方言》云：「車下鉄，大者謂之纂。」兩條合而為一。又如：

> 《方言》卷九：「凡箭，鏃胡合贏者，四鐮，或曰鈎腸，三鐮者謂之羊頭，其廣長而薄鐮謂之錍，或謂之鈀。箭其小而長，中穿二孔者謂之鈄鑢，其三鐮長六尺者謂之飛蝱，内者謂之平題。」

> 《疏證》：「『鐮』古通用『廉』，亦作『鎌』。『鈎』各本訛作『拘』，『六尺』訛作『尺六』。《注》内『鐮，稜也』，『鐮』訛作『廣』。潘岳《閒居賦》『激矢蝱飛』，李善注引《方言》『凡箭，三鐮謂之羊頭，三鐮長六尺謂之飛蝱。』又引郭璞曰：『此謂今射箭也。鐮，稜也。』《爾雅》《釋文》引《方言》『箭廣長而薄廉者謂之錍。』《廣雅》：『平題、鈀、錍、鈎腸、羊頭、鈄鑢、鏃、箘，鏑也。』本此。」

此條俗本自「箭其小而長」以下另分一條，戴震據《閒居賦》李善注所引《方言》和《廣雅》訓詁訂正分此條為兩條之誤。後人皆從戴氏改。周祖謨《方言校箋》為其補證曰：「《爾雅·釋器》刑昺《疏》引本『或謂之鈀』下即為『其小而長』云云，足證戴氏合併的是。」再如：

> 《方言》卷九：「矛，骹細如鴈脛者謂之鶴膝。有小枝刃者謂之鈎釨矛，或謂之釨。鏢謂之鈹。骹謂之釜。鐏謂之釬。」

> 《疏證》：「戟有鈎釨戟、鈎釨鑷胡之名，矛亦有鈎釨矛之名。各本誤以『矛或謂之釨』別為一條。今訂正。」

戴震用類比的方法證明矛亦有鈎釨矛之名，以「鈎釨矛」連讀，從而訂正俗本分條之訛。

### （五）指出揚雄立說之非

校勘《方言》流傳過程中形成的錯誤是《方言疏證》的主要內容，同時，戴震亦兼校揚雄立說之非。如：

> 《方言》卷八：「鳩，自關而東，周鄭之郊，韓魏之都謂之鵖鵧，其鵖鳩謂之䲪鵧。其大者謂之鳻鳩，其小者謂之鵳鳩，或謂之䳕鳩，或謂之鵳鳩，或謂之鶻鳩。梁宋之間謂之鶻。」

> 《疏證》：「《廣雅》：『鵖鵧，鳩也。鶻鳩，鵖鳩也。鵳鳩、䳕鳩、

鵖鶨、鶺鳩，鶻鳩也。』皆本此。『鷁』即『鳻』，『鶺』即『鶺』《詩・小雅》『翩翩者鵻』，《毛傳》：『鵻，夫不也。』《鄭箋》云：『夫不，鳥之慤謹者也。』陸璣《疏》云：『今小鳩也。一名浮鳩。幽州人或謂之鷭鴟，梁宋之間謂之鵻。揚州人亦然。』『鷭鴟』即『鴟鷭』之訛。《爾雅》：『隹其，鳺鴀。』李巡注云：『今楚鳩也。』郭璞注云：『今鷭鳩。』《左傳》：『祝鳩氏，司徒也。』杜預注云：『祝鳩，鷦鳩也。鷦鳩孝，故爲司徒，主教民。』《釋文》：『鷦，音焦，本又作焦，本或作鶺。』今考『隹』、『鵻』古通用，其作『焦』、作『鷦』者即『隹』『鵻』之訛耳。『鳺鴀』古通用『夫不』，『鶺』古通用『浮』。《詩・衛風》：『於嗟鳩兮，無食桑葚。』毛傳：『鳩，鶻鳩也。』《爾雅》：『鶌鳩，鶻鵃。』郭璞注云：『似山鵲而小，短尾，青黑色，多聲。今江東亦呼爲鶻鵃。舊說及《廣雅》皆云班鳩，非也。』《左傳》：『鶻鳩氏，司事也。』杜預注云：『鶻鳩，鶻鵰也。春來冬去，故爲司事。』『鵰』即『鵃』之訛。據經傳所言者證之，此條之鴟鷭、鶺鳩、鶺鳩、鶺，皆祝鳩也，不與鶻鳩同。『或謂之鶻鳩』一句雜入不倫。」

戴震首先以《廣雅》、《毛傳》、《鄭箋》和陸璣《疏》證明鴟鷭、鶺鳩、鶺鳩、鶺皆爲一類。然後據《左傳》以祝鳩氏爲司徒（祝鳩即鷦鳩），以鶻鳩氏爲司事，證明鶻鳩非祝鳩一類，最後斷定「『或謂之鶻鳩』一句雜入不倫」。又如：

《方言》卷十一：「蟒，宋魏之間謂之蚚，南楚之外謂之蟅蟒，或謂之蟒，或謂之艦（音滕）。」

《疏證》：「《詩・小雅》『去其螟螣』，《毛傳》：『食葉曰螣。』《釋文》云：『螣字亦作蟘，徒得反。』《月令》：『仲夏之月，百螣時起。』《鄭注》云：『螣，蝗之屬。言百者，明眾類並爲害。』《爾雅》：『食葉蟘。』《釋文》云：『蟘字又作蟦，又作蛢，同。徒得反。』《説文》引《詩》作『去其螟蟦』，是『蛢』、『螣』字異音義同。《廣雅》：『蟅蟒，蛢也。』本此。而有『蛢』則無『艦』，此類不宜別立名，及強讀異音。正文『或謂之艦』，『艦』即『蛢』耳。」

戴震由《釋文》訓釋得出『艦』與『蛢』爲異體字，二字同音，從而指出揚雄

單獨立名之非。

## 二、對《方言》郭注的校勘

郭璞以《方言》爲「洽見之奇書，不刊之碩記」，用心爲之作注。郭注不僅廣涉《方言》音讀和詞義，注重音注互相發明，而且聯繫當時語言，歷時研究《方言》，成就斐然。《方言注》是研究《方言》者必參考之書目。戴震把《方言》和郭注看作一個整體加以研究，校正郭注訛誤，使《方言》可完帙卒讀。

### （一）校勘郭注訛文

《方言》卷一：「虔、儇，慧也。自關而東趙魏之間謂之黠，或謂之鬼（言鬼眽也）。」

《疏證》：「『鬼眽』各本訛作『鬼眎』，『眽』俗作『脈』，因訛而爲『眎』。後卷十內『眽，慧也』，《注》云：『今名黠爲鬼眽。』

《廣雅》：『虔、謾、黠、儇、譎、慧、捷、鬼，慧也。』義本此。」

戴震實現本書前後互證，以卷十內注文證明此處「鬼眎」爲「鬼眽」之訛，並運用古文字知識分析了致訛緣由。盧文弨《重校方言》所改同，並補正曰：「潘岳《射雉賦》云：『靡聞而驚，無見自脈。』徐爰《注》引《方言注》曰：『俗謂黠爲脈。言雉性驚鬼黠。』」華學誠《揚雄方言校釋匯證》指出：1916 年《番禺縣續志》載，廣州謂慧黠者曰鬼馬。脈，古音明母魚部；馬，古音明母錫部。二字雙聲韻轉。粵語中鬼馬即郭注中鬼眽。又如：

《方言》卷十一：「鼁䗖，䗥螻也。北燕朝鮮洌水之間謂之蟼蟆。（齊人又呼社公，亦言罔工，音毒餘）」

《疏證》：「《爾雅》：『次蟗，鼁䗖。鼁䗖，䗥螻。』郭注云：『今江東呼蝦螻。』疏全引《方言》此條及注，『罔』作『網』，餘並同。

《廣雅》：『蛛螻、罔工、蠾蝓，蟱蛛也。』『蝓』『蝓』同。『次蟗』，《說文》作『䗉䗐』，云：『作罔蛛蝓也。』注內『罔工』各本訛作『周公』，今據《廣雅》及《爾雅》疏所引訂正。」

《爾雅》疏所引《方言注》「罔公」作「網公」，《資治通鑑·漢成帝元延三年》：「南驅漢中，張羅罔罝罘，捕熊羆禽獸。」胡三省注云：「罔，與網同。」《廣

雅》字正作「罔」。又據《說文》可知：鼅鼄之所以呼「罔公」，以其會作罔。所以戴氏改注文「周公」爲「罔公」。再如：

> 《方言》卷六：「聳（山項反）、獎，欲也。（皆強欲也）荊吳之間曰聳，晉趙曰獎。自關而西秦晉之間相勸曰聳，或曰獎。中心不欲，而由旁人之勸語，亦曰聳。凡相被飾亦曰獎。」

> 《疏證》：「『山頂反』各本『反』訛作『也』。後卷十三有『聳』字，《注》內亦音『山頂反』。聳，從耳，從聲。不當入迥韻，『頂』應是『項』之訛。方音入『講』韻耳。」

戴震精通古韻，他運用古韻知識訂正郭璞注音訛文，並從本書內取得內證，從而改「山頂也」爲「山項反」。

## （二）補足郭注脫文

> 《方言》卷二：「私、策、纖、葰、稺、杪，小也。小或曰纖，繒帛之細者謂之纖。東齊言布帛之細者曰綾，秦晉曰靡。（靡靡，細好也）」

> 《疏證》：「《長門賦》『觀夫靡靡而無窮』，王延壽《魯靈光殿賦》『何宏麗之靡靡』，《注》皆云：『郭璞《方言注》曰：靡靡，細好也。』今《方言》各本《注》內脫一『靡』字，據此所引訂補。」

他書有引用《方言注》者，皆可與《方言注》互證，此條戴震據《文選注》所引郭注，補脫文「靡」字。又如：

> 《方言》卷十三：「冢，秦晉之間謂之墳，凡葬而無墳謂之墓，（墓猶慕也）所以墓謂之壠。」

> 《疏證》：「諸刻脫『墓猶慕也』四字。今從永樂大典本補。」

此條戴震據永樂大典本補郭注脫文「墓猶慕也」四字。周祖謨《方言校箋》云：「《御覽》卷五五七引同，當據正。」

## （三）刪除郭注衍文

> 《方言》卷六：「怠、阤（音蟲豸），壞也。」

> 《疏證》：「《注》內『音蟲豸』三字，各本作『音虫豸未曉』五

字。『虫』即『蟲』之省，『未曉』二字蓋閱是書者所記，以虫豸不可曉耳。虫，許偉反，與『蟲』異，故也。不當雜入《注》文，今刪。」

此條「未曉」爲旁記誤入正文，戴震刪此二字。又如：

《方言》卷十一：「蠀螬謂之蟦（翡翠）。自關而東謂之蝤蠀，或謂之卷蠾（書卷），或謂之蟫蟴。」

《疏證》：「注內『翡翠』、『書卷』當作『音翡翠之翡』，『音書卷之卷』。各本訛作『翡翠反』，今訂正。」

「蟦」，《廣韻》「符非切」，奉紐微部；翡，《廣韻》「扶沸切」，奉紐微部。二字音同，郭注以「翡」注「蟦」。戴氏刪「反」字爲是。周祖謨《方言校箋》指出：「《御覽》卷九四八引不誤。」陳與郊《類聚》本亦作「音翡翠」。

### （四）糾正郭注倒文

《方言》卷十二：「硍、磳，堅也。（硍磳皆名石物也）」

《疏證》：「宋玉《高唐賦》『振陳磳磳』。張衡《思玄賦》『行積冰之磳磳兮』。李善注皆引《方言》：『磳，堅也。』《易·說卦》：『硍爲小石。』《說文》：『磳，礛也。』故注云：『硍、磳皆名石物也。』『石』字各本訛在『名』上，今訂正。」

「石名物」義不可通。原本《玉篇》「磳」下云：「《方言》：磳，堅也。郭璞曰：石物堅也。」石物堅實謂之硍、謂之磳，又用之名堅硬的石物，故戴震改注文爲「名石物」。

### （五）訂正郭注立說之非

《方言疏證》除訂正郭注流傳過程中形成的文字訛誤外，還校正郭璞立說之誤。如：

《方言》卷十一：「蠅，東齊謂之羊。（此亦語轉耳。今江東人呼羊，聲如蠅。凡此之類皆不宜別立名也）陳楚之間謂之蠅。自關而西秦晉之間謂之羊。」

《疏證》：「『蠅』、『羊』一聲之轉，羊可呼蠅，蠅亦可呼爲羊，方音既異，遂成兩名。書中皆此類，《注》以爲不宜別立名，非也。」

同一事物在不同方言區域名稱相異，往往皆因方音變異而記以他字。如卷十所說，火在楚言煨，在齊言煋，皆火之語轉，所以戴氏指出「書中皆此類，《注》以為不宜別立名，非也。」又如：

> 《方言》卷十二：「築（度六反，《廣雅》作妯）娌，匹也。（今關西兄弟婦相呼為築娌）」

> 《疏證》：「《注》內度六反乃類隔，改音和則直六反。」

「類隔」指反切上字與所切之字聲不同類。「築」，上古音屬「章」紐，「度」，上古音屬「定」紐，章定不同類，故戴震訂正郭璞注音為「直六反」。「直」與「築」同紐。

## 三、對引書的校勘

戴震採用集注形式疏證《方言》，廣徵博引，貫通古今。凡是與《方言》性質相同、相近或相關的文獻材料，包括引用本書之他書，性質相同的字書，以及古書傳注，皆一一為我所用。同時，戴震採用「交互參訂」之法，對所徵引材料或參之《方言》、郭注，或驗之其他典籍，為之匡謬訂訛、刪衍補脫。例如：

> 《方言》卷二：「私、策、纖、茇、稱、杪，小也。木細枝謂之杪，江、淮、陳、楚之內謂之茂，青、齊、兗、冀之間謂之蔑，燕之北鄙，朝鮮、洌水之間謂之策。故《傳》曰：『慈母之怒子也，雖折蔑笞之，其惠存焉。』」

> 《疏證》：「左思《魏都賦》『弱蔑係實』，劉逵《注》云：『蔑，木之細枝者也。揚雄《方言》曰：「青、齊、兗、豫之間謂之蔑。故《傳》曰：『慈母怒子，折蔑而笞之，其惠存焉。』」』『沇』俗通作『兗』，此所引『冀』訛作『豫』。」

> 《方言》卷四：「袒飾謂之直衿。（婦人初嫁所著上衣直衿也。袒音但）」

> 《疏證》：「《玉篇》云：『宜衿，夫人初嫁所著上衣也。』『宜』即『直』之訛。」

古代注釋家為使己說信而有據，常常徵引字書辭書為憑，劉逵注《魏都賦》「蔑」字，引《方言》為證，而訛「冀」字為「豫」。《玉篇》晚成於《方言》，

有本《方言》、郭注立說者,《玉篇》「宜衿,夫人初嫁所著上衣也」,顯然本之郭注而有文字訛誤,戴震爲其一一指出,以免貽誤後學。

　　《方言疏證》對徵引材料的校訂還涉及衍文、脫文、倒文和引文出處錯誤幾類。衍文類如:

　　　　《方言》卷二:「奕、僷,容也。自關而西凡美容謂之奕,或謂之僷。宋衛曰僷,陳楚汝潁之間謂之奕。」

　　　　《疏證》:「《詩·商頌》『萬舞有奕』,《毛傳》:『奕奕然閑也。』《疏》云:『奕,萬舞之容,故爲閑也。』《魯頌》『新廟奕奕』,鄭《箋》云:『奕奕,姣美也。』陸機《贈馮文熊遷斥丘令詩》『奕奕馮生』,李善《注》引《方言》:『自關而西,凡美容謂之奕奕。』因詩辭遂誤重一『奕』字。」

　　　　《方言》卷十三:「籠,南楚江、沔之間謂之篣,或謂之笯。」

　　　　《疏證》:「《楚辭·懷沙篇》『鳳皇在笯兮』,王逸《注》云:『笯,籠落也。』洪興祖《補注》引《說文》曰:『籠也。南楚謂之笯。』今《說文》作『鳥籠也』,無『南楚謂之笯』句。」

上例戴震據《方言》訂正《文選注》引文錯誤,即衍一『奕』字。下例以《說文》指出《楚辭補注》衍出「南楚謂之笯」數字。脫文類如:

　　　　《方言》卷七:「茹,食也。吳越之間,凡貪飲食者謂之茹。」

　　　　《疏證》:「《廣雅》:『茹,食也。』義本此。《爾雅》:『啜,茹也。』《疏》引《方言》此條,脫『之間』二字。」

　　　　《方言》卷九:「車輨,(車軸頭也。於屬反)齊謂之轆。」

　　　　《疏證》:「《史記·田單列傳》『令其宗人盡斷其車軸末,而傅鐵籠』,《索隱》云:『斷其軸,恐長相撥也。以鐵裹軸頭,堅而易進也。傅者,截其軸與轂齊,以鐵鍱附軸末,施轆於鐵中以制轂也。《方言》曰:「車輨,齊謂之籠。」郭璞云:「車軸也」』『籠』即『轆』,古通用。所引郭《注》脫一『頭』字。」

此兩例分別據《方言》和《方言注》訂正《爾雅疏》和《史記索隱》引文脫字之誤。倒文類如:

《方言》卷四:「襂褗謂之幭。」

《疏證》:「《韓非子·外儲說左篇》:『衛人有佐弋者,鳥至,因先以其褗麾之焉。』《廣韻》:『襂褗,幭也。』本此。《玉篇》云:『褗襂,韤也。幭也。』二字誤倒。」

《方言》卷五:「甖,陳、魏、宋、楚之間曰瓵,或曰瓶。」

《疏證》:「『覶』、『甖』同音,蓋一字。《荀子·大略篇》『流丸止於甌臾』,楊倞《注》引《方言》:『陳、魏、楚、宋之間謂甖爲臾。』『瓵』『臾』古通用。『宋楚』訛作『楚宋』。」

引文出處錯誤類如:

《方言》卷十:「欸、譬,然也。南楚凡言然者曰欸,或曰譬。」

《疏證》:「《楚辭·涉江篇》『欸秋冬之緒風』,王逸《注》云:『欸,歎也。』洪興祖《補注》引《方言》:『欸,然也。南楚凡言然者曰欸。』韋孟《諷諫詩》『勤唉厥生』,李善《注》引《方言》曰:『唉,歎辭也。』此非《方言》文。」

《方言》卷十一:「螳蜋謂之髦,或謂之虰,或謂之蚸蚸。」

《疏證》:「『蜋』亦作『蠰』。《月令》『仲夏之月,螳蠰生。』鄭《注》云:『螳蠰,螵蛸母也。』歐陽詢《藝文類聚》云:『王瓚問曰:《爾雅》云:莫貈、螳蠰,同類物也。今沛、魯以南謂之蟷蠰,三河之域謂之螳蠰,燕、趙之際謂之食胧,齊、濟以東謂之馬敫,然名其子則同云螵蛸。是以《注》云:螳蠰,螵蛸母也。』此所引蓋《鄭志》文,唐時猶存,而孔穎達《正義》於《月令》引《方言》云:『潭、魯以南謂之蟷蠰,三河之域謂之螳蠰,燕、趙之際謂之食厖,齊、杞以東謂之馬穀,然名其子同云螵蛸也。』所引亦即《鄭志》,當是不知者妄改爲《方言》。」

更爲甚者,有本前人之書立說而誤讀其書,造成學術錯誤者,這也爲戴震校勘對象。如:

《方言》卷十:「嘽咺、譠謾,拏也。東齊周晉之鄙曰嘽咺。嘽咺,亦通語也。南楚曰譠謾,或謂之支注,或謂之詀諀,轉語也。拏,

揚州、會稽之語也。或謂之惹，或謂之謰。」

　　《疏證》：「《廣雅》：『讕哰，謰謱也。惹、謰，挐也。』皆本此。
《說文》：『挐，牽引也。譇挐，羞窮也。』又《言》部云『謰謱』，
《辵》部云『連邅』。《玉篇》作『嗹嘍』，『挐』又作『詉』，云：『譇
詉，言不可解。嗹嘍，多言也。惹，亂也。謰，言輕也。』譇，《廣
韻》作『傝』，云：『讕哰、傝挐，語不可解。嗹嘍，言語繁絮貌。
連嘍，煩貌。謰謱，小兒語。』隨文立訓，義可互見。《廣韻》於『謰』
字下云『轉語』則誤讀《方言》。」

「讕哰」、「謰謱」、「支注」和「詀謑」皆為言語繁絮不可解之義。揚雄於「謰」
後言「轉語」者，旨在說明它們的不同在於語音之轉變。《廣韻》誤讀《方言》，
以「轉語」釋「謰」。又如：

　　《方言》卷十三：「盂謂之櫨。河濟之間謂之𥂀𥂁。椀謂之盌。
盂謂之銚銳，木謂之㭠㭐。」

　　《疏證》：「《廣雅》：『櫨案𥂁、銚銳、㭠㭐、盌、椀，盂也。』
本此。『盌』、『銚銳』已見前卷五內。『㭠㭐』各本訛作『涓抉』，今
訂正。《玉篇》云：『櫨，盂也。𥂀𥂁，大盂也。盌，小盂，亦作椀。
盌，椀也。椀謂之㭠，盂屬也。㭐，椀也。』『㭠』、『㭐』雙聲，二
字合為一名，《玉篇》分言之，誤矣。」

「㭠㭐」為雙聲聯綿詞，聯綿詞以其聲音表達詞義，故以整體形式出現，不可
分割。《玉篇》以「椀」分釋「㭠」、「㭐」二字，是誤本《方言》。

　　《方言疏證》校及書目達二十多種，主要有：《爾雅注》、《說文》、《廣雅》、
《玉篇》、《類篇》、《集韻》、《廣韻》、《經典釋文》、《文選注》、《漢書注》、《後
漢書注》、《列子注》、《荀子注》、《史記索隱》、《史記集解》、《三禮注》、《楚
辭補注》、《廣雅音釋》、《初學記》、《十三經注疏》等。戴震對引用書目的校
訂，為我們提供了寶貴的研究資料。

## 四、對《方言》別本校勘

　　《永樂大典》本為明代官修本類書，其資料來源近於古本。《四庫全書總
目·方言》云：「其書世有刊本，然文字古奧，訓義深隱，校讎者猝不易詳，

故斷爛訛脫幾不可讀，錢曾《讀書敏求記》嘗據宋槧駁正其誤，然曾家宋槧今亦不傳，惟《永樂大典》所收猶爲完善，檢其中『秦有榛娥之臺』一條，與錢曾所舉相符，知即從宋本錄入。」〔註10〕曹毅之本爲明代影印宋刊本，就其版本學上的價值而言，亦可以稱爲古本，近於善本。戴震「從《永樂大典》內得善本」後，更斟酌曹毅之本，對俗本《方言》進行對校。由於戴氏本著「交互參訂」之原則，故用永樂大典本與曹毅之本校勘俗本的同時，戴氏亦指出永樂大典本和曹毅之本訛誤，使此殘彼足者得以互補。例如：

　　《方言》卷十三：「臆，滿也。（愊臆，氣滿之也）」

　　《疏證》：「《廣雅》『臆、溢、豐，滿也。』永樂大典本『滿』作『懣』，據《廣雅》證之，應以作滿者爲正。」

　　《方言》卷十三：「䵥，色也。（䵥然，赤黑貌也。音爽）」

　　《疏證》：「《廣雅》：『䵥，色也。』本此。《注》內『黑』字諸刻作『毛』，永樂大典本及曹毅之本作『色』，皆訛舛。《玉篇》云：『䵥，赤黑色也。』《廣韻》於『䵥』字云『赤黑貌』，今據以訂正。」

上一例中俗本字作「滿」，永樂大典本作「懣」，戴震據《廣雅》證明俗本之是和永樂大典本之非。下一例中戴震據《玉篇》、《廣韻》同時訂正了俗本、永樂大典本和曹毅之本之誤。

　　《方言疏證》中，有關校勘者凡206處。其中校訛文171處，約占總數的83%；校字音2條；校脫文13處；校衍文6處；校倒文4處；訂分條4處；正立說之誤6處。孫詒讓《札迻序》曰：「秦漢文籍，誼旨奧博。字例文例，多與後世殊異……復以竹帛梨棗鈔刻屢易，則有三代文字之通假，有秦漢篆隸之變遷，有魏晉正草之混淆，有六朝唐人俗書之流失，有宋元明校槧之改，選選百出，多歧亡羊。非覃思精勘，深究本原，未易得正也。」〔註11〕此爲深得校勘甘苦之言。戴震十六七歲之前就精研《說文解字》，「三年盡得其節目，又取《爾雅》、《方言》及漢儒傳、注、箋之存於今者，參伍考究。盡通前人所合集《十三經注疏》，能全舉其詞。」〔註12〕正是這種深厚的小學功底和廣博的文獻基礎

---

〔註10〕《四庫全書總目》。

〔註11〕孫詒讓《札迻》，中華書局，2000年。

〔註12〕《戴東原先生年譜》己未條。

使戴震獨具慧眼，明察秋毫，發現訛誤，勇斷是非，恩澤後學。

## 五、《方言疏證》所用校勘術語

「科學的概念需要明確的術語來表達。術語是科學理論形成的基礎，又是發展理論的必要條件。術語不僅是消極地記載概念，而且反過來也影響概念，使它明確，並把它從鄰近的概念中區別出來。」〔註 13〕校勘術語是校勘水準之重要標識。戴震校勘《方言》，既繼承傳統校勘術語，又有創新，顯得簡單清晰而又靈活多變。具體而言，他所常用術語有以下數種：

### （一）訛作、當作

「訛作」是戴震用以糾正《方言》字誤的一般性術語。其含義即某字訛誤成某字，如卷四「袀繏謂之禪」條，戴震《疏證》云：「『禪』各本訛作『褌』。」卷四「袒飾謂之直袊」條，《疏證》云：「『袊』各本訛作『衿』。」「訛作」偶爾也被用於校勘倒文。如卷九「凡箭，其三鐮長六尺者謂之飛蛗」，《疏證》云：「『六尺』訛作『尺六』。」術語「訛作」有時亦用單字「訛」字表示，表述形式爲「某即某之訛」、「某乃某之訛」、「某字轉寫之訛」，一般用於對所引書目字誤的糾正。如：卷四「復襦江湘之間謂之䘞，或謂之筩褹」條，戴震指出李善注引《方言》「『湖』乃『湘』之訛。『簫』乃『筩』之訛」。術語「當作」一般用來糾正《方言》注音之訛。如卷一「敦，豐，厖，大也」條，戴震指出：「《注》內『鶝鳩』、『般桓』當作『音鶝鳩之鶝』、『音般桓之般』。」「當作」偶爾也被用爲誤字校勘，如卷一：「烈，枿，餘也。（謂烈餘也）」《疏證》云：「《注》內烈餘當作遺餘。」

### （二）衍、脫

術語「衍」用於指出文獻中多出的文字。如《方言》卷二：「儴，渾，膿，䑋，膠，泡，盛也。梁益之間，凡人言盛及其所愛，偉其肥晠謂之䑋。」《疏證》云：「今《方言》各本作『凡人言盛及其所愛曰諱其肥臕謂之䑋。』明正德己巳影宋曹毅之刻作『曰偉』，皆衍『曰』字。據《說文》及《漢書注》、《文選注》刪。」術語「脫」指出文獻中闕漏的文字。如卷六：「聳，聹，聾也。

---

半聾，梁益之間謂之睰。聾之甚者，秦晉之間謂之矔。（言聥無所聞知也。《外傳》：『聾聵司火。』音蔑聵）」《疏證》云：「注內『言聥無所聞知也』，諸刻脫『聥』字及下句『司火』二字，惟永樂大典本有之。《說文》云：『聥，無知意也。』」

### （三）誤　連

「誤連」指出《方言》分條不清，造成讀句錯誤。如卷四：「蔽膝，江淮之間謂之褘，或謂之袚。魏宋南楚之間謂之大巾，自關東西謂之蔽膝，齊魯之郊謂之袡。」《疏證》云：「《爾雅·釋器》：『衣蔽前謂之襜。』郭注云『今蔽膝也。』《釋文》云：『襜本或作襜。《方言》作袡。』《疏》全引《方言》此條，文並同。末句誤連下文『襦』字引之。」

李建國云：「一門科學用語所代表的基本概念是否精確，是這門科學是否形成或完善的表徵。」〔註14〕《方言疏證》中一種錯訛現象常由一種主要術語表達，如文字訛誤主要用「訛作」，脫文用「脫」，衍文用「衍」……戴震的校勘術語含義精確明瞭，這不僅對後世校書家產生了極為深遠的影響，亦大大促進了校勘學理論的形成。

## 第二節　《方言疏證》的校勘方法

戴震《方言疏證》共正訛字 281，補脫文 27，刪衍字 17。經過戴震的校理，《方言》已成為治經者必參考之書目。戴震校勘成就的取得，與其各種校勘方法的運用密不可分。對於校勘方法，前人有不同見解。葉德輝於《藏書十約》中把前人校勘方法歸結為「死校」和「活校」兩種。陳垣於《校勘學釋例》中將校勘方法歸納並界定為對校法、他校法、本校法和理校法四種。陳氏四校法被公認為已「走上科學的軌道」〔註15〕。「陳氏『四校法』，為建立校勘方法的科學體系奠定了堅實的基礎，在校勘學史上是一個卓越的貢獻。」〔註16〕本文依據陳氏四校法對戴震《方言疏證》所用的校勘方法進行具體分析。

〔註14〕李建國《漢語訓詁學史》，安徽教育出版社，1986 年，260 頁

〔註15〕胡適《〈元典章〉校補釋例序》，陳垣《校勘學釋例》，上海書店出版社，1997 年。

〔註16〕白兆麟《校勘訓詁論叢》，安徽大學出版社，2001 年，19 頁。

## 一、對校法

　　對校法，就是先擇定一個底本，再用其他異本逐字地同它對校。陳垣說：
「昔人所用校書法不一，今校《元典章》所用者四端：一為對校法，即以同
書之祖本或別本對讀，遇不同之處，則注於其旁。劉向《別錄》所謂『一人
持本，一人讀書，若怨家相對者』即此法也。此法最簡便、最穩當，純屬機
械法。其主旨在校異同，不校是非，故其短處在不負責任，雖祖本或別本有
訛，亦照式錄之。」〔註17〕《方言疏證》以何種本子為底本，戴震沒有交代，
書中常提到參酌裁定的《永樂大典》本和曹毅之本，當為別本，而於此二本
之外必有底本。戴震的對校法，在「一底二別」之數本對校的基礎上確定其
取捨而求定本，和陳垣所說的「在校異同，不校是非」有很大的不同。戴震
的做法，似乎有意為後人再校《方言》提供底本。《方言疏證》共引《永樂大
典》本 22 例，曹毅之本 12 例。例如：

　　　　《方言》卷十二：「蒔、植，立也。」

　　　　《疏證》：「『植』各本多訛作『殖』，曹毅之本不誤。」

　　　　《方言》卷十：「嘖、無寫，憐也。（皆南鄙之代語也）」

　　　　《疏證》：「注內『南鄙之代語』，謂語相更代。諸刻作『秦漢之
　　代語』，蓋不知者所妄改，今從《永樂大典》本。」

　　　　《方言》卷二：「自關而西，秦晉之間，凡美色，或謂之好，或
　　謂之窕。故吳有館娃之宮，秦有漆娥之臺。」

　　　　《疏證》：「諸刻脫『秦有』二字，《永樂大典》本、曹毅之本俱
　　不脫。」

戴震分別據永樂大典本和曹毅之本正《方言》之訛文，補《方言》之脫文。永
樂大典本為明代官修本類書，其資料來源近於古本。曹毅之本為明代影印宋刊
本，就其版本學上的價值而言，亦可以稱為古本，近於善本，故有較大的參考
價值，自有可據者。

## 二、他校法

　　他校法就是用他書校本書的方法。陳垣在談到他校法時說：「他校者，以

他書校本書，凡其書有採自前人者，可以前人之書校之，有為後人所引用者，可以後人之書校之，其史料有為同時之書所併載者，可以同時之書校之，此等校法，範圍較廣，用力較勞，而有時非此不能證明其訛誤。」〔註18〕他校法是《方言疏證》廣泛運用的校勘方法。戴震憑藉其深厚的文獻功底，採用引經據典，旁徵博引的方法校勘《方言》。他於《方言疏證序》中說：「許慎《說文解字》、張揖《廣雅》多本《方言》而自成著作，不加所引用書名……蓋是書漢末晉初乃盛行，故應劭舉以為言，而杜預以釋經，江瓊世傳其學，以至於式。他如吳薛綜述《二京解》，晉張載、劉逵注《三都賦》，晉灼注《漢書》，張湛注《列子》，宋裴松之注《三國志》，其子駰注《史記》，及隋曹憲、唐陸德明、孔穎達、長孫納言、李善、徐堅、楊倞之倫，《方言》及注，幾備見援。」〔註19〕戴震言下之意，凡晚成於《方言》的《說文》、《廣雅》等字書，徵引《方言》或郭注之傳注，皆足以為考訂《方言》之資。其實，戴震所引之書也有先成於《方言》的《爾雅》和先秦典籍，它們同為記錄古代的客觀世界，而客觀情況多同少異，故先成之書也可用以參照比較。這樣，《方言》原本錯誤可根據《爾雅》以及先秦典籍來訂正，郭注以後至隋唐間傳寫的錯誤，可據唐以前之書訂正。宋以後錯誤，可據唐宋間書校訂。這些同類之書，「備見援引」的材料皆是校勘《方言》有利的佐證。所以戴震「廣搜群籍之引用《方言》及注者，交互參訂」〔註20〕。《疏證》引用書目達101種，共採書證3268條。除注釋之需外，一個重要原因是他校法的運用。

## （一）據同類字書、韻書校勘

《方言》卷六：「揞、揜、錯、摩，藏也。荊楚曰揞，吳揚曰揜，周秦曰錯，陳之東鄙曰摩。」

《疏證》：「『藏』各本訛作『滅』，今訂正。《廣雅》：『揞、揜、錯、摩，藏也。』《說文》：『揜，覆也。』《玉篇》：『揞，藏也。』《廣韻》：『揞，手覆。錯，摩也。摩，隱也。』皆於藏之義合。」

《廣雅》、《玉篇》直接訓「揞」為「藏」，《說文》、《廣韻》訓「揜」為「覆」，

---

〔註18〕《校勘學釋例》，120頁。

〔註19〕《方言疏證序》。

〔註20〕《方言疏證序》。

亦「於藏之義合」，故戴震据以改《方言》「滅」字爲「藏」。

　　　　《方言》卷八：「雞雛，徐、魯之間謂之鷀子。（子幽反）」

　　　　《疏證》：「『鷀』字，各本訛作『秋侯』二字。《廣雅》：『鷀，雛也。』曹憲《音釋》：『鷀，子幽反。』與此注同。《玉篇》、《廣韻》並云『鷀，雞雛。』今據以訂正。」

戴震据《廣雅》、《玉篇》、《廣韻》的訓詁和《廣雅音釋》校改「秋侯」爲「鷀」。

## （二）據他書引文校勘

　　　　《方言》卷九：「所以藏箭弩謂之箙。弓謂之鞬，或謂之皷丸。」

　　　　《疏證》云：「各本『丸』訛作『凡』，因誤在下條『矛』字上。《南匈奴傳》『弓鞬皷丸一』，注云：『《方言》：「藏弓爲鞬，藏箭爲皷丸。」』即箭箙也。』《春秋·昭公二十五年左傳》『公徒釋甲執冰而踞』，服虔注云：『冰，櫝丸蓋也。』疏引《方言》：『弓藏謂之鞬，或謂之櫝丸。』今據此兩引訂正。」

戴震據《後漢書·南匈奴傳注》和《春秋·昭公二十五年左傳疏》兩引《方言》，確定「凡」乃「丸」字之訛。

　　　　《方言》卷十：「垤、封，場也。楚郢以南蟻土謂之封。垤，中齊語也。」

　　　　《疏證》：「『謂之封』各本訛作『謂之垤』，《太平御覽》及吳淑《事類賦注》引《方言》：『楚郢以南，蟻土謂之封。』據以訂正。」

此條戴震據類書所引《方言》訂正。

## （三）據文獻、傳注校勘

　　　　《方言》卷二：「鷁、託、庇、寓、艛，寄也。齊、衛、宋、魯、陳、晉、汝、潁、荊州、江、淮之間曰庇，或曰寓。寄食爲鷁。（《傳》曰『鷁其口於四方』是也）」

　　　　《疏證》：「注內『庇陰』當作『音庇陰之庇』。『鷁其口』各本訛作『鷁予口』，今據《左傳》改。」

　　　　《方言》卷十一：「春黍謂之䗩蝑。（䗩，音豄，蝑，音墙沮反。

又名蚣蝑，江東呼蚚蝑）」

《疏證》：「《詩‧周南》『螽斯羽』，《毛傳》：『螽斯，蝑也。』《釋文》云：『蚣，《字林》作蚣，郭璞：「先工反。」蝑，粟居反。郭璞：「才與反。」』注內『牆』各本訛作『壞』，『蝑』訛作『蛪』，今據《詩‧釋文》訂正。」

汪灼曰：「（戴震）學宗漢鄭君康成，六經、秦漢之書無不讀。」〔註21〕戴震諳習經傳注疏之文，故其他校法能運用得左右逢源。但是誠如程千帆於《校讎廣義》中所述：「用此法更需要慎重一些，因為人們引用材料時是各取所需的，所以或刪節以省篇幅，或改動以就文義，皆所難免，不能一概以他書所引為是，本書現存文字為非。」〔註22〕戴震他校法也有此種錯誤。例如：

《方言》卷一：「延，年長也。凡施於年者謂之延，施於眾長謂之永。」

《疏證》：「『年長也』之『年』，各本訛作『永』。嵇康《養生論》『芬之使香而無使延。』李善注引《方言》：『延，年長也。』《爾雅‧釋詁》：『永、悠、引、延、融、駿，長也。』郭注云：『宋、衛、荊、吳之間曰融。』《疏》引《方言》：『延，年長也。凡施於年者謂之延，施於眾長謂之永。』據此兩引『年長』，可為確證矣。」

戴震據《文選注》所引《方言》和《爾雅疏》改原文「永」字為「年」，是不正確的。盧文弨《重校方言》駁之甚詳，曰：「延，永長也。考宋本亦如是，李善注《文選》於阮籍《詠懷詩》『獨有延年術』，引《方言》『延，長也。』於嵇康《養生論》又引作『延，年長也。』蓋即隱括施於年者謂之延意。《爾雅疏》引《方言》遂作『延，年長也。』不出永字，則下文『永』字何所承乎，若上文作『延，年長也』，下文只當云『永，眾長也』，亦可矣，何必更加分疏，或遂據《爾雅疏》改此文誤甚。案：《書》『唯以永年』，降年有永有不永，永未嘗不可施於年也。」盧文弨從李善兩次徵引而文有差異，說明李注不足為據，並指出《方言》分疏「延」、「永」，而「永」字上無所承，說明

〔註21〕《四先生合傳》，《戴震全書》七，42 頁。

〔註22〕《校讎廣義》，403 頁。

戴震改「永」為「年」非是。

## 三、本校法

　　本校法即以本書前後互證，發現其異同，而抉擇其正誤。陳垣《校勘學釋例》云：「此法於未得祖本或別本以前，最宜用之。予於《元典章》曾以綱目校目錄，以目錄校書，以書校表，以正集校新集，得其節目訛誤若干條。至於字句之間，則循覽上下文義，近而數頁，遠而數卷，屬詞比事，牴牾自見，不必盡據異本也。」〔註23〕戴震諳習《方言》，故能融會貫通，實現前後互證。例如：

　　　　《方言》卷四：「襦，西南蜀漢謂之曲領，或謂之襦。」

　　　　《疏證》：「後卷五內『西南蜀漢之郊』，此條或改『蜀』為『屬』者非。」

　　　　《方言》卷十三：「枚，凡也。」

　　　　《疏證》：「『枚』各本訛作『牧』，前卷十二『簡，枚也。』《廣雅》：『枚、簡，凡也。』今據以訂正。」

同時，戴震還實現《方言》與郭注互證，或郭注前後互證，例如：

　　　　《方言》卷三：「蘇、芥，草也。南楚江湘之間謂之莽（嫫母反）。」

　　　　《疏證》：「『謂之莽』各本訛作『謂之芥』。注內『嫫母反』脫『反』字。後卷十『莽，嫫母反』可證此條訛脫。」

「後卷十」指本書卷十：「茻，莽（嫫母反），草也。」此條戴震用本書注音校改正文及郭注訛誤。

　　　　《方言》卷五：「盂，宋、楚、魏之間或謂之盌，盌謂之盂，或謂之銚銳（謠音）。」

　　　　《疏證》：「注內『謠音』即『音謠』，各本訛作『謠語』，後卷十三內『銚銳』下亦作『謠音』，皆謂『銚』讀如『謠』也。」

「後卷十三」指本書卷十三：「盂謂之銚銳（謠音）。」戴震用本校法校郭注，但將本書內「謠音」說成「音謠」，則又是據注音體式而言的。

---

〔註23〕《校讎廣義》，118頁。

## 四、理校法

理校法，即推理的校勘，它是「以充足理由爲依據的校勘方法，也稱推理校勘法」〔註24〕。理校法是校勘工作的補充方法。「當我們發現了書面材料中的確存在著錯誤，可又沒有足夠資料可供比勘時，就不得不採用推理的方法來加以改正。」〔註25〕戴震是在西學東漸的文化背景下成長起來的一代巨儒，邏輯推理對他來說完全是得心應手之事。戴震所用理校法可分爲兩類：一類是根據文字、音韻、訓詁等小學知識校勘；一類是根據《方言》體例校勘。

### （一）根據文字、音韻等小學知識校勘

戴震少年時期就精研《說文解字》，又取《爾雅》及漢儒傳、注、箋之存者，參伍考究，打下了堅實的小學功底，加之戴震精通古音，故其能將文字、音韻、訓詁知識運用於古籍校勘，實行形音義互求。

### 1·根據文字學知識校訂

例如：

> 《方言》卷五：「飤馬橐，自關而西謂之淹囊，或謂之淹篼，或謂之𡳞篼。燕齊之間謂之帳。」

> 《疏證》：「『飤』即古『飼』字，各本訛作『飲』，字形相近而訛。」

「飼」字古文作「飤」。《說文·食部》：「飤，糧也。從人、食。」段玉裁《注》云：「或作飼。」唐玄應《一切經音義》卷一四引《蒼頡訓纂》曰：「飤，以食與人曰飤。」「飤」與「飲」形近而訛。「篼」，《玉篇》云：「飼馬器也。」即給馬餵食的竹筐。此條戴震據古文字形體校正訛文。又如：

> 《方言》卷十：「矂、䁈、矚、盷、占、伺，視也。䁈，中夏語也。（亦言睐也）」

> 《疏證》：「注內『睐』各本訛作『睤』，今訂正。」

《玉篇》：「睐，視也。」《廣韻》：「睐，視貌。」「睤」，字書無此字，僅因「果」與「累」形近而致訛。

---

〔註24〕錢玄《校勘學》，江蘇古籍出版社，1998 年，113 頁。

〔註25〕《校讎廣義》，415 頁。

　　文字在流傳過程中，常受後代俗字影響而改變文字的原貌。戴震據俗體訂正訛文。例如：

　　　　《方言》卷一：「虔、儇，慧也。自關而東趙魏之間謂之黠，或謂之鬼。（言鬼眿也）」

　　　　《疏證》：「『鬼眿』各本訛作『鬼眎』。『眿』俗作『脈』，因訛而爲『眎』。」

　　　　《方言》卷二：「臺、敵，匹也。東齊海岱之間曰臺。自關而西，秦晉之間物力同者謂之臺敵。」

　　　　《疏證》：「『匹』各本訛作『延』。『匹』俗作『疋』，遂訛而爲『延』。」

俗字是異體字的一種，是指「漢字史上各個時期與正字相對而言的而主要流行於民間的通俗字體」[註26]。《方言》中「眿」與「眎」，「匹」與「延」楷書形體相差甚遠，但因俗體字形相似而訛。

## 2・運用古音知識校訂

　　例如：

　　　　《方言》卷十二：「儒輸，愚也。（儒輸猶懦撰也）」

　　　　《疏證》：「以雙聲疊韻考之，儒、輸疊韻也。不當作『懦』。注內懦、撰亦疊韻也。懦，讓犬反，撰，士免反。各本『懦』訛作『儒』。」

聯綿詞多爲雙聲疊韻，戴震據此校正訛字。儒，日紐侯韻，輸，審紐侯韻；懦，泥紐侯韻，撰，床紐元韻。儒、輸聲近韻同，爲疊韻聯綿詞；懦、撰聲近韻通轉。又如：

　　　　《方言》卷五：「楲，燕之東北，朝鮮洌水之間謂之椴。（江東呼都，音段）」

　　　　《疏證》：「各本椴訛作椵。椴，徒亂反，椵，古雅反。都、椴一聲之轉。」

戴震用音韻知識及音轉理論，校改「椵」爲「椴」。《廣雅・釋宮》「椴、楲，

---

〔註26〕張湧泉《敦煌俗字研究》（上編），上海教育出版社，1996年，2頁。

杕也。」曹憲音都館反。《萬象名義》云：「椴，徒館反，杕也。」皆證明戴氏所改爲是。

### 3·根據諧聲校勘

例如：

《方言》卷十：「譀，不知也。（音癡眩，江東曰咨，此亦知聲之轉也）沅澧之間（澧水今在長沙，音禮）凡相問而不知，答曰譀；使之而不肯，答曰吢。」

《疏證》：「『譀』各本訛作『誄』，今訂正。《玉篇》云：『譀，不知也。丑脂丑利二切。誄，同上，又力代切，誤也。』《廣韻》作『誄』，以入脂、至韻者爲『不知』，入代韻者爲『誤』。此注云『音癡眩』，與丑脂切合。『癡』多訛作『瘢』，曹毅之本不誤。以六書諧聲考之，『譀』從言泰聲，可入脂、至二韻。『誄』從言來聲，應入代韻，不得入脂、至韻。《玉篇》、《廣韻》因字形相近訛舛遂溷合爲一，非也。」

《方言》卷六：「抾摸，去也。齊、趙之總語也。（抾摸猶言持去也）」

《疏證》：「《荀子·榮辱篇》『肤於沙而思水』，楊倞注云：『肤與祛同。《方言》：祛，去也。齊、趙之總語。莊子有《肤篋篇》，亦取去之義。』此所引作『衣』旁，本書乃作『手』旁。《廣雅》：『怯莫，去也。』義本《方言》而字又異。古書流傳既久，轉寫不一。據『抾摸猶言持去』一語，二字皆『手』旁爲得。『祛』、『肤』假借通用。『怯』字誤。」

上兩例戴震利用漢字形聲字聲旁表音，形旁表義的特點訂正文字訛誤。

### 4·形音義互求

例如：

《方言》卷二：「揄鋪、饙饳、帗縷、葉褕，（音臾）毳也。（音脆。皆謂物之行敝也）荆揚江湖之間曰揄鋪，楚曰饙饳，陳宋鄭衛之間謂之帗縷，燕之北郊朝鮮洌水之間曰葉褕。（今名短度絹爲葉褕也）」

《疏證》：「『葉褕』各本訛作『葉翰』，『翰』字不得有『炗』

音，《玉篇》云：『葉褕，短度絹也。』今據以改正。」

戴震首先據郭璞注音得出「翰」爲訛字，接著參照《玉篇》訓釋，實行形音義互求，從而改「翰」爲「褕」。

### （二）根據《方言》體例、義例校勘

古書雖不言體例，但都有體例存在其中，正如阮元所說：「經有經之例，傳有傳之例，箋有箋之例，疏有疏之例，通乎諸例而折衷於孟子不以辭害志，而後諸家之本可以知其分，亦可以知其一定不可易者矣。」〔註27〕學者們常常根據書的體例來從事校勘。他們「觀察了一些個體的例之後，腦中先已有了一種假設的通則，然後用這通則包涵的例來證同類的例，精神上實在是把這些個體的例所代表的通則演繹出來，故他們的方法是歸納和演繹同時並用的科學方法。」〔註28〕戴震善於總結古書體例，操約持繁，利用體例進行校勘。他校勘《方言》便採用了這種方法。例如：

《方言》卷七：「䰫盈，怒也。（䰫上巳音）燕之外郊，朝鮮、洌水之間，凡言呵叱者謂之䰫盈。」

《疏證》：「『䰫』各本訛作『魏』，注云『魏上巳音。』書內『趙、魏』之『魏』甚多，本無庸音，惟前卷二『䰫』訛作『魏』，下云『羌篚反』，可證『魏』即『䰫』之訛。《玉篇》云：『䰫，盛貌。』則『䰫盈』爲盛氣呵叱，如馮之訓滿、訓怒。郭璞言『馮，恚盛貌』是也。《廣雅》：『覣盈，怒也。』」

戴震據郭璞只爲生僻字注音之體例斷定「魏」爲訛字，又用本校法證「魏」即「䰫」字之訛，並據字義類化發展規律證明䰫有盛義便可訓怒，更從《廣雅》訓釋得到證實。又如：

《方言》卷一：「張小使大謂之廓。」

此條原與上條「墤，地大也」連爲一條。戴震依《方言》文例：一事別爲一條之文例，提行分寫。後人盧文弨、錢繹、周祖謨校勘《方言》皆從戴本改。

---

〔註27〕《校讎廣義》，423 頁。

〔註28〕胡適《清代學者的治學方法》，《胡適文集二》，北京大學出版社，1998 年，304 頁。

　　《方言》卷二：「剿、蹶（音踏蹶），擭也。秦晉之間曰擭，楚
謂之剿，或曰蹶。」

　　《疏證》：「注內『音踏蹶』三字，各本『音』訛作『言』，又
訛在『或曰蹶』之下。前蹶字下作『音厥』，前後重出，今訂正。」

戴震據郭璞注音體例校出「音厥」與「音踏蹶」前後重出。盧文弨《重校方
言》贊成戴氏之說，並申述道：「郭注《爾雅》又別為音一卷，則於此書亦當
爾，故不以入注下，並放此。舊本此三字在『或曰蹶』之下，又『音』字誤
作『言』，此處有『音厥』二字當為後人所加，今從戴本移正。」

　　陳垣在談到理校法時說：「段玉裁曰：『校書之難，非照本改字不偽不漏之
難，定其是非之難。』所謂理校法也，遇無古本可據，或數本各異，而無所適
從之時，則需用此法。此法需通識為之，否則魯莽滅裂，以不誤為誤，而糾紛
愈甚矣。故最高妙者此法，最危險者亦此法。」〔註29〕戴震雖為考據大家，然
智者千慮，必有一失。例如：

　　《方言》卷二：「餓（消息），喉（口喉），息也。」

　　《疏證》：「注內『消息』、『口喉』當作『音消息之息』，『音口
喉之喉』。」

此條戴震據郭璞注音體式「音某」、注反切、「A（B），音 AB」推出當有體式
「A（B），音 AB 之 A（B）。這種以雙音節詞或詞組精確注音的方法實為可取，
但郭璞是否用過此注音體式，以及全改 AB 型為「A（B），音 AB 之 A（B）」
是否恰當，便令人懷疑了。

　　戴震運用多種校勘方法，對《方言》進行校勘，正訛、補脫、刪衍，成
果卓越。盧文弨稱讚《方言疏証》曰：「《方言》至今日而始有善本，則吾友
休寧戴太史東原氏之為也，義難通有可通者通之，有可證明者臚而列之，正
訛字二百八十一，補脫字二十七，刪衍字十七，自宋以來諸刻洵無出其右者。」
〔註30〕蔣元卿也讚其校勘曰：「其方法之精密，態度的謹嚴，實足為校勘家之
模範。而其成績之卓越超絕者，亦無非精、密、慎三字而已。」〔註31〕此絕

---

〔註29〕《校勘學釋例》，121 頁。

〔註30〕《重校方言序》。

〔註31〕蔣元卿《校讎學史》，144 頁。

非溢美之詞。

## 第三節　從《方言疏證》看戴震的校勘特點

　　戴震的校勘，不僅僅是集合數本，比其文字而擇其優劣，更是把考據的方法用於校勘，在案語中詳加考證，使其校勘信而有徵。同時又貫入創新精神，勇定是非、總結誤例，表現出鮮明的校勘特色。

### 一、參驗群籍　以理論定

　　為校勘《方言》，戴震引經據典，旁徵博引，將其「一字之義，必本六書，貫群經以為定詁」[註32]的考據方法運用於校勘，實現字書、古注的參伍考究。又本之文字、音聲，周查得失，以理論定。例如《方言》卷十二「俙，倦也」條，戴震為證明「俙」為「俙」字之訛，多方求索，他首先以古注《史記集解》、《史記索隱》、《漢書注》和字書《說文》、《說文繫傳》等相關訓詁證明「俙」有「倦」義。戴氏疏證曰：「『俙』各本多訛作『俙』，從曹毅之本。《史記·司馬相如列傳》『徼俙受屈』，裴駰《集解》云：『俙，音劇。駰按：郭璞曰：「俙，疲，極也。」言獸有倦游者，則徼而取之。』《索隱》：『司馬彪云：「俙，倦也。」謂遮其倦者。《說文》云：「俙，勞也。」燕人謂勞為俙。』《漢書注》：『蘇林曰：俙，音倦俙之俙。』又『與其窮極倦俙』，《漢書注》引郭璞云：『窮極倦俙，疲憊也。』《說文·夗部》：『俙，相踦俙也。』徐鍇《繫傳》云：『《上林賦》：「徼俙受屈」，謂以力相踦角，徼要極而受屈也。』」繼而以文字規律性變化：「《方言》因『俙』加『人』旁作『俙』，猶『卷』加『人』旁作『倦』耳」作同類推證，得出「俙」有倦義，最後斷定「俙」為「俙」字之訛。又如《方言》卷十二「儒輸，愚也」條，戴氏疏證曰：「《荀子·修身篇》：『勞苦之事則偷儒轉脫。』楊倞注云：『或曰：偷當為輸，揚子《方言》云：「儒輸，愚。」郭《注》：「謂儒撰也。」』此所引幷《方言》正文亦作儒，非也。陸德明《經典釋文》於《春秋·僖公二年左傳》『懦而不能強諫』，列乃亂、乃貨二反。又引《字林》：『懦，音乃亂反。偄，音讓犬反。』是合『懦』與『懁』『偄』為一。《廣雅》：『儒輸，愚也。』儒即儒之訛。《釋文》於《易·需卦》云：『從雨，重而者非。』可證

---

『需』轉寫訛作『耎』。以雙聲疊韻考之，偄輭，疊韻也。不當作『偄』。《注》內『偄撰』亦疊韻也。偄，讓犬反，撰，士免反。各本『偄』訛作『偄』。」戴震從漢魏古注所引之文加以訂正，又以方言異語之音聲考其疊韻。偄，日紐侯韻，輭，審紐侯韻；偄，泥紐侯韻，撰，床紐元韻。偄、輭聲近韻同，偄、撰聲近韻通轉，偄、偄、偄、偄相假借錯亂而易混致訛。王先謙《荀子集解》於「勞苦之事，則偷輭轉脫」下，引楊倞注云：「或曰偷當爲輭，揚子《方言》云『偄輭，愚也』，郭璞注『謂偄撰也』。」可見後人所引版本文字亦與戴本同。參驗群籍，以理校定是戴震校勘的最大特色。堅實的小學功底，廣博的文獻知識，使戴震徵引古書，左右逢源，所定論斷，多不可易。

戴震嘗云：「六書也者，文字之綱領，而治經之津涉也。載籍極博，統之不外文字，文字雖廣，統之不越六書。綱領既違，訛謬日滋。」〔註33〕爲考訂一字，戴氏不僅貫群經，還必本六書。如《方言》卷十三「餳謂之餦餭」條，「餳」字或從『易』，或從『昜』，戴氏《疏證》曰：「《廣雅》：『粻餭、飴、餃、餹、餳也。餔謂之餦。』曹憲《音釋》：『餳，辭精反。』餳字，《說文》：『從食昜聲』。《廣雅》作『食』旁『易』。《玉篇》『餳』與『餹』並徒當切，而字作『食』旁『昜』。劉熙《釋名》云：『餳，洋也。煮米消爛，洋洋然也。』《周禮·小師注》：『管如今賣飴餳所吹者。』《釋文》云：『餳，辭盈反。李音唐。』『辭盈』、『辭精』反音同，當作餳。若音唐則當作餹。《廣雅》『餹』『餳』兩見，自不得同音。此字應以《說文》爲正。」有一字不本之六書，不合於經傳，戴氏則旁推交通，以求其本。「非周察而得其實，不敢以爲言；非精心於稽古，不敢輕筆之書。」〔註34〕正是這種周察其實，精心稽古的精神使其校勘綜覈而精審，所改多爲不刊之論。

如前文所說，「古書通常都有一定體例，因此我們可以根據書的體例來從事校勘。」〔註35〕戴震善於總結古書體例，以理校勘。例如他校勘《水經注》，首先歸納出《水經注》的行文條例，然後依據體例將經文與注文分開。他校勘《方言》也採用了據體例校勘的方法。例如：卷一「碩、沈、巨……於，

---

〔註33〕 《六書論序》，《戴震全書》六，295頁。

〔註34〕 《汾州府志序》，《戴震全書》六，507頁。

〔註35〕 《校讎廣義》，415頁。

通語也」條，戴氏疏證曰：「通語訛作通詞，今訂正。」揚雄稱沒有地域差異的西漢普通話爲通語，如卷一「憐，通語也」，卷二「好，凡通語也」。戴震據此體例改通詞爲通語，甚確。梁啓超於《清代學者整理舊學之總成績》中論理校說：「無他書可供比勘，專以本書各篇所用的語法字法注意，或細觀一段前後主義，以意逆志，發現出今文本訛誤之點。這種工作，非眼光極銳敏，心思極縝密而品格極方嚴的人不能做。清儒中最初提倡者爲戴東原，而應用的純熟矜愼卓著成績者爲高郵王氏父子。」〔註36〕

　　古籍流傳愈久，善本愈難得。要求原還本，理校最爲有效。參驗漢魏古注、唐宋類書，本之六書、音聲，搜求本書義例，是校勘古籍行之有效的方法。戴南海說：「清代戴震、段玉裁、王氏父子、俞樾等人都具有深厚的文字、音韻、訓詁之學的根基和豐富的古代歷史文化知識，善於發現古書文字上致誤的原因，據理加以改正。同時，他們不僅博覽群書，而且讀得精通。他們以理校爲主，又善於從本書和他書取得證據校正文字，且把嚴密的考證用於校勘，因此時出奇跡，多有創獲，形成清代校勘學中的一個流派。」〔註37〕

　　繼《方言疏證》之後，盧文弨「因以考戴氏之書，覺其當增正者尚有」〔註38〕而作《重校方言》。據《重校方言》卷首所列《〈方言〉讎校所據新舊本並校人》，盧氏先後參照別本22個。他在給丁傑的一封信中說：「故群籍自當先從本書相傳舊本爲定，況未有雕板以前，一書而所傳各異者，殆不可偏舉，今或單據注書家所引之文便以爲是疑，未可也。」〔註39〕由此可見，盧氏更強調版本依據。所以倪其心稱：「從校勘學的發展看，清代出現了兩個主要的流派：一派是以盧文弨、顧廣圻爲代表，注重版本依據、異文比較，強調保持原貌，主張說明異文正誤而不作更改。這派基本上繼承岳珂《沿革例》和彭叔夏《辯證》的校勘傳統；另一派以戴震、段玉裁、王念孫、王引之及俞樾爲代表，要求廣泛搜集包括版本以外的各種異文材料，根據本書的義理，運用文字、音韻、訓詁、版本和有關歷史知識，分析考證異文和正誤，明確主張訂正刊誤，敢於改正誤字。

〔註36〕梁啓超《清代學者整理舊學之總成績》，商務印書館，1999年，61頁。

〔註37〕戴南海《校勘學概論》，陝西人民出版社，1986年，110頁。

〔註38〕《重校方言序》。

〔註39〕《與丁小雅進士論校正〈方言〉書》，《抱經堂文集》卷二十。

這派基本上繼承鄭玄、陸德明的傳統而有所發展。以盧、顧爲代表的一派爲繼承宋學，或稱之爲對校學派；以戴、段、王爲代表的一派爲繼承漢學，或稱之爲理校學派。」〔註40〕戴震和盧文弨分別爲兩大校勘學派的代表人物，各自表現出鮮明的校勘特色。

## 二、實事求是　勇定是非

戴震崇尚古本，因爲「去古未遙者，咸資證實」〔註41〕。但他並不迷信古本，而以求是爲根本原則。戴氏嘗云：「漢人之書，就一書中有師承可據者，亦有失傳傅會者，在好學之士善辨其間而已。」〔註42〕「漢儒故訓有師承，亦有時傅會；晉人傅會鑿空益多；宋人則恃胸臆以爲斷，故其襲取者多謬，而不謬者反在其所棄。」〔註43〕「凡宗仰昔賢，用寄愛慕，雖指不知誰氏之壟，而聞名起敬可也。援以證實，用資考覈，必有起而辯之者。」〔註44〕「宋本不皆善，有由宋本而誤者。」〔註45〕戴震對漢本和宋本皆採取公允的態度，既不佞漢亦不佞宋，而以求是爲根本指歸。對漢、宋人失傳傅會之處，戴震主張徑行改易。他說：「苟害六書之義，雖漢人亦在所當改，何況魏晉六朝？」〔註46〕「顯然訛謬者，宜從訂正。」〔註47〕洪榜《戴先生行狀》稱：「嘉定光祿王君鳴盛嘗言曰：『方今學者，斷推兩先生，惠君之治經求其古，戴君求其是，究之，捨古亦無以爲是。』王君博雅君子，故言云然。其言先生之學，期於求是，亦不易之論。」〔註48〕戴震對當時考據風氣中日益暴露的泥古佞漢、保守的傾向十分不滿，尖銳地指出「今之博雅文章善考覈者，皆未志乎聞道，徒株守先儒而信之篤，如南北朝人所譏，『寧言周、孔誤，莫道鄭、服

〔註40〕倪其心《校勘學大綱》，北京大學出版社，1987年，49頁。

〔註41〕《爾雅注疏箋補序》，《戴震全書》六，276頁。

〔註42〕《經考·爾雅》，《戴震全書》二，359頁。

〔註43〕《與某書》，《戴震全書》六，495頁。

〔註44〕《答曹給事書》，《戴震全書》六，331頁。

〔註45〕《言談輯要》，《戴震全書》六，717頁。

〔註46〕《與盧侍講召弓書》，《戴震全書》六，283頁。

〔註47〕《論韻書中字義答秦尚書》，《戴震全書》三，336頁。

〔註48〕《戴震全書》七，8頁。

非』，亦未志乎聞道也」〔註49〕。

　　本著「字形轉寫之謬」則「徑行改易」的原則，戴震校勘《方言》共正
僞字二百八十一，補脫字二十七，刪衍字十七，有心爲《方言》提供一個較
好的底本。段玉裁耳濡目染、深明師意，他《答顧千里書》敘述道：「凡校書
者欲定其一是，明聖賢之義理於天下萬世，非如今之俗子誇博贍，誇能考覈
也。故有所謂宋版書者，亦不過校書之一助，是則取之，不是則卻之，宋版
豈必是耶。故刊古書者，其學識無憾，則折衷爲定本以行於世，如東原師之
《大戴禮》、《水經注》是也。其學識不能自信，則照舊刊之，不敢措一辭，
不當捃摭各本，侈口談是非也。」又說：「夫校經者將以求其是，審知經字有
訛則改之，此漢人法也。漢人求諸義而當改則改之，不必其有佐證。自漢而
下，多述漢人，不敢立說擅改，故博稽古本及引經之文，可以正流俗經本之
字者，則改之。東原師常搜考異文以爲訂經之助，令其族子時甫及僕從事於
此而稿未就。」〔註50〕學識無憾者，戴震當之，故其能折衷是非以爲定本。
段氏所謂「校書者欲定其一是」、「折衷爲定本以行於世」、「當改則改」、「搜
考異文以爲訂經之助」，皆是對戴震校勘實踐的準確概括。

　　雖然戴震的校勘學理論尚未建立，但其校勘實踐已充分表明了戴震的校
勘思想。其弟子繼承並發展了他的校勘思想，使之系統化、理論化。段玉裁
《與諸同志論校書之難》是清代校勘學的重要理論，其言脫胎於師說，而又
有所昇華，云：「校書之難，非照本改字不訛不漏之難也，定其是非之難。是
非有二：曰底本之是非，曰立說之是非。必先定其底本之是非，而後可斷其
立說之是非。二者不分輊輖，如絲而棼，如算之淆其法實而瞀亂乃至不可理。
何謂底本？著書者之稿本是也。何謂立說？著書者所言之義理是也。故校經
之法必以賈還賈，以孔還孔，以陸還陸，以杜還杜，以鄭還鄭，各得其底本
而後判其義理之是非，而後經之底本可定，而後經之義理可以徐定。不先正
注疏釋文之底本，則多誣古人；不斷其立說之是非，則多誤今人。」〔註51〕
段玉裁繼承師志，旗幟鮮明地主張校勘首要之務在於「定其是非」，否則則誣

---

〔註49〕　《答鄭丈用牧書》，《戴震全書》六，374 頁。

〔註50〕　《經韻樓集》卷十二。

〔註51〕　《經韻樓集》卷十二。

古人、誤今人。「定其底本之是非」，即戴震所強調的「據其本經」，不能「守訛傳謬」。校訂流傳過程中形成的訛誤，《方言疏證》中比比皆是。如《方言》卷二：「嫛、（羌棰反）笙、揳、摻，細也。自關而西，秦晉之間，凡細而有容謂之嫛，或曰偍。」戴氏《疏證》云：「『嫛』各本訛作『魏』，今訂正。《說文》：『嫛，媞也。讀若癸，秦晉謂細腰為嫛。』《廣雅》：『嫛、笙、揳、摻，細小也。』義本此。曹憲於『嫛』下列其癸、渠惟二反。」戴震據《說文》、《廣雅》的訓詁和曹憲的注音改正文訛字「魏」為「嫛」。戴氏所改是也。周祖謨《方言校箋》曰：「又《莊子·庚桑》：『若規規然若喪父母。』《釋文》云：『規規，細小貌。』規與嫛義同。」曹憲於「嫛」下列「其癸」、「渠惟」二反，「其癸」與郭璞注音「羌棰反」音同。至於「斷其立說之是非」，戴氏也不曾忽視。如《方言》卷八：「鳩，自關而東，周鄭之郊，韓魏之都謂之鸤鶖。其鷦鳩謂之鸇鶖。其大者謂之鳻鳩，其小者謂之鷦鳩，或謂之䳫鳩，或謂之䳜鳩，或謂之䳡鳩。梁宋之間謂之鷦鴡。」戴氏《疏證》首先以《廣雅》、《毛傳》、《鄭箋》和陸璣《疏》證明鸤鶖、鸇鳩、䳫鳩、鶻皆為一類。然後據《左傳》以祝鳩氏為司徒（祝鳩即鷦鳩），以鶻鳩氏為司事，證明鶻鳩非祝鳩一類，最後斷定「據經傳所言證之，此條之鸤鶖、鷦鳩、䳫鳩、鶻鴡皆祝鳩也，不與鶻鳩同。『或謂之鶻鳩』一句雜入不倫。」此條正為訂揚雄立說之非。殷孟倫說：「讀書不廢校勘，所以貴求其是而已。戴東原嘗云鑿空之弊有二：其一，緣詞生訓；其一，守訛傳謬。段玉裁本其師說，《與諸同志論校書之難》以為非照本改字不訛不漏之難，定其是非則難，是非又有底本、立說之不同。底本者，著書者之稿本；立說者，著書者之義理是也。因立五事論之，要其終必以各得其底本，而後判其義理之是非。不先正其底本，則多誣古人；不斷其立說之是非，則多誤今人。卓哉二君之議，此其規為，所以高世絕俗也。蹈虛之與撫實，其相去遠矣。」〔註52〕

戴震「學識無憾」，故能折衷是非而為定本。他勇於改字的精神，影響了一代學者。其弟子王念孫對改字抱有更審慎的態度，並有明確的敘述，曰：「吾用小學校經，有所改，有所不改。周以降，書體六七變，寫官主之，寫官誤，則

---

〔註52〕《論治中國語言文字之要籍》，胡道靜編《國學大師論國學》下，東方出版中心，1998年，259頁。

爲改；孟蜀以降，槧工主之，槧工誤，則爲改；唐宋明之士，或不知聲音文字而改經，以不誤爲誤，是妄改也，則爲改其所改。若夫周之沒，漢之初，經師無竹帛，異字博也。吾不能擇一爲定，則不改；假借之法由來久也，其本字什八可求，什二不可求，必求本字以改假借字，則考文之聖之任也，則不改；寫官槧工誤矣，吾疑之，且思而得之矣，但群書無佐證，懼後來者之籍口也，則又不改焉。」〔註53〕

　　戴震每改一字，必信而有徵。他嘗云：「失不知爲不知之義，而徒增一惑，以滋識者之辨之。」〔註54〕「傳其信，不傳其疑，疑則闕，庶幾治經不害。」〔註55〕對沒有確證之處他並不強爲之說，而是採取闕疑的態度。如《方言》卷十三：「無升謂之刁斗。」戴氏《疏證》曰：「『無升』二字應有訛舛。『刁』本作『刀』，《史記·李將軍列傳》：『不擊刁斗以自衛。』《集解》：『孟康曰：「以銅作鐎器，受一斗。晝炊飯食，夜擊持行，名曰刁斗。」』《索隱》：『刁音貂。案荀悅云：「刁斗，小鈴。如宮中傳夜鈴。」蘇林曰：「形如鋗，以銅作之，無緣，受一斗，故云刁斗，鐎即鈴也。」』《埤蒼》云：『鐎，溫器，有柄斗，似銚，無緣。』《說文》：『錢，銚也。銚，溫器也。』《廣韻》『鐎，刁斗也。溫器，三足而有柄。』據此數說，無升或無緣之訛。」戴震疑「無升」爲「無緣」之訛。由於證據不足，戴氏不改原文。今以文獻考之，「無升」當爲「鐎斗」之訛。《急就篇》卷二：「鍛鑄鉛錫……僞謂鐎斗，溫器也。似銚而無緣。」《御定駢字類編》「龍首」注曰：「博古圖漢龍首鐎斗，高七寸八分，深二寸三分。口徑四寸三分，容一升。」《集韻》：「鐎，溫器。《說文》：『鐎斗也。通作焦。』」《經典釋文·五經總義類》「爨人焦斗。」注：「本又作鐎，音同。」是「鐎斗」字或作「焦斗」，與「無升」形近而訛。校勘之事，非一人之力所能完成，採取闕疑的態度是科學的。梁啓超對理校派的改字有客觀的評價，他說：「彼等不惟於舊注舊疏之舛誤絲毫不假借而已，而且敢於改經文。此與宋明儒者之好改古書，跡相類而實大殊。彼純憑主觀的臆斷，而此則出於客觀的鉤稽參驗也。」〔註56〕梁氏此爲得實之言。

〔註53〕支偉成《清代樸學大師列傳》上，嶽麓書社，1986年，308～309頁。

〔註54〕《經韻樓集》卷十一，300頁。

〔註55〕《與姚孝廉姬傳書》，372～373頁。

〔註56〕《清代學術概論》，44頁。

## 三、規範文字　俗字從正

　　戴震強調用字的規範，他《重刊五經文字九經字樣序》云：「方漢熹平初，議郎蔡邕以經籍去聖久遠，文字多謬，奏請於朝。得詔正定六經文字，立石太學門外……唐制，則國子監置書學博士，立《說文》、《石經》、《字林》之學。而張參爲司業，病夫人苟趨便，五經正文，蕩而無守，故其作書推本《說文》，助以漢石經，雖未盡協六書，要主於遠絕俗謬也。」〔註57〕又於《與盧侍講召弓書》中說：「此書中仍有未盡俗謬者，準、準，殺、煞，陳、陣，參差互見，宜使之畫一，以免學者滋惑。震愚昧，徑行改易。」〔註58〕戴震主張使用本字和正字，反對使用俗體、訛體。

　　如《方言》卷三：「東齊之間壻謂之倩。」戴震徑改俗本「聟」字爲「壻」。盧文弨《重校方言》字作「聟」，並云：「聟，《說文》作壻，此正字也。然漢晉以來即有用智、聟等俗字者。此聟字舊本相沿，不便遽易。」錢繹《方言箋疏》作「智」，並按：「智，舊本皆訛作聟。注及下並同，不成字……蓋聟本作智，乃俗壻字，遂誤而爲聟。」三人用字各異。《佩文韻府》「卒便」下引《方言注》曰：「俗呼女壻謂卒便。」《禮記・昏義》：「壻執雁入。」陸德明《釋文》云：「壻，字又作智，女之夫也。依字從土從胥，俗從知下作耳。」《別雅》：「《干祿字書》云：『智、聟、壻，上俗中通下正。』」可見「聟」、「智」爲「壻」之俗體。戴氏改用正體「壻」字。又如卷一：「自關而西，秦晉之間，凡取物而逆謂之篡。（音饌）」戴氏《疏證》云：「『篡』各本訛作『籑』，蓋因《注》內『饌』字而誤，今訂正。《後漢書・逸民傳》：『揚雄曰：鴻飛冥冥，弋者何篡焉。』宋衷曰：『篡，取也。今人謂以計數取物爲篡。』《爾雅・釋詁》：『探、篡、俘，取也。』《說文》：『屰而奪取曰篡。』」戴震改正文「籑」爲「篡」字。周祖謨《方言校箋》不改字，並按：「《說文》：『籑，具食也，字或作饌。』《原本玉篇・食部》字作籑，注云：『《方言》：「自關以西，秦晉之間，凡取物而逆謂之籑。」』又故宮博物館舊藏《刊謬補缺切韻》『籑』音知戀反，云：『《方言》音饌。』是篡字作籑，其來以久。」「篡」字，《爾雅》曰：「取也。」《說文》曰：「屰而奪取曰篡。」《漢書・衛青傳》：「公孫敖與壯士往篡之。」顏師古注云：「逆取爲篡。」「籑」字，《說文》曰：「具食也，

---

〔註57〕　《重刊五經文字九經字樣序》，《戴震全書》六，386 頁。

〔註58〕　《與盧侍講召弓書》，《戴震全書》六，283 頁。

字或作饌。」《漢書・杜鄴傳》:「陳平供壹飯之饡而將相加驩。」顏師古注:「陳平用陸賈說,以五百金爲絳侯具食是也。」「饡」無取義,《方言》作「饡」者,當爲「篹」之假借。吳予天《方言注商》云:「《原本玉篇》所引,字雖訛舛,亦可知舊本相仍皆作『饡』,戴氏易爲『篹』,本意矣;究之,『饡』乃『篹』之假音,似可不必改易也。」戴震重視文字規範,故改用本字。

李孟傳曰:「《方言》之書最奇古……大抵子雲精於小學,且多見先秦古書,故《方言》多識奇字,《太玄》多有奇語,然其用之,亦各有宜。」。〔註 59〕朱質也說:「漢儒訓詁之學惟謹,而揚子雲尤爲洽聞……子雲博極群書,於小學奇字無不通。且遠探諸國,以爲《方言》,誠足備《爾雅》之遺闕。」〔註 60〕揚雄《方言》是以當時活語言爲記錄對象。同一事物在不同的地方具有不同的稱名,同一詞在不同的方言區域有不同的讀音,要在書面上表現不同的稱名、不同的讀音,揚雄偶用音同字代替,或記以俗字,是極爲可能的。戴震改俗字爲本字,未必盡合揚雄原書,但也不失爲戴氏校勘的一大特色。其實,戴震對古人字無定體的現象有清醒的認識,他於《尚書義考》中說:「漢時相傳之本亦自不一。」然而爲了不使學者滋惑,「宜使之畫一」,讓涉足古文辭者有資於此,便於後學。

## 四、分析歸納　總結誤例

張舜徽說:「校勘學家對學術界的貢獻,本不限於校訂文字的正誤,而在能通過長期校書工作掌握古人用字屬辭的一般規律,從中找出公例和通則,寫成專著,使學者們得到理解古書、疏釋舊義的一把鑰匙。」〔註 61〕戴震校勘群書注意推求古書義例、文例,總結古書致誤的規律,高屋建瓴,通徹精闢,成一家之言。他《論韻書中字義答秦尚書》從書面材料發生訛、脫、衍、倒等錯誤類型的角度進行歸納,指出五種訛誤原因:一,訛舛相承。如蘠與樞;二,異字異音絕不相通,而傳寫致誤,淆混莫辨。如慘與懆。三,凡古人之詩,韻在句中者,韻下用字不得或異。如思與息。四,本無其字,因訛而爲字。如煉與鍊。五,字雖不誤,本無其音,訛而成音,如鷺,以水反與以小反。

---

〔註 59〕李孟傳《刻方言序》,華學誠《揚雄方言校釋匯證》上冊,4 頁。

〔註 60〕朱質《跋李刻方言》,華學誠《揚雄方言校釋匯證》上冊,7 頁。

〔註 61〕《清代揚州學記》,上海人民出版社,1962 年,201 頁。

戴震的《方言疏證》更是結合校勘實際總結誤例。如卷五「飤馬橐，自關而西謂之裺囊，或謂之裺篼」條，戴氏云：「『飤』即古飼字，各本訛作『飲』，字形相近而訛。」飤，《說文》云：「糧也。從人、食。」段玉裁注云：「以食食人物，本作食，或作飼。」玄應《一切經音義》卷一四引《蒼頡訓詁》曰：「飤，以食與人曰飤。」《玉篇》云：「篼，飼馬器也。」是字本當爲「飤」。於此，戴氏揭示了「字形相近而訛」這種常見誤例。《方言》中因形近而訛之例比比皆是，如「莽」之訛爲「芥」，「摸」之訛爲「模」，「衿」訛爲「衿」……再如卷一：「敦、豐、厖（鴟離）、般（般桓），大也。」戴氏云：「注內鴟𪂹、般桓當作音鴟𪂹之𪂹、音般桓之般。觀卷十一注內音𤺊𤻮之𤻮，可見後人多妄刪原文，遂不成語。」戴震據郭璞注音體式：「音某」、注反切、「A（B），音AB」推出當有體式「A（B），音之A（B）。」戴氏於此揭示了「後人多妄刪」這種致誤原因。卷一：「虔、儇，慧也。自關而東趙魏之間謂之黠，或謂之鬼。（言鬼脈也）」戴氏云：「『鬼脈』各本訛作『鬼眎』。『脈』俗作『脈』，因訛而爲『視』。」脈，《說文》云：「血理分衺行體者。脈，脈或從肉。」《玉篇》：「脈，同脈。」《廣韻》：「視，看視。眎，古文。」《集韻》：「視，古作眎。」「脈」與「眎」形近，故戴氏云因俗體而訛。再如卷一：「抵（觸牴）、秘（音致），會也。」戴氏云：「注內『觸牴』當作『音觸牴之牴』，各本訛作『觸牴也』，遂並正文改爲『牴』。」《廣雅・釋詁》：「會、抵，至也。」王念孫《疏證》云：「『抵』與『氐』通。」《說文》：「氐，至也。從氏下著一。一，地也。」郭璞以觸牴之牴注音，字當不作「牴」，正文作「牴」者，正如戴氏所云：因注而訛。卷六：「聳，㛪，欲也。」戴氏云：「聳、㛪皆爲中心不欲而由旁人之勸語，則欲字應屬訛舛，或譽欲聲相近而訛，注作『皆強譽也』，義尤明。」《說文》：「欲，貪欲也。」而「聳」、「㛪」皆爲中心不欲，不得有欲義。譽，上古音喻母魚部，欲，上古音喻母屋部，魚屋旁對轉，二字聲近而訛。卷五：「臧、甬（音勇）、侮、獲，奴婢賤稱也。」戴氏云：「『甬』作『勇』，遂離而爲『南方』。」古文直行排列，上下結構之字易訛爲兩字。卷四：「襦謂之袖。（襦襹有袖者，因名云）」戴氏云：「『襹』字亦舛誤，『襹』不得言『袖』，當是因上條而訛。」卷六：「怠，陁，壞也。（謂壞落也。音虫豸，未曉）」戴氏云：「『未曉』二字蓋閱是書者所記，以蟲豸不可曉耳。」戴震揭示的誤例可以歸納爲八種：一，形近而訛；二，後人妄刪；三，因俗體

而訛；四，因注文而訛；五，聲相近而訛；六，一字分爲兩字；七，因上下文而訛；八，閱書者所記竄入。上文八種誤例是古文獻訛誤的基本類型，所以梁啓超說：「戴派每發明義例，則通諸群書而皆得其讀。」〔註62〕

戴震總結誤例，發疑正誤，啓示後學校勘古書重視通例歸納。王念孫《讀書雜志・淮南內篇》後列有誤例六十二種，俞樾《古書疑義舉例》在王氏基礎上又增加了二十多種，無不取法於戴氏。今之學者在前人基礎上更有新獲，後出轉精，亦由戴氏啓示良多。梁啓超所說：「凡啓蒙時代之大學者，其造詣不必極精深，但常規定研究之範圍，創革研究之方法，而以新銳之精神貫注之。」〔註63〕此實爲中肯之言。

戴震生於西學東進之時，其治學運用了科學方法，故他的校勘能博綜通貫，以求其是，起例發凡，總結誤例，做到既不誣古人，也不欺來者。

## 第四節 《方言疏證》校改內容評述

繼《方言疏證》之後，盧文弨在丁傑提供的《方言》稿本基礎上寫成《重校方言》。他前後稽考了 22 個本子，在戴震校勘基礎上又校改了 120 多條，爲清人第二個善本。周祖謨《方言校箋》評價云：「論學識盧不如戴，論詳審戴不如盧。」〔註64〕盧本與戴本互有短長。劉台拱《方言補校》一卷，成書於戴、盧二本刊行之後。全書有近 160 條，將近 140 條的內容都是關於校勘的。周祖謨認爲戴盧兩家之後，「劉校最精」。由於《方言》材料十之八九已爲張揖收入《廣雅》。王念孫作《廣雅疏證》二十卷，其中引用的《方言》文字是經過校勘的，其校勘常有精到的見解。錢繹《方言箋疏》是錢繹 50 歲以後在其弟錢侗遺稿《廣雅義證》的基礎上前後花費 25 年功夫完成的，收集資料最爲詳實。近代王國維的《書郭注方言後三》、吳承仕的《方言郭璞注》、吳予天的《方言注商》從不同角度對《方言》進行了校理。現代研究成果中最值得重視的，是周祖謨的《方言校箋》和華學誠的《揚雄方言校釋匯證》。周祖謨《方言校箋》十三卷以《四部叢刊》爲底本，參照明本和清人的校本，並旁證其他著作 33 種，歷時 8 年撰成。用了乾嘉諸老沒有見到的古書，如《原

---

〔註62〕 《清代學術概論》，37 頁

〔註63〕 《清代學術概論》，31 頁。

〔註64〕 周祖謨《方言校箋序》。

本玉篇》、《玉燭寶典》、慧琳《一切經音義》等所引到的《方言》詞句，校勘一過。羅常培認爲「實在不愧是『後出轉精』的定本」〔註65〕。華學誠《揚雄方言校釋匯證》是錢後 150 年內國內唯一一本校注全本。它具有搜羅古今刻本、抄本、校注本最完備，注意用出土文獻和現代漢語方言資料的特點。本節將參之上述文獻，對戴震的校改內容作一綜述，從具體數字看戴震的校勘成就。

## 一、正　例

1.《方言》卷一：「虔、儇，慧也。……自關而東，趙魏之間謂之黠，或謂之鬼。（言鬼眎也）」戴震改注內「鬼眎」爲「鬼脈」。盧文弨《重校方言》依據本書卷十「𪿨，慧也」及其注文「今名黠鬼𪿨」所改同，並補正曰：「潘岳《射雉賦》云：『靡聞而驚，無見自脈。』徐爰《注》引《方言注》曰：『俗謂黠爲脈。言雉性驚鬼黠。』」「脈」與「𪿨」同。周祖謨《方言校箋》不從戴本改，並按：「『眎』爲古文視字，今北人謂小兒慧黠爲鬼視。」然據華學誠《揚雄方言校釋汇證》考證：「鬼視」一詞非謂小兒慧黠，乃謂相貌難看，亦稱鬼相。1916 年《番禺縣續志》載：「廣州謂慧黠者曰鬼馬。」脈，古音明母魚部；馬，古音明母錫部，二字雙聲韻轉。粵語中「鬼馬」即郭注之「鬼𪿨」。戴氏改之不誤。

2.《方言》卷一：「敦、豐、厖、般、嘏，大也。」戴震改正文「厖」爲「幠」。盧文弨《重校方言》、錢繹《方言箋疏》都作「幠」。周祖謨《方言校箋》也從戴氏改。今按：《說文解字》：「幠，覆也。從巾無聲。」徐鍇《說文解字繫傳》：「《爾雅》：『幠，大也。又有也。』覆有之也。」《釋名‧釋宮室》：「大屋曰廡。廡，幠也。幠，覆也。並冀人謂之庌。庌，正也，屋之正大者也。」大與覆義亦相因。《廣雅》：「抗牙、幠，張也。」王念孫《疏證》云：「幠亦牙也。方俗語有侈弇耳……《小雅‧六月》傳云：『張大也』。是幠與張同義，幠各本訛作厖。《玉篇》：『幠，大也。張也。』今據以訂正。凡張與大同義。」而「厖」，《說文》曰：「厖，愛也。韓鄭曰厖。一曰不動。從心無聲。文甫切。」與義無取。

3・《方言》卷一：「初別國不相往來之言也，今或同。而舊書雅記故俗語，不失其方，（皆本其言之所出也。雅，爾雅也）而後人不知，故爲之作釋也。（《釋詁》《釋言》之屬）」戴震改注內「小」爲「爾」。盧文弨《重校方言》、錢繹《方言箋疏》都作「爾」字。周祖謨也從戴氏改。今按：下文稱《釋詁》、《釋言》，當據《爾雅》言之。郭店楚墓竹簡《忠信之道》「爾」作「𣎴」，與「小」形近。戴震所改爲是。

4・《方言》卷一：「謾臺、脅鬩，懼也。宋衛之間凡怒而噎噫，謂之脅鬩。（脅鬩猶濶洫也）」戴震改注文「穀」爲「洫」。盧文弨《重校方言》從改。錢繹《方言箋疏》底本正作「洫」。周祖謨《方言校箋》引戴震意見。今按：《廣雅・釋詁》：「脅鬩，懼也。」《廣雅・釋訓》：「濶洫，怖懅。」《方言》卷十：「江湘之間凡窘猝怖遽謂之濶洫。」脅鬩、濶洫皆怖懼之義。

5・《方言》卷一：「虔、劉、慘、㤁，殺也。晉魏河內之北謂㤁曰殘，楚謂之貪。南楚江湘之間謂之欺。（言欺㤁難猒也）」戴震改正文「欺」爲「歁」。盧文弨《重校方言》據宋本改同，錢繹《方言箋疏》底本正作「歁」。周祖謨不同意戴氏觀點，指出：「原本《玉篇》：『欿，口感口含反』，注云：『《方言》：「江湖之間謂貪惏曰欿，郭璞曰欿惏難慨也。」』是『欺』乃『欿』字之誤。《說文》云：『欿，欲得也。』《廣雅・釋詁二》云：『欿，貪也。』與《方言》文正合。」今按：《說文》：「歁，食不滿也。讀若坎」。《楚辭・離騷》：「眾皆競進以貪婪兮。」王逸注：「愛財曰貪，愛食曰婪。」《玉篇》：「貪惏曰欿。」孫奭《孟子音義》引張鎰音「坎」。《廣雅・釋詁二》：「歁、欿，貪也。」是「歁」與「欿」聲義並同。王念孫《廣雅疏證》：「歁，《方言》南楚、江湘之間謂貪曰歁。」是王氏所見本與戴氏所改同。據字形考之，「欺」當爲「歁」字之誤。

6・《方言》卷一：「亟、憐、憮、俺，愛也。東齊海、岱之間曰亟。（欺革反）」戴震改注文「詐欺也」爲「欺革反」。盧文弨《重校方言》所改同。錢繹《方言箋疏》底本正作「欺革反」。周祖謨《方言校箋》亦引戴氏觀點。今按：亟，《廣雅》作「悈」，曹憲音欺革、九力二反，「欺革反」爲「亟」字注音。亟爲「愛」義，與詐欺義不相涉，可見「也」乃「反」字之訛。

7·《方言》卷一：「自關而西，秦、晉之間，凡物之壯大者而愛偉之謂之夏，周、鄭之間謂之假（音賈）。」戴震改正文「暇」爲「假」，盧文弨《重校方言》據曹毅之本改作「徦」，並按：「舊本誤作『暇』，今從宋本改正。《爾雅·釋詁》作『假』，亦訓爲大。」周祖謨從盧氏改。今按：《爾雅·釋詁》：「假，大也。」《書·大禹謨》：「不自滿假。」孔傳：「假，大也。」《楚辭·大招》：「瓊轂錯衡，英華假只。」王逸注云：「假，大也。」《爾雅·釋詁》：「徦，大也。」《說文》：「徦，大遠也。」《禮運篇》：「修其祝徦。」《釋文》：「徦本作假，古雅反。」是徦、假音義並同。戴氏所改爲是。

8·《方言》卷一：「碩、沈、巨、濯、訏、敦、夏、於，大也……於，通語也。」戴震改正文「通詞」爲「通語」。後人皆從之。今按：楊雄稱沒有地域限制的西漢通行的普通話爲「通語」。如卷一：憐，通語也。卷二：好，凡通語也。全書無稱「通詞」者，「詞」與「語」因形近而訛。戴震據揚雄《方言》體例校改，不誤。

9·《方言》卷一：「抵（觸牴）、做（音致），會也。」戴震改正文「牴」爲「抵」。盧文弨《重校方言》所改同。錢繹《方言箋疏》底本正作「抵」。周祖謨《方言校箋》不從改，並按：「慧琳《音義》卷四十五『牴偯』條云：『《方言》：「牴，會也。」《說文》：「牴，觸也，從牛氐聲。」』是慧琳所據《方言》作『牴』。又《萬象名義·牛部》『牴』注云：『觸也，至也，會也。』『會也』一訓當出於《方言》。《萬象名義》本於顧野王《原本玉篇》而作，則顧氏所據《方言》亦作牴，不作抵。戴本作抵，似未可從。」今按：《說文》：「氐，至也。從氏下著一。一，地也。」《廣雅·釋詁》：「會，抵，至也。」王念孫疏證：「抵與氐通。」《史記·秦始皇紀》云：「道九原，抵云陽。」《正義》：「抵，丁禮反，抵，至也。」《漢書·司馬相如傳》：「今奉幣使至南夷，即自賊殺或亡逃抵罪。」顏師古注曰：「抵，至也。亡逃而至於誅也。」《說文》：「牴，觸也。」段玉裁注云：「亦作抵。」桂馥《義證》：「《漢書·楊雄傳》：『犀兕之牴觸。』」《漢書·揚雄傳》亦作「牴觸」。從文獻資料看，牴觸的抵有作抵的，具「至」義的「抵」無作『牴』者。郭璞以牴觸之牴注音，正文字當不作「牴」。戴改爲是。

10·《方言》卷一：「抵（觸牴）、傲（音致），會也。」戴震改注內「觸牴也」為「觸牴」。盧文弨《重校方言》從宋本改同。周祖謨《方言校箋》據戴氏改。今按：《方言》卷十二：「牴，刺也。」郭璞注「音觸抵」。牴、抵皆從氏得聲，故亦以觸牴注音，戴氏所改為是。

11·《方言》卷一：「張小使大謂之廓，陳楚之間謂之摸（音莫）。」戴改正文「模」為「摸」。盧文弨《重校方言》、錢繹《方言箋疏》、周祖謨《方言校箋》所用底本字正作摸。今按：莫、摸《廣韻》同為「慕各切」，模為「慕胡切」。《方言》卷十三：「摸，撫也（音莫）。」與此注音合。

12·《方言》卷一：「自關而西秦晉之間凡取物而逆謂之篹，（音饌）」戴震改正文「篹」為「篹」。盧文弨《重校方言》亦改，並以為篹不得有饌音，而刪「音饌」二字。周祖謨《方言校箋》不從改，並按：「《說文》：『篹，具食也，字或作饌。』《原本玉篇·食部》字作『篹』，注云：『《方言》：自關以西，秦晉之間，凡取物而逆謂之篹。』又故宮博物館舊藏《刊謬補缺切韻》篹音知戀反，云：『《方言》音饌。』是『篹』字作『篹』，其來以久。」今按：《爾雅·釋詁》：「篹，取也。」《說文》：「屰而奪取曰篹。」《漢書·衛青傳》：「公孫敖與壯士往篹之。」顏師古注云：「逆取為篹。」《說文》：「篹，具食也，字或作饌。」以「篹」「饌」為異體字。郭注以「饌」注音，知字不當作「篹」。《漢書·杜鄴傳》：「陳平供壹飯之篹而將相加驩。」顏師古注：「陳平用陸賈說，以五百金為絳侯具食是也。」篹無「取」義，當為「篹」字之訛。吳予天《方言注商》曰：「是《原本玉篇》所引，字雖訛舛，亦可知舊本相仍皆作『篹』，戴氏易為『篹』，本意矣。」

13·《方言》卷二：「吳有館娃之宮，秦有榛娥之臺。（皆戰國時諸侯所立也。榛音七）」戴震補正文脫文「秦有」二字。盧文弨《重校方言》據宋本補。錢繹《方言箋疏》據明上黨馮氏影宋抄本補。周祖謨《方言校箋》底本亦有「秦有」二字。今按：《廣韻》「榛」下注云：「秦有榛娥臺。」是榛娥之臺為秦所有。《佩文韻府》「館娃」下引《方言》曰：「《方言》：吳有館娃之宮，秦有榛娥之臺。」戴氏補脫文為是。

14·《方言》卷二：「嫢（羌箠反）、笙、揳（音遰）、摻（素檻反），細也。」戴震改正文「魏」為「嫢」。盧文弨《重校方言》所改同。錢繹《方言箋疏》從戴氏改。周祖謨《方言校箋》引戴氏觀點，並補正道：「《說文》：『嫢，

媞也，秦晉謂細腰爲嫢。』《廣雅‧釋詁二》：『嫢、笙、揪、摻，小也。』與本書相合。又《莊子‧庚桑》：『若規規然若喪父母。』《釋文》云：『規規，細小貌。』『規』與『嫢』義同。」今按：《廣雅‧釋詁二》：「嫢、笙、揪、摻，小也。」曹憲於「嫢」下列「其癸」、「渠惟」二反，「其癸反」與郭璞注音「羌棰反」同。王念孫疏證：「《莊子‧秋水篇》『子乃規規然而求之以察，索之以辯，不亦小乎。』」

15‧《方言》卷二：「梁益之間凡人言盛及其所愛，偉其肥臧謂之膿。（肥膿多肉）」戴震刪衍文「曰」字。盧文弨《重校方言》亦以「曰」字爲衍。周祖謨《方言校箋》從戴改。後人無異議。

16‧《方言》卷二：「齊言布帛之細者曰綾（音淩），秦晉曰靡。（靡靡，細好也）」戴震補注文脫字「靡」。盧文弨不以爲然，曰：「近校者據李善注《長門賦》、《魯靈光殿賦》引此注皆作『靡靡』，因謂脫一『靡』字，當補。不知善但順賦之成文耳。如善注陸機『奕奕馮生』，引《方言》：『自關而西，凡美容謂之奕奕。』今《方言》『奕』字並不重。此類非一，皆不當增。」錢繹《方言箋疏》述雙方觀點，周祖謨《方言校箋》引戴說，不以盧說爲然。華學誠《揚雄方言校釋匯證》駁盧說曰：「盧氏否定戴校的唯一證據即李善注陸機詩引《方言》作『奕奕』，而『今《方言》「奕」字並不重』。此說有誤，戴校郭注，非《方言》本文。『奕』見本卷第四條，該條今本《方言》郭注有脫字。戴校是也，當據之補一『靡』字。」今按：以重文釋單字是郭注一大訓詁特色，如卷二以「嫢嫢」釋「嫢」；卷十二以「翬翬」釋「翬」。此處似亦爲重文。

17‧《方言》卷二：「臺、敵，匹也。」戴震改正文「延」爲「匹」，錢繹《方言箋疏》同改，周祖謨《方言校箋》從戴氏改。並按：「朱駿聲《說文通訓定聲》『匹』字下：『《方言》二：臺、敵，匹也。』」今按：《爾雅‧釋詁》：「敵，匹也。」邵晉涵《正義》：「敵者，《左氏成二年傳》云：『若以匹敵。』《方言》云：『臺、敵，匹也。』」匹，《流沙簡屯戍》作「匹」，因訛而作延。

18‧《方言》卷二：「抱嬔（孚萬反。一作嬿），㛥也。」戴震改注內「追」爲「孚」。周祖謨《方言校箋》以爲當爲「匹萬反」，並按：「此『追』字

乃『迊』字之訛,『迊』訛作『迋』,又訛作『追』也。『㜽』說文作『嬔』,注云:『生子齊均也。讀若幡。』《玉燭寶典》卷二引《通俗文》音『匹萬反』。字又作『娩』,《爾雅・釋獸》:『兔子,娩。』《釋文》云:『娩,匹萬反,又匹附反,本或作嬔,敷萬反。』《廣雅・釋獸》:『娩,兔子也。』曹憲音『匹萬反』。足證『追萬反』爲『匹萬反』之訛。《文選・思玄賦》舊注引《說文》:『生子二人俱出爲娩。』故《方言》訓爲偶。」今按:《玉篇・女部》:「娩,孚萬切,產娩也。」《爾雅・釋獸》:「兔子,娩」,《釋文》云:「娩,匹萬反,又匹附反,本或作嬔,敷萬反。」「敷」、「孚」聲紐同,《禮記・月令》云:「仲春之月玄鳥至,至之日,以大宰祠於高禖,天子親往。」鄭注云:「玄鳥,燕也。燕以施生時來,巢人堂宇而孚乳,嫁娶之象也。」蔡邕《月令章句》云:「玄鳥感陽而至,集人室屋,其來主爲嬔乳蕃滋。故重至日,因以用事。」鄭云「孚乳」,蔡云「嬔乳」,則「孚」、「嬔」聲近義通。戴震作「孚萬反」不誤,且曹毅之本正作「孚萬反」。

19・《方言》卷二:「抱㜽,耦也。(耦亦迊,互見其義耳。音赴)」戴震改注內「迊」字爲「疋」。錢繹《方言箋疏》、周祖謨《方言校箋》皆作「匹」。今按:《莊子・齊物論》「嗒焉似喪其耦。」《釋文》云:「耦,匹也。」《廣韻・質韻》:「匹,俗作疋。」華學誠曰:「《玉燭寶典》引《方言》郭注爲:『耦亦迊也。』周祖謨曰:「匹,唐人俗作『迊』,見《干祿字書》。」「匹」、「疋」、「迊」爲異體字,「迊」爲訛文。

20・《方言》卷二:「飿(音胡)、託、庇(庇蔭)、寓、艋(音孕),寄也。齊、衛、宋、魯、陳、晉、汝、潁、荊州、江、淮之間曰庇,或曰寓。寄食爲飿,(《傳》曰『飿其口於四方』是也)」戴震改注內「飿予口」爲「飿其口」。盧文弨《重校方言》、錢繹《方言箋疏》、周祖謨《方言校箋》皆作「予」。今按:隱公十一年《左氏傳》:「飿其口於四方」。《原本廣韻》:「飿,寄食也。使飿其口語於四方是也。」《御定康熙字典》:「飿,揚子《法言》珍膳飿,注飿寧飿其口也。」《方言注》當爲「飿其口」。孫詒讓《札迻》卷二:「晁公武《郡齋讀書記》載,所傳蜀中本正作『飿其口』。云國子監本作『飿予口』,今本正沿宋監本之誤耳。」

21‧《方言》卷二：「憑、齘、苛，怒也。楚曰憑，小怒曰齘。（言嗼齘也）陳謂之苛。」戴震改正文及注內「齘」為「齘」。盧文弨《重校方言》改同。周祖謨《方言校箋》底本正作「齘」。今按：《說文》：「齘，齒相切也。」段玉裁注：「齘，謂上下吃緊相摩切也。相切則有聲，故《三倉》云：『齘，鳴齒也。』」人發怒時咬牙切齒，故訓為「怒」。王念孫《廣雅疏證》：「《爾雅》：『苛，妎也。』妎與齘同，苛、妎皆怒也。」「介」，《武威簡泰射四五》作「禾」，遂訛作「禾」。

22‧《方言》卷二：「鐫，琢也。」戴震改「捉」為「琢」。盧文弨《重校方言》、周祖謨《方言校箋》從改。錢繹《方言箋疏》仍舊。今按：《漢書》：「今漢獨收孤秦之弊，鐫金石者難為功，推枯朽者易為力。」顏師古注：「鐫，琢石也。」《魏書》：「兼分石窟鐫琢之勞及諸事役。」「鐫」、「琢」同意連文。

23‧《方言》卷二：「揄鋪、𪋯、𠤎、帗、縷、葉榆，毳也。」戴震改「輸」為「榆」。盧文弨《重校方言》從戴氏改。周祖謨引戴說，並指出下文「葉輸」亦誤。今按：《玉篇》：「葉榆，短度絹也。」與郭注「今名短度絹為葉榆也」義合。朱駿聲《說文通訓定聲》「葉」下引《方言》及郭注，字也作「葉榆」。

24‧《方言》卷二：「剝、蹶（音厥），獪也。秦晉之間曰獪，楚謂之剝，或曰蹶。（音踣蹶）」戴震改注內「言」為「音」，並刪「音厥」二字。盧文弨《重校方言》從戴氏之說，並按：「此郭音也。郭注《爾雅》又別為音一卷，則於此書亦當爾，故不以入注下，並放此。舊本此三字在『或曰蹶』之下，又『音』字誤作『言』，此處有『音厥』二字當為後人所加，今從戴本移正。」錢繹《方言箋疏》亦從戴氏改正並刪。周祖謨《方言校箋》亦引戴說。

25‧《方言》卷二：「顠鑠、盰、揚、睒，雙也。」戴震改「隻」為「雙」。盧文弨《重校方言》、錢繹《方言箋疏》皆從戴本改。周祖謨《方言校箋》云：「戴改隻為雙是也。原本《玉篇》陽下引《方言》：『陽，雙也。燕代朝鮮洌水之間或謂好目為陽。』又引郭璞曰：『此本記雙偶，因廣其訓，復言目也。』足證隻為雙字之訛。又《萬象名義》目部『𥄲』字，頁部『顠』字並注云『雙也』，亦本於《方言》無疑。」

26・《方言》卷三:「斟、協,汁也。(謂和協也。或曰瀋汁,所未能詳)」戴震改注內「潘」爲「瀋」。盧文弨《重校方言》不從改,並按:「潘字舊本皆然,亦有汁義。」周祖謨《方言校箋》不改。今按:《說文》:「瀋,汁也。」段玉裁《說文解字注》「汁」下云:「《方言》曰:『斟,協,汁也。北燕朝鮮洌水之間曰斟,自關而東曰協,關西曰汁。此兼瀋汁和葉而言,如臺、朕、賚、畀、卜、陽、予也之例。汁液必出於和協。故其音義通也。」劉熙《釋名》云:「宋魯人皆謂汁爲瀋。」潘,《說文》曰:「淅米汁。」無和協之義。

27・《方言》卷三:「蘇、芥,草也。江淮南楚之間曰蘇,自關而西或曰草,或曰芥。南楚江湘之間謂之莽(嫫母)。」戴震改「芥」爲「莽」。後人皆從改。今按:《說文》:「木叢生曰榛,眾草曰莽也。」《小爾雅・廣言》:「莽,草也。」《藝文類聚》卷八十一引《方言》:「莽,草也……南楚江湘之間謂之莽。」

28・《方言》卷三:「南楚江湘之間謂之莽(嫫母反)。」戴震補注內「嫫母反」之「反」字。後人皆從改。今按:戴震據後卷十內「莽,嫫母反」而補。

29・《方言》卷三:「菠、茨,雞頭也。」戴震改「莜」爲「菠」。周祖謨《方言校箋》從戴氏改,並補證曰:「《齊民要術》卷十引,及《御覽》卷九百七十五引,均作『菠』。」今按:《集韻》引《方言》亦作「菠」。

30・《方言》卷三:「凡草木刺人,北燕朝鮮之間謂之茦,(《爾雅》曰:『茦,刺也。』)或謂之壯。」戴震改「策」爲「茦」。盧文弨《重校方言》改同。錢繹《方言箋疏》、周祖謨《方言校箋》底本皆作「茦」。今按:《爾雅》:「茦,刺也。」《爾雅音義》:「初革反。《方言》云:『凡草木而刺人者,北燕朝鮮之間謂之茦。』」朱駿聲《說文通訓定聲》引《方言》字亦作「茦」。

31・《方言》卷三:「東齊海岱之間謂之瞑,或謂之眩。(瞑眩亦今通語耳)」戴震改「眠」爲「瞑」。盧文弨《重校方言》仍舊,並按:「正德以下本『瞑』作『眠』,卷十內正作眠,二字可通用。」今按:《廣雅・釋詁》:「眠,亂也。」《集韻》:「眠,同瞑。」朱駿聲《說文通訓定聲》:「瞑,字亦作眠。」是「眠」與「瞑」古通用。然而《書・金縢》正義及玄應

《一切經音義》卷十三引《方言》此條字並作瞑，可見戴改不誤。

32·《方言》卷三：「稇，就也。（稇稇，成就貌。恪本反）」戴震改正文「稇」
為「稇」。盧文弨《重校方言》底本皆作「稇」。周祖謨《方言校箋》存
戴說。錢繹《方言箋疏》不從戴本改，並按：「《廣雅》及《淮南子》並
從木作稇，與舊本正合。《墨子》則或作緄、捆，是古字並通，無煩改字。」
今按：劉台拱《方言補校》：「稇字俱當作稇。」段玉裁《說文解字注》
「稇」字下：「《方言》：『稇，就也。』注：『稇稇，成就兒。』《廣韻》
作『成熟』。蓋禾熟而刈之，而縶束之。其義相因也。從禾困聲。」與戴
校同。《說文》：「稇，縶束也。」《玉篇》、《廣韻》並云「成熟」，與郭注
成就貌合。

33·《方言》卷三：「撲、鋋、漸，盡也。鋋賜撲漸皆盡也。」戴震改正文「連
此撲漸」為「鋋賜撲漸」。盧文弨《重校方言》從戴本改。周祖謨《方言
校箋》引戴說。

34·《方言》卷三：「撲、翕、葉，聚也。（撲屬藂相著貌）」戴震改注文「葉」
為「藂」。盧文弨《重校方言》從宋正德本改同。周祖謨《方言校箋》底
本作「藂」。今按：《楚辭·招魂》：「五穀不生，藂菅是食些。」《舊注》：
「藂，一作叢。」是「藂」即「叢」字。《廣雅》：「翕、葉、輪、會、積，
聚也。」王念孫《疏證》云：「翕、葉者，《方言》：『撲、翕、葉，聚也。
楚謂之撲，或謂之翕。葉，楚通語也。』《爾雅》：『翕，合也。』合亦聚
也。《淮南子·原道訓》云：『大渾而為一，葉累而無根。』是『葉』為
『聚』也。《說文》：『葉，草木之葉也。』亦叢聚之義也。」此說與郭注
相合。

35·《方言》卷四：「襦，西南蜀漢謂之曲領，或謂之襦。」戴震改正文「屬」
為「蜀」。盧文弨《重校方言》、周祖謨《方言校箋》從戴改。今按：「西
南蜀漢」為一方言區域，如卷五：「俎，幾也。西南蜀漢之郊曰杜。」《急
就篇補注》卷二引《方言》亦作「西南蜀漢」。

36·《方言》卷四：「衿、襜謂之襌。」戴震改正文「禪」為「襌」。盧文弨
《重校方言》從宋正德本所改同。周祖謨《方言校箋》底本作禪。今按：
《類篇》：「襜，襌也。」《玉篇》：「衿，襌衣。」《原本玉篇》：「襜，《方

言》:『纋,謂之襌。』」

37．《方言》卷四:「袒飾謂之直衿。」戴震改正文「衿」爲「衿」。盧文弨《重校方言》所改同。周祖謨《方言校箋》從戴氏改。今按:《廣雅》:「直衿謂之幆。袒飾、褻明、襗袍、襡,長襦也。」《玉篇》:「直衿,婦人初嫁所著上衣也。」《集韻》、《類篇》皆云:「《方言》:『袒飾謂之直衿。』謂婦人初嫁上服。」

38．《方言》卷四:「繞衿謂之帬。」戴震改正文「衿」爲「衿」。盧文弨《重校方言》所改同。周祖謨《方言校箋》從戴氏改。今按:《廣雅》:「繞領,裙也。」《爾雅》:「黼衿謂之襮。」《釋文》云:「衿本又作領。」王念孫《疏證》云:「帬之言圍也。圍繞腰下也,故又謂之繞領。《方言》:『繞衿謂之帬。』郭注云:『俗人呼接下,江東通言下裳。』衿與領同。」段玉裁《說文解字注》「帬」下云:「繞領也。《方言》:『繞衿謂之帬。』《廣雅》本之,曰繞領。帔,帬也。衿、領今古字。」

39．《方言》卷四:「緊袼謂之褔。(即小兒次衣也)」戴震改注文「次」爲「涎」。盧文弨《重校方言》、周祖謨《方言校箋》從戴本改正。今按:《說文》:「次,慕欲口液也。」《玉篇》:「次亦作涎。」《說文》:「袛,褻衣也。」字當爲「次」。

40．《方言》卷五:「甑,自關而東謂之甗,或謂之鬵(音岑,涼州呼鉹),或謂之酢餾。」戴震改注文「梁州」爲「涼州」。盧文弨《重校方言》從正德本改同。周祖謨《方言校箋》以戴改爲是。今按:《廣韻》:「《方言》云涼州呼甑。」《爾雅》:「甑謂之鬵。鬵,鉹也。」孫炎注云:「關東謂甑爲鬵,涼州謂甑爲鉹。」

41．《方言》卷五:「甑,自關而東謂之甗,或謂之鬵,或謂之酢餾。」戴震改正文「鎦」爲「餾」。盧文弨《重校方言》從正德本改同。周祖謨《方言校箋》底本作「餾」。今按:章炳麟《新方言‧釋器》曰:「江浙人謂食物入釜微煮曰溜,蓋甑名酢餾,以蒸煮物亦曰酢餾,炸溜即酢餾也。」

42．《方言》卷五:「盂,宋楚魏之間或謂之盌。盌謂之盂,或謂之銚鋭(謠音)。」戴震改注文「謠語」爲「謠音」。盧文弨《重校方言》仍舊。周祖謨《方言校箋》存戴說。今按:《廣雅》:「銚鋭,盂也。」曹憲音:「銚,音遙。」「遙音」即音遙之義。

43・《方言》卷五：「甇，陳魏宋楚之間曰瓵，或曰瓶。燕之東北，朝鮮、洌水之間謂之瓺。齊之東北，海、岱之間謂之甋。（所謂『家無甋石之餘』者也）」戴震改注文「儋」爲「甋」。後人皆不從改。今按：《史記・貨殖列傳》：「醬千甋」，《集解》引徐廣曰：「大罌缶。」《索隱》引孟康曰：「罌受一石，故云甋石。」《後漢書・明帝紀》：「生者無儋石之儲。」李賢注云：「《方言》作甋云：『甇也，齊東北海岱之間謂之甋。』《爾雅・釋器》「甌瓿謂之瓵」條疏、《御覽》卷七五八、《集韻・談韻》引并作「甋」，是唐宋人所見《方言》仍作「甋」字。《廣雅・釋器》：「甋、瓶……甇，瓶也。」本於《方言》，字亦作「甋」。《學林》：「揚雄《方言》曰：『齊之東北海岱之間謂之甋。』郭璞注曰：『所謂家無甋石之儲也。』字書曰：『甋，小罌也。』古人多假借用字，故以儋擔二字代之。」戴震改爲「甋」字爲是。

44・《方言》卷五：「甇，齊之東北，海、岱之間謂之甋。（所謂家無甋石之儲也。音儋荷，字或作儋）」戴震改注文「餘」爲「儲」。盧文弨《重校方言》所改同。周存戴說。今按：《漢書・楊雄傳》：「乏無儋石之儲。」《漢書・劉毅傳》：「家無儋石之儲。」《後漢書・明帝紀》：「生者無擔石之儲。」皆作「儲」字。章懷太子注《明帝紀》云：「《方言》作甋，云：『甇也。齊之東北海岱之間謂之甋。』郭璞注曰：『所謂家無甋石之儲者也。』」

45・《方言》卷五：「炊箕謂之縮，或謂之篡，或謂之㔸（音旋，江東呼淅籤）。」戴震改注文「浙」爲「淅」。盧文弨《重校方言》仍舊。錢繹《方言箋疏》、周祖謨《方言校箋》底本皆作「淅」字，與戴改同。今按：錢繹《方言箋疏》指出「淅籤」即淅簣之轉。《通雅》：「箕，炊之漉米箕也。或謂之縮，江東呼淅籤。」段玉裁《說文解字注》：「漉米籔也。《方言》曰：『炊簣謂之縮，或謂之簝，或謂之㔸。』郭注：『漉米籔，江東呼淅籤。』」

46・《方言》卷五：「繘，自關而東，周、洛、韓、魏之間謂之綆，或謂之絡。關西謂之繘。」戴震刪正文衍文「綆」字。盧文弨《重校方言》從戴氏改。周祖謨《方言校箋》存戴說，並補證：「原本《玉篇》『繘』下引《方言》『關西謂綆爲繘』。亦無綆字。」今按：《左傳・襄公九年》：「陳畚挶，具綆缶。」孔穎達疏曰：「綆者，汲水之索，《儀禮》謂之繘。《方言》：

『自關而東，周、洛、韓、魏之間謂之綆，關西謂之繘。』」

47‧《方言》卷五：「飤馬橐，自關而西謂之裺囊，或謂之裺篼，或謂之㠊篼。燕齊之間謂之帪。」戴震改正文「飲」爲「飤」。盧文弨《重校方言》所改同，周祖謨《方言校箋》從戴改。今按：《王篇》云：「篼，飼馬器也。」朱駿聲《說文通訓定聲》「帪」下云：「《方言》五：飤馬橐，燕齊之間謂之帪。《廣雅‧釋器》：『帪，囊也。』」

48‧《方言》卷五：「櫪，燕之東北朝鮮洌水之間謂之椴。」戴震改正文「椵」爲「椴」。盧文弨《重校方言》所改同，周祖謨《方言校箋》從戴改。今按：《廣雅》：「椴，杙也。」王念孫疏證：「椴之言段也，今人言木一段兩段是也。」曹憲音「都館反」。與郭注「音段」合。《萬象名義》云：「椴，徒館反，杙也。」朱駿聲《說文通訓定聲》「椴」下：「《方言》五：櫪謂之椴。《廣雅‧釋室》：『椴，杙也。』」

49‧《方言》卷五：「牀，齊魯之間謂之簀，陳楚之間或謂之笫。其槓，北燕朝鮮之間謂之樹，自關而西秦晉之間謂之槓，南楚之間謂之趙，東齊海岱之間謂之樺（音詵）。」戴震改正文「樺」爲「樺」。盧文弨《重校方言》、錢繹《方言箋疏》從宋本改同。周祖謨《方言校箋》從盧文弨《重校方言》改，與戴同。今按：《玉篇》：「樺，所銀切，《方言》：『槓，東齊海岱之間謂之樺。』」《廣韻》：「樺，《方言》曰：『槓，東齊海岱之間謂之樺。』槓，床前橫木也。」字皆作樺。

50‧《方言》卷五：「牀，齊魯之間謂之簀，陳楚之間或謂之笫。其槓，北燕朝鮮之間謂之樹，自關而西秦晉之間謂之槓，南楚之間謂之趙，東齊海岱之間謂之樺（音詵）。」戴震改注音「先」爲「詵」。盧文弨《重校方言》、錢繹《方言箋疏》從宋本改同，周祖謨《方言校箋》以爲是。今按：徐堅《初學記》引郭注正作「詵」。

51‧《方言》卷六：「聳、㬝，欲也。」戴震改正文「㳣」爲「㬝」。盧文弨《重校方言》、周祖謨《方言校箋》皆從戴氏改。今按：《玉篇》：「獎，助也，成也，欲也，譽也，嗾犬厲之也。」《廣雅》：「獎，譽也。」《楚語》：「教之《春秋》而爲之聳善而抑惡焉。」韋昭注云：「聳，獎也。」李善注謝朓《齊敬皇后哀策文》：「末命是獎」，引《方言》：「秦晉之間相

勸曰獎。」

52．《方言》卷六：「聳、慫，欲也。（皆強欲也。山項反）」戴震改注音「山項也」爲「山項反」。後人皆從改。吳承仕《經籍舊音辯證》：「項從工聲，工、從皆屬東韻，以『項』切『聳』不必說爲方音，曹憲《廣雅音》曰：『聳音竦，《方言》音雙講反。』『雙講』與『山項』音同。」周祖謨《方言校箋》曰：「玄應《音義》卷十五聳音所項反。所項與山項音同。」

53．《方言》卷六：「吳楚之外郊凡無有耳者亦謂之䏃。其言䏃者，若秦晉中土謂墮耳者䏃也。」戴震改正文「明」爲「䏃」。盧文弨《重校方言》所改同。周祖謨《方言校箋》底本正作「䏃」。今按：《說文》：「䏃，墮耳也。」朱駿聲《說文通訓定聲》：「䏃，墮也。從耳，月聲。《方言》六：秦晉中土謂墮耳者䏃。」段玉裁《說文解字注》：「䏃，吳楚之外，凡無耳者謂之䏃。《方言》曰：吳楚之外郊，凡無有耳者謂之䏃。其言䏃者，若秦晉中土謂墮耳者䏃也。言若斷耳爲盟。斷耳即墮耳。盟當作䏃，字之誤也。」

54．《方言》卷六：「聾之甚者，秦晉之間謂之䏃。（五刮反，言聑無所聞知也。《外傳》『聾聵』，音䂄聵）」戴震補郭注脫文「聑」字。盧文弨《重校方言》和錢繹《方言箋疏》、周祖謨《方言校箋》底本皆不脫，錢繹《方言箋疏》按：「宋本聑誤作恥，李文授本、正德本並作聑。一本無聑字，一本作言聑䫄無所聞知也。」劉台拱以爲作「聑䫄無所聞知也」者爲正，按道：「郭君解釋字義每用雙聲疊韻之字形容之，此言『聑無所聞知也』辭意不足。」周祖謨《方言校箋》贊同劉氏之見。今按：《廣雅》：「䏃，聵，聾也。」王念孫《疏證》引郭注作「聑䫄無所聞知也」。然戴氏補脫文「聑」字不誤，是下仍脫一「䫄」字耳。

55．《方言》卷六：「聾之甚者，秦晉之間謂之䏃。（五刮反，言聑無所聞知也。《外傳》『聾聵司火』，音䂄聵）」戴震補郭注脫文「司火」二字。盧文弨《重校方言》和錢繹《方言箋疏》、周祖謨《方言校箋》底本皆不脫。今按：「聾聵司火」，語出《國語·晉語四》。

56．《方言》卷六：「愧、恧，慚也。荊揚青徐之間曰愧，若梁益秦晉之間言心內慚矣。山之東西自愧曰恧，趙魏之間謂之聑。」戴震改正文「聏」爲「聑」。盧文弨《重校方言》未改，周祖謨《方言校箋》存戴氏之說。今按：《廣雅》：「愧、聑、恧，慙也。」王念孫疏證：「《方言》：『趙魏之

間謂慚為䀣。』」《類篇》云：「自愧恨曰䀣。」《集韻》引《方言》亦作「䀣」。《經典釋文·爾雅音義》：「《方言》云：『悈，恧，慙也。荊揚青徐之間曰悈，若梁益秦晉之間言心內慙矣。山之東西，自愧曰恧，趙魏之間謂之䀣。」引文皆作「䀣」。

57·《方言》卷六：「怠、陁，壞也。（謂壞落也。音蟲豸，未曉）」戴震改注文「虫」為「蟲」。盧文弨《重校方言》底本作「蟲」。周祖謨《方言校箋》從戴氏改。並指出：「『虫』與『蟲』《說文》有別，此則『虫』為『蟲』之省文。」《經典釋文·爾雅音義》：「『蟲』本亦作『虫』。案此篇是《釋蟲》，依字『虫』音許鬼反，蛇類也。並兩虫為『䖵』，音古門反，蟲之揔名也。三虫為『蟲』，直忠反，有足者也。今人以『虫』為『蟲』相承假借用耳。」《洪武正韻》：「有足曰蟲，無足曰豸。」是有蟲豸連稱者。

58·《方言》卷六：「怠、陁，壞也。（謂壞落也。音蟲豸）」戴震刪注文「未曉」二字。盧文弨《重校方言》所刪同。周祖謨《方言校箋》存戴說。疏證同上。

59·《方言》卷六：「䁝、略，視也。東齊曰䁝，吳揚曰略。（今中國亦云目略也）」戴震補注文「目」下「略」字。盧文弨《重校方言》從宋本作「目略」。周祖謨《方言校箋》底本正作「目略」。今按：《廣雅》：「略，視也。」王念孫《疏證》：「宋玉《神女賦》：『目略微眄。』略與略同。」

60·《方言》卷六：「坻、坥，場也。梁宋之間蚍蜉䶂鼠之場謂之坻，螾場謂之坥。（螾，蛐蟮也。其糞名坥。螾音引）戴震改注文「蟥」為「蛐」。今按：《異體字字典》：「蚯蚓：動物名。環節動物門，貧毛綱。體圓而細長，環節很多，鑽土成穴，使土壤疏鬆，有益於農事。亦稱為『地龍』、『土龍』、『曲墡』、『蛐墡』、『蜿蟺』。」朱駿聲《說文通訓定聲》：「蟺，螾也。從蟲，堇聲。今蘇俗謂之曲蟮。」

61·《方言》卷六：「秦晉聲變曰𤬺，器破而不殊其音亦謂之𤬺，器破而未離謂之璺。南楚之間謂之𢼌。（妨美反。一音圮塞）。」戴震改正文「把塞」為「圮塞」。盧文弨《重校方言》從宋本改同。華學誠《揚雄方言校釋匯證》：「靜嘉堂文庫藏宋抄本亦作『圮』；《廣韻·日韻》『𢼌』下引《方言》本條，而『圮』在同一小韻。」今按：圮，古文字作「」，與「把」

形近而訛。

62·《方言》卷六：「徯醯、冉鐮，危也。東齊揢物而危謂之徯醯。（揢，居枝反）」戴震改正文及注「㩉」爲「揢」。盧文弨《重校方言》從戴氏改。周祖謨《方言校箋》以戴改爲是。今按：《玉篇》云：「揢，戴也。」吳予天《方言注商》：「揢物而危，亦不安之意也。」以從手之字爲正。

63·《方言》卷六：「踊、劦，力也。東齊曰踊，宋魯曰劦。劦，田力也。（謂耕墾也）」戴震改正文「由」爲「田」。盧文弨《重校方言》從宋本所改同。周祖謨《方言校箋》底本正作「田力」。今按：《眾經音義》卷十三引《方言》：「宋魯謂力曰旅，旅，田力也。」旅與劦同。《書·盤庚》：「若農服田力穡，乃亦有秋。」《金史·孝友列傳》：「服田力穡，以望有秋，農夫之有恆情也。」田力與郭注「耕墾」之義相合。

64·《方言》卷六：「瘞（瘞埋。又翳）、譖，審也。齊楚曰瘞，秦晉曰譖。」戴震改注文「埋也」爲「瘞埋」。盧文弨《重校方言》所改同。錢繹《方言箋疏》底本正作「瘞埋」。周祖謨《方言校箋》從戴氏改。今按：瘞無埋意。《爾雅注》：「祭地曰瘞埋。」「瘞」與「瘞」，《集韻》皆壹計切，音同。

65·《方言》卷六：「揞、揜、錯、摩，藏也。」戴震改正文「滅」爲「藏」。盧文弨《重校方言》從戴氏改。周祖謨《方言校箋》從戴氏改，並補證：「慧琳《音義》卷八十二『靡揞』條引本書『揞，藏也』。」今按：《洪武正韻》：「揞，藏也，手覆也。」《說文》：「揜，覆也。」《玉篇》：「揞，藏也。」《廣韻》：「揞，手覆。錯，摩也。」《廣雅》：「摩，藏也。」王念孫疏證：「《考工記·弓人》：『強者在內而摩其筋。』鄭注云：『摩猶隱也。』隱亦藏也。」

66·《方言》卷七：「嫛盈，怒也。（嫛，上巳音）」戴震改正文及注「魏」爲「嫛」。盧文弨《重校方言》所改同。錢繹《方言箋疏》從戴氏改。今按：《廣雅》：「馮、嫛盈，怒也。」王念孫疏證引《方言》此條，字作「嫛盈」。《廣韻》：「嫛，盈姿貌。」嫛、盈同意連文。「嫛」，小篆體作「𡢃」，與「魏」形近而訛。朱駿聲《說文通訓定聲》「盈」下引：「《方言》七：『嫛盈，怒也。凡言呵叱者謂之嫛盈。』」

67‧《方言》卷八：「虎，陳魏宋楚之間或謂之李父，江淮南楚之間謂之李耳；或謂之於䖘。自關東西或謂之伯都。（俗曰伯都事神虎說）」戴震據曹毅之本改注文「抑」爲「神」。盧文弨《重校方言》從宋本改同。錢繹《方言箋疏》從戴氏改。周祖謨《方言校箋》存戴說。華學誠《揚雄方言校釋匯證》曰：「明抄本、清抄本作『神』不誤。」

68‧《方言》卷八：「鳩，自關而東，周鄭之郊，韓魏之都謂之鵖。梁宋之間謂之鶻鳩。」震改正文「鵖」爲「鶴」。盧文弨《重校方言》從戴改。周祖謨《方言校箋》存戴說，並補證：「《太平御覽》引『鵖』作『佳』，可證戴校不誤。」今按：《集韻》：「雛，鳥名，小鳩也。一名鵌鵖，通作佳。」《字彙》：「雛，鳥名，夫不也。今鵽鳩也。鶴，同雛。」《廣韻》：「鵖，鵖鵬，南方神鳥，似鳳又鵖鵖小鳥。」是「鶴」字爲正。

69‧《方言》卷八：「尸鳩，燕之東北朝鮮洌水之間謂之鵖鵖。」戴震改正文「尸」爲注音。盧文弨《重校方言》底本爲注音。周祖謨《方言校箋》存戴說。今按：《爾雅》：「鳲鳩，鵠鵴。」《釋文》云：「鳲，音尸，字又作鳾。」《爾雅音圖‧釋鳥》「鳲鳩」下云：「鳲音尸，鳩鵠音甲鵴。今之布穀也。江東呼爲穫穀。鵴音菊。」《龍龕手鏡》：「鳲音尸，鳲鳩也。」

70‧《方言》卷八：「蝙蝠（邊福兩音），自關而東謂之服翼，或謂之飛鼠，或謂之老鼠，或謂之僊鼠。」戴震改正文「𪕏」爲「僊」。盧文弨《重校方言》、錢繹《方言箋疏》不改，以「𪕏」爲「僊」之省文。周祖謨《方言校箋》以爲戴改爲是，並補證：「《爾雅釋鳥》：『蝙蝠，服翼。』郭注云：『齊人呼爲蟙蠓，或謂之僊鼠。』《紺珠集》引本書字亦作『僊』。」今按：《洪武正韻》：「蝙蝠，僊鼠，又名伏翼。」《爾雅音圖》：「蝙蝠，服翼。齊人呼爲蟙蠓，或謂之僊鼠。」李白《答族侄僧中孚贈玉泉仙人掌茶》：「《仙經》：蝙蝠一名僊鼠，千歲之後，體白如雪，棲則倒懸，蓋飲乳水而長生也。」字皆作「僊」。

71‧《方言》卷八：「守宮大者而能鳴謂之蛤解。（江東人呼爲蛤蚧）」戴震改注內「蚖」爲「蚧」。盧文弨《重校方言》從戴氏改。周祖謨《方言校箋》存戴說，並補證：「《紺珠集》引作『蛤蚧』。」今按：《吳下方言考凡例》稱：「揚子《方言》旁及物類，然子雲誤以蛤蚧爲守宮。」《古今韻會舉要》：

「蛤，《說文》蜃屬。本作盒，今文作蛤。燕所化，從蟲合聲。秦謂之牡
厲。《禮記‧月令》：『雀入大水化爲蛤。』又魁蛤，一名復累，老服翼所
化。又蝦蟇，大者曰蛤。又蛤蚧，生嶺南山谷，長四五寸，尾與身等，形
如大守宮。人欲取之，輒自囓斷其尾。」

72‧《方言》卷八：「守宮大者而能鳴謂之蛤解。（江東人呼爲蛤蚧，音頡頡）」
戴震改注內「頭」爲「頡」。盧文弨《重校方言》從戴氏改。今按：蛤、
頡，《廣韻》古沓切，二字同音。

73‧《方言》卷八：「守宮大者而能鳴謂之蛤解。（汝穎人直名爲蛤解音懈，誤
聲也）」戴震改注文「歡音解」爲「解音懈」。盧文弨《重校方言》從宋本
所改同。周祖謨《方言校箋》存戴說，並按：「注『汝穎』以下有訛字。《玉
燭寶典》引作：『汝穎人直爲蛤，音郭鶌鶋，音解聲誤』。亦有脫誤。如『鶌
鶋』爲『鶌鵅』之誤，『郭』爲衍文，是也。戴本此注則據曹毅之本作：『汝
穎人直名爲蛤，解音懈，誤聲也。』誤聲二字當據《玉燭寶典》作『聲誤』。」
華學誠《揚雄方言校釋匯證》：「此注宜作『汝穎人直名爲蛤。解音懈，聲
誤也。」戴震所改爲是。

74‧《方言》卷八：「雞雛，徐魯之間謂之鷾子。」戴震改正文「秋侯」爲
「鷾」。盧文弨《重校方言》、錢繹《方言箋疏》所改同。孫詒讓《札迻》
卷二：「《郡齋讀書志》載蜀中傳本正作『鷾』，云『監本以鷾爲秋侯』。
然則今本亦沿監本之誤，宋時蜀本自不誤也。」周祖謨《方言校箋》從
戴氏改，並分析致誤原因：「『鷾』下從『佳』，『侯』字唐人俗書作『佳』，
與『佳』形近，故訛爲秋侯二字，戴校是也。」今按：《類篇》、《集韻》
「鷾」下同引《方言》曰：「鷄雛徐魯之間謂之鷾子。」《廣雅》：「鷾子，
雛也。」王念孫疏證曰：「鷾之言擊也。《釋詁》云：『擊，小也。』鷾或
作秋。高誘注《淮南原道訓》云：『屈，讀如秋鷄無尾屈之屈。』鷄雛無
尾，故以爲屈。《說文》云：『屈，無尾也。』今高郵人猶謂鷄雛爲鷾鷄，
聲正如秋也。」

75‧《方言》卷九：「凡戟而無刃，秦晉之間謂之釨，或謂之鏳（音寅）。」戴
震補注音脫文「音寅」。盧文弨《重校方言》從宋本所改同。周祖謨《方
言校箋》底本字有「音寅」二字。今按：《古今韻會舉要》：「螾，蟲名，

寒螿也。《廣韻》:『寒蟬,又蟟蟬。』《賈誼傳》:『夫豈從蝦與蛭蟬。』孟康曰:『蟬,今之蟟蟬也,與蚓同。』合韻,音寅。」

76・《方言》卷九:「矛,吳揚江淮南楚五湖之間謂之鏦,或謂之鋋,或謂之鏦。其柄謂之矜。」戴震改正文「鈐」為「矜」。錢繹《方言箋疏》:「是矜為矛柄也,故字從『矛』。」今按:《說文》云:「矜,矛柄也。」《廣雅》:「矜,柄也。」王念孫疏曰:「柄之言秉也,所秉執也……《方言》:『矛柄謂之矜。』郭注云:『今字作𥎲。』」

77・《方言》卷九:「矛,吳揚江淮南楚五湖之間謂之鏦,或謂之鋋,或謂之鏦。其柄謂之矜(今字作𥎲,巨巾反)。」戴震改注文「𣏕」為「𥎲」。盧文弨《重校方言》所改同,並按:「賈誼《過秦論》:『鉏耰棘矜』《史》、《漢》注皆云:『矜亦作𥎲。』今據以改正。」周祖謨《方言校箋》底本字作「𥎲」。今按:《集韻》:「𥎲,矛柄也。或作矜。」《方言》第九:「矜謂之杖。」郭注:「矛戟𥎲,即杖也。」《方言》第十二:「柢,柲,刺也。」郭注:「皆矛戟之𥎲,所以刺物者也。」字皆作「𥎲」。

78・《方言》卷九:「車下鐵,陳宋淮楚之間謂之畢。」戴震改正文「鐵」為「鈇」。錢繹《方言箋疏》云:「俗『鈇』字作『鉄』,傳寫者遂改作『鐵』。」盧文弨《重校方言》云:「《玉篇》云:『紩,索也。古作鈇。』據此『紩』乃本字,『鈇』即其假借字。」今按:《集韻》:「紩,《說文》縫也。一曰索也。或從金。」

79・《方言》卷九:「大車謂之綦。(鹿車也。音忌)」戴震將「大者謂之綦」與上條「車下鐵,陳宋淮楚之間謂之畢」合併。後人皆從戴氏並。今按:《原本玉篇》「綦」下引《方言》,正將此兩條合併。

80・《方言》卷九:「車下鐵,陳宋淮楚之間謂之畢。大者謂之綦。(鹿車也。音忌)」戴震改正文「車」為「者」。盧文弨《重校方言》、錢繹《方言箋疏》皆從戴氏改。今按:《古今韻會舉要》:「鹿車,小車也。」若為大車,郭注不得為鹿車。又王引之《經義述聞》第二二《春秋名字解詁》上「楚公子結,字子綦」條引《方言》:「車下鐵,大者謂之綦。」字正作「者」。

81・《方言》卷九:「車枸簍,宋魏陳楚之間謂之𥱼,或謂之𥯤籠。其上約謂之筲,或謂之簀(音硯)。」戴震改注音「音脈」為「音硯」。盧文弨《重校

方言》作「音覓」，並按：「俗本音脈，今從宋本。戴本音覔，云從曹毅之本，亦與覓音同。」今按：《古今韻會舉要》「覓」字云：「《說文》：『邪視也。』本作『覔』，從㫚從見。徐按《張衡賦》『覔往昔之館』，籀文作『覓』，今書作覓。」《博雅音》「箟」音「覓」。「覔」、「覓」、「覓」為一組異體字。

82・《方言》卷九：「箭，其小而長，中穿二孔者謂之鉀鑪，其三鐮長尺六者謂之飛虻，內者謂之平題。」戴震將此條與上條「凡箭，鏃胡合嬴者，四鐮，或曰鉤腸，三鐮者，謂之羊頭，其廣長而薄鐮謂之錍，或謂之鈀」合併。後人皆從戴氏改。周祖謨《方言校箋》指出：「《爾雅・釋器》刑昺疏引本『或謂之鈀』下即為『其小而長』云云，足證戴氏合併的是。」

83・《方言》卷九：「所以藏箭弩謂之箙。弓謂之鞬，或謂之櫝丸。」戴震改正文「凡」為「丸」。盧文弨《重校方言》從戴本改正。周祖謨《方言校箋》以戴校為是。今按：《後漢書・南匈奴傳》：「弓鞬韇丸一。」注云：「《方言》藏弓為鞬，藏箭為韇丸，即箭箙也。」《昭公二十五年左傳》：「公徒釋甲執冰而踞。」服虔注云：「冰，櫝丸蓋也。」疏引《方言》「弓藏謂之鞬，或謂之櫝丸。」《廣雅》：「櫝𠓥，矢藏也。」王念孫《疏證》：「櫝𠓥，蓋矢箙之圓者也。櫝，字或作櫝，又作韇。𠓥，通作丸。《方言》：『所以藏弓謂之鞬。或謂之櫝丸。』」

84・《方言》卷九：「矛或謂之鈘。」戴震將此條與上條「矛骹細如鴈脛者謂之鶴厀。有小枝刃者謂之鉤鈘」合併。後人皆從戴氏改。

85・《方言》卷九：「泭謂之䉶，䉶謂之筏。筏，秦晉之通語也。江淮家居䉶中謂之薦（音荐）。」戴震改注音「音符」為「音荐」。盧文弨《重校方言》從宋本改作「音箭」。周祖謨《方言校箋》存二人觀點。今按：薦，《廣韻》「作甸切」，荐，《廣韻》「在甸切」。薦、荐上古音同屬精紐文部，音同。荐、符形近而訛。

86・《方言》卷九：「方舟謂之䑹，（揚州人呼渡津舫為杭）艁舟謂之浮梁。」戴震改注文「航」為「舫」。盧文弨《重校方言》所改同。周祖謨《方言校箋》以為戴氏所改是。今按：《廣韻》：「䑹，方舟也。荊州人呼渡津舫為䑹，或作艕。」段玉裁《說文解字注》「䑹」下引《方言》曰：「方舟謂之䑹。郭云：揚州人呼渡津舫為杭。」

87.《方言》卷九:「方舟謂之𦪇，(揚州人呼渡津舫為杭，荊州人呼𦪇，音橫)艁舟謂之浮梁。」戴震改注文「樹」為「𦪇」。盧文弨《重校方言》所改同。周祖謨《方言校箋》以為戴氏所改是。今按:《廣韻》:「𦪇，方舟也。一曰荊州人呼渡津舫為𦪇，或作橫。」段玉裁《說文解字注》「𦪇」下引《方言》曰:「方舟謂之𦪇。郭云:揚州人呼渡津舫為杭。荊州人呼𦪇，音橫。」字作「𦪇」。

88.《方言》卷九:「舳，制水也。僞謂之仡。仡，不安也。」戴震改正文「僞」為「㒖」。盧文弨《重校方言》不改，並按:「僞，《玉篇》作㒖，於詭切。戴本從之，今據《尚書・堯典》『平秩南訛』，《周禮》馮相氏注，《漢書・王莽傳》俱作『南僞』，韋昭讀僞從訛，與此正同。今人呼為劃，即訛之轉音也。不當從《玉篇》改作㒖。」周祖謨《方言校箋》保留戴氏觀點。今按:《集韻》:「㒖，動搖也。」朱駿聲《說文通訓定聲》:「扤，動也。從手，兀聲。《方言》九:『㒖謂之扤，扤，不安也。』」段玉裁《說文解字注》:「𦨣，船行不安也。《方言》說舟曰:『㒖謂之扤。扤，不安也。』郭云:『㒖音訛，船動搖之皃也。』」字皆作「㒖」。

89.《方言》卷十:「媱、愓，遊也。江沅之間謂戲為媱，或謂之愓，或謂之嬉。」戴震改正文「淫」為「媱」。盧文弨《重校方言》所改同。周祖謨《方言校箋》底本作「媱」。今按:《集韻》:「愓，《方言》:『媱、愓，遊也。』《說文》:「媱，曲肩行皃。」朱駿聲《說文通訓定聲》:「媱，《方言》十:『媱，遊也。』」

90.《方言》卷十:「曾、訾，何也。湘潭之原(潭，水名，出武陵，音譚，亦音淫)」戴震改注內「潭」為「譚」。盧文弨《重校方言》據曹毅之本作「覃」。周祖謨《方言校箋》:「《漢書・地理志》武陵郡鐔成縣，《集注》云:『應劭潭音淫，孟康音譚。』」華學誠《揚雄方言校釋匯證》:「潭顯為誤字，然覃字無緣訛為潭，當作譚。」

91.《方言》卷十:「曾、訾，何也。湘潭之原(潭，水名，出武陵，音譚，亦音淫)，荊之南鄙謂何為曾。」戴震改注內「曰」為「音」。盧文弨《重校方言》從宋本改同。周祖謨《方言校箋》:「《漢書・地理志》武陵郡鐔成縣，《集注》云:『應劭潭音淫，孟康音譚。』」今按:「淫」為「潭」

注音，非釋義。戴改是也。

92・《方言》卷十：「嘖、無寫，憐也。（皆南鄙之代語也。音蒯）」戴震改注文「秦漢」爲「南鄙」。盧文弨《重校方言》從宋本改同。周祖謨《方言校箋》缺文，並引盧戴按語。華學誠《揚雄方言校釋匯證》指出：「明刻諸本及《廣漢魏叢書》本作『秦漢』二字。據本條所涉地域，『南鄙』近之。」

93・《方言》卷十：「嚹哶、譧謱，拏也。東齊周晉之鄙曰嚹哶。」戴震改正文「東南」爲「東齊」。盧文弨《重校方言》底本作「東齊」。今按：段玉裁《說文解字注》：「譧，譧謱也。《方言》：『嚹哶、譧謱，拏也。東齊周晉之鄙曰嚹哶。』」《廣雅》：「嚹哶，譧謱也。」王念孫《疏證》：「《方言》：『嚹哶、譧謱，拏也。東齊周晉之鄙曰嚹哶。』」

94・《方言》卷十：「晞、曬，乾物也。揚楚常語也。（晞音霏，亦皆北方常語耳）」戴震改注文「通語」爲「常語」。盧文弨《重校方言》從戴氏改。周祖謨《方言校箋》底本作「常語」。

95・《方言》卷十：「晞、曬，乾物也。揚楚通語也。（晞音霏，亦皆北方常語耳）」戴震據永樂大典本補注文脫字「耳」。盧文弨《重校方言》、周祖謨《方言校箋》底本皆有「耳」字。

96・《方言》卷十：「龀、矲，短也。江湘之會謂之龀。凡物生而不長大，亦謂之鮆，又曰瘠。桂林之中謂短矲。（言矲猎也）」戴震改注文「偕」爲「猎」。盧文弨《重校方言》作「猎」。錢繹《方言箋疏》改爲「雉」。周祖謨《方言校箋》按：「『矲偕』戴氏據《廣韻》改作『矲猎』是也。矲猎疊韻，錢繹改作『矲雉』非。」今按：《廣韻》：「矲猎，短也。」《類篇》：「矲，矲猎，短兒。」

97・《方言》卷十：「暖、鰼、闚、貼、占、伺，視也。凡相竊視南楚謂之闚，或謂之暖，或謂之貼，或謂之占，或謂之鰼。鰼，中夏語也。（亦言睬也）」戴震改注文「睬」爲「睬」。盧文弨《重校方言》從戴氏改。錢繹《方言箋疏》作「睬」。周祖謨《方言校箋》存戴說。今按：《玉篇》：「睬，視也。」《廣韻》：「睬，視貌。」「睬」，字書無此字。

98・《方言》卷十：「抯、摣（仄加反），取也。南楚之間，凡取物溝泥中謂之

揎，或謂之攎。」戴震改注音「以加反」爲「仄加反」。盧文弨《重校方言》所改同。錢繹《方言箋疏》底本正作「仄加反」。周祖謨《方言校箋》從戴改，並按：「《集韻》：『攎，音莊加反』，與《玉篇》音同。」

99・《方言》卷十一：「舂黍謂之䗒蝑。（江東呼蚚蜢）」戴震改注文「蝐」爲「蜢」。後人皆不改。今按：《爾雅・釋蟲》：「土螽，蠰谿。」刑昺疏曰：「土螽，一名蠰谿。江南呼蚚蝐，又名蚚蜢。」蚚蝐即蚚蜢也。《說文解字》：「蚚，蚚蜢，艸上蟲也。」《毛詩正義》於「螽斯羽詵詵兮」下云：「《七月》詩云：『斯螽動股』是也，揚雄、許愼皆云『舂黍』，《草木疏》云：『幽州謂之舂箕，蝗類也，長而青，長股，股鳴者也。』郭璞注：『《方言》云：江東呼爲蚚蜢。』」

100・《方言》卷十一：「蠰蝑謂之蟥（翡翠）。」戴震刪注文「反」。王氏、盧文弨《重校方言》所改同。錢繹《方言箋疏》底本無「反」字。周祖謨《方言校箋》以爲戴氏所改是，並按：「《御覽》卷九四八引不誤。」

101・《方言》卷十一：「鼅䶂，䶂蝥也。北燕朝鮮洌水之間謂之蝳蜍。（齊人又呼社公，亦言罔公）」戴震改注文「周公」爲「罔公」。盧文弨《重校方言》、錢繹《方言箋疏》所改同。周祖謨《方言校箋》從戴改。今按：《爾雅疏》所引《方言注》「罔公」作「網公」，「罔」與「網」同。《資治通鑑・漢成帝元延三年》：「南驅漢中，張羅罔罝罦，捕熊羆禽獸。」胡三省注云：「罔，與網同。」《廣雅》：「蛛蝥、罔工、蠨蛸，蝳蜍也。」字正作「罔」。又據《說文》可知：鼅䶂之所以又呼「罔公」，是因其會「作罔」。所以戴氏改注文「周公」爲「罔公」。

102・《方言》卷十一：「儒輸，愚也。（儒輸猶儒撰也）」戴震改注文「儒」爲「懦」。盧文弨《重校方言》、錢繹《方言箋疏》從戴改。周祖謨《方言校箋》存戴說。今按：懦，讓犬反，撰，士免反，二字疊韻。楊倞注《荀子・修身篇》「勞苦之事則偸儒轉脫」云：「或曰偸，當爲輸。揚子《方言》云：『儒輸，愚。』郭注謂：『儒撰也。』」所引尚不誤。《漢書・西羌傳》字作「選懦」，音義並與儒撰相近。

103・《方言》卷十二：「鬱䣝，長也。」戴震改正文「熙」爲「䣝」。盧文弨《重校方言》所改同。周祖謨《方言校箋》存戴說。今按：《廣雅》：「鬱、

胆，長也。」王念孫疏證：「《方言》：『鬱、胆，長也。』郭璞注云：『謂壯大也。』」《集韻》：「胆，《說文》廣臣也。一曰長也。羙也。」段玉裁《說文解字注》：「胆，廣頤也。頤，各本作臣，今正。許書主篆文也。廣頤曰胆，引申爲凡廣之偁。」廣、長義相因。

104‧《方言》卷十二：「築娌，匹也。（今關西兄弟婦相呼爲築里，直六反）」戴震改注音「度六反」爲「直六反」。盧文弨《重校方言》、錢繹《方言箋疏》據宋本改同。今按：《廣雅》：「妯娌，先後也。」曹憲音「逐里」。《廣韻》：「逐，直六切。」

105‧《方言》卷十二：「揄、墒，脫也。」戴震改正文「榆」爲「揄」。盧文弨《重校方言》、錢繹《方言箋疏》從戴氏改。今按：《廣雅》：「揄，墜也。」王念孫疏證：「《方言》：『揄、墒，脫也。』又云『輸，挩也。』郭注云：『挩猶脫耳。』枚乘《七發》云：『揄棄恬怠』，揄、輸聲相近，輸、脫聲之轉。輸之轉爲脫，若愉之轉爲悅矣。」

106‧《方言》卷十二：「揄、墒，脫也。」戴震改正文「楢」爲「墒」。盧文弨《重校方言》從戴氏改。錢繹《方言箋疏》字從「手」。今按：王念孫《廣雅疏證》：「揄，墜也。《方言》：『揄、墒，脫也。』又云『輸，挩也。』郭注云：『挩猶脫耳。』枚乘《七發》云：『揄棄恬怠』，揄輸聲相近，輸脫聲之轉。輸之轉爲脫若愉之轉爲悅矣。墒、墜通。」《玉篇》：「墒，俗云落。」即脫義。

107‧《方言》卷十二：「解、輸，挩也。（挩猶脫耳）」戴氏改正文及注「梲」爲「挩」。今按：《說文》：「挩，解挩也。」朱駿聲《說文通訓定聲》：「解，判也。從刀判牛角會意。《方言》十二：解，挩也。」段玉裁《說文解字注》：「駾，馬銜脫也。銜者，馬勒口中者也。脫當作挩，解也。」字皆作「挩」。

108‧《方言》卷十二：「灬、杪，小也。」戴震改正文「疋」爲「灬」。錢繹《方言箋疏》、盧文弨《重校方言》所改同。周祖謨《方言校箋》從戴改。今按：《說文》、《廣雅》並云：「灬，小也。」《孟子告子篇》：「力不能勝一匹。」趙岐注云：「言我力不能勝一小雛。」孫奭《音義》：「匹，丁公著作疋。《方言》：『灬，小也。』蓋與疋相似，後人傳寫誤耳。」

此處之誤正同。

109・《方言》卷十二：「憸、怚，劇也。憸，夥也。（憸者同，故爲夥。音禍）」戴震改注文「多」爲「夥」。盧文弨《重校方言》底本作「夥」。周祖謨《方言校箋》引戴氏觀點。今按：《爾雅音義・經典釋文》：「《漢書》云楚人謂多爲夥。」《史記・陳涉傳》：「夥頤！涉之爲王沉沉者。」。又《方言》卷一：「凡物盛多謂之寇。齊宋之郊，楚魏之際曰夥（音禍）。自關而西秦晉之間凡人語而過謂之遏，或曰憸。」「憸」「夥」皆爲「多」。「音禍」正爲「夥」音。

110・《方言》卷十二：「誇、烝，婬也。」戴震改正文「嫷」爲「婬」。盧文弨《重校方言》、錢繹《方言箋疏》、周祖謨《方言校箋》皆作「婬」。今按：《廣雅》：「誇、烝、通、嫷、窊、劮、媰、報，婬也。」王念孫《疏證》：「誇、烝、通、報者，《方言》：『誇、烝，婬也。《爾雅》云：淫，大也。淫與婬通。』《小爾雅》：「男女不以禮交謂之淫，上淫曰烝，下淫曰報，旁淫曰通。」

111・《方言》卷十二：「杼（杼井）、瘉，解也。」戴震改正文與注內「杼」爲「抒」。盧文弨《重校方言》不改，以爲杼與抒通用。錢繹《方言箋疏》、周祖謨《方言校箋》從戴氏改正。今按：《左傳・文公六年》：「難必抒矣」。杜預注：「抒，除也。」《說文》「䩏」下云：「䩏，量物之䩏，一曰抒井，䩏古以革。」徐鍇《繫傳》云：「抒井，今言淘井。䩏，取泥之器。」是古有「抒井」之語。

112・《方言》卷十二：「艮、磍，堅也。（艮、磍皆名石物也。五碓反）」戴震互乙注文「石」、「名」二字。盧文弨《重校方言》、錢繹《方言箋疏》依戴本改。劉台拱《方言補校》：「當作『石物名』。」周祖謨《方言校箋》引戴氏觀點。今按：《說文》：「艮，很也。」原本《玉篇》「磍」云：「《方言》磍，堅也。郭璞曰：石物堅也。」石物堅實者謂之艮謂之磍，又用之名堅硬的石物，故當爲名石物。

113・《方言》卷十二：「炎（音淫）、眼，明也。」戴震改正文「茨」爲「炎」。盧文弨《重校方言》、錢繹《方言箋疏》所改同。周祖謨《方言校箋》以爲戴氏所改爲是。今按：《說文》：「炎，小熱也。」《廣雅》：「炎，明也。」

曹憲「音淫」。與郭注同。王念孫《廣雅疏證》：「夭之言炎炎也。《說文》引《小雅·節南山篇》：『憂心夭夭』，今本作『憂心如惔』。《韓詩》作『如炎』。《說文》：『炎，火光上也。』《方言》：『夭，明也。』猶心如火之炎，故與明同義。」

114·《方言》卷十二：「夭（音淫）、䁳，明也。」戴震改正文「眼」爲「䁳」。盧文弨《重校方言》從戴改。劉台拱《方言補校》：「『眼』乃目病，非『明』之訓也。作『䁳』爲是。」周祖謨《方言校箋》底本作「眼」。今按：朱駿聲《說文通訓定聲》：「眼〔叚借〕爲朗。《方言》十二：『眼，明也。』」《集韻》：「䀕，目明。或從良。」䁳爲䀕字異體，故可爲「明」。

115·《方言》卷十二：「即、圍，就也。即，半也。」戴震補正文脫字「也」。盧文弨《重校方言》據戴本補。錢繹《方言箋疏》底本有「也」。周祖謨《方言校箋》引戴氏按語。今按：全書無單字作釋之例，當脫「也」字。《廣韻》：「即，就也，半也。」

116·《方言》卷十二：「蒔、殖，立也。（謂更種也）」戴震改注文「爲」爲「謂」。盧文弨《重校方言》、錢繹《方言箋疏》底本作「謂」。周祖謨《方言校箋》以爲戴氏所改爲是。今按：左思《魏都賦》「陸蒔稷黍」，李善《注》云：「《方言》曰：『蒔，更也。』郭璞曰：『謂更種也。』」

117·《方言》卷十二：「髻、尾、梢，盡也。」戴震改正文「鬌」爲「髻」。盧文弨《重校方言》、錢繹《方言箋疏》所改同。周祖謨《方言校箋》從戴本改。今按：《說文》：「鬌，髮隋也。」《廣韻》：「鬌，髮落。直垂切。」《廣雅》：「鬌，落也。」王念孫疏證：「鬌者，落之盡。」皆與郭注「鬌，毛物漸落去之名」相吻合。

118·《方言》卷十二：「殟、㑌，俻也。」戴震改正文「㑌」爲「㑌」。盧文弨《重校方言》、錢繹《方言箋疏》、周祖謨《方言校箋》底本皆作「㑌」。今按：《說文·尢部》：「㑌，相踦㑌也。」《史記·司馬相如傳》「徼㑌受屈」，裴駰《集解》云：「㑌，音劇。駰按：郭璞曰：『㑌、疲，極也。』言獸有倦遊者，則徼而取之。」「㑌」、「㑌」同。

119·《方言》卷十二：「饘、餰，餬也。」戴震改正文「鑰鋖」爲「饘餰」。盧文弨《重校方言》、錢繹《方言箋疏》從宋本所改同。周祖謨《方言

校箋》底本爲「饡餟」。今按:《說文》:「餟,祭酹也。」段玉裁《說文解字注》:「餽,吳人謂祭曰餽。《方言》:『饡、餟,餽也。』三字皆謂祭。」《騂雅》:「饐、饁、簋、茹,食也。饡、餟,餽也。餪、饇,飽也。籉、饉,強食也。甗、餬,寄食也。」

120、《方言》卷十二:「饡、餟(祭酹),餽也。」戴震改注文「餟」爲「酹」。盧文弨《重校方言》、錢繹《方言箋疏》從宋本所改同。周祖謨《方言校箋》底本爲「酹」。

121‧《方言》卷十二:「餪、饇,飽也。」戴震改正文「鐻」爲「饇」。盧文弨《重校方言》、錢繹《方言箋疏》所改同。周祖謨《方言校箋》底本作「饇」。今按:《廣雅》:「饇,飽也。」《類篇》:「饇,《方言》:『飽也。』」

122‧《方言》卷十二:「瞀、彌,合也。」戴震改正文「殄」爲「彌」。盧文弨《重校方言》、錢繹《方言箋疏》從改。周祖謨《方言校箋》亦以爲「彌」字之訛。今按:《廣雅》:「彌,合也。」《昭二年左傳》:「敢拜子之彌縫敝邑。」杜預注:「彌縫猶補合也。」《洪武正韻》:「《方言》:『彌,縫。』通作『彌』,古文作『弥』。」「殄」或作「弥」。《敦煌變文集》:「感百靈之消弥災祥。」「弥」、「弥」形近而訛。

123‧《方言》卷十二:「挎、摀,揚也。」戴震改正文「扝」爲「挎」。盧文弨《重校方言》、錢繹《方言箋疏》所改同。周祖謨《方言校箋》云:「《集韻‧模韻》空胡切『挎』下注云:『《方言》:揚也。』是《集韻》所據舊本作『挎』不作『扝』。戴校是也。」今按:《廣韻》「挎,揚也。」《集韻》、《類篇》並作:「挎,《方言》:『挎、摀,揚也。』」「挎」楷書通作「扝」,遂訛作「扝」。

124‧《方言》卷十二:「水中可居爲洲。三輔謂之淤,蜀漢謂之槃。」戴震改正文「孌」爲「槃」。盧文弨《重校方言》、錢繹《方言箋疏》所改同。周祖謨《方言校箋》引戴氏之說。今按:《玉篇》:「槃,水洲也。」《廣韻》:「蜀漢人呼水洲爲槃。」

125‧《方言》卷十三:「炖(託孫反)、烌(音閾)、煯(波湍),赫也。」戴震刪正文「貌」字。後人皆從刪。今按:《集韻》煯下引《方言》亦无「貌」字。《方言》正文沒有稱「某貌」之例,「貌」當爲衍文,該刪。

126·《方言》卷十三:「龕、喊、𠵾、唏（虛幾反），聲也。」戴震改注音「靈」為「虛」。盧文弨《重校方言》所改同。錢繹《方言箋疏》底本字作虛。周祖謨《方言校箋》從戴氏改。

127·《方言》卷十三:「㭊，刻也。」戴震改正文「㭊」為「㭊」。盧文弨《重校方言》所改同。周祖謨《方言校箋》引戴震按語。今按:《集韻》:「㭊，《方言》:『刻也。』」《廣韻》:「㭊，餘制切，合板㭊逢。」朱駿聲《說文通訓定聲》「㭊」下引《方言》:「㭊，刻也。」

128·《方言》卷十三:「跌，蹶也。（偃地也）」戴震改注文「反」為「也」。盧文弨《重校方言》所改同。錢繹《方言箋疏》從戴氏改。周祖謨《方言校箋》補正曰:「慧琳《音義》卷十六引《方言》『偃地曰跌』，足證戴校不誤。」

129·《方言》卷十三:「薙，蕪也。」戴震改正文「無」為「蕪」。盧文弨《重校方言》、錢繹《方言箋疏》、周祖謨《方言校箋》底本皆作「蕪」。今按:《說文》云:「蕪，穢也。」與郭注「謂草穢蕪也」相一致。

130·《方言》卷十三:「攟、埏，竟也。」戴震改正文「挻」為「埏」。盧文弨《重校方言》不改，並按:「說文:『挻，長也。』式連切，音義並相近，戴謂挻無延音，改作埏，今不從。」錢繹《方言箋疏》、周祖謨《方言校箋》皆不改。今按:《老子》:「挻埴以為器。」潘岳《西徵賦》:「上之遷下，猶鈞之埏埴。」蓋「挻」、「埏」古通用。「挻」以手為旁，當與手有關。本書卷一:「自關而西，秦晉之間凡取物而逆謂之篡，楚部或謂之挻。」《六書故》:「挻，掌擊也。」司馬相如《封禪文》:「上暢九垓，下沂八埏。」李善注云:「埏若甕埏，地之八際也。」揚雄《劇秦美新》:「誕彌八圻，上陳天庭。」李善注云:「八圻即八埏。」呂延濟注云:「大廣於八方之境。」蓋以「埏」為長。《說文解字真本》:「埏，八方之地也。從土延聲。以然切。」《大廣益會玉篇》:「埏，地之八際也。」字以埏為長。

131·《方言》卷十三:「困、胎、俇，逃也。」戴震改正文「俇」為「俇」。盧文弨《重校方言》所改同。周祖謨《方言校箋》底本作「偠」。今按:戴氏疏證:「『俇』即『偠』字。」《廣雅》:「困、胎、俇，逃也。」《玉

篇》引《方言》：「僆，逃也。」華學誠《揚雄方言校釋匯證》：「明抄本、清抄本正作倿。」

132・《方言》卷十三：「姚、婑，好也。」戴震改正文「胱說」爲「姚婑」。王氏改「胱」爲「姚」。盧文弨《重校方言》所改同。周祖謨《方言校箋》據戴氏改。今按：本卷：「姚，美也。」《廣韻》：「婑，好貌。」王念孫《疏證》：「姚婑者，《方言》：『姚婑，好也。』《荀子・非相篇》：『莫不美麗姚冶。』楊倞注引《說文》曰：『姚，美好貌。』《禮論篇》：『故其立文飾也。不至於窕冶。』『窕』與『姚』通。《說文》：『瑤石之美者。』亦與『姚』同義。故《大雅・公劉篇》『維玉及瑤』，《毛傳》云：『瑤言有美德也。』《方言注》云：『婑謂姘婑也。』《神女賦》『倪薄裝』，李善注云：『倪與婑同。』《春秋》宋公子說，字好父。『說』亦與『婑』同。《廣韻》：『婑，他外切。』又音『悅』，云：『姚婑，美好也。』《楚辭・九辯》：『心搖悅而日幸兮。』王逸注云：『意中私喜。』『搖悅』爲喜。故人之美好可喜者。謂之姚婑矣。」《集韻》：「姚婑，好兒。」

133・《方言》卷十三：「姚婑，好也。（謂姘婑也）」戴震改注文「悅」爲「婑」。盧文弨《重校方言》不改。周祖謨《方言校箋》述二者觀點。今按：《廣雅》：「姚婑，好也。」王念孫疏證引《方言注》作「姘婑」。字當作「婑」。

134・《方言》卷十三：「類，法也。」戴震補脫文「類，法也」三字。後人皆從補。戴震據曹本和永本補是也。此條雖已見卷七內，書內重見者多矣，不當刪去。

135・《方言》卷十三：「湼，休也。」戴震改正文「湟」爲「湼」。盧文弨《重校方言》所改同。錢繹《方言箋疏》底本爲「湼」。周祖謨《方言校箋》述戴氏觀點。今按：《說文》：「休，沒也。」段玉裁注：「此沉溺之本字也。今人多用溺水水名字爲之，古今異字耳。」《大戴禮記・夏小正》「湟潦生蘋」，《傳》曰：「湟，下處也。有湟然後有潦，有潦而後有蘋草也。」孔廣森《補注》：「湟，隍也，有水曰池，無水曰隍。」是「湟」爲下處而無水之稱，不得爲「休」。《廣雅》：「湼，沒也。」蓋形近而訛。

136・《方言》卷十三：「摸，撫也。」戴震改正文「膜」爲「摸」。盧文弨《重校方言》所改同。周祖謨《方言校箋》述戴氏觀點，并按：「慧琳《音義》

卷六十五、卷七十八引《方言》並作『摸』。」華學誠《揚雄方言校釋匯證》:「慧琳《一切經音義》卷三八引亦作『摸』。」今按:《廣雅》:「摸，撫也。」王念孫疏證:「今俗語猶謂撫爲摸。」

137·《方言》卷十三:「康，空也。（康宾，空貌）」戴震改注文「窘」爲「宾」。盧文弨《重校方言》改作「寏」。今按:《說文》:「康，屋康宾也。」《廣韻》:「宾，康宾，宮室空貌。」司馬相如《長門賦》「楝梁」，李善注引「康，虛也」。康，溪母陽部；宾，來母陽部，爲疊韻連綿詞。康從宀或從水，寏從宀或從穴，義並同。「窘」顯爲訛字。

138·《方言》卷十三:「充，養也。」戴震改正文「兖」爲「充」。王念孫《方言疏證》手校本天頭批註:「《廣雅》:『充，養也。』」以「兖」爲「充」之訛。又於《廣雅疏證》中曰:「充者，《方言》:『充，養也。』《周官》『牧人』、『充人』皆養牲之官。鄭注云:『牧人養牲於野田者充猶肥也。養繫牲而肥之。』」盧文弨《重校方言》所改同。周祖謨《方言校箋》據戴氏改正。今按:《說文》:「充，長也，高也。從兒育省聲。」朱駿聲《說文通訓定聲》:「充、育一聲之轉，或曰從育省，會意，育子長大成人也。」

139·《方言》卷十三:「樑，格也。」戴震改正文「揲挌」爲「樑格」。盧文弨《重校方言》從宋本改同。錢繹《方言箋疏》:「《小爾雅》:『格，止也。』《荀子·議兵論》:『格者不捨。』楊倞注:『格謂相拒捍者。』《玉篇》:『樑樑，恪也。』『恪』即『格』之訛。《廣韻》:『樑，格也。』《類篇》云:『樑，今竹木格，一曰所以扞門。』『樑』之言禁止也。『格』之言扞格也。」今按:《集韻》:「樑，謂今竹木格。」與郭注「今之竹木格是也」義正合。

140·《方言》卷十三:「扱，擭也。（扱猶汲也）」戴震改注文「級」爲「汲」。盧文弨《重校方言》、錢繹《方言箋疏》從宋本改同。周祖謨《方言校箋》述戴氏觀點。今按:《說文》:「扱，取也。」《廣雅》:「扱、汲，取也。」《說文》:「汲，引水於井也。」「扱」與「汲」音義同。「級」字於義無取。

141·《方言》卷十三:「枚，凡也。」戴震改「牧」爲「枚」。盧文弨《重校方言》所改同。錢繹《方言箋疏》底本作「枚」。周祖謨《方言校箋》據戴氏改。今按:《玉篇》:「枚，個也。」本書卷十二:「個，枚也。」郭

注：「謂枚數也。」《廣雅》：「個，凡也。」是「枚」爲「凡」義。《昭二十五年左傳》：「南蒯枚筮之。」杜預注：「不指其事，凡卜吉凶。」錢繹《方言箋疏》：「枚之言每也，非一端之辭也。」

142·《方言》卷十三：「黰，色也。（黰然，赤黑貌也。音奭）」戴震改注文「毛」爲「黑」。盧文弨《重校方言》作「黑」。錢繹《方言箋疏》據戴氏改。周祖謨《方言校箋》引戴說。今按：《廣雅》：「黰，色也。」王念孫疏證：「《方言》：『黰，色也。』郭璞注云：『黰然，赤黑貌也。』」是王氏所見本字爲「黑」。《玉篇》：「黰，赤黑色也。」《廣韻》：「黰，赤黑貌。」《集韻》：「黰，黑也。」戴氏所改是。

143·《方言》卷十三：「鹽，且也。（鹽猶戲也）」戴震改注文「戲」爲「戲」。周祖謨《方言校箋》底本注文作：「鹽猶戲也。」盧文弨《重校方言》云：「戲舊本誤作戲，曹毅之本作戲，《玉篇》、《廣韻》皆云『息也』，定作戲。文弨案：《集韻》有『戲』字，音祚，且住也，義亦近之。即戲亦不必定作戲，隸書於『據』字亦作『攄』，似可通。」今按：盧文弨認爲：「戲」爲「戲」之訛，「戲」與「戲」爲異體字。《廣韻》：「戲，息也。」王念孫疏證：「戲者，《檀弓》云：『細人之愛人也。』以姑息『姑』與『戲』通。」戴氏所改爲是。

144·《方言》卷十三：「埤，予也。」戴震改正文「捭」爲「埤」。王念孫手校本天頭批註：「《廣雅》：『稗、埤，予也。』」似以「埤」字爲正。盧文弨《重校方言》、錢繹《方言箋疏》所改同。今按：《爾雅》：「埤，厚也。」《說文》：「埤，增也。」段玉裁注：「凡從卑之字，皆取自卑加高之意。」《邶風·北門》：「政事一埤益我。」鮑照《登大雷岸與妹書》：「削長埤短，可數百里。」「埤」皆增予之意。

145·《方言》卷十三：「閩，開也。（謂開門也）」戴震改正文及注「關」爲「開」。盧文弨《重校方言》、錢繹《方言箋疏》底本作「開」。周祖謨《方言校箋》據戴氏改。今按：本書卷六：「閩苦，開也。東齊開戶謂之閩苦，楚謂之閩。」此處單以「閩」字爲「開」。

146·《方言》卷十三：「選、延，徧也。」戴震改「偏」爲「徧」。盧文弨《重校方言》、錢繹《方言箋疏》所改同。周祖謨《方言校箋》據戴氏改。今按：《說文》：「徧，匝也。」《廣雅》：「匝、選、延，徧也。」王念孫《疏

證》云：「選之言宣也。」《爾雅》：「宣，徧也。」

147・《方言》卷十三：「暟、臨，照也。」戴震改正文「昭」爲「照」。盧文弨《重校方言》、錢繹《方言箋疏》亦據《廣雅》改，與戴氏同。周祖謨《方言校箋》底本作「昭」。華學誠《揚雄方言校釋匯證》：「慧琳《一切經音義》卷九〇『臨淄』條引《方言》『臨，照也。』」

148・《方言》卷十三：「籠，南楚江沔之間謂之篣，或謂之笯（音那墓反）。」戴震改注文「都墓」爲「那墓反」。盧文弨《重校方言》、錢繹《方言箋疏》從戴氏改。周祖謨《方言校箋》引戴氏按語，並補充道：「《廣雅・釋器》：『笯，籠也。』曹憲音『女加、奴慕二反』。奴慕與那墓音同。」今按：《說文》：「笯，鳥籠也。從竹奴聲。」「奴」與「那」同爲泥母字。

149・《方言》卷十三：「錐謂之錔。」戴震改正文「銘」爲「錔」。盧文弨《重校方言》、錢繹《方言箋疏》所據底本與戴氏所改同。錢氏按：「錔之言芀也。《說文》：『芀，葦華也。』段氏注曰：『《釋草》：「葦，醜芀。」顏注《漢書》云「葦錐者」是也。取其脫穎秀出故曰芀。』是『錐謂之錔』，以是立名也。」周祖謨《方言校箋》據戴氏改。今按：《廣雅》、《集韻》皆作：「錔，錐也。」文獻無「銘」字。

150・《方言》卷十三：「錐謂之錔。（《廣雅》作銌字）」戴震改注文「銘」爲「銌」。今按：「錔」，《集韻》「之遙切。」「銌」，《廣韻》：「止遙切。」「之」、「止」上古音同爲章母，二字音同。

151・《方言》卷十三：「盂謂之櫺（子殄反）。河濟之間謂之䀉盞。碗謂之盉。盂謂之銚銳（謠音），木謂之桸枙。」戴震改正文「涓抉」爲「桸枙」。盧文弨《重校方言》、錢繹《方言箋疏》、周祖謨《方言校箋》皆從《廣雅》改正，與戴氏同。今按：《廣雅》：「桸枙，盂也。」王念孫《疏證》引《方言》字作「桸枙」。《類篇》：「桸枙，燒麥具。」字皆從「木」。

152・《方言》卷十三：「䰞（鯤音），麴也。」戴震改注文「鯇」爲「鯤」。盧文弨《重校方言》、錢繹《方言箋疏》從宋本改同。劉台拱《方言補校》云：「䰞字，《玉篇》、《廣韻》皆胡瓦切，戴本音鯤，鯤，胡瓦切，與䰞同音。」

153・《方言》卷十三：「麰，（小麥麴爲麰，即麳也）麴也。」戴震改注文「麰」

爲「麱」。盧文弨《重校方言》、錢繹《方言箋疏》從宋本改同。周祖謨《方言校箋》補正曰:「麱,戴本作麱,是也。《玉篇》云:『麱,胡昆切,麥麩也。又戶版切。』」今按:《集韻》:「麱,女麴也,小麥爲之,一名麱子。」《本草綱目》:「女麴,釋名:麱子、黃子。時珍曰:此乃女子以完麥罨成黃子,故有諸名。」

154·《方言》卷十三:「冢,秦晉之間謂之墳……大者謂之丘。」戴震改「廿」爲「丘」。盧文弨《重校方言》、錢繹《方言箋疏》從宋本改同。周祖謨《方言校箋》底本正作「丘」字。今按:「丘」,甲骨文作「𠀉」,爲小山之形。《說文》:「壠,丘壠也。」東方朔《七諫·沉江》云:「封比干之丘壠。」皆「丘」、「壠」同義連文。《曲禮》云:「爲宮室,不斬於丘壠。」鄭玄注:「丘,壠也。」《淮南·地形訓》:「后稷壠在建木西。」高誘注:「壠,冢也。」「丘」亦「冢」也。「丘」,戰國楚竹書一《孔子詩論》字作 ,俗本遂作「北」,從而訛作「廿」。

155·《方言》卷十三:「凡葬而無墳謂之墓,(言不封也。墓猶慕也)」戴震從《永樂大典》補注文脫文「墓猶慕也」四字,盧文弨《重校方言》、錢繹《方言箋疏》從宋本補同。周祖謨《方言校箋》據《太平御覽》所引作:「墓猶墓也。」當是字誤。

## 二、誤　例

1·《方言》卷一:「娥、嬴,好也。」戴震改正文「嬴」爲「嬴」。盧文弨、錢繹、周祖謨皆不從。盧文弨《重校方言》曰:「《說文》嬴從女羸省聲,羸,力爲反,與盈聲殊不近,凡臝、蠃、瀛、攍等字未有從羸者,嬴字,《說文》所無,《廣韻》以『嬴』爲秦姓,『嬴』爲美好貌,知《方言》之作『嬴』其來已久,《廣雅》作『嬴』,從女羸不省,他書都未見,今故從眾家本仍作嬴。」錢繹《方言箋疏》以爲嬴、嬴古今字。周祖謨《方言校箋》曰:「《廣雅》景宋本字作『嬴』。戴氏所據蓋明刻本也。嬴當即嬴之增益字,猶日之暮,暮即莫之增益字,盧文弨《重校方言》不改是也。」今按:盧文弨《重校方言》的字形分析言之有理,錢繹《方言箋疏》認爲是古今字,周祖謨《方言校箋》找到版本依據,皆足證戴氏改字之非。增

益字在古文字中較爲普遍，如暴之與曝、止之與趾、爰之與援、或之與國等等。

2．《方言》卷一：「烈、枿，餘也。（謂遺餘也）」戴震改注內「烈餘」爲「遺餘」。盧文弨《重校方言》、錢繹《方言箋疏》從改。王念孫《方言疏證補》以爲「烈」乃「殏」字之訛，云：「殏讀若殘。《說文》『殏，禽獸所食餘也。』今本作烈餘者，烈字上半與殏相似，上下文又多烈字，因訛而爲烈。」周祖謨贊同王氏觀點，并補充道：「原本《玉篇》餘下引《方言》云：『晉魏之間謂餘爲烈。郭璞曰謂殘餘也。』又慧琳《一切經音義》卷六十七『櫱』下云：『郭璞注《方言》云：「蘖謂殘餘也。」《說文》曰：「櫱，伐木餘也。」』兩書所引並作『謂殘餘也』。當據正。」今按：王念孫所校爲是。烈與遺字形相差甚遠，無以致誤。殏爲殘之或體，《玉篇・歹部》：「殘，或爲殏，食餘也。」段玉裁《說文解字注》「骴」下曰：「殘同殏，餘也。」《列子・湯問》：「以殘年餘力，曾不能毀山之一毛，其如土石何？」殘、餘並舉。《莊子・讓王篇》：「其緒餘以爲國家。」《音義》曰：「緒者，殘也，謂殘餘也。」丁福保《佛學大辭典・術語》「餘蘊」條：「餘者殘餘，蘊者五蘊。」古有「殘餘」是語，戴氏所改非是。

3．《方言》卷二：「軫，戾也。（相乖戾也。江東音善）」戴震改注文「了」爲「乖」。盧文弨《重校方言》、周祖謨《方言校箋》皆作「了」。盧按：「李善注王融《策秀才文》引《方言》作『乖戾』，蓋誤也。了有樛曲之義，作了戾方與紾義尤切。考《酉陽雜俎》云：『野牛高丈餘，其頭似鹿，其角了戾長一丈，白毛尾，似鹿，出西域。』據此，正與《考工記》之紾義合。又《導引經》云：『叉手項上，左右自了戾不息，復三。』此亦繆轉之意。本或作又戾，於義何取，誤也。又了戾即繚戾。劉向《九歎》『繚戾婉轉阻相薄兮。』《詩・魏風・葛屨》《毛傳》云：『糾糾猶繚繚。』朱子亦以繚戾釋之，尤可證。」今按：唐慧琳《一切經音義》：「軫，轉也。」王元長《永明九年策秀才文》：「若墜之惻每勤，如傷之念恒軫。」李善注云：「許慎《淮南子》注云：『軫，轉也。』」《後漢書・馮衍傳》：「馳中夏而升降兮，路紆軫而多艱。」《楚辭》曰：「鬱結紆軫兮，離慜而長鞠。」謝朓《月賦》：「情紆軫其何託，愬皓月而長歌。」「軫」亦作「抮」，《集

韻》：「抮，了戾也。」《說文解字》：「戾，曲也。從犬出戶下。戾者，身曲戾也。」段玉裁《說文解字注》：「戾，曲也。了戾、乖戾、很戾皆其義也。犬出戶下爲戾者，身曲戾也。」又於「𥁕」下曰：「了、戾雙聲字。《淮南原道訓》注曰：『抮𢬵，了戾也。』《方言》：『軫，戾也。注謂相了戾也。』王冰注《素問》，段成式《酉陽雜俎》皆用了戾。」朱駿聲《說文通訓定聲》「了」下：「凡物結糾紾縛不伸者曰了戾。」「了戾」正屈曲不直之意。

4·《方言》卷六：「掩、索，取也。自關而東曰掩，自關而西曰索，或曰狙。」戴震改正文「狙」爲「挹」。盧文弨《重校方言》字仍作「狙」，並按：「戴本因卷十：『挹，取也。』挹下注：『挹梨』二字移改此文，不知狙伺而取與掩取正合，不當以彼易此，今不從。」周祖謨《方言校箋》以盧改爲是，並從其改。今按：《說文》：「狙，玃屬。」《史記·張良世家》：「得力士，爲鐵椎重百二十斤。秦皇帝東遊，良與客狙擊秦皇帝博浪沙中。」《集解》：「服虔曰：『狙，伺候也。』應劭曰：『狙，七預反，伺也。』徐廣曰：『伺候也，音千恕反。』」《索隱》：「應劭云：『狙，伺也。』一曰狙，伏伺也，音七豫反。謂狙之伺物，必伏而候之，故今云『狙候』是也。」潘岳《西徵賦》：「築聲厲而奮狙潛以脫臍。」李善注引《通俗文》云：「狙，伺候也。」永樂大典本「但伺也」當是「狙伺也」之訛。

5·《方言》卷六：「掩、索，取也。自關而東曰掩，自關而西曰索，或曰狙。（狙梨）」戴震改注文「但伺也」爲「狙梨」。後人皆不改。今按：李善注潘岳《西徵賦》引《通俗文》云：「狙，伺候也。」《史記·張良世家》《索引》引應劭云：「狙，伺也。一云狙，伏伺也。」可證注文爲釋義，非注音。戴氏所見永樂大典本注曰：「但伺也。」「但」當爲「狙」字之訛。

6·《方言》卷六：「偍、用，行也。（偍偍行貌。度揩反）」戴震改注文「偍皆」爲「偍偍」。盧文弨《重校方言》從宋本改作「偍偕」。周祖謨《方言校箋》從盧氏改。今按：本書卷二：「自關而西，秦晉之間，凡細而有容謂之魏，或曰偍。」郭注云：「言偍偕也。度皆反。」「皆」爲「偕」脫旁而訛。

7·《方言》卷六：「閻笘，開也。東齊開戶謂之閻苦，楚謂之闓。」戴震改正文「閻笘」爲「閻苦」。盧文弨《重校方言》依宋本作「閻苦」，並指出：「《廣雅》作苦，苦之訓開，他書未見。竊疑當作『苫』字。『苫』、『蓋』雖皆所以覆屋，而亦可以爲戶扇，見《荀子·宥坐篇》『九蓋皆繼』楊倞

注。又按：《說文》：『蓋，苦也。』《周禮·夏官·囿師》『茨牆則翦闔』，康成注：『闔，苦也。』然則苦與蓋、闔義皆同而轉爲開字，固有反覆相訓者，此亦然也。」周祖謨《方言校箋》存盧文弨《重校方言》觀點。劉台拱《方言補校》：「戴據《廣雅》定作『苦』，而皇甫錄《廣雅》本乃正作『苦』。」王念孫《廣雅疏證》本據影宋本亦改作「苦」。戴震改爲「苦」誤。

8 · 《方言》卷六：「厲、印，爲也。」戴震改正文「印」爲「印」。盧文弨《重校方言》不改，並指出：「《廣雅》作印，音於信反，然『印』之訓『爲』他書亦未見，案印與昂通，有激厲之意，與爲訓相近，故不從《廣雅》易此文。」周祖謨《方言校箋》作「印」，無按語。今按：《廣雅》：「印，舉也。」「舉」有爲義，如《史記·項羽本紀》：「國家安危，在此一舉。」又如司馬相如《長門賦》：「貫歷覽其中操兮，意慷慨而自印。」李善注云：「自印，激厲也。」《漢書·王章傳》：「其妻謂章曰：『今疾病困厄，不自激印，而反涕泣。』」如淳注曰：「激印，抗揚之意也。」「自印」即自我激勵而期有所作爲。揚雄《解嘲》：「激印萬乘之主，介涇陽，抵穰侯而代之，當也。」如淳注曰：「激印，怒也。」李善曰：「《史記》曰：『范雎至秦上書，因感怒昭王，昭王乃免相國，逐涇陽君於關外。』」此處「激印」即感怒他人而使有所作爲。參之文獻，「印」有「爲」義，《方言》字不誤也。《爾雅》「厲，作也」條，邢昺疏引《方言》云：「厲、印，爲也。甌越曰印，吳曰厲，爲亦作也。」字亦作「印」。

9 · 《方言》卷六：「佚婸，婬也。」戴震改正文「惕」爲「婸」。盧文弨《重校方言》不改，並指出：「『佚惕』與『佚蕩』、『劮婸』、『泆蕩』、『跌宕』皆同。《漢書·揚雄傳》云：『爲人簡易佚蕩。』張晏曰：『佚音鐵，蕩音讜。』晉灼曰『佚蕩，緩也。』正本此。」今按：《廣雅》：「劮婸，淫也。」王念孫疏證云：「《方言》：『佚惕，淫也。』又云：『江沅之間或謂戲爲惕。』是王氏以「惕」字爲正。宋刻《集韻·唐韻》「惕」下引《方言》作：「佚惕，緩也。」戴震所改誤。

10 · 《方言》卷六：「佚婸，婬也。」戴震改正文「緩」爲「婬」。盧文弨《重校方言》不改，並按：「《漢書·揚雄傳》云『爲人簡易，佚蕩』，張晏曰：『佚音鐵，蕩音讜。』晉灼曰：『佚蕩，緩也。』正本此。《廣雅》：『劮

媞，淫也。』淫乃緩字之誤，或張揖自以意改之，正不當以《方言》爲誤，戴本遽從《廣雅》改此文作『佚媞，淫也』，不考之漢書注非是，今不從。」周祖謨《方言校箋》底本作「緩」，無按語。今按：宋刻《集韻・唐韻》「惕」下引《方言》作：「佚惕，緩也。」

11・《方言》卷八：「北燕朝鮮洌水之間謂伏雞曰抱。爵子及雞雛皆謂之鷇。（關西曰鷇，音狗竇）」戴震據曹毅之本改注音「音顧」爲「音狗竇」。周祖謨《方言校箋》以爲不誤，按道：「故宮舊藏王仁昫《切韻・暮韻》鷇音古暮反。注云：『郭璞云《方言》關西謂雞雀雛曰鷇。』鷇即鷇字，古暮反即音顧。」今按：鷇，《廣韻》苦候切，《爾雅翼》音冠，上古音屋部溪紐。竇，《廣韻》田候切，上古音屋部定紐。二字不得同音。

12・《方言》卷九：「凡箭，鏃胡合嬴者，四鐮，或曰鉤腸，三鐮者謂之羊頭，其廣長而薄鐮謂之錍，或謂之鈀。」戴震改正文「拘」爲「鉤」。盧文弨《重校方言》以「拘」、「鉤」通用，不改。今按：《廣雅》：「平題、鈀、錍、鉤腸、羊頭、錍鑢、鏃、䂢，鏑也。」王念孫疏證引《方言》此條，字作「拘腸」，並按：「鉤腸、拘腸同。」。《佩文韻府》「拘腸」下引《方言》：「凡箭，鏃胡合嬴者，四鐮，或曰拘腸，三鐮者謂之羊頭。」

13・《方言》卷九：「其三鐮長六尺者謂之飛䖟。」戴震改正文「尺六」爲「六尺」。盧文弨《重校方言》不改，以爲六尺太長，不宜射。錢繹《方言箋疏》：「《魏志・挹婁傳》云：『矢用楛，長尺八寸。』又《魯語》云：『肅愼氏貢楛矢、石砮，其長尺有咫。』以之相較，則尺六亦不爲短，則作六尺者誤也。」周祖謨《方言校箋》亦以戴氏所改爲非。

14・《方言》卷九：「方舟謂之䑪，（揚州人呼渡津舫爲䑪，荆州人呼杭，音橫）艁舟謂之浮梁。」戴震互易「杭」、「䑪」二字。盧文弨《重校方言》不改。周祖謨《方言校箋》以爲不誤，云：「《漢書・揚雄傳》殘卷倭點引顧胤《集義》曰：『《方言》云：方舟謂之䑪，郭璞云：揚州呼度津舫爲杭，荆州爲䑪，音橫。』又故宮博物館藏《刊謬補缺切韻》及敦煌本《王韻》、《庚韻》『䑪』注云：『方舟，一曰荆州人呼度津舫爲䑪。』《廣韻》同。」

15・《方言》卷十：「諜，不知也。（音癡眩，江東曰咨，此亦如聲之轉也）」戴震改注文「如」爲「知」。盧文弨《重校方言》改作「癡」。並按：「癡字俗作痴而脫其畫耳，故從上定作癡字。」周祖謨《方言校箋》同意盧

氏觀點。華學誠《揚雄方言校釋匯證》：「靜嘉堂文庫藏影宋抄本正作
『癡』。」

16・《方言》卷十：「江湘之間或謂之無賴，或謂之獥。（恅㤉多智也）」戴震
改注文「恐悒」爲「恅㤉」。錢繹《方言箋疏》改作「𢙢忦」。周祖謨《方
言校箋》以錢氏所改爲是。今按：《廣雅》：「獥，獪也。」王念孫疏證云：
「《方言》：『江湘之間謂獪爲獥。』郭璞注云：『𢙢忦，多智也，恪交反。』」
是王氏所見本作「𢙢忦」。劉台拱《方言補校》云：「郭不當以『恅㤉』
釋『獥』字，按《廣韻》、《集韻》肴、麻兩部注並云：『𢙢忦，伏態。』
伏態當『狡態』之誤。『𢙢』形近『恐』，『忦』形近『悒』，因誤作『恐悒』
耳。此注當云『𢙢忦，多智也。』『𢙢』，丘交切。『忦』，丘加切。『𢙢』
與『獥』同音，故以釋『獥』字。」

17・《方言》卷十：「晞、曬，乾物也。揚楚通語也。（晞音費）」戴震改注音
「曬」爲「費」。盧文弨《重校方言》、錢繹《方言箋疏》從宋本改同。
周祖謨《方言校箋》底本作「霏」，並按：「《集韻》微韻霏紐晞下云：
『《方言》：晞、曬，幹物也。』是《集韻》所據《方言》亦作『音霏』。
《廣雅・釋詁二》『晞，曝也。』曹憲音拂。」華學誠《揚雄方言校釋匯
證》：「福山王氏天壤閣刊景宋本、日本靜嘉堂文庫藏影宋抄本均作『霏』」。

18・《方言》卷十一：「春黍謂之𧑁蝑。（𧑁音聚，蝑音墻沮反）」戴震改注音
「壞沮反」爲「墻沮反」。盧文弨《重校方言》從宋本改爲「思沮反」。
周祖謨《方言校箋》按：「注文不當有反字，蝑，郭音壞沮之沮也。《詩・
螽斯釋文》及《爾雅・釋蟲釋文》並云：『蝑，郭音才與反。』才與反即
音沮。《集韻・語韻》在呂切沮下云：『壞也』，又同紐蝑下云：『蟲名，
《方言》：𧑁黍謂之蝑蝑。』蝑即蝑字之訛。據此可證郭讀蝑與沮同音。」
此條當刪反字。

19・《方言》卷十二：「嫣、姃，傷也。（爛傿健狡也）」戴震改正文和注內「傿」
爲「傿」。盧文弨《重校方言》按：「傿舊本作傿，即傿字，戴本改作傿，
讀爲爛嬀，字書所未聞，不若讀爛傿爲爛漫猶近之。」錢繹《方言箋疏》
本作「傿」，並指出：「文章成謂文嬀嫣，與健狡義並各別。」今按：司
馬相如《上林賦》：「爛曼遠徙。」《史記正義》引郭注云：「崩騰群走貌
也。」《漢書》作「爛漫」，《文選》作「爛熳」。《集韻》：「傿，健也。」

《集韻》:「娗,《說文》:『女出病也。』《博雅》:『娗娗,容也。』《方言》:『嫣、娗,傸也。』」

20・《方言》卷十二:「殰、儢,傸也。（今江東呼極爲殰,音喙）」戴震改注音「音劇」爲「音喙」。盧文弨《重校方言》所改同。錢繹《方言箋疏》以爲「劇本爲傸字之音,非誤也。宋本作音喙,則喙下脫劇音二字。」周祖謨《方言校箋》引兩家觀點,不加按語。今按:《史記・司馬相如傳》「徼歞受屈」,裴駰《集解》云:「歞,音劇。駰按:郭璞曰:『歞,疲,極也。』言獸有倦遊者,則徼而取之。」是「劇」爲「傸」音之證,錢繹《方言箋疏》是也。

21・《方言》卷十三:「䬣、脏,忘也。」戴震改正文「聲」爲「䬣」。盧文弨《重校方言》所改同。錢繹《方言箋疏》從舊,並駁道:「若原本作『䬣』,郭氏何以無音,知作『䬣』者未必然也。」周祖謨《方言校箋》引戴氏之說。今按:「聲」之訓「忘」,文獻未見。「聲」蓋「聲」字之訛,二字形近。《說文新附》:「聲,不聽也。從耳敖聲。」《玉篇》:「聲,《廣雅》云不入人語也。」《新唐書・元結列傳》:「樊左右皆漁者,少長相戲,更曰聲叟。彼誚以聲者,爲其不相從聽,不相鉤加。」「忘」,《說文》云:「不識也。」段玉裁《說文解字注》云:「忘,不識也。識者,意也。今所謂知識,所謂記憶也。從心亡聲。」《集韻》:「忘,棄忘也。」「忘」爲不記憶,與「聲」不入人語義相近。兩字蓋形近而訛。文獻有訛「聲」爲「聲」者,如《二十五史・宋史・志・卷二百五・志第一百五十八》校勘記云:「『晞』原作『希』,『聲』原作『聲』,並誤。《書錄解題》卷十、《遂初堂書目》有黃晞撰《聲隅子》,本書卷四五八《本傳》,稱其『自號聲隅子,著《歊歇瑣微論》十卷。』上文儒家類著錄《聲隅子歊歇瑣微論》,注云黃晞撰,今改。」

22・《方言》卷十三:「𦶉,薄也。（謂薄裹物也。𦶉猶纏也）」戴震改正文及注文「薄」爲「纏」。後人皆不從改。盧文弨《重校方言》依宋本作薄,並按:「若作纏字,其義易明,何用費詞如此乎?」今按:盧文弨《重校方言》所說是也。《釋名・釋言語》:「縛,薄也,使相薄著也。」《增修互注禮部韻略》:「縛,束也,繫也。」《續一切經音義》:「纏縛,上直連反,俗又作纏。《切韻》:『繞也。』《考聲》:『纏亦縛也。又音直戰反。』」

下符約反，《切韻》：『繫也。』字書縛亦纏也。」是「薄」有纏義。又《南齊書・廬陵王子卿列傳》：「子卿在鎮，營造服飾，多違制度。上勑之曰：『……忽用金薄裹箭腳，何意？亦速壞去。』」孫思邈《備急千金要方》：「治腳氣初發，從足起至膝脛骨腫疼者方：取蓖麻葉切搗蒸薄裹之，日二三易即消。」「薄裹」皆纏裹物之義。

23・《方言》卷十三：「葯，薄也。（謂薄裹物也。葯猶纏也。音約的）」戴震改注音「決」為「約」。盧文弨《重校方言》依宋本作「決」。錢繹《方言箋疏》作「決的」，並按：「『約』與『的』古通字。李善注枚乘《七發》引字書曰：『約，古的字，都狄切。』故此音『葯』為『決的』之『的』。」周祖謨《方言校箋》底本為「音決的」。

## 三、爭議例

1・《方言》卷一：「延，年長也。凡施於年者謂之延，施於眾長謂之永。」戴震改正文「永長」為「年長」。盧文弨《重校方言》不同意戴氏觀點，並按：「『延，永長也』，考宋本亦如是。李善注《文選》於阮籍《詠懷詩》『獨有延年術』，引《方言》：『延，長也。』於嵇康《養生論》又引作『延，年長也。』蓋即檃括施於年者謂之延意。《爾雅疏》引《方言》遂作『延，年長也。』不出『永』字，則下文『永』字何所承乎，若上文作『延，年長也』，下文只當云『永，眾長也』，亦可矣，何必更加分疏，或遂據《爾雅疏》改此文誤甚。案：《書》『唯以永年』，降年有永有不永，永未嘗不可施於年也。」王念孫《方言疏證補》力辯戴氏不誤，「訓延為年長者，所以別於上文之訓延為長也。《文選注》、《爾雅疏》引《方言》皆作年長，自是確證。」錢繹信從盧文弨《重校方言》觀點。周祖謨《方言校箋》述雙方觀點，但不下按斷。

2・《方言》卷一：「愼、濟、睧、愵、溼、桓，憂也。」戴震改正文「愬」為「愵」。盧文弨《重校方言》、錢繹《方言箋疏》不改。周祖謨《方言校箋》按：「愬、愵同音通用，《說文》云：『愬，饑也，餓也，一日憂也。』《爾雅》云：『愬，思也。』舍人注云：『志而不得之思也。』舍人以志而不得釋『愬』，正與《方言》同，不宜改愬為愵。」今按：陸機《贈弟士龍詩》：

「怒焉傷別促。」李善注云：「《方言》：『惄，憂也。自關而西秦晉之間或曰惄。」《說文》：「惄，憂貌，讀與怒同。」段玉裁《說文解字注》云：「《毛詩》：『惄如調飢。』《韓詩》作『愵如』。《方言》：『愵，憂也。自關而西秦晉之間或謂之惄。』蓋古惄、愵通用。從心弱聲。讀與惄同。奴歷切。」不知《方言》原本作何字。

3・《方言》卷二：「臺、敵，匹（一作疋）也。」戴震改注內「疋」爲「疋」。周祖謨《方言校箋》以爲此句非郭注原文，並按：「此校書者所加，『疋』亦『匹』之訛，戴本改作『一作疋也』，以爲郭注原文，非是。」今按：《廣韻》：「匹，俗作疋。」《流沙簡屯戌》「匹」作「疋」，「疋」、「疋」皆爲匹的異體字，不知《方言》原本作何字。

4・《方言》卷二：「東齊之間壻謂之倩。」戴震改「聟」爲「壻」。盧文弨《重校方言》仍舊，以爲「聟」爲「壻」之俗字，不便遽易。錢繹《方言箋疏》作「聟」。周祖謨《方言校箋》改作「壻」。今按：《說文》：「倩，人字，東齊壻謂之倩。」《禮記・昏義》：「壻執鴈入。」陸德明《釋文》：「壻，字又作聟，女之夫也。依字從土從胥，俗從知下作耳。」《六藝之一錄》：「聟，與壻同。」《別雅》：「《干祿字書》云：聟、聟、壻，上俗中通下正。」《佩文韻府》：「卒便，《方言注》：俗呼女聟謂卒便。」顧炎武《金石文字記》卷二《唐孔子廟堂碑跋》云：「壻字一傳爲㛑，再傳爲壻，三傳爲聟，四傳爲聟，皆胥之變也。」聟、聟是「壻」異体字，不知《方言》原本作何字。`

5・《方言》卷十：「諫，不知也。」戴震改正文「諫」爲「譟」。盧文弨《重校方言》不改，並按：「戴說非也。《左傳・宣二年》『於思於思，棄甲復來』，陸德明《釋文》云：『耒，力知反』，又如字以協上韻西才反，又《詩・邶・終風》：『惠然肎來』，陸云：『古協思韻，多音梨』，又案《素問》：『恬澹虛無眞氣從之精神內守，病安從來？』來協之正與此音癡同韻，安在從來之非而從來之是乎？」劉台拱《方言補校》：「戴本據《玉篇》改『諫』作『譟』是也。《集韻》脂、至兩韻並作『譟』。」周祖謨《方言校箋》：「原本《玉篇》作『諫』，宋本《玉篇》作『譟』。」

6・《方言》卷十：「宋、安，靜也。」戴震改正文「㝽」爲「宋」。盧文弨《重

校方言》不改，並按：「《楚辭・遠遊》『野家漠其無人』，《莊子・大宗師》『其容家』，陸氏《釋文》本亦作寂。崔本作家，又郭象注《齊物論》云：『槁木取其家莫無情耳。』《釋文》：『家，音寂。』漢和平時《張公神碑》：『置界家靜。』延熹時《成皋令任伯嗣碑》：『官朝家靜。』是『家』字其來已古，戴本以爲訛字，改作宋，太泥今，仍從宋本。」華學誠的《揚雄方言校釋匯證》云：「慧琳《一切經音義》卷二〇、卷五一、卷六六引《方言》作『宋』，卷五六、卷八八引《方言》作『寂』。」今按：《復位直音篇》：「家爲寂俗體。」《說文・宀部》：「宋，無人聲也。從宀未聲。」段玉裁注云：「宋，今字作寂。」「家」、「宋」皆「寂」異體字，不知孰是。

7・《方言》卷十：「伴，棄也。楚凡揮棄物謂之拌，或謂之敲。淮汝之間謂之投。（江東又呼撇，音黶，又音狗音豹）」戴震改注文「撇」爲「撇」，改注音「又音狗音豹」爲「音揞」。盧文弨《重校方言》所改同。劉台拱《方言補校》不同意戴氏觀點，按：「據《集韻》當作『江東又呼敲，音巒黶。』」

8・《方言》卷十：「柲（神秘）、扰，推也。」戴震改注文「揰秘」爲「神秘」。盧文弨《重校方言》改爲「擋柲」，云：「張湛注《列子・黃帝篇》『擋柲挨扰』，柲音蒲潔反，又扶畢反，此音擋柲，當如湛音，宋本作神秘，各本作揰柲，皆誤，殷敬順《列子釋文》柲音扶閉反，亦非秘音。」王國維《書郭注方言後三》改爲「撞秘」，云：「《文選・西京賦》『徒搏之所撞秘』，是揰秘乃撞秘之訛，揰撞一字也。」周祖謨《方言校箋》存三家之說。

9・《方言》卷十：「坒、封，場也。楚郢以南蟻土謂之坒。坒，中齊語也。」戴震改正文「坒」爲「封」。盧文弨《重校方言》、錢繹《方言箋疏》從戴氏改。《太平御覽》及吳淑《事類賦注》引《方言》「楚郢以南蟻土謂之封。」周祖謨《方言校箋》引戴氏語，但指出：玄應《音義》卷十九引本條字作「坒」。朱駿聲《說文通訓定聲》「封」引《方言》十：「封，場也。楚郢以南，蟻土謂之封。」《廣雅》：「坒、封，場也。」王念孫《疏證》引《方言》：「楚郢以南蟻土謂之坒。坒，中齊語也。」

10・《方言》卷十二：「追、未，隨也。」戴震改正文「未」爲「末」。盧文

弨《重校方言》、錢繹《方言箋疏》所改同。周祖謨《方言校箋》引戴氏
觀點。吳予天《方言注商補遺》:「『未』即尾之語轉,故訓爲隨。」

11‧《方言》卷十二:「蒔、植,立也。」戴震據曹毅之本改正文「殖」爲「植」。
盧文弨《重校方言》不改,並按:「《周語》:『以殖義方。』韋昭注云:
『殖,立也。』與此正合。」周祖謨《方言校箋》:「慧琳《音義》卷一引
《方言》:『殖,種也。』卷八十四引云:『殖,立也。』似不當改『殖』
爲『植』。」今按:《說文》:「殖,脂膏久,殖也。」王筠《句讀》:「謂脂
膏日久而殖敗也。」《玉篇》:「殖,長也,生也。」敗與生反義爲訓。《書‧
呂刑》:「稷降播種,農殖嘉古穀。」《廣雅》:「殖,立也。」「殖」「植」
同源通用,不知孰是。

12‧《方言》卷十二:「萃、離,待也。」戴震改正文「時」爲「待」。盧文
弨《重校方言》所改同。錢繹《方言箋疏》不改。周祖謨《方言校箋》
引戴氏觀點。今按:王引之《經義述聞》第六《毛詩》「曰止曰時」條云:
「『時』亦止也,古人自有復語耳……《王風‧君子于役》《釋文》:『塒
作時』,棲止謂之時,居止謂之時,其義一也。《莊子‧逍遙遊篇》曰:
『猶時女也。』司馬彪注云:『時女,猶處女也。』處亦止也。《爾雅》
曰:『止,待也。』《廣雅》曰:『止、待,逗也。』『待』與『時』聲近
而義通。『待』亦通作『時』。《廣雅》曰:『崒,離,待也。』《方言》『崒』
作『萃』,『待』作『時』,皆古字假借,或以『時』爲『待』之訛非也。」

13‧《方言》卷十二:「漢、赫,怒也。赫,發也。」戴震改正文「荥」爲「赫」。
王念孫手校本所改同。盧文弨《重校方言》、錢繹《方言箋疏》不改。周
祖謨《方言校箋》底本作「赫」。今按:《集韻》:「嚇、荥,怒也。通作
赫。」《經典釋文‧莊子音義》:「赫,本或作荥。」

14‧《方言》卷十二:「銱、董,固也。」戴震改正文「錮」爲「固」。盧文
弨《重校方言》、錢繹《方言箋疏》皆不改。周祖謨《方言校箋》引戴氏
之說。今按:《說文》:「錮,鑄塞也。」徐鍇《繫傳》:「鑄銅鐵以塞隙也。」
段玉裁注:「凡銷鐵以窒穿穴謂之錮。亦形聲包會意。」《六韜‧武韜》:
「七曰欲錮其心,必厚賂之。」「錮」與「固」同源,不知孰是。

15‧《方言》卷十二:「抵(音觸抵)、柲,刺也。」戴震改正文「柢」爲「抵」。
王念孫《廣雅疏證》:「抵、柲者,《方言》:抵、柲,刺也。《說文》:柢,

觸也。抵、牴義相近。」盧文弨《重校方言》不改，並按：「牴，《廣雅》作扺，即抵字。」周祖謨《方言校箋》引戴氏觀點並指出：「慧琳《音義》卷三十四引亦從『手』。依郭注『皆矛戟之種』一語，似郭本從木不從手。」

16‧《方言》卷十三：「燉、烁、煓，赫貌也。」戴震改正文「荼」為「赫」。盧文弨《重校方言》、錢繹《方言箋疏》不改。今按：《集韻》：「嚇、荼，怒也。通作赫。」《經典釋文‧莊子音義》：「赫，本或作荼」《廣雅》：「烁，赤也。」王念孫疏證：「烁亦赫也，故《方言》云：『烁，赫也。』」

17‧《方言》卷十三：「筡（音塗）、篳（方婢反），析也。析竹謂之筡。（今江東呼篾竹裏為筡，亦名為篳也）」戴震改注文「筡之」為「篾」。盧文弨《重校方言》所改同。錢繹《方言箋疏》以為不誤，云：「蓋析篾謂之筡，析之即謂之筡之。與筡中同意，猶塗為泥塗，以泥塗物即謂之塗之。《內則》云『塗之以菫』，塗是也。《爾雅》：『簢，筡中。』亦謂析去外皮則肉薄好大，是筡義之相因者也。注文各本並同，初無誤字，戴氏臆改筡之二字為篾字，非是。」周祖謨《方言校箋》以為是「笢」字之訛，按道：「故宮博物館舊藏《刊謬補缺切韻》霽韻『篲』下云：『醜戾反，又杖胡反。竹名。《方言》以裏為筡，亦笢也。』據是則此注本作『今江東呼篾竹裏為筡，亦名為笢也。』《說文》云：筡，析竹篾也。篾，竹膚也。笢，竹裏也。《廣雅‧釋草》云：竺，竹也，其表曰篾，其裏曰笢。均足與此注相發。」

戴震共改動原文及注 195 條，改易正確的 155 條，占總數 80%；錯誤的 23 條，占總數 12%；存在爭議的 17 條，占總數 8%。戴震具有深厚的小學根基和豐富的古代歷史文化知識，善於發現古書訛誤，以理推論，更從本書和古注搜羅證據，校正文字，把嚴密的考證用於校勘，因此能在沒有前人研究成果可參照的情況下，校改正確者十之八九。無怪乎段玉裁說戴震學識無憾，可折衷以為定本推行於世。

以盧文弨、顧廣圻為代表的對校學派，注重版本依據、異文比較，強調保持原貌，主張說明異文正誤而不更改原文，以存古本之真。他們對理校學派的校改依據和做法頗有微詞。盧文弨說：「大凡昔人援引古書，不盡皆如本文。故校正群籍，自當先從本書相傳舊本為定。況未有雕本以前，一書而所傳各異者，

殆不可遍舉。今或但據注書家所引之文，便以爲是，疑未可也。」〔註 66〕顧廣圻也說：「校讎之弊有二：一則性庸識暗，強預此事，本失窺作者大意，道聽途說，下筆不休，徒勞燕累；一則才高意廣，易言此事，凡遇所未通，必更張以從我，時時有失，遂成瘡疿。二者殊途，至於誣古人，惑來者，同歸而已矣。」〔註 67〕然而戴震雖改正原文之誤，但他在疏證中備載原本之貌，這便不失存古本之真的校勘目的。於校改內容，他運用小學知識和文獻功底嚴加考證，而又徵引古書古注爲凭，言而有据。於證據不足處，他只抒己見而不改原文。《方言疏證》十之八九正確的校勘事實證明戴震的校勘依據和方法無可厚非。戴派此等校勘方法得到現代學者認可。戴男海《校勘學概論》說：「對底本的衍誤訛脫，校勘時採取不同的處理方法：凡是證據充足的，則直接校正，在校勘記裏說明原本作某，現在改正的理由，這樣，即使校改錯了也使讀者得到糾正的線索。這就叫『實屬承訛，在所當改』。應當改正而又覺得證據不足的，一般不改動原文，只在校勘記中提出傾向性意見。對異文難於斷定是非、表示傾向性看法的，則只說明文字同異不作斷語。這就叫『別有依據，不可妄改』。這種方法既保存了校勘不妄改的優良傳統，又體現出了校者的學術水準，不僅可備專門作研究工作的學者之用，更適合於一般學人參考之用。」〔註 68〕

〔註66〕 《與丁小雅進士論校正〈方言〉書》，《抱經堂文集》卷二十。

〔註67〕 《禮記考異跋》，《思適齋集》卷十四，春暉堂叢書刊本。

〔註68〕 戴南海《校勘學概論》，143 頁。

# 第三章　《方言疏證》訓詁研究

## 第一節　《方言疏證》的訓詁內容

　　戴震《古訓》云：「蓋士生三古後，時之相去千百年之久，視夫地之相隔千百里之遠無以異，昔之婦孺聞而輒曉者，更經學大師轉相講授，而仍留疑義，則時爲之也。」〔註1〕由於時間的流逝和空間的隔離，文字、語音、詞彙都會發生很大變化，使得往昔婦孺皆知之義，今人難以明瞭。爲了使詞義古今通達，訓詁便應運而生。到了清代，訓詁學已相當興盛，又由於西洋文化科技漸入中國，學者們受了科學的薰陶，眼界開闊，方法縝密，加之乾嘉時期古音學方面取得的空前成就，以詞義考證爲主要旨趣的考釋終於蔚爲大觀，成爲中國訓詁學史上的黃金時代。

　　作爲清代考據學派的代表人物，戴震反覆強調訓詁的重要性，批判宋、明以來空談義理、輕視訓詁之弊。他《與是仲明論學書》曰：「經之至者，道也。所以明道者，其詞也。所以成詞者，字也。由字以通其詞，由詞以通其道，必有漸。」〔註2〕又於與段若膺論理書中說：「宋儒譏訓詁之學，輕語言文字，是

〔註1〕　《戴震全書》六，503 頁。

〔註2〕　《與是仲明論學書》，《戴震全書》六，370～372 頁。

欲渡江河而棄舟楫，欲登高而無階梯也。」〔註3〕戴震指出：要真正把握存在於經典之中的大道，就必須弄懂文本，確切地瞭解經典文字字義，由字以通詞通道。

戴震以《方言》為《爾雅》、《說文》外最切於治經者，又有感於「宋元以來，六書故訓不講，故鮮能知其精蘊」，開始研究《方言》。他早年將《方言》寫於李燾《許氏說文五音韻譜》之上方，與《說文》參互研究。既入四庫館充任纂修，他取平時校訂成果，更進一步遍稽經史諸子之義訓相合者，詳為疏證，以期「俾治經、讀史、博涉古文詞者得以考焉」〔註4〕。

張之洞《輶軒語‧語學》總結漢人訓詁之法說：「一音讀訓詁，一考據事實。音訓明，方知此字為何語；考據確，方知此物為何物，此事為何事，此人為何人，然後知聖人此言是何意義。」〔註5〕戴震疏證《方言》沿承漢人訓詁之法，包括疏通詞義、注明音讀、闡釋名物，同時還注意歸納和揭示文字學知識。

## 一、疏通詞義

### （一）辨析方言語義

《方言》一書所收語詞多為各地方音俗語，或通行於一地，或通行於某時，不易為人索解。雖有郭璞注釋於前，但終有語焉不詳之弊，戴震從古籍文獻、字書古注中蒐求爬疏，羅列例證，詳辨這些方言俗語的語義。例如：

> 《方言》卷十：「䦧咩、譧譐，挈也。東齊周晉之鄙曰䦧咩。䦧咩，亦通語也。南楚曰譧譐，或謂之支註，或謂之詁諦，轉語也。挈，揚州、會稽之語也。或謂之惹，或謂之謰。」

> 《疏證》：「《廣雅》：『䦧咩，譧譐也。惹、謰，挈也。』皆本此。《說文》：『挈，牽引也。諝挈，羞窮也。』又《言部》云『譧譐』，《足部》云『連遷』，《玉篇》作『嚏嘍』，『挈』又作『訆』，

〔註3〕 《戴震全書》六，541 頁。

〔註4〕 《方言疏證序》。

〔註5〕 張之洞《輶軒語‧語學第二》，《張之洞全集》第十二冊，河北人民出版社，1998年，9784 頁。

云：『謰詶，言不可解。嗹嘍，多言也。惹，亂也。譕，言輕也。』
『謰』《廣韻》作『傆』，云：『嘣唓，傆挐，語不可解。嗹嘍，言
語繁絮貌。連嘍，煩貌。謰謱，小兒語。』隨文立訓，義可互見。
《廣韻》於『謆』字下云：『轉語』，則誤讀《方言》。《後漢書‧
馮衍傳》『禍挐未解，兵連不息』，《注》云：『挐謂相連引也。』
王逸《九思》『媒女詘兮謰謱』，洪興祖《補注》引《方言》：『謰
謱，挐也。南楚曰謰謱。』又云：『一曰：謰謱，語亂也。』『東
齊』各本訛作『東南』，從曹毅之本。」

嘣唓、謰謱、挐皆不同方言區的方言。《方言》收錄語詞重在說明各地方音與
雅言的對應關係，較少解釋詞語，由於年代久遠，這些詞語已深澀難解。《疏
證》大量引用《說文》、《玉篇》、《廣韻》等訓詁資料，以及《後漢書》、《楚
辭》等文獻傳注，對這些方言語詞的意義進行詳實的注釋。並畫龍點睛地指
出這些訓詁皆『隨文立訓，義可互見』，嘣唓、謰謱、挐皆為語言繁瑣，不可
理解之義。又如：

　　　　《方言》卷二：「䁑、睇、睎、睞，眄也。陳楚之間南楚之外曰
　　睇，東齊青徐之間曰睎，吳揚江淮之間或曰䁑，或曰睞，自關而西
　　秦晉之間曰眄。」

　　　　《疏證》：「《夏小正》：『來降燕，乃睇。』說曰：『睇者，眄也。
　　眄者，視可為室者也。』《廣韻》『睞』字引《方言》云『視也』。《說
　　文》：『睞、眄也。眄，邪視也，秦語。南楚謂眄曰睇。海岱之間曰
　　睎。江淮之間曰䁑。』《廣雅》：『睎、睞、眄、睇，視也。』皆本
　　此。」

戴震徵引《禮記》傳文，字書《說文》、《廣雅》，韻書《廣韻》，指出訓釋詞
「眄」為「視」義。為晦澀難解的方言詞疏通字義，對《方言》的解讀具有
重要意義。

　　詞義引申過程中往往會脫落一部分內容，為了準確把握古義，疏證《方
言》詞條，就有必要找回詞義發展時脫落的內容，溯源返本。《方言》中有些
釋詞和被釋詞看似無關，實則意義相因。戴震旁徵博引，為其溝通。例如：

　　　　《方言》卷二：「予、賴，讎也。南楚之外曰賴，（賴亦惡名）

秦晉曰儠。」

　　《疏證》：「《注》內言『賴亦惡名』，蓋讀賴爲屬。『屬』、『賴』
古多通用。『予』、『與』亦聲義通。後卷六內：『誣、謰，與也。』
卷十內：『拏或謂之謰。』注云：『言誣謰也。』《廣雅》：『誣、謰，
予也。』則予有『誣言相加被』之義，相誣相惡皆相儠也，故以
『儠』釋之。」

據卷六和《廣雅》訓詁可知，「予」有「誣」義，相誣者皆相儠，故《方言》以
「儠」訓「予」。又如：

　　《方言》卷十三：「彌，縫也。」

　　《疏證》：「前卷十二內：『晉、彌，合也。』縫與合義相因。《廣
雅》：『繕、彌，縫也。』繕、晉古通用，彌即彌。」

「彌」爲合義，合與縫義近，故訓彌爲縫。戴震爲兩字找到中介，又證之《廣
雅》，從而溝通了訓釋詞與被釋詞。

## （二）補證或疏通郭注

　　晉郭璞《方言注》是最早研究並注釋《方言》的著作。郭璞擇要而釋，並
以晉代方言參互比較，有很高的訓詁價值。於郭注簡要不易解處，《疏證》詳爲
之闡釋。例如：

　　《方言》卷一：「華、荂、晠也。（荂亦華別名，音誇）齊楚之間
或謂之華，或謂之荂。」

　　《疏證》：「草木之華，《說文》本作『蕐』，呼瓜反。華盛之華，《說
文》作『蕐』，胡瓜反。今經傳通作『華』，遂無『蕐』『蕐』之異。
《爾雅‧釋言》：『華，皇也。』《釋文》『胡瓜反』，《釋草》：『華，
荂也。華，荂，榮也。木謂之華，草謂之榮。』郭注云：『今江東
呼華爲荂。』此四華字皆當讀『呼瓜反』，《方言》此條兩『華』字
與《釋言》同。《注》內『華』字與《釋草》同。又《說文》『荂』
即『蕐』之別體。《爾雅》既以『荂』釋『華』，應是異字異音。此
注『荂』音『誇』得之。」

戴震用發展的眼光考察郭璞注音。「華」是個多音多義字。正文「華」字讀

「huá」，同《爾雅‧釋言》。郭注內「華」字讀「fū」，《說文》作「荂」，即「荂」字。由於「今經傳通作『華』，遂無『荂』『華』之異」，故戴震稱郭璞以「䇦」音「荂」爲是。又如：

《方言》卷十：「䛬，不知也。（江東曰咨，此亦知聲之轉也）沅澧之間，凡相問而不知，答曰䛬；使之而不肯，答曰吂。秕，不知也。」

《疏證》：「『知聲之轉』謂『知』與『咨』乃聲之變轉。」

《方言》卷十：「嘳，無寫，憐也。（皆南鄙之代語也）沅澧之原，凡言相憐哀謂之嘳，或謂之無寫，江濱謂之思。皆相見驩喜有得亡之意也。九嶷、湘、潭之間謂之人兮。」

《疏證》：「《注》內『南鄙之代語』謂語相更代。」

研究郭注專門術語，搞清其確切含義和用法，對於正確理解郭注具有十分重要的意義。戴震還徵引文獻補充郭注所闕。例如：

《方言》卷十二：「娋、孟，姊也。（娋音義未詳）」

《疏證》：「《廣雅》：『娋、孟，姊也。』本此。曹憲《音釋》：『娋，所交反。』《玉篇》別作『㜦』，云：『姊也。所交切。』《廣韻》『㜦』字注云：『齊人呼姊。』可取以補《方言》之略及郭注所闕。」

戴震首先引曹憲《音釋》給「娋」字注音，然後徵引《玉篇》、《廣韻》對「娋」的異體字「㜦」的訓釋，取以補郭注「音義未詳」之闕。

### （三）訂正郭注之訓詁

戴震考釋眞正能做到「空所依傍」。他於《答段若膺論韻》中說：「僕以爲考古宜心平，凡論一事，勿以人之見蔽我，勿以我之見自蔽。」又說：「漢人之書，就一書中有師承可據者，亦有失傳傅會者，在好學之士善辨其間而已。」〔註6〕戴震客觀地對待前人研究成果，對郭注失當之處亦予指出。例如：

《方言》卷一：「敦、豐、厖、𢀡、幠、般、嘏、奕、戎、京、奘、將，大也……皆古今語也。初別國不相往來之言也，今或同。

---

而舊書雅記故俗語，不失其方，（皆本其言之所出也。《雅》，《爾雅》也）而後人不知，故爲之作釋也。（《釋詁》《釋言》之屬）」

《疏證》：「雅記故俗，謂常記故時之俗。郭注：『《雅》，《爾雅》也。』以『雅記』對『舊書』，失之。『爾』各本訛作『小』，據下云《釋詁》《釋言》之屬，當作《爾雅》甚明。『爾』亦作『尒』，遂訛而爲『小』。《方言》此條自明其作書之意，謂舊書所常記故習之俗，所語本不失其方，而後人不知，是以作《方言》以釋之。郭璞不達其意，以爲指《爾雅》《釋詁》、《釋言》，亦失之。」

誠如戴震所說，此句是揚雄自明其作書之意：初別國不相往來之方言，常記於舊書之中，而後人不解，故揚雄作《方言》以釋之。「雅」當訓「常」，而郭璞以「《爾雅》」釋「雅」，失之，戴震指出其非。又如：

《方言》卷三：「氾、浼、𣶒、洼，湾也。（皆湾池也）」

《疏證》：「湾、污古通用。《說文》：『湾，濁水不流也。一曰窊下也。污薉也。一曰小池爲污。浼，污也。《詩》曰：「河水浼浼。」《孟子》曰：「汝安能浼我。」海岱之間謂相污曰𣶒。洼，深池也。潢，積水池。』孫奭《孟子音義》引《方言》：『東齊之間謂污曰浼。』郭注以爲皆湾池之名。《廣雅》：『氾、醮、洼、染、𣶒、濩、辱、點，污也。』蓋皆取薉污義。『浼』『醮』古通用。」

「湾」有二義：一爲小池，一爲污薉。戴震用《說文》、《孟子音義》和《廣雅》證明《方言》當取「薉污」之義，不當如郭注。

### （四）用《方言》訂正《詩經》舊訓

戴震於《方言》卷七「發，稅，舍車也」條下云：「發爲卸車，蓋釋《詩》『齊子發夕』之義。」又於卷十二「鋪，脾，止也」條下云：「此蓋釋《詩》『匪安匪舒，淮夷來鋪』之義。」在戴震看來，《方言》有些條目是爲釋《詩》而作，故可據以訂正《詩經》舊注。例如：

《方言》卷六：「戲、憚，怒也。齊曰戲，楚曰憚。」

《疏證》：「《廣雅》：『戲、憚，怒也。』義本此。《詩·大雅》『逢天僤怒』，《毛傳》：『僤，厚也。』『僤』即『憚』，釋爲『怒』。

『僤怒』、『超遠』、『虔劉』連文，皆二字義同。」

《方言》卷十二：「鋪、脾，止也。」

《疏證》：「此蓋釋《詩》『匪安匪舒，淮夷來鋪』之義。言爲淮夷之故來止，方與上『匪安匪遊，淮夷來求』文義適合。舊説讀『鋪』爲『痡』，謂爲淮夷而來，當討而病之，失於迂曲。《廣雅》：『鋪、脾，止也。』義本此。脾之爲止不見於書傳，與『鋪』一聲之轉，方俗或云鋪，或云脾也。」

以《方言》爲《詩經》而作的觀點是不正確的，但是，《詩經》採自民間，用記錄各地方言俗語的《方言》來解釋《詩經》是恰當的。

盧文弨指出戴震在訓詁方面做的主要工作是：「義難通而有可通者通之，有可證明者臚而列之。」此項工作實則不易。李開論戴震的字義考釋功夫時說：「字義考釋和破假借字是語文訓釋中的兩項硬功夫。當代學者有關中世漢語、近代漢語詞語的考釋成爲治學的熱點，殆亦由此。字義考釋問題自清儒復興古學方網羅系統，趨求完善，逐漸成爲一項學術功夫和學術領域，而戴震是這一領域的開創人和拓荒者。字義考釋往往需綜合文字、音韻、訓詁、校勘的多項能力，戴震治學，偉業宏基，無不導源於那個『以字通詞』的基本點，而實施這一基本點的基本功，自幼深培，熟悉《爾雅》，從而學得了治學的過硬功夫，一代宗師之根柢如此。」[註7] 在沒有如《經籍籑詁》之類的工具書可供利用的情況下，非有淵博的文獻功底和精審的抉擇水平，字義考釋實難爲也。

## 二、注明音讀

郭璞注《方言》已爲難字注音，然時間的流逝，詞義的轉化，時爲常用之字的音義已不爲後人所知，戴震《方言疏證》爲此類字注音。戴氏音注有以下三種情況：

### （一）單純音注

所謂單純音注，就是在對《方言》的注釋中，只有讀音標注，沒有其他任何內容，此類一般是爲生僻字注音。例如：

---

〔註7〕李開《戴震語文學研究》，74 頁。

《方言》卷三:「葰、芡(音儉),雞頭也。北燕謂之葰,(今江東亦名葰耳)青徐淮泗之間謂之芡。南楚江湘之間謂之雞頭,或謂之鴈頭,或謂之烏頭。(狀似烏頭,故轉以名之)」

《疏證》:「《廣雅》:『葰、芡,雞頭也。』本此。曹憲《音釋》:『葰,悦蕊反。』」

《方言》卷五:「篗,榬也。兗豫河濟之間謂之榬。絡謂之格。」

《疏證》:「《廣雅》:『榬謂之篗。』本此。曹憲《音義》:『篗,于縛、榮碧兩反。』」

## (二)音義兼顧

此類重在音和義的結合,通過對某個常用字特加注音,以明其意義。例如:

《方言》卷四:「袒飾謂之直衿。(婦人初嫁所著上衣直衿也。袒音但)」

《疏證》:「《廣雅》:『直衿謂之裯,袒飾、褒明、襌袍、襠,長襦也。』曹憲《音釋》:『衿,音領。裯,於例反。』」

《方言》卷十二:「鹽,且也。(鹽猶魀也)」

《疏證》:「『鹽』讀爲『姑息』之『姑』。《廣雅》:『婼,且也。』皆古字假借通用。」

## (三)對某些雙音節詞注音

例如對聯綿詞注音,經注音以明其構詞的聲音特色(雙聲或疊韻),例如:

《方言》卷十二:「儒輸,愚也。(儒輸猶懦撰也)」

《疏證》:「以雙聲疊韻考之,儒輸,疊韻也。不當作『懦』。注內『懦撰』亦疊韻也。懦,讓犬反;撰,士免反。」

《方言》卷六:「佚婸,緩也。(跌唐兩音)」

《疏證》:「『佚』從此注音『跌』,婸,從曹憲『大朗反』,『佚婸』二字乃雙聲。」

懦,戴音「讓犬反」,元部泥紐。撰,戴音「士免反」,元部崇紐。「懦撰」爲疊韻聯綿詞。跌,《廣韻》「徒結切」,質部定紐。婸,曹音「大郎切」,陽部定紐。

「佚婸」爲雙聲聯綿詞。

## 三、解釋名物

戴震於《與是仲明論學書》中說：「至若經之難明，尚有若干事……誦古《禮經》，先《士冠禮》，不知古者宮室、衣服等制，則迷於其方，莫辨其用……不知少廣、旁要，則《考工》之器不能因文而推其制。不知鳥獸蟲魚草木之狀類名號，則比興之義乖。」要眞正讀懂經典，除客觀地推求每字之義外，經典涉及的名物典制亦不可忽置不講。所以戴震疏證《方言》，常常引經據典，解釋名物。所謂名物，從詞義學的觀點來說，就是指一些專名的詞義。它不僅指草、木、鳥、獸、蟲、魚等自然界生物的名稱，還包括車馬、宮室、服裝、星宿、郡國、山川以及人的命名。《方言》側重介紹名物在不同方言區的不同稱謂，《疏證》爲其詳細說明名物的形狀、特性以及命名緣由。

### （一）說明名物的形制特點

《方言》卷四：「禪，陳楚江淮之間謂之祾。」

《疏證》：「《釋名》云：『禪，貫兩腳，上繫腰中也。』『禪』亦作『幝』。『祾』《說文》作『幒』，又作『帗』。《廣雅》作『祾』，並云『幝也』。顏師古注《急就篇》云：『袴，合襠謂之禪，最親身者也。』」

戴震引《史記集解》、《釋名》和《急就篇》顏注詳細說明了禪的合襠、親身等形制特點。

### （二）說明名物的容積及類屬

《方言》卷五：「箸筥，陳楚宋魏之間謂之筲，或謂之籝；自關而西謂之桶檧。」

《疏證》：「《廣雅》：『籝、筲、桶檧、贊，箸筥也。』『筲』亦作『籍』，《說文》云：『宋魏謂箸筥爲揹。』《漢書·韋賢傳》注：『如淳曰：「籝，竹器，受三四斗。今陳留俗有此器。」師古曰：「許慎《說文解字》云：籝，笭也。揚雄《方言》云：陳楚宋魏之間謂筲爲籝。然則筐籠之屬是也。」』」

據戴震所引材料可知:「箸篅」爲竹器,筐籠之屬,可容納三四斗。

## （三）說明名物命名之由

新事物出現以後,人們往往根據對它表象的認識,聯想到某種舊事物,從而使用舊的語言材料給新事物命名,這就使新舊語詞之間存在某種詞義聯繫。戴震利用這種聯繫發明事物命名之由。例如:

> 《方言》卷九:「楫謂之橈,或謂之櫂。首謂之閤閭,或謂之艗艏。後曰舳,舳,制水也。」

> 《疏證》:「《廣雅》:『艗艏,舟也。』古通用『鷁首』。《淮南鴻烈・本經篇》:『龍舟鷁首』,高誘《注》云:『鷁,大鳥也。畫其象著舡頭,故曰鷁首也。』」

戴震引《淮南鴻烈》高誘《注》說明船首命名艗艏之由。

## 四、揭示文字學知識

李開說:「把握漢字系統,分析漢字的通用、假借、古今變化,以明字義,這顯然是利用漢語的字與詞之間的天然聯繫爲詞語解釋尋求切實途徑。」〔註8〕戴震於《方言疏證》中溝通古今,辨明本假,明析流變,探究詞源,無處不滲透著他對文字學知識的歸納總結。

## （一）揭示假借字

戴震所界定的假借字,從理論上說,就是字形是甲而字義是乙的一種用字方法。甲乙二字通假的條件是兩字音同或音近而意義原無任何關聯。《方言疏證》沒有明言「通假字」者,而是以術語「通」來繫聯。具體表述形式有:某某古通用;某某假借通用;某作某,古通用。例如:

> 《方言》卷二:「抵、慁、赧,愧也。」

> 《疏證》:「《爾雅・釋言》:『愧,慚也。』疏全引《方言》此條,
> 文並同。《玉篇》引《方言》『梁宋之間謂媿曰慁』。愧、媿古通用。」

《說文》:「媿,慙也。从女,鬼聲。愧,媿或从恥省。」吳大澂《說文古籀補》

---

云：「媿，姓也。後世借爲慙愧字，而媿之本意廢。」高鴻縉《中國字例》云：「媿爲女姓，愧與聭均爲慙，愧从心，聭則从恥省。凡以同鬼聲而通假用之者，當明爲訓解，以免後人牽疑。」「媿」與「愧」皆从「鬼」得聲，二字音同而假借通用。又如：

> 《方言》卷四：「扉、屨、麤，履也。其庳者謂之䩕下，禪者謂之鞮，絲作之者謂之履，麻作之者謂之不借，麤者謂之屝，東北朝鮮洌水之間謂之䩕角。」

> 《疏證》：「《釋名》云：『齊人謂韋屨曰扉。晩下，如爲。不借，言賤易有，宜各自蓄之，不假借人也。齊人云摶腊，摶腊猶把鮓，麤貌也。荊州人曰麤。麻、韋、草皆同名也。仰角，屨上施履之名也。』『䩕』『晩』，『䩕』『仰』假借通用。」

此條，戴震指出「䩕」「晩」、「䩕」「仰」爲兩對通假字。䩕，《玉篇》：「䩕，履也。」晩，《說文》：「晩，莫也。從日免聲。」䩕，《集韻》「委遠切」。晩，《廣韻》「無遠切」。二字上古音皆屬元部明紐，同音假借。䩕，《說文》：「䩕，䩕角，鞮屬。從革印聲。」仰，《說文》：「仰，舉也。從人印聲。」䩕，《廣韻》「五綱切」。仰，《廣韻》「魚兩切」。二字上古音皆屬陽部疑紐，亦同音假借。

通假字因聲託事，簡便易行，但客觀上卻造成了形義分離的矛盾，易引起混淆。若拘於字形強爲之解，或望文生義，或增字爲訓，皆爲訓詁學之大忌，且不能得文義之眞諦。因此正確地訓釋通假字成爲人們閱讀古籍、訓釋語義時必須解決的一大難題。雖然我們現在對假借字認識已比較系統，但在當時，戴震能深入地分析總結假借字，解決這種形義分離的矛盾，已相當難得。

## （二）揭示異體字

異體字指讀音和意義完全相同，可以通用的兩個或幾個形體不同的字。由於漢字的各個組成部分具有一定的靈活性，加上漢字歷史悠久，流行面廣，使用的人多，很容易形成異體字。異體字給古籍閱讀帶來一定的困難，但是「歸納記錄同詞的異體字，以便由多方面探求形義統一，是訓詁學的一項必要的工作。」〔註9〕戴震指明異體字的主要術語有「作」類、「同」類和「即」類，有

---

〔註9〕王寧《訓詁學原理》，28 頁。

時亦用「俗體」、「別體」來表示「異體字」。例如：

> 《方言》卷四：「褌，陳楚江淮之間謂之㦚。」

> 《疏證》：「《史記·司馬相如列傳》『相如自著犢鼻褌』，裴駰
> 《集解》：『韋昭曰：「今三尺布作，形如犢鼻矣。」』《釋名》云：
> 『褌貫兩腳，上繫腰中也。』『褌』亦作『幝』。『㦚』，《說文》作
> 『幒』，又作『幑』。《廣雅》作『㡒』並云『幝也』。」

《說文》：「幝，幒也。褌，幝或從衣。」《玉篇》：「㦚，同㡒。」《說文》：「幒，
幝也。幑，幒或從松。」《集韻》：「《博雅》㡒、襡，幝也。一曰帙也。或作幒、
袰、幑、㦚。」可見「幝」「褌」為一對異體字。「㦚」「幒」「幑」「㡒」亦為一
字的異體形式。又如：

> 《方言》卷五：「俎，几也。西南蜀漢之郊曰杫。榻前几，江沔
> 之間曰桯，趙魏之間謂之椸。几，其高者謂之虡。」

> 《疏證》：「《後漢書·第五鍾離宋寒列傳》『藥崧家貧為郎，常
> 獨直臺上。無被，枕杫』，注云：『杫謂俎几也。《方言》云：蜀漢之
> 郊曰杫。』《說文》云：『桯，牀前几。』《廣雅》：『杫、虡、桯、㮰、
> 俎，几也。』『虡』即『虡』。」

《說文》：「虡，鐘鼓之柎也。飾為猛獸，從虍，異象其下足。虡，篆文虡省。」
「虡」「虡」為一對異體字。

### （三）揭示同源字

　凡音義皆近，音近義同，或義近音同的詞，叫做同源詞。這些詞都有同一
來源，常常是以某一概念為中心，而以語言的細微差別（或音同），表示相近或
相關的幾個概念。由於「派生詞的音和義是從其語根的早已約定俗成而結合在
一起的音和義發展而來的，因此帶有歷史的可以追索的必然性」〔註10〕。戴震
利用同源詞的可追溯性，於《方言疏證》中繫聯了大量的同源字。例如：

> 《方言》卷八：「桑飛，自關而東謂之工爵，或謂之過贏，或謂
> 之女匠。自關而東謂之鸋鴂。自關而西謂之桑飛，或謂之懷爵。」

> 《疏證》：「《荀子·勸學篇》『南方有鳥焉，名曰蒙鳩，以羽為

---

〔註10〕陸宗達、王寧《訓詁方法論》，80頁。

巢而編之以髮，繫之葦苕，風至苕折，卵破子死。巢非不完也，所繫者然也。』楊倞注云：『蒙鳩，鷦鷯也。今巧婦鳥之巢至精密，多繫於葦竹之上是也。「蒙」當爲「蔑」。』引《方言》『鷦鷯，自關而西謂之桑飛，或謂之蔑雀。』張華《鷦鷯賦》李善《注》云：『《方言》曰桑飛。』郭璞注曰：『即鷦鷯也。』《廣雅》：『鷦䴁、鷯鳩、果贏、桑飛、女鷗，工雀也。』『爵』『雀』、『過』『果』、『鷗』『匠』、『懱』『襪』『蔑』字異音義同。」

此條戴震繫聯了「爵」「雀」、「匠」「鷗」、「懱」「襪」「蔑」三組同源詞。《說文》：「爵，禮器也。象爵之形，中有鬯酒，又持之也，所以飲。器象爵者，取其鳴節節足足也。即略切。」《說文》：「雀，依人小鳥也。從小隹。讀與爵同。即略切。」爵爲像鳥形的禮器。雀爲小鳥。二字同源。《說文》：「匠，木工也。從匚從斤。斤，所以作器也。」女鷗爲一種善於作巢之鳥。鷗以匠爲聲符，二字同源。《詩・大雅・桑柔》：「國步蔑資。」鄭箋：「蔑猶輕也。」《後漢書・班固傳下》：「其蔑清廟，憚敕天乎？」顏師古注：「蔑，輕也。」《國語・周語中》：「鄭未失周典，王而蔑之，是不明賢也。」韋昭注：「蔑，小也。」《說文・心部》「懱，輕易也。從心蔑聲。」《廣雅・釋詁二》：「懱，小也。」《廣雅》：「懱，末也。」王念孫《疏證》云：「懱之言微末也。」《說文》：「韤，足衣也。或從衣。」《釋名》：「襪，末也，在腳末也。」懱、襪以蔑爲聲符，三字皆有微末之義，故亦同源。又如：

《方言》卷十：「遙、窕，淫也。九嶷、荊郊之鄙謂淫曰遙，沅、湘之間謂之窕。」

《疏證》：「《廣雅》：『遙、窕，婬也。』義本此。淫、婬同。《荀子・禮論篇》『故其立文飾也，不至於窕冶』，楊倞注云：『窕讀爲姚。姚冶，妖美也。』」

《說文》：「淫，浸淫隨理也。從水㸒聲。一曰久雨爲淫。餘箴切。」《說文》：「婬，私逸也。從女㸒聲。餘箴切。」淫爲雨水過多，婬爲私逸過分，皆有多義，而又音同，二字同源。

## （四）揭示古今字

所謂古今字是指同一個詞在古書中先後使用的不同字形，出現時代在先的

稱爲古字，在後的稱爲今字。它們是一個詞在不同時期的不同書寫形式。戴震
具有時間觀念，常利用今字疏通古字，繫聯出一部分古今字。例如：

> 《方言》卷七：「肖、類，法也。齊曰類，西楚、梁、益之間曰
> 肖。秦晉之西鄙，自冀、隴而西，使犬曰哨。西南梁、益之間，凡
> 言相類者亦謂之肖。」

> 《疏證》：「《荀子‧勸學篇》『群類之紀綱也』，楊倞《注》云：
> 『《方言》：「齊謂法爲類也。」』《廣雅》：『肖、類，灋也。』本此。
> 『灋』，古『法』字。」

《說文》：「灋，刑也。平之如水，從水；廌，所以觸不直者；去之從去。法，
今文省。」又如：

> 《方言》卷十三：「涅，休也。」

> 《疏證》：「《廣雅》：『溺、涅，沒也。』『休』即古『溺』字，
> 曹憲《音釋》『涅，乃結反。』」

《說文》：「休，沒也。從水從人。奴歷切。」段玉裁《說文解字注》於「溺」
下云：「今人用爲休沒字，溺行而休廢矣。」

### （五）指出聯綿詞異寫形式

自宋代張有《復古篇》提出「聯綿詞」之後，歷代沿用其名。聯綿詞是古
代漢語辭彙中一種重要的語言現象。它由兩個字組成，且不可分開。聯綿詞多
有雙聲、疊韻關係。戴震於《方言疏證》常以雙聲、疊韻形式指出聯綿詞。如：

> 《方言》卷二：「鈔、嬥，好也。青徐海岱之間曰鈔，或謂之嬥。
> 好，凡通語也。」

> 《疏證》：「『鈔』亦作『俏』。《廣韻》云：『俏醋，好貌。』『俏
> 醋』，雙聲形容之辭，亦方俗語也。」

> 《方言》卷十二：「憖樸，猝也。（謂急速也）」

> 《疏證》：「『憖樸』雙聲，形容急速之意。《廣雅》：『憖樸，猝
> 也。』」

漢字一個顯著的特點即它代表的詞語基本上是單音節的，但聯綿詞是連用兩個
漢字表示一個意義。這樣，就很容易使人們脫離語言實際，任意割裂和曲解聯

綿詞，犯了望文生義的錯誤。戴震於《方言疏證》中指出了聯綿詞的不可分割性，並且說明了訓釋聯綿詞的方法——從聲音入手，識破漢字表義的假象。例如：

> 《方言》卷十三：「盂謂之櫨。河、濟之間謂之窔盨。碗謂之盋。盂謂之銚銳，木謂之桐枏。」

> 《疏證》：「《廣雅》：『櫨、窔盨、銚銳、桐枏、盋、椀，盂也。』本此。『盋』『銚銳』已見前卷五內。『桐枏』各本訛作『涓抉』，今訂正。《玉篇》云：『櫨，盂也。窔盨，大盂也。盋，小盂，亦作椀。盋，椀也。椀謂之桐，盂屬也。枏，椀也。』『桐』『枏』雙聲，二字合爲一名。《玉篇》分言之，誤矣。」

> 《方言》卷十二：「侗、胴（挺桐），狀也。」

> 《疏證》：「注內挺桐當作音挺桐之桐。前卷六內有『侹侗』，卷十內又有『恫姺』，三處音同而字異，且有先後之別。凡雙聲多取音，不取字。」

戴震已經認識到：「桐枏」爲雙聲聯綿詞，「二字合爲一名」，表示一個意義，不可分而釋之；「挺桐」、「侹侗」、「恫姺」僅是聯綿詞的不同表音形式。此實難能可貴。

## 五、分析文獻引證與《方言》之關係

　　戴震採用集說形式疏證《方言》，但這些引證並非文獻資料的簡單堆砌，而是經過精心篩選、加工取捨後極有「尋求中介聯繫」的發明。戴震分析「中介聯繫」的語言便是明證。其中，最簡單的「中介聯繫」的說法是「義本此」。例如《方言》卷二「釥、嫽，好也。青徐海岱之間曰釥，或謂之嫽。好，凡通語也」條，戴震《疏證》云：「《廣雅》：『釥、嫽，好也。』義本此。」卷七：「跂竧、隑企，立也。東齊、海、岱北燕之郊，跪謂之跂竧，委痿謂之隑企。」《疏證》云：「《廣雅》：『跂竧，跪捧也。隑企，立也。』曹憲《音釋》云：『企即古文企字。』《玉篇》云：『東郡謂跪曰跂。跂竧，拜也。隑，企立也。不能行也。』皆本此。」其他分析《方言》與引文關係之語有：「本《方言》而小異其辭」、「與《方言》合」、「義亦相因」、「取爲字之正訓」等等。

例如：

《方言》卷一：「鬱、悠、懷、惄、惟、慮、願、念、靖、慎，思也。晉宋衛魯之間謂之鬱悠。惟，凡思也；慮，謀思也；願，欲思也；念，常思也。東齊海岱之間曰靖；秦晉或曰慎，凡思之貌亦曰慎，或曰惄。」

《疏證》：「《爾雅‧釋詁》：『懷、惟、慮、願、念、惄，思也。』《疏》引《方言》此條文，並同。《說文》亦云：『惟，凡思也。慮，謀思也。念，常思也。』即取爲字之正訓。」

《方言》卷一：「喧、唏、忉、怛，痛也。凡哀泣而不止曰喧，哀而不泣曰唏。於方，則楚言哀曰唏；燕之外鄙，朝鮮洌水之間，少兒泣而不止曰喧。自關而西秦晉之間，凡大人少兒泣而不止謂之唴，哭極音絕亦謂之唴。平原謂啼極無聲謂之唴哴，楚謂之噭咷，齊宋之間謂之喑，或謂之惄。」

《疏證》：「《說文》：『哀痛不泣曰唏，朝鮮謂兒泣不止曰喧。秦、晉曰唴，楚曰噭咷，宋、齊曰喑。』蓋本《方言》而小異其辭。」

戴震爲《方言》注明音讀，疏通字義，並逐條援引諸書，一一疏通證明，段玉裁以爲《方言疏證》「如宋邢昺之疏《爾雅》，而精確過之。漢人訓詁之學於是大備」。〔註11〕章太炎說戴震訓詁「分析條理，皆㳂密嚴瑮，上溯古義，而斷以己之律令」，「求學深邃，言直核而無溫籍」，〔註12〕由《方言疏證》亦可窺其一斑。

## 第二節　《方言疏證》的訓詁方法

誠如戴震所說，「時之相去」、「地之相隔」使往昔婦孺皆知之義，今人難以理解。要讀通古書，就要運用一定的訓詁手段來溝通古今。經數代經學家的努力，訓詁方法至清代已形成完備的體系。戴震遠承兩漢古文經學的治學方法，近接清初實學之風，致力於樸學，提出了因聲求義、形義互求，以及文獻互證

〔註11〕《戴先生年譜》丁酉條。
〔註12〕章太炎《清儒》，朱維錚編校《訄書》重訂本，三聯書店，1998年，158～159頁。

之訓詁方法。他嘗云：「夫援《爾雅》以釋《詩》、《書》，據《詩》、《書》以證《爾雅》，由是旁及先秦以上，凡古籍之存者，綜覈條貫，而又本之六書、音、聲，確然於故訓之原，庶幾可與於是學。」〔註13〕又曰：「字學、故訓、音聲未始相離，聲與音又經緯衡縱宜辨。」〔註14〕也就是說，爲求一字之「的」解，不僅要利用前人訓詁成果，匯綜群籍，擇善而從，還要本之六書，分析形體，發掘文字形體所寓之義，同時還要明確古音，由古音以通古義，實行音義互求。戴震所提倡的方法皆爲不刊之論。

## 一、形義互求

　　早期漢字具有尚形表意的特點，在它形體中或多或少地找到它所記錄的詞的意義信息。按照傳統的六書理論，象形字、指事字、會意字，它們的形體可以表達造字時的意圖，進而明確它所記錄的詞的本義。形聲字的義符也可以表達出漢字所記錄的詞的意義類屬。因此，以《說文解字》爲代表的傳統訓詁學一直把形義的統一關係看作推求詞義的重要手段。

　　戴震疏證《方言》，也利用了古文字形義統一的關係，實行形義互求。例如：

　　《方言》卷六：「扶摸，去也。」

　　《疏證》：「《荀子・榮辱篇》『胠於沙而思水。』楊倞注云：『胠與祛同。《方言》：「祛，去也。齊趙之總語。」莊子有《胠篋篇》，亦取去之義。』此所引作『衣』旁，本書乃作『手』旁，《廣雅》『怯莫，去也。』義本《方言》而字又異。古書流傳既久，轉寫不一。據『扶摸猶言持去』一語，二字皆『手』旁爲得。『祛』、『胠』假借通用，『怯』字誤。」

　　《方言》卷六：「埝（音涅）、墊（丁念反），下也。凡柱而下曰埝，屋而下曰墊。」

　　《疏證》：「《說文》：『涅，從水從土，日聲。』埝蓋從土，涅省聲。此字後人所作。應直用涅。」

---

〔註13〕《爾雅文字考序》，275 頁。

〔註14〕《與是仲明論學書》，371 頁。

上一例戴震通過比勘字形，實行形義互求，最後斷定：「抾」字乃與手之動作有關，以從「手」者爲正，其他字形或爲通假，或爲訛誤。下一例戴震辨形識字，分析生僻字形體，從而幫助理解字義。

　　誠如《訓詁方法論》所述：「『以形索義』的訓詁方法，必須在本字、本意和筆意三個條件具備的情況下才能使用。而古代文獻中直接具備這三個條件的情況又是較少的。」〔註15〕戴震較少分析文字形體，《方言疏證》以形求義方法的運用主要表現爲對方音語詞異體字的繫聯，通過異體字來考求詞義。例如：

　　　　《方言》卷三：「薹、薞，蕪菁也。陳楚之郊謂之薹，魯齊之郊
　　　　謂之薞，關之東西謂之蕪菁，趙魏之郊謂之大芥，其小者謂之辛芥，
　　　　或謂之幽芥；其紫華者謂之蘆菔。東魯謂之菈蘧。」

　　　　《疏證》：「薹亦作葑。《詩·邶風》『采葑采菲』，《毛傳》：『葑，
　　　　須也。』《疏》引《方言》此條，『關之東西』作『關西、趙、魏
　　　　之郊』。鄭注《坊記》云：『葑，蔓菁也。』」

「薹」字從艸，豐聲，或從「封」得聲，作「葑」。戴震通過繫聯異體字來疏證《方言》詞條。又如：

　　　　《方言》卷六：「㑂、艾，長老也。東齊魯衛之間凡尊老謂之㑂，
　　　　或謂之艾。」

　　　　《疏證》：「『㑂』本作『㝯』，《說文》云：『老也。』俗通作『叟』。
　　　　《孟子》『王曰叟』，趙岐注云：『叟，長老之稱也。』」

戴震通過繫聯「㑂」字的常見字形「叟」，從而達到疏證「㑂，長老也」的目的。《方言疏證》還常常爲冷僻的古字注明今體，從而解釋冷僻字。例如：《方言》卷三：「庸謂之倯，轉語也。(今隴右人名孏爲倯)」《疏證》指出：「『孏』即古『嬾』字，亦作孄。」卷五：「飤馬橐，自關而西謂之裺囊。」《疏證》：「飤即古飼字。」卷十三：「涅，休也。」《疏證》：「《廣雅》：『溺、涅，沒也。』『休』即古『溺』字。」王寧《訓詁學原理》云：「利用字形探求詞義的時候，多一個形體，便可以多一個考音考義的資料，使詞義推求更爲準確。」〔註16〕異體字的繫聯，可以增加比較和參考的因素，對詞義推求大有裨益。

---

〔註15〕《訓詁方法論》，69～70 頁。

〔註16〕王寧《訓詁學原理》，28 頁。

## 二、匯綜群籍

　　梁啓超於《清代學術概論》中把盛清學者之學風概括爲十大特點，前五爲：
「一，凡立一義，必憑證據；無證據而以臆度者，在所必擯。二，選擇證據，
以古爲尚。以漢唐證據難宋明，不以宋明證據難漢唐；據漢魏可以難唐，據漢
可以難魏晉，據先秦西漢可以難東漢。以經證經，可以難一切傳記。三，孤證
不爲立說。其無反證者姑存之，得有續證則漸信之，遇有力之反證則棄之。四，
隱匿證據或曲解證據，皆認爲不德。五，凡與此事項同類者或相關係者，皆羅
列比較以研究之。」〔註17〕作爲乾嘉學派的代表人物，戴震憑著深厚的小學功
底，主張把語言文字和文獻資料貫通起來，「以字考經，以經考字」，其《爾雅
注疏箋補序》云：「《爾雅》，六經之通釋也。援《爾雅》附經而經明，證《爾雅》
以經而《爾雅》明……爲之旁摭百氏，下及漢代，凡載籍去古未遙者，咸資證
實，亦勢所必至。」〔註18〕又曰：「廣搜漢儒箋注之存者，以爲綜考故訓之助。」
「一字之義，當貫群經，本六書，然後爲定。」〔註19〕

　　戴震《方言》研究採用了這種字書、經傳互證之法。他首先以《方言》寫
於李燾《許氏說文五音韻譜》之上方，實現《方言》與《說文》的比較研究。
既入四庫館，戴震得見《永樂大典》內《方言》，便以永樂大典本《方言》與明
本對校。又廣搜群籍之引用《方言》及注者，與永樂大典本參伍考證，擇善而
從。例如：

　　　　《方言》卷一：「儇，慧也。」

　　　　《疏證》：「《荀子・非相篇》『鄉曲之儇子』楊倞注云：『《方言》：
　　　　「儇，疾也。」又曰：「慧也。」與「喜而矕」義同。輕薄巧慧之
　　　　子也。』《楚辭・惜誦篇》『忘儇媚以背眾兮』，王逸注：『儇，佞
　　　　也。』洪興祖引《說文》：『儇，慧也。』」

楊倞以「巧慧」訓儇，王逸以「佞」訓「儇」，洪興祖引《說文》直接訓爲「慧」，
皆可證明《方言》的解釋。又如：

　　　　《方言》卷一：「摕、攓、摭、挻，取也。南楚曰攓，陳宋之間

曰摭，衛魯揚徐荊衡之郊曰摕。」

　　《疏證》：「《列子·天瑞篇》『擩蓬而指』，張湛注云：『擩，拔也。』《說文》作『攓』，云：『拔取也。南楚語。又作搴。』《楚辭》『朝搴阰之木蘭兮。』王逸注：『搴，取也。』《史記·叔孫通列傳》『故先言斬將搴旗之士』，《索隱》引《方言》云：『南方取物爲搴。』」

《列子注》以「拔」訓「擩」，拔亦取也。戴震進一步繫聯了「擩」的異體字「攓」和「搴」，然後徵引《說文》、《楚辭補注》和《史記索隱》對異體字的訓釋來疏證《方言》詞條。

　　傳統的以形索義、音義互求的訓詁方法都有一定的局限性，如果沒有文獻資料作佐證，則有望文生義，濫施聲訓，或孤證不立，言而無據之嫌。陸宗達說：「探求字義不能只憑字形附會，必須核證文獻語言，做紮紮實實的調查研究工作，才能使形義的統一關係反映無誤。」「運用『因聲求義』的訓詁方法，必須覈證於文獻語言，也就是必須從實際語言材料中找出信而有徵的佐證，以避免主觀臆測，妄作推斷。」〔註20〕戴震訓詁廣徵博引，上至先秦諸子，下達時哲通人。余廷燦稱其是「有一字不准六經，一字解不貫群經，即無稽不信，不信必反覆參證而後即安」〔註21〕。戴震對考據的要求是準確無誤，這樣就保證了他的結論往往是不容置疑的。

## 三、引申推義

　　所謂引申推義，「就是根據詞義引申的規律推求和證明詞義的方法」〔註22〕。至於詞義引申，《訓詁方法論》有一段準確表述：「引申是一種有規律的詞義運動。詞義從一點出發，沿著它的特點所決定的方向，按照各民族的習慣，不斷產生新義或派生新詞，從而構成有系統的義列。這就是詞義引申的基本表現。」〔註23〕詞義運動使一個詞語具有多個相互之間有聯繫的意義，通過這種聯繫，我們便可

〔註20〕　《訓詁方法論》，72頁、123頁。

〔註21〕　《戴東原先生事略》，《戴震全書》七，23頁。

〔註22〕　白兆麟《新著訓詁學引論》，220頁。

〔註23〕　《訓詁方法論》，140頁。

以在多個意義之間相互推求。因此，引申推義就成了訓詁的重要方法之一。戴震在疏證《方言》詞條時，常常注意從《說文》分析的本義出發，整理出由本義特點所決定的引申義列。例如：

> 《方言》卷五：「簟，宋魏之間謂之笙，或謂之籧**苗**。自關而西，或謂之簟，或謂之**筍**。其粗者謂之籧篨。自關而東或謂之篖**掞**。」

> 《疏證》：「《廣雅》：『笙、**筍**、簟、籧篨、笛，席也。蓋篖謂之籧篨』皆本此。『篖』『掞』古通用。《說文》云：『簟，竹席也。籧篨，粗竹席也。』《玉篇》云：『籧篨，江東人呼籚也。**筍**，簟也。』《詩・邶風》：『籧篨不鮮。』籧篨本粗竹席，用爲囷者之名，不可使俯之疾似之，故《晉語》曰：『籧篨不可使俯。』以言辭媚悅人者，常仰觀顏色，病若籧篨。故《爾雅》云：『籧篨，口柔也。』」

此條戴震引申出「籧篨」的義項系列：「籧篨」從竹，本義是粗竹席，有病者不能俯如籧篨，故「籧篨」又引申爲病名。以言辭媚悅人者，常仰觀顏色，有若籧篨之人，故「籧篨」又引申爲諂佞。又如：

> 《方言》卷六：「聳、**獎**，欲也。」

> 《疏證》：「謝朓《齊敬皇后哀策文》『末命是獎』，（李善）注引《方言》：『秦晉之間相勸曰獎。』盧諶《贈劉琨詩》『飾獎駑猥』，注引《方言》：『凡相被飾亦曰獎。』**獎**，古獎字。《說文》：『**獎**，嗾犬厲之也。從犬將省聲。』《廣雅》：『獎，譽也。』《玉篇》云：『獎，助也，成也，欲也，譽也，嗾犬厲之也。』『欲』之義取於《方言》。」

此條戴震指出：「**獎**」從「犬」，本義爲嗾犬厲之。由使犬擴大到使人，故「**獎**」有勸勉之義。勸勉必有稱讚之辭，故「**獎**」進一步延伸爲稱譽。

《方言》中訓詞和被訓詞都是已知的，戴震常用詞義引申方法證明《方言》釋義的合理性，爲二者架起聯繫的橋樑。例如：

> 《方言》卷三：「蔫、譌、譁、涅，化也。燕朝鮮洌水之間曰涅，或曰譁。」

> 《疏證》：「《說文》：『涅，黑土在水中也。』《論語》『涅而不

緇」，《注》引孔安國云：『涅可以染皁。』是『涅』取『染化』之義。《廣雅》：『譁、蔿、涅，匕也。』義本此。『匕』，古『化』字。」

「涅」本爲一種黑土名，可以用作黑色染料，所以引申爲染化，故《方言》訓「涅」爲化。又如：

> 《方言》卷十三：「潛，亡也。」

> 《疏證》：「潛匿隱遁，故爲逃亡之義。」

《說文》：「潛，一曰藏也。」「潛」本爲隱匿，「亡」爲逃亡，逃亡者必隱匿，故「潛」可訓「亡」。注重詞義引申的分析，在戴震以前的訓詁著作中並不多見，戴震開其端睨，給後人留下寶貴經驗。段玉裁《說文解字注》善推詞義引申，其學術淵源當來自戴震。

## 四、因聲求義

戴震憑藉他的古音學知識，在傳統的聲訓基礎上廣泛地利用語音與語義的聯繫來疏通方言詞條，取得了淩跨前人的巨大成就。本章第三節有專門研究，此處不再贅述。

## 五、其他方法

戴震在廣泛運用因聲求義和匯綜群籍的方法疏證《方言》詞條時，還採用了多種輔助訓詁方法。例如：

### （一）類　比

所謂類比，就是將需要解說的某種語言文字現象，同與其類型相同，已爲人們所知的另一種語言文字現象作比較，從而使人們由已知明未知的一種訓詁方法。例如：

> 《方言》卷七：「嫛盈，怒也。燕之外郊朝鮮洌水之間凡言呵叱者謂之嫛盈。」

> 《疏證》：「《玉篇》云：『嫛，盛貌。』則嫛盈爲盛氣呵叱，如馮之訓滿，訓怒。郭璞言『馮，恚盛貌』是也。」

> 《方言》卷十二：「殰，佷，儌也。（今江東呼極爲殰，音劇。《外

傳》曰：余病**殤**矣）」

　　《疏證》：「《方言》因『飢』加『人』旁作『**餒**』，猶『券』加『人』旁作『**倦**』耳。『**餒**』之於『**御**』、『**御**』，亦猶『**倦**』之於『**倦**』。

　　《廣雅》：『**殤、券、御，極也。**』」

戴震用比況詞「如」來說明「嬰盈」之詞義引申與「馮」字相同。用「猶」來說明「飢」之形體變化與人們所熟知的「券」之變化是同類關係。

## （二）同義連文

　　所謂同義連文，就是構詞的兩個語素是同義或近義的關係。這樣便可以由已知字之義推知另一未知字之義。例如：

　　《方言》卷六：「戲、憚，怒也。齊曰戲，楚曰憚。」

　　《疏證》：「《廣雅》：『戲、憚，怒也。』義本此。《詩·大雅》『逢天僤怒』，《毛傳》：『僤，厚也。』『僤』即『憚』，釋爲怒。『僤怒』、『超遠』、『虔劉』連文，皆二字義同。」

戴震用同義連文現象指出「僤」當訓爲「怒」。

## （三）全書互證

　　戴震將《方言》看作一個整體，實現前後互證。例如：

　　《方言》卷十二：「爰、嗳，哀也。（嗳，哀而恚也）」

　　《疏證》：「前卷六內『爰、嗳，恚也。楚曰爰，秦、晉曰嗳。』《注》云：『謂悲恚。』此注云『哀而恚』，蓋義可互見。」

　　《方言》卷十三：「逭，周也。（謂周轉也）」

　　《疏證》：「前卷十二內：『逭，轉也。』故又爲周。」

　　科學的訓詁方法無外乎依據文字形音義三位一體的本質，讀破假借，探求同源；辨別字形，搜考異文；徵之古訓，覈證文獻。戴震最能於此，他疏證《方言》綜合運用各種訓詁方法，不拘一格，使這部名存實亡的《方言》成爲小學研究者必參考之書目。段玉裁盛讚戴震的疏證「如宋邢昺之疏《爾雅》，而精確過之。漢人訓詁之學於是大備」。

## 第三節　《方言疏證》因聲求義法研究

### 一、因聲求義理論的提出

因聲求義，即通過對漢字聲音線索分析來探求和詮釋詞義的訓詁方法。凡有聲語言自出現之日起就是音義的結合體，此後出現的文字不過是記錄這個結合體的符號。在文字的形、音、義關係中，音實為樞紐。黃侃說：「三者之中，又以聲為最先，義次之，形為最後。」〔註24〕「凡以聲音相訓者，為真正之訓詁，反是即非真正之訓詁。」〔註25〕

因聲求義之訓詁方法的運用，可上溯到先秦，如：「乾，健也。」（《周易·說卦》）「政者，正也。」（《論語·顏淵》）「校者，教也。」（《孟子·滕文公上》）即是其例。漢代因聲求義之法已經廣泛運用，《爾雅》、《方言》、《說文》、《釋名》等訓詁專書以及六藝群書的注解都有大量的聲訓。但是當時的聲訓是建立在對聲音與意義關係的模糊認識之上。至宋元之際的戴侗，對聲義關係理論才有了較為明確的認識。他於《六書故·六書通釋》中說：「夫文，生於聲音也。有聲而後形之以文，義與聲俱立，非生於文也。」「夫文字之用，莫博於諧聲，莫變於假借，因文以求義而不知因聲以求義，吾未見其能盡文字之情也。」〔註26〕明確提出因聲以求義的主張。之後，清初的黃生等都在因聲求義的運用上有所發揮，並提出「以古音通古義之原」的主張，使這一方法趨於成熟。然而由於古音缺乏研究，因此在理論和方法上一直沒有明確而系統地闡述。直到清代，因聲求義作為訓詁的重要方法才臻於系統化、理論化。戴震、程瑤田、段玉裁、王念孫、阮元、郝懿行、錢繹等都在這方面做出了一定貢獻。其中，戴震起著承前啟後的作用。他「首先提出了訓詁的原理和方法。」〔註27〕戴震於《論韻書中字義答秦尚書》說：

> 字書主於訓詁，韻書主於音聲。然二者恒相因，音聲有不隨訓詁變者，則一音或數義；音聲有隨訓詁而變者，則一字或數音。大致一字既定其本義，則外此音義引申，咸六書之假借。其例或義由

〔註24〕黃侃《聲韻略說》，《黃侃論學雜著》，中華書局，1964年，93頁。

〔註25〕黃侃《文字聲韻訓詁筆記》，190頁。

〔註26〕戴侗《六書故》，上海社會科學院出版社，2006年。

〔註27〕洪誠《訓詁學》，18頁。

聲出，如『胡』字，惟《詩》『狼跋其胡』，與《考工記》『戈胡』、『戟胡』用本義。至於『永受胡福』，義同『降爾遐福』，則因『胡』、『遐』一聲之轉，而『胡』亦從『遐』爲遠。『胡不萬年』、『遐不眉壽』，又因『胡』、『遐』、『何』一聲之轉，而『胡』、『遐』皆從『何』。又如《詩》中曰『寧莫之知』，曰『胡寧忍予』，曰『寧莫我聽』，曰『寧丁我躬』，曰『寧俾我遁』，曰『胡寧瘨我以旱』，『寧』字之義，傳《詩》者失之。以轉語之法類推，『寧』之言『乃』也。凡訓詁之失傳者，於此亦可因聲而知義矣。〔註28〕

戴震在前人研究基礎上不僅系統地提出了「義由聲出」、「一聲之轉」的訓詁原則，發掘出書面文字形體掩蓋下的文字音義關係，而且爲尋求音義通轉的法則，特意作《轉語二十章》以發明「六書依聲託事，假借相禪，其用至博，操之至約也。學士茫然，莫究所以，今別爲二十章，各從乎聲，以原其義。」使學者「疑於義者以聲求之，疑於聲者以義正之。」〔註29〕

陸宗達、王寧在《訓詁方法論》一書中對戴震首提的「訓詁音聲相爲表裏」、「因聲而知義」理論做了十分精闢的論述：「這就是說，義與音分別是語言的內容與形式，他們在社會約定俗成的基礎上結合起來後，便要產生共同的或相應的運動，這就是『相爲表裏』。而字形僅僅是記錄這個音義結合體的符號。對語言來說，字形是外在的東西，它只是書寫符號的形式而不是語言本身的形式。而且它又是語言產生和發展到一定階段才產生的。所以，詞義的發展變化從本質上是依託於聲音而不是依託於字形的。文字與語言既然有著既統一又矛盾的關係，那麼，形與音、義也必然存在著統一和矛盾這兩個方面。因此，離開了聲音這個因素，是不可能通過形、音、義的統一來正確解釋古代語言的。」〔註30〕陸、王對戴震倡導的「訓詁音聲相爲表裏」做了闡釋，並從理論上論證了它的合理性。

## 二、因聲求義的表述形式

戴震將其因聲求義理論運用於《方言》研究。他以聲音爲紐帶，將《方言》

---

〔註28〕《論韻書中字義答秦尚書》，《戴震全書》三，334 頁。

〔註29〕《轉語二十章序》，《戴震全書》六，305 頁。

〔註30〕陸宗達、王寧《訓詁方法論》，63 頁。

與《爾雅》、《說文》等字書相貫通，將《方言》與古人之注釋相貫通，使看似無關的字聯繫起來，以共同疏證《方言》詞條。《方言疏證》有一套表達音義關係的術語。歸納起來主要有：（一）「通」類；（二）「轉語」類；（三）「同」類；（四）「作」類；（五）聲訓類；（六）雙聲疊韻類。

### （一）「通」類

「通」的具體表述形式有：某某通，某某古通用，某某聲義通，某亦通用某，某某古亦通，某某本亦通，某某假借通用，古字某通用某。它們表述形式不一，但基本含義一致，都是從語音和語義兩方面指明詞與詞之間的關係。例如：

> 《方言》卷三：「佚，代也。」
>
> 《疏證》：「『佚』『迭』古亦通。《春秋·文公十一年穀梁傳》：『兄弟三人佚害中國。』范甯注曰：『佚猶更也。』班固《西都賦》：『更盛迭貴。』李善注引《方言》：『迭，代也。』《廣雅》：『庸、比、佺、佚、更、迭，代也。』義本此。」

《說文》：「佚，佚民也。從人，失聲。」《廣韻》「夷質切」，上古音喻母質部。《說文》「迭，更也。」《廣雅·釋詁》「迭，代也。」《廣韻》「徒質切」，上古音定母質部。「佚」、「迭」聲母喻定準旁紐，韻部相同，音近通假，故「佚」有「代」義。又如：

> 《方言》卷四：「覆結謂之幘巾，或謂之承露。」
>
> 《疏證》：「《後漢書·光武帝紀》：『皆冠幘』，《注》云：『《漢官儀》曰：「幘者，古之卑賤不冠者之所服也。」《方言》曰：「覆髻謂之幘，或謂之承露。」』『結』『髻』古通用。」

《說文》：「結，締也。」《釋名·釋姿容》：「結，束也。」《廣韻》「古屑切」，上古音見母質部。《說文新附》：「髻，總髮也。」《字彙·系部》：「總，俗總字。」《說文·系部》：「總，聚束也。」「髻」，《廣韻》「古詣切」，上古音見母質部。「結」、「髻」見母雙聲，質部疊韻，又語義上都有聚束之義，「結」、「髻」二字同源相通用。

表2　通類一覽表

| 異　稱　形　式 | 舉　　例 | 卷　數 |
|---|---|---|
| 某、某古通用 | 「茫」、「萌」古通用 | 卷一 |
| 某、某通 | 「麤」、「粗」通 | 卷四 |
| 某、某聲義通 | 「予」、「與」亦聲義通 | 卷二 |
| 某亦通用某 | 「梨」亦通用「黎」 | 卷一 |
| 某與某本通用 | 「縷」與「褸」本通用 | 卷四 |
| 某、某假借通用 | 「袪」、「胠」假借通用 | 卷六 |
| 古字某通用某 | 古字「眉」通用「矏」 | 卷十二 |

## （二）轉語類

轉語是指隨著時間和地點的變化而音稍有變化的一組詞。最早指出這種語轉現象的是漢代揚雄。《方言》裏明確指出語轉的地方有六處。不少未注明語轉的一組方言詞也有語音上的聯繫。晉人郭璞又十五次用到轉語。戴震《疏證》更是普遍運用轉語理論，因聲推義。具體系聯轉語的術語有：語之轉、一聲之轉、語轉、聲之轉、一聲輕重。例如：

　　　　《方言》卷六：「顛、頂，上也。」

　　　　《疏證》：「《爾雅·釋言》：『顛，頂也。』『顛』與『頂』一聲
　　　之轉。」

《說文》：「顛，頂也。從頁，眞聲。」《廣韻》「都年切」，上古音端母眞部。頂，《說文》：「頂，顛也。從頁，丁聲。」《廣韻》「都挺切」，上古音端母耕部。「顛」、「頂」二字互訓，意義相同，又「顛」、「頂」端母雙聲，韻部耕眞通轉。兩字聲母相同，韻部發生轉化。又如：

　　　　《方言》卷一：「烈、枿，餘也。陳鄭之間曰枿，晉衛之間曰烈。
　　　秦晉之間曰肄，或曰烈。」

　　　　《疏證》：「《詩·周南》『伐其條肄』，《毛傳》：『肄，餘也。斬
　　　而復生曰肄。』『肄』、『餘』語之轉。」

《左傳·襄公二十九年》：「夏肄是屏。」杜注：「肄，餘也。」「肄」，《廣韻》「羊至切」，上古音餘母脂部。餘，《廣韻》「以諸切」，上古音餘母魚部。二字余母雙聲，韻部發生轉化。

表3 轉語類一覽表

| 異 稱 形 式 | 舉 例 | 卷 數 |
|---|---|---|
| 某、某語之轉 | 「敦」、「大」語之轉 | 卷一 |
| 某與某一聲之轉 | 「縮」與「籔」一聲之轉 | 卷五 |
| 某與某一聲輕重 | 「唐」與「蕩」、「宕」，本屬一聲輕重 | 卷五 |
| 某語轉為某 | 「犰狸」語轉為「不來」 | 卷八 |
| 某即某聲之轉 | 「蟬」即「慘」聲之轉耳 | 卷十三 |

## （三）「同」類

「同」主要用來溝通兩個或兩個以上音義相同或音近義同的詞。主要表述形式有：某某同，某某音義同，某某同音，某某同用。例如：

《方言》卷十：「瀾沭，佂伀，遑遽也。江湘之間凡窘猝怖遽謂之瀾沭，或謂之佂伀。」

《疏證》：「王褒《四子講德論》：『百姓佂伀，無所措其手足。』李善注引《方言》：『佂伀，惶遽也。』《廣雅》：『瀾沭，怖懅也。佂伀，懼也。屏營，佂伀也。』『遑』『惶』同，『遽』『懅』同。」

《玉篇》：「遑，暇也。」《廣韻》「胡光切」，上古音匣母陽部。《說文》：「惶，恐也。」《廣雅》：「惶，懼也。」《廣韻》「胡光切」，上古音匣母陽部。《說文》：「遽，傳也。一曰窘也。」《廣雅》：「遽，懼也。」《廣韻》「其據切」，上古音群母魚部。《玉篇》：「懅，心急也。」《集韻》：「懅，懼也。」《廣韻》「強魚切」，上古音群母魚部。「遑」「惶」、「遽」「懅」並音同義通。又如：

《方言》卷十三：「讚，解也。」

《疏證》：「『讚』、『贊』同用，取贊明之義。」

《小爾雅·釋詁》：「讚，明也。」《廣韻》「則旰切」，上古音精母元部。《說文》：「贊，見也。」「見」亦有明義。《廣韻》「則旰切」，上古音精母元部。二字音同義通。

表4 同類一覽表

| 異 稱 形 式 | 舉 例 | 卷 數 |
|---|---|---|
| 某與某同聲 | 「豎」與「緊」同聲 | 卷四 |
| 某與某音義同 | 「烈」與「裂」音義同 | 卷一 |
| 某、某同音 | 「修」、「捐」同音 | 卷十三 |
| 某、某聲義同 | 「厖」、「𦡳」聲義同 | 卷十一 |
| 某、某同用 | 「讚」、「贊」同用 | 卷十三 |
| 某、某古字同 | 「瞑」、「眠」古字同 | 卷十 |

## （四）「作」類

此類一般表述為：某亦作某，在繫聯兩個以上詞時表述為：某亦作某，又作某；某亦作某，或作某。例如：

> 《方言》卷三：「燕、齊之間，養馬者謂之娠，官婢女廝謂之振。」

> 《疏證》：「娠亦作侲。《後漢書・文苑列傳》：『虜傲侲。』注引《方言》：『侲，養馬人也。』《玉篇》引《方言》：『燕、齊之間謂養馬者曰侲。』《說文》云：『官婢女隸謂之娠。』徐堅《初學記》引《方言》：『燕、齊之間，養馬者及奴婢女廝皆謂之娠。』」

《說文・女部》：「娠，女妊身動也。從女，辰聲。《春秋傳》曰：『後緡方娠。』一曰：『宮婢女吏謂之娠。』」《說文新附》：「侲，童子也。從人，辰聲。」「娠」，《廣韻》「失人切」，上古音書母文部。「侲」，《廣韻》「章刃切」，上古音禪母文部。聲母書禪旁紐，韻部相同。又如：

> 《方言》卷三：「䀥，民也。」

> 《疏證》：「䀥亦作𣊾。《詩・衛風》：『䀥之蚩蚩。』《毛傳》：『䀥，民也。』《周禮・遂人》：『以下劑致𣊾。』《鄭注》云：『變民言𣊾，異外內也。𣊾猶懵懵，無知貌也。』」

䀥，《說文》云：「民也，從民，亡聲，讀若盲。」𣊾，《說文》云：「田民也，從田，亡聲。」二字並明母陽部，為同源詞而通用。

## （五）聲訓類

《疏證》也用聲訓方式說明詞與詞之間的音義關係。這些聲訓或推求事物得名之由，或闡釋字詞之義。就其形式而言，有某讀為某，某即某，某猶某也，

還有在闡釋某字的文字中含有與被釋字音義相關的字。例如：

《方言》卷四：「絡頭，帞頭也。」

《疏證》：「《釋名》云：『綃頭，或曰陌頭，言其從後橫陌而前也。齊人謂之帩，言帩斂髮使上從也。』『陌』即『帞』。」

《玉篇》：「陌，阡陌也。」又「阡，阡陌也，道也。南北曰阡，東西曰陌。」「帞」是一種從後橫帞而前的頭飾。陌是東西向的田間小路。南北為縱，東西為橫，「陌」與「帞」皆有橫義。又「陌」、「帞」《廣韻》皆莫白切，上古音明母鐸部。二字音同義通。又如：

《方言》卷十三：「盬，且也。」

《疏證》：「『盬』讀為姑息之姑。《廣雅》：『姱，且也。』皆古字假借通用。《禮記·內則》：『姑與之，而姑使之。』《鄭注》云：『姑猶且也。』」

《說文》：「盬，河東鹽池。」《小爾雅·廣言》：「姑，且也。」「盬」，《廣韻》「公戶切」，上古音見母魚部。「姑」，《廣韻》「古胡切」，上古音見母魚部。二字同音通假。

《方言》卷四：「裺謂之襦。」

《疏證》：「《說文》：『裺謂之裺。裺，裾領也。』蓋以『裺』為小兒次衣掩頸下者，襦有曲領之名，故裺亦名襦。」

《說文》：「掩，斂也，小上曰斂。從手奄聲。」徐灝箋：「《文選·懷舊賦》注引《埤蒼》曰：『掩，覆也。』《淮南·天問訓》注『掩，蔽也。』此掩斂之本義。」掩是覆蓋之義，裺是覆蓋在小孩頸子上的圍嘴。二字又都以「奄」為聲符，為同源字。

## （六）雙聲、疊韻類

以雙聲、疊韻來求義，就是說兩字有雙聲、疊韻的關係，因音近而義通。如：卷一「黨、曉、哲，知也」條，《疏證》曰：「注內『黨、朗』，疊韻字」。此類更多用來說明聯綿詞。如：

《方言》卷二：「釥、嫽，好也。」

《疏證》：「釥亦作俏。《廣韻》：『俏醋，好貌。』俏醋，雙聲形

容之辭，亦方俗語。」

「俏」，《廣韻》「七肖切」。上古音清母宵部。「醋」，《廣韻》「倉故切」。上古音清母鐸部。「俏」、「醋」清母雙聲。又如：

> 《方言》卷十一：「懲，猝也。」

> 《疏證》：「懲、樸雙聲，形容急速之意。」

「懲」，《廣韻》「普擊切」。上古音滂母錫部。「樸」，《廣韻》「匹角切」。上古音滂母屋部。「懲」、「樸」滂母雙聲。

## 三、因聲求義的功用

《方言疏證》大量運用因聲求義之訓詁方法，是符合《方言》一書特性的。揚雄於《答劉歆書》中說：「故天下上計孝廉及內郡衛卒會者，雄常把三寸弱翰，齎油素四尺。問其異語，歸即以鉛摘次之於槧，二十七歲於今也。」可見《方言》是以漢代活的語言爲記錄對象的。「正因爲這樣，所以《方言》裏所用的文字有好些只有標音的作用：有時沿用古人已造的字，例如：『儇，慧也。』《說文》『慧，儇也。』《荀子·非相篇》『鄉曲之儇子』；有時遷就音近假借的字，例如：『黨，知也。』『黨』就是現在的『懂』字；又『寇、劍、弩，大也。』這三個字都沒有『大』的意思；另外還有揚雄自己造的字，例如：『奄』訓愛，『夌』訓哀，『娙』訓好之類。這三類中，除了第一類還跟意義有關係外，實際上都是標音符號。」〔註31〕所以突破形體束縛，運用因聲求義，是疏證《方言》最切實有效的方法。具體而言，因聲求義的功用表現在以下幾方面：

### （一）揭示通假字

通假即用字的假借，即古人在行文中有本字不用而臨時借用一個音同或音近的字來代替。這個臨時借用字的形體與其記錄的詞義沒有任何聯繫，因此，若拘於字形強爲之解，必有望文生義之弊，但若即形索音，執音破形，則可得古義之眞諦。對此，戴震有異常清晰的認識。他於《六書音韻表序》中明確指出：「夫六經字多假借，音聲失而假借之意何以得？訓詁音聲，相爲表裏。」他

---

〔註31〕羅常培《方言校箋序》。

緊扣借字與本字音同（音近）的語音關係來發明通假。如：

> 《方言》卷三：「鋌、賜、撲、漸，皆盡也。」

> 《疏證》：「《說文》：『漸，水索也。』《玉篇》云：『漸，音賜，水盡也。』蓋『漸』、『賜』同音，故『賜』亦爲盡。」

《說文》：「漸，水索也，從水斯聲。」徐鍇《繫傳》：「索，盡也。」《說文》：「賜，與也。從貝易聲。」徐鍇《繫傳》：「賜之言易也，有故而予之也。」「漸」，《廣韻》「斯義切」，上古音心母支部。「賜」，《廣韻》「斯義切」，上古音心母錫部。二字心母雙聲，支錫對轉。「漸」、「賜」義本不同，但聲近相通假。故「賜」有盡義。又如：

> 《方言》卷十二：「菲、懣，悵也。」

> 《疏證》：「菲亦作蕜，《廣雅》：『蕜、懣，悵也。』義本此。曹憲音釋：『蕜，音翡，又芳尾反。』應即『不悱不發』之『悱』。」

《說文》：「菲，芴也。從艸非聲。」《爾雅》：「菲，蒠菜。」「菲」，《廣雅》「敷尾切」，上古音滂母微部。《論語·述而》：「不憤不啓，不悱不發。」朱熹注：「悱者，口欲言而未能之貌。」「悱」，《廣雅》「敷尾切」，上古音滂母微部。「菲」與「悱」二字同音假借而具有悵義。又如：

> 《方言》卷三：「蟬，毒也。」

> 《疏證》：「『蟬』即『慘』之聲轉耳。《說文》云：『慘，毒也。』《廣雅》：『毒，惡也。』」

《說文》：「蟬，以旁鳴者。從蟲單聲。」「蟬」，《廣韻》「市連切」，上古音禪母元部。「慘」，《廣韻》「七感切」，上古音清母侵部。「蟬」與「慘」清禪鄰紐，侵元通轉，音近而義通。

### （二）繫聯同源詞

同源詞是指一種語言內部由源詞及其孳生詞，或同一來源的若干個孳生詞構成的詞類語聚。這類詞具有源流相因，或同處一源的語族關係，它們所指內容含有某一共同的意義成分。王力《同源字論》說：「同一語根的派生詞——即同根詞往往音相近，義相通。在同一語族中，派生詞的音和義是從其語根的早已經約定俗成而結合在一起的音和義發展而來的，因此帶有了歷史的可以追索

的必然性。」〔註 32〕戴震不僅以漢字聲符爲綱繫聯同源詞，有時亦突破文字形體的拘囿，以聲繫聯、引申觸類，發現辭彙系統內部語詞間的共源關係。如：

《方言》卷二：「私、策、纖，小也。」

《疏證》：「『纖』亦作『孅』。司馬相如《上林賦》『嫵媚孅弱』，李善注引《方言》：『自關而西，凡物小謂之孅。』」

《說文·係部》：「纖，細也。從係韱聲。」《書·禹貢》：「厥篚玄纖縞。」「纖」，《廣韻》「息廉切」，上古音心母淡部。《說文·女部》：「孅，銳細也。從女韱聲。」《漢書·食貨志上》：「古之治天下，至孅至悉。」顏師古注：「孅，細也。」「孅」，《廣韻》「息廉切」，上古音心母淡部。《說文·韭部》：「韱，山韭也。」山韭一般比較細小，故也有細小之義。「纖」、「孅」同以「韱」爲聲符，都有細小義，爲同源詞。又如：

《方言》卷四：「襌衣，江、淮、南楚之間謂之褋。關之東西謂之襌衣。」

《疏證》：「《漢書·江充傳》：『充衣紗縠襌衣，曲裾後垂交輸。』顏師古注云：『襌衣制若今之朝服中襌也。』《後漢書·馬援傳》：『更爲援制都布單衣。』注引《方言》：『襌衣，江、淮、南楚之間謂之褋。關之東西謂之襌衣。』『襌』、『單』古通用。」

《說文·衣部》：「襌，衣不重也。從衣單聲。」「襌」，《廣韻》「都寒切」。上古音端母元部。《玉篇·口部》：「單，一也，隻也。」「單」，《廣韻》「都寒切」。上古音端母元部。「襌」、「單」雙聲疊韻，又皆有單一義，爲一組同源字。又如：

《方言》卷二：「鈔、嫽，好也。青徐海岱之間曰鈔，或謂之嫽。好，凡通語也。」

《疏證》：「鈔亦作俏。《廣韻》云：『俏醋，好貌。』俏醋，雙聲形容之辭，亦方俗語。」

《廣韻·釋詁》：「鈔，好也。」《玉篇》：「鈔，美金也。」「鈔」，《廣韻》「亲小

---

〔註32〕王力《同源字典》，80 頁。

切」，上古音清母宵部。《廣韻・笑韻》：「俏、俏醋，好貌。」宋柳永《小鎮曲》：
「芳顏二八，天然俏。」「俏」，《廣韻》「七肖切」，上古音清母宵部。「俏」指
人美，「鈔」指金美，皆有美義。二字音同義通，爲同源詞。

### （三）繫聯聯綿詞的異體形式

古代漢語中，字與詞基本上是一致的，但有時也會產生分歧，用兩個或兩
個以上的字形（音節）來記錄一個完整的詞，即今天所稱的聯綿詞。聯綿詞不
拘形體，一個詞可有多種音同或音近的書寫變體，這些變體只不過是用不同的
詞形表示相同的音節，或表示某一聯綿詞的聲音在其發展過程中的略有變化。
鑒於此，解讀聯綿詞務必要擺脫文字視覺形象的束縛，就古音以求古義，而不
能從字形上鑿求。戴震於《方言疏證》中常常據聲音繫聯不同形體的聯綿詞。
如：

> 《方言》卷十二：「侗、胴（挺胴），壯也。」
>
> 《疏證》：「《注》內『挺胴』當作『音挺胴之胴』。《漢書・百
> 官公卿表》『更名家馬爲胴馬』，《注》：『晉灼曰：「胴音挺胴之胴。」
> 顏師古曰：「晉音是也。胴音徒孔反。」』前卷六內有『侹侗』，卷
> 十內又有『恫姃』，三處音同而字異，且有先後之別。凡雙聲多取
> 音，不取字。」

「胴」，《廣韻》「徒揔切」，上古音定母東部；「侗」，《廣韻》「他紅切」，上古
音定母東部；「恫」，《廣韻》「他紅切」，上古音定母東部。「挺」，《廣韻》「徒
鼎切」，上古音定母耕部；「侹」，《廣韻》「他鼎切」，上古音透母耕部；「姃」，
《廣韻》「他鼎切」，上古音定母耕部。「胴」、「侗」、「恫」音同，「挺」與「姃」
音同，與「侹」定透旁紐，耕部疊韻。「挺胴」、「侹侗」、「恫姃」爲聯綿詞的
不同書寫形式。又如：

> 《方言》卷三：「褸裂、須捷、挾斯，敗也。南楚凡人貧衣被醜
> 敝謂之須捷，或謂之褸裂，或謂之襤褸。」
>
> 《疏證》：「襤褸，今《左傳》作『藍縷』。服虔注云：『言其縷
> 破藍藍然。』《疏》引《方言》：『楚謂凡人貧衣破醜敝爲藍縷。』」

「挾」，《廣韻》「胡頰切」，上古音匣母葉部。「俠」，《廣韻》「胡頰切」，上古音

匣母葉部。二字音同。故「挾斯」亦作「俠斯」。「藍」，《廣韻》「魯甘切」，上古音來母淡部。「襤」，《廣韻》「魯甘切」，上古音來母淡部。二字音同。「縷」，《廣韻》「力主切」，上古音來母侯部。「褸」，《廣韻》「徒協切」，上古音來母侵部。「縷」、「褸」來母雙聲，韻部侵侯無涉，爲音近字。故「襤褸」亦作「藍縷」。又如：

> 《方言》卷六：「佚婸，婬也。」

> 《疏證》：「佚亦作劮。《廣雅》『劮婸，婬也』本此。曹憲音釋：『劮，音逸，婸，大朗反。』《說文》：『婬，私逸也。』《廣韻》婸與蕩同音，云『婬戲貌。』又『泆』與『跌』同音，云：『泆蕩』。『佚』與『泆』、『逸』古皆通用。『婸』、『蕩』通用。『婬』與『淫』通用。『佚』，從此注音跌。『婸』，從曹憲『大朗反』。『佚婸』二字乃雙聲，即泆蕩也。又『跌踼』，《廣雅》云：『行失正。』踼音宕。『唐』與『蕩』、『宕』，雖有平上去之異，本屬一聲輕重。若『佚』音『逸』，則『佚婸』不連讀，亦皆婬逸之義。」

「佚」、「劮」、「泆」，《廣韻》皆「夷質切」，上古音喻母質部。「跌」，《廣韻》「徒朗切」，上古音定母陽部。「佚」與「跌」喻準旁母，質部疊韻。「婸」、「蕩」「踼」《廣韻》皆「徒朗切」，上古音定母陽部，爲雙聲疊韻字。戴震通過聲音線索繫聯出「佚婸」的不同書寫形式：「劮婸」、「泆蕩」、「跌踼」。

## （四）用語轉明方言的音變字異

《方言疏證》運用「一聲之轉」等術語，說明方俗音變，指出這些因音轉而字異的語言現象。這有利於以雅言通方言，以及方言之間互求。如：

> 《方言》卷二：「剮、蹶，獪也。」

> 《疏證》：「『蹶』、『獪』一聲之轉。」

「蹶」，《廣韻》「居衛切」；「獪」，《廣韻》「古外切」，二字上古音皆見母月部。「蹶」、「獪」二字僅僅是因地域音變而另造的新字，它們所表達的概念是相同的。又如：

> 《方言》卷五：「柫，（今連枷，所以打穀者）宋、魏之間謂之攝殳，或謂之度。」

　　　　《疏證》：「『度』、『打』一聲之轉。」

「度」，《廣韻》「徒故切」，上古音定母鐸部。「打」，《廣韻》「德冷切」，上古音端母耕部。定端旁紐，鐸耕旁對轉。宋、魏之間稱「㪺」為「打」，是以其功能而得名，又因方言音轉而記為「度」。又如：

　　　　《方言》卷十一：「蠅，東齊謂之羊。陳、楚之間謂之蠅。自關

　　而西，秦、晉之間謂之羊。」

　　　　《疏證》：「蠅、羊一聲之轉。羊可呼蠅，蠅亦可呼羊，方音既

　　異，遂成兩名。」

蠅，《廣韻》「餘陵切」，上古音喻紐蒸韻。羊，《廣韻》「與章切」，上古音喻紐陽韻。二字喻母雙聲，蒸陽旁轉。蠅之呼「羊」，為韻部音轉而成「羊」聲。

## 四、《方言疏證》因聲求義法的價值和缺憾

　　戴震將其古音學成就運用於《方言》研究，通過「語轉」、「同」、「通」等術語，以聲音為紐帶，突破漢字形體外殼，繫聯出大量的假借字、同源詞、聯綿詞的異體形式，將看似無關的字書、韻書的訓釋及古書的注解串聯起來，共同服務於《方言》詞條的疏證。戴震因聲求義之思想對當時學術界具有革命性質的影響，起著導夫先路的作用。其弟子段玉裁、王念孫進一步發展，使其日臻系統化、理論化。段玉裁《說文解字注》、王念孫《廣雅疏證》都突破文字形體束縛，廣泛地繫聯音同、音近的語詞來互參互證，使此二書成為小學研究典範。沈晉華在論述戴震對語言學的貢獻時曾引用黃季剛的話說：「自戴氏樹立楷模，其弟子段玉裁、王念孫鍾美前修，段氏以聲音施於文字，而後知假借、引申與本字之界限，王氏由聲韻貫穿訓詁，而後知聲音訓詁渾為一物。」〔註33〕戴震發起之功不可抹滅。

　　白玉微瑕，《方言疏證》因聲求義法也存在缺憾。《方言疏證》使用「通」、「同」、「語轉」等多個術語來繫聯假借字、同源詞和聯綿詞的異體形式。這些術語與功能之間分工不清，存在交叉現象。以「通」為例，它不僅使用於假借字之間，還用於同源字、異體字之間，是一個多功能的模糊術語。其後

---

〔註33〕沈晉華《章太炎〈成均圖〉對戴震〈轉語〉的繼承和發展》，蘇州教育學院學報，
　　　　2002年第4期，3頁。

王念孫的《廣雅疏證》、段玉裁的《說文解字注》、郝懿行的《爾雅義疏》等也都具有這個缺陷。這種現象主要是由於古代典籍用字具有較大的隨意性，音同音近字可借用，古今字、異體字之間也可換用，這就在客觀上造成了訓詁家們模糊使用術語來溝通詞與詞之間關係。再加上當時系統的訓詁理論尚未形成，訓詁術語尚未統一，戴震術語分工不清之缺點當然在所難免。但是，戴震在理論和實踐上的建樹是不可低估的。

## 第四節　《方言疏證》異文研究

異文既是文字學術語，又是版本學、校勘學術語。作為前者，它與「正字」相對而言，是通假字、異體字、古今字等的統稱；作為後者，它指同一書的不同版本之間、不同書之間在本應相同的字句上出現的差異。從形成原因來看，異文包括無意致異和有意致異兩種。無意致異的異文，一方能貫通文義而另一方不能貫通，主要由於形似或因音同音近等原因形成；有意致異異文，異文雙方具有義同義近或同音近音通用的關係，雙方在句中都能貫通文義。利用異文相互比較是印證釋義正確性和校勘文字的有效方法。張相在《詩詞曲語辭匯釋·敘言》中說：「有以異文印證者。同是一書，版本不同，某字一作某，往往可得佳證。」戴震重視異文現象，他嘗語程瑤田曰：「《爾雅》、《說文》二書，寶書也。其異文處，則互有得失。」〔註34〕並自稱「欲搜考異文以為訂經之助」〔註35〕。戴震疏證《方言》，利用異文作了大量的校勘、考證工作。據初步清理，戴震共繫聯異文330多例（不計他人的說解）。本文擬就《方言疏證》的這些異文予以簡要分析。

### 一、繫聯異文的術語

戴震用於繫聯異文的術語靈活多樣，主要有以下數種：

#### （一）某訛作某

這個術語主要用於說明《方言》流傳中因形近或妄改等原因而形成的異文。共計83例。例如：

---

〔註34〕《說文引經異同序》，《戴震全書》七，276頁。

〔註35〕《古經解鉤沉序》，《戴震全書》六，377頁。

《方言》卷五：「椵，燕之東北，朝鮮洌水之間謂之椵。」

《疏證》：「各本『椴』訛作『椵』，椴，徒亂反。椵，古雅反。都、椴一聲之轉。」

《方言》卷二：「嫛（羌箠反）、笙、撽（音逍）、摻（素檻反），細也。」

《疏證》：「『嫛』各本訛作『魏』，今訂正。《說文》：『嫛，媞也。讀若癸。秦晉謂細腰爲嫛。』《廣雅》：『嫛、笙、撽、摻，細小也。』義本此。曹憲於『嫛』下列其癸、渠惟二反。」

## （二）某亦作某

這個術語主要用於說明同類字書用字的不同，具體表述形式還有某作某，《某書》作某，某本作某，共計 113 例。例如：

《方言》卷六：「癙、嗌，噎也。楚曰癙，秦晉或曰嗌，又曰噎。」

《疏證》：「《說文》云：『嗌，咽也。噎，飯窒也。』『癙』亦作『嘶』，《玉篇》云：『嘶，噎也。』」

《方言》卷一：「揅、攓、摭、挺，取也。南楚曰攓，陳宋之間曰摭，衛魯揚徐荊衡之郊曰揅。」

《疏證》：「《玉篇》：『揅，取也。』《列子・天瑞篇》『攓蓬而指』，張湛《注》云：『攓，拔也。』《說文》作『攐』，云：『拔取也。南楚語。』」

## （三）某、某古通用

這術語主要用於指出同類字書用字的不同以及其他古代典籍徵引《方言》用字的不同，異文之間多爲通假和同源關係，共計 97 例。如：

《方言》卷二：「顤、鑠、盱、揚、䐈，雙也。南楚江淮之間曰顤，或曰䐈。好目謂之順，矑瞳之子謂之䁖。宋衛韓鄭之間曰鑠。」

《疏證》：「『鑠』亦作『䁹』，《玉篇》云『美目也』。顏延之《宋文皇帝元皇后哀策文》『圜精初爍』，李善注云：『郭璞《方言注》：「爍，言光明也。」』『鑠』、『爍』古通用。」

《方言》卷六：「猒、塞，安也。」

《疏證》：「陸機《辯亡論》『洪規遠略，固不猒夫區區者也』，李善《注》云：『《方言》：「猒，安也。於艷反。」』『猒』、『厭』古通用。亦作『懕』，《說文》云：『安也。』」

## （四）某、某同

具體表述形式還有：某、某字異音義同，某同某，某、某同聲（音），某、某同用，共計 52 例。如：

《方言》卷四：「繄袼謂之褵。（即小兒次衣也）」

《疏證》：「《說文》云：褵，次裏衣。』《廣雅》：『繄袼、褵，次衣也。』此注及《廣雅》各本『次』皆訛作『次』，今改正。曹憲《音釋》：『繄，烏雞反。褵，烏苟反。』《玉篇》云：『䰂袼，褵也。即小兒次衣也。』本之此文及注。䰂與繄同聲，故用之。」

《方言》卷十二：「㸑、虞，望也。」

《疏證》：「『㸑』、『烽』同。班固《西都賦》『舉烽命釂』，李善注云：『《方言》曰：「㸑、虞，望也。」郭璞曰：「今烽火是也。」』《廣雅》：『㸑、虞、候，望也。』《說文》云：『㸑、燧、候，表也。邊有警則舉火。』」

## （五）某即某

共計 48 例。如：

《方言》卷五：「臿，燕之東北朝鮮洌水之間謂之斛，（湯料反，此亦鏊聲轉也）宋魏之間謂之鏵，或謂之鍏。江淮南楚之間謂之臿，沅湘之間謂之畚，趙魏之間謂之喿，（字亦作鏊也）東齊謂之梩。」

《疏證》：「斛即銚。《詩·周頌》『庤乃錢鎛』，《毛傳》：『錢銚也。』《爾雅》：『斛謂之銚。』郭注云：『皆古鍫鍤字。』『鍫鍤』即『鏊臿』。梩即枱。」

《方言》卷七：「膊、曬、晞，暴也。」

《疏證》：「《廣雅》：『晞、膊、曬，曝也。』義本此。曝即暴。」

## （六）其他一些術語

如：某，古某字；某即某之俗（別）體；某、某古多無別；某猶某等。
如：

《方言》卷一：「虔、儇，慧也。（謂慧了。音翾）秦謂之謾。（言
謾訑也。音詑，大和反。謾，莫錢反，又亡山反）」

《疏證》：「《惜往日篇》『或訑謾而不疑』，《說文》云：『謾，欺
也。沇州謂欺曰訑。』注內『詑』即『訑』之俗字。」

《方言》卷十二：「紓、退，緩也。」

《疏證》：「《禮記‧檀弓篇》『文子其中退然如不勝衣』，鄭注云：
『退，柔和貌。』《廣雅》：『遰，緩也。』『遰』古『退』字。」

從使用術語的數量分析可見，「亦作」用例最多，是戴震注《方言》異文的主要
術語；其次為「古通用」、「訛作」，再次為「同」類、「即」類。

## 二、異文的來源

### （一）源於《方言》之別本

戴震為校勘《方言》，廣搜《方言》別本。不同版本的文字差異是《方言疏
證》異文的重要來源。例如：

《方言》卷九：「楫謂之橈，或謂之櫂。後曰舳，舳，制水也。
儓謂之仡，仡，不安也。」

《疏證》：「『儓』各本訛作『儀』。『仡』亦作『扤』。《玉篇》
於『儓』字云：『儓謂之仡。仡，不安也。』義本此。曹毅之本作
『扤』。《說文》云：『扤，動也。』」

《方言》卷十三：「冢，秦晉之間謂之墳，或謂之培，或謂之堬，
或謂之采，或謂之埌，或謂之壠。」

《疏證》：「『采』各本多作『採』，『丘』訛作『廿』，從曹毅之
本。」

他書引用《方言》形成的異文，從廣義上講，也屬《方言》的別本異文。例如：

《方言》卷三：「燕齊之間養馬者謂之娠。官婢女厮謂之振。」

《疏證》：「『娠』亦作『倀』。《後漢書·文苑列傳》『虜儌倀』，注引《方言》：『倀，養馬人也。』《玉篇》引《方言》：『燕齊之間謂養馬者曰倀。』《說文》云：『官婢女隸謂之娠。』徐堅《初學記》引《方言》：『燕齊之間，養馬者及奴婢女廝皆謂之娠。』」

《方言》卷十：「戲，泄，歇也。楚謂之戲泄。奄，息也。楚揚謂之泄。」

《疏證》：「泄亦作渫。曹植《七啓》『於是爲歡未渫』，李善注引《方言》：『渫，歇也。』又作『洩』，顏延之《赭白馬賦》『畜怒未洩』，注引《方言》：『洩，歇也。』司馬相如《上林賦》『掩細柳』，注引《方言》：『掩者，息也。』枚乘《七發》『掩青蘋』，注引《方言》：『掩，息也。』『奄』、『掩』古通用。」

## （二）源於《方言》本文

《方言》本文前後運用了不同的字體。例如：

《方言》卷十二：「麋、梨，老也。（麋猶眉也）」

《疏證》：「前卷一內作『眉梨』。古字『眉』通用『麋』。《廣雅》：『眉、黎，老也。』」

《方言》卷十三：「瘶，極也。（巨畏反，江東呼極爲瘶，倦聲之轉也）」

《疏證》：「前卷十二內『殨，勌也』，注云：『今江東呼極爲殨。』是『殨』與『瘶』字異音義同。」

## （三）源於同類字書

同類字書、韻書在記錄同一事物時用字不同，形成異文。例如：

《方言》卷四：「繞繃謂之襦裺。（衣督脊也）」

《疏證》：「『襦』亦作『裺』，《說文》云：『裺，背縫。』《史記·佞倖傳》：『顧見其衣裺帶後穿。』又作『裻』。《說文》云：『衣躬縫。』古通用『督』，《莊子·養生主篇》『緣督以爲經。』皆據衣脊中縫言之。《玉篇》《廣韻》『督』加『衣』旁作『襨』。」

同指衣躬縫，《方言》用「襦」，《說文》用「裺」、用「裻」，《玉篇》、《廣韻》

用「襠」。又如：

> 《方言》卷五：「江淮陳楚之間謂之銚（音昭），或謂之鎬（音果），自關而西或謂之鉤，或謂之鎌，或謂之鍥（音結）。」

> 《疏證》：「『鉤』亦作『劜』。《説文》云：『劜，鎌也。鎌，鍥也。鈺，獲禾短鎌也。銚，大鎌也。鎌謂之銚，張徹説。』廣韻引《説文》云：『關西呼鎌為劜也。』」

同為割禾之鎌，《方言》作「鉤」，《説文》作「劜」。

## （四）源於前代典籍及注家之解釋

例如：

> 《方言》卷三：「氓，民也。」

> 《疏證》：「『氓』亦作『甿』。《詩‧衛風》『氓之蚩蚩』，《毛傳》：『氓，民也。』《周禮‧遂人》『以下劑致甿』，鄭注云：『變民言甿，異外內也。甿猶懵懵，無知貌也。』亦借用『萌』。《漢書‧霍去病傳》『及厥眾萌』，顏師古注云：『萌字與甿同。』」

> 《方言》卷五：「戶鑰，自關而東陳楚之間謂之鍵，自關而西謂之鑰。」

> 《疏證》：「『鑰』亦通作『籥』。《月令》『脩鍵閉，慎管籥』，鄭注云：『鍵，牡。閉，牝也。管籥，搏鍵器也。』《周禮》『司門掌授管鍵』，鄭注云：『管謂籥也。鍵謂牡。』」

此外還有少數異文，戴震沒有說明來源，只用「或作某」、「本作某」、「亦作某」、「當作某」、「當為某」等指明。如：《方言》卷三：「撲、鋌、漸，盡也。」《疏證》：「『撲』亦作『撲』」《方言》卷四：「襠謂之襤。」《疏證》：「『襤』又作「幱」。」

## 三、異文的關係

異文的根本特點是差異性，而具有差異性的雙方又有一定的聯繫，這是異文雙方的對立統一。由於產生這些異文的具體原因不同，互異雙方的內在聯繫亦不同，因而就使它們各自顯示出不同的特點，並形成以這些特點為標誌的關

係類型。通過宏觀上考察戴震所繫聯的異文的形音義關係和具體形成原因，我們將異文的關係歸納爲五種基本類型。

## （一）正字與誤字的關係

這類是無意異文，異文一方能貫通文義而另一方不能貫通。如：

《方言》卷十三：「充，養也。」

《疏證》：「『充』各本訛作『充』今訂正。《廣雅》：『充，養也。』義本此。」

異文「充」，《說文》云：「充，長也，高也。從兒育省聲。」朱駿聲《說文通訓定聲》曰：「充、育一聲之轉，或曰從育省，會意，育子長大成人也。」《廣雅》：「充，養也。」王念孫《疏證》曰：「充者，《方言》：『充，養也。』《周官》『牧人』、『充人』皆養牲之官。鄭注云：『牧人養牲於野田者，充猶肥也。養繫牲而肥之。』」故「充」字訓「養」。而「充」字於義不通。二字因形近而訛。又如：

《方言》卷十三：「閻，開也。（謂開門也）」

《疏證》：「《廣雅》：『閻，開也。』義本此。注內『開』各本訛作『關』，今改正。」

此亦爲形近致訛的異文。本書卷六：「閻苦，開也。」此處單言「閻」字，亦當訓「開」，「關」字於義不通。除形近而致訛外，還有多種原因形成無意致訛異文，如《方言》卷二「疋」字因俗體「疋」與「延」形近而訛作「延」。《方言》卷八「鞧」字因一字誤分爲二而訛作「秋侯」。《方言》卷九「鈇」字因繁簡字而誤爲「鐵」。《方言》經輾轉傳抄、翻刻，魚魯、虛虎之訛在所難免。爲《方言》指出版本異文，並斷其正訛，對《方言》的解讀非常重要。

## （二）異體字關係

至於異體字的定義，向來眾說紛紜。裘錫圭將異體字區分爲狹義和廣義兩種，說：「異體字就是彼此音義相同而外形不同的字。嚴格的說，只有用法完全相同的字，也就是一字的異體才能稱爲異體字，但是一般所說的異體字往往包括只有部分用法相同的字。嚴格意義的異體字可以稱爲狹義異體字，部分用法

相同的字可以稱爲部分異體字。二者合在一起就是廣義的異體字。」〔註36〕本節所說的異體字是指狹義異體字，即除了形體上的不同，其在音義和用法等方面都是相同的。由於中國幅員遼闊，不同地方的人根據不同理據創造文字，一旦都得到社會承認，便產生了異體字，異體字是較爲普遍的現象。《方言疏證》繫聯的330組異文中，有109組爲異體字。例如：

《方言》卷十：「宋、安，靜也。江湘九嶷之郊謂之宋。」

《疏證》：「宋各本訛作寉，筆畫之舛，遂成或體。《說文》云：『宋，無人聲。』《楚辭·遠遊》『野宋漠其無人。』『宋』亦或作『寉』。江淹《別賦》『道已寂而未傳』，范蔚宗《樂遊應詔詩》『虛寂在川岑』，李善注並引《方言》：『寂、安，靜也。』寂即『宋』。《廣雅》：『宋、安，靜也。』義本此。」

《莊子·太宗師》：「其容寉。」陸氏《經典釋文》云：「本亦作寂，崔本作寉。」《廣韻》：「寂，靜也，安也。前歷切。寉、宋，並同上。」《龍龕手鏡》：「寂、宋、寉，三正。」寂、宋、寉爲一組異體字。又如：

《方言》卷五：「炊䉛謂之縮，或謂之篓，或謂之䈱。」

《疏證》：「《廣雅》：『篓、䈱，䉛也。』本此。篓即篓之正體，亦作籔。《說文》云：『䉛，漉米籔也。籔，炊䉛也。』」

《集韻》：「籔、篓、箐，《說文》：『炊䉛也。』或以叜。」朱駿聲《說文通訓定聲》：「籔，炊䉛也。從竹，數聲。字亦作篓。」䉛、篓、籔爲一組異體字。

於戴震繫聯的109組異體字中，同爲形聲字的有105組，具體可析爲以下幾種類型：

1·改換聲符：本字與異體字在構形理據上並沒有發生變化，都是聲符與形符的組合，異體字相對與本字來說，形符沒變，只是替換了聲符。例如：摭拓（卷一）、稺稚（卷二）、蚌蠹（卷三）、螟蝓（卷十一）、抵撣（卷十二）。

2·改換形符：同改換聲符一樣，本字與異體字在構形理據上並沒有發生變化，都是聲符與形符的組合，異體字相對與本字來說，聲符沒變，只是替換了形符。例如：徂逯（卷一）、褌幝（卷四）、儋擔（卷七）、種種（卷十二）、跬趌

〔註36〕裘錫圭《文字學概要》，商務印書館，1988年，205頁。

（卷十二）。

3・增加或省略部件：異體字相對於本字，在構形上變得繁複，多出了某些部件，或者構形上省略部分構件，形體變得簡潔。例如：攗攗（卷三）、鎌鎌（卷六）、鍋鍋（卷九）、烽烽（卷十二）、筲篘（卷十三）。

4・改變結構：本字與異體字的聲符形符都沒改變，只是結構的變化。例如：裒袍（卷四）、甀甈（卷五）、鱺鱺（卷八）、弼弼（卷十二）、蹶蹙（卷十三）。

5・聲符形符都改變者：聲符、形符都改變，採用新的構形理據完成對漢字的構形。如：矔姮（卷二）。

運用不同的造字方法產生的異體字有 1 例：茉鏵（卷五），前者為會意字，後者為形聲字。

隸定形成筆劃上細微差異而形成的異體字有 3 例，如：言亨（卷七）、嗇嗇（卷十）、紐細（卷十三），這種異體字是古文字向今文字發展過程的必然產物。

## （三）通假字關係

這種關係型異文的特點是，異文雙方一方為本字，一方為本字的假借字。兩個字在意義上沒有關係，只是讀音相同或相近。這種類型的異文頗多，也較明顯。例如：

> 《方言》卷六：「踊、膂，力也。東齊曰踊，宋魯曰膂。膂，田力也。」

> 《疏證》：「《玉篇》：『踊，足多力也。』『膂』亦通作『旅』。《詩・小雅》『旅力方剛』，《毛傳》：『旅，眾也。』失之。」

《說文》：「膂，脊骨也。」《方言》卷七：「膂，儋也。」膂由脊骨引申出力量義。《說文》：「旅，軍之五百人為旅。从㫃从从。从，俱也。」《說文解字繫傳》：「周制一鄙之眾也。旅者，眾也。師克以和，故必相順從也。」旅為眾義。「膂」、「旅」二字《廣韻》皆「力舉切」，上古音為魚部來紐，音同而假借通用。又如：

> 《方言》卷六：「扶摸，去也。齊趙之總語也。扶摸猶言持去也。」

> 《疏證》：「《荀子・榮辱篇》『肤於沙而思水』，楊倞注云：『肤

與祛同。《方言》：「祛，去也。齊趙之總語。」』莊子有《胠篋篇》
亦取去之義。此所引作『衣』旁，本書乃作『手』旁。《廣雅》：『怯
莫，去也。』義本《方言》而字又異。古書流傳既久，轉寫不一，
據『抾摸猶言持去』一語，二字皆手旁爲得。祛、胠假借通用。」

《說文》：「祛，衣袂也。從衣去聲。」《說文》：「胠，也。從肉去聲。」段玉
裁《說文解字注》：「胠，亦下也。《玉藻》說袂二尺二寸，袪尺二寸。袪，袂
末也。袪與胠同音，然則胳謂迫於厷者，胠謂迫於臂者。《左傳‧襄廿三年》：
『齊矦伐衞。有先驅、申驅、戎車、貳廣、啓胠、大殿。』賈逵曰：『左翼曰
啓，右翼曰胠。』啓、胠皆在旁之軍。《莊子‧胠篋》，司馬曰：『從旁開爲胠。』
皆取義於人體也。」《玉篇》：「抾，兩手挹也。」袪爲衣袂，胠爲亦下，抾爲
挹取。三字《廣韻》皆「去魚切」，上古音爲魚部溪紐，音同而假借通用。

### （四）同源字關係

同源詞是指出自同一語源、語音相同或相近、意義相通的一組詞。其中直
接派生出其他詞的詞稱作源詞，由源詞派生出來的詞稱作派生詞。記錄源詞的
字稱作源字。由源字分化出新形而產生的新字叫孳乳字。孳乳字產生後，源字
與孳乳字通用或是同一源字孳乳出的兩個或兩個以上的孳乳字相互通用，稱作
同源通用。同源詞通用與假借通用既有聯繫又有區別，相同點是：他們都不寫
本字而寫他字，而且本字和他字以同音和近音爲條件。不同的是，同音假借是
同音詞共形，所以音同義不通，而同源通用是同源詞共形，所以音同而義通。
〔註37〕例如：

> 《方言》卷二：「儚、渾、膴、膿、儾，泡，盛也。自關而西秦
> 晉之間語也。陳宋之間曰儾，江淮之間曰泡，秦晉或曰膿。梁益之
> 間凡人言盛及其所愛，偉其肥晠謂之膿。」

> 《疏證》：「《漢書‧賈鄒枚路傳》『壞子王梁、代，益以淮陽』，
> 晉灼曰：『揚雄《方言》：梁益之間，所愛諱其肥盛曰壤。』《說文》：
> 『益州鄙言人盛，諱其肥謂之膿。』《玉篇》引《方言》：『膿，肥
> 也。』今《方言》各本作『凡人言盛及其所愛，曰諱其肥脼謂之膿。』

---

〔註37〕王寧《訓詁學原理》，53頁。

明正德己巳影宋曹毅之刻作『曰偉』，皆衍『曰』字。瀼、壤古通

用。《廣雅》：『瀼、儴、泡、膿、渾、肥，盛也。』義本此。」

《說文·土部》：「壤，柔土也。」《釋名·釋地》：「壤，瀼也，肥瀼義也。」
《書·禹貢》：「厥土惟白壤。」僞孔傳：「無塊曰壤。」《玉篇·土部》：「地
之緩肥曰壤。」《說文·月部》：「益州鄙言人盛，諱其肥，謂之瀼。」《廣雅·
釋訓》：「瀼，肥也。」「壤」指土地肥盛，「瀼」指人肥盛，二字皆以「襄」
爲聲符，上古音爲日紐陽部，爲一組同源詞。又如：

> 《方言》卷十三：「媵，託也。」

> 《疏證》：「《爾雅·釋言》：『媵，送也。』『媵』即『䄄』。釋
> 文引《方言》：『媵，託也。』《廣雅》：『䄄，託也。』義本此。」

段玉裁《說文解字注》「俟」下云：「釋言曰：『媵、將，送也。』《周易》：
『媵，口說也。』《燕禮》：『大射，媵觚於賓。』鄭注：『媵，送也。』《九歌》
曰：『魚隣隣兮媵予。』王注：『媵，送也。』送爲媵之本義，以姪娣送女乃
其一耑耳。《公羊傳》曰：『媵者何，諸侯娶一國，則二國往媵之，以姪娣從，
是也。』今義則一耑行而全者廢矣。」《方言》卷二：「寄物爲䄄。」《廣雅·
釋詁》：「䄄，託也。」《廣雅·釋言》：「䄄、庇、寓、餬、佗，寄也。」媵爲
送女從嫁，䄄爲送物，二字《廣韻》皆「以證切」，上古音爲蒸部喻紐，音同
義通而同源通用。

## （五）古今字的關係

有些文字的古寫字和後起字筆劃形體不同，戴震說其古今變化而明其字
義。例如：

> 《方言》卷一：「黨、曉、哲，知也。楚謂之黨，（黨，朗也，
> 解寤貌）或曰曉，齊宋之間謂之哲。」

> 《疏證》：「『知』讀爲『智』。《廣雅》：『黨、曉、哲，智也。』
> 義本此。『智』古『智』字。」

上海博物館藏戰國楚竹書二《容成氏》「智」作 、《孔子詩論》作 。

> 《方言》卷五：「飤馬橐，自關而西謂之裺囊，或謂之裺篼，或
> 謂之䉤篼。燕齊之間謂之帳。」

《疏證》:「『飤』即古『飼』字。《說文》:『筤,飤馬器也。』《玉篇》:『筤,飼馬器也。』」

包山楚簡文書、戰國楚竹書二《容成氏》皆作

## 四、異文的作用

趙克勤說:「古人在引用前人著作時常常有同義詞替換的情況,這就構成了大量的異文……根據這一情況,我們可以通過對比不同版本或不同書籍的異文來研究這些詞的詞義。」〔註38〕戴震通過繫聯不同版本、同類字書、本書前後或文獻古注的異文,揭示異文之間同源、假借和異體的關係,從而尋得本字、探得詞源義或者使人們據熟知生。例如《方言》卷十:「戲、泄,歇也。奄,息也。楚、揚謂之泄。」戴震《疏證》云:「泄亦作渫。曹植《七啓》『於是為歡未渫』,李善《注》引《方言》:『渫,歇也。』又作『洩』。顏延之《赭白馬賦》『畜怒未洩』,注引《方言》:『洩,歇也。』司馬相如《上林賦》『掩細柳』,注引《方言》:『掩者,息也。』枚乘《七發》『掩青蘋』,注引《方言》:『掩,息也。』『奄』、『掩』古通用。《廣雅》:『奄,息也。』義本此。」戴氏通過繫聯「泄」的異體字「渫」與「洩」,「奄」的通假字「掩」,然後旁搜曲證,證明「泄」為歇義,「奄」為息義。

戴震還利用異文比照來確定文字的正誤。例如《方言》卷十二:「矢、眼,明也。」《方言》訓「眼」為「明」,令人百思不得其解。戴震比勘永樂大典本異文,發現原來其中存在訛誤。所以《疏證》云:「『眼』音『亮』,諸刻訛作『眼』,今從永樂大典本。」「眼」,《集韻》:「䁀,目明。或從良。」「眼」為「䁀」字異體,故可訓「明」。永樂大典本正可證俗本字誤。戴震還利用不同書籍的異文來校勘《方言》。例如卷十二:「水中可居為洲。三輔謂之淤,蜀、漢謂之𡐓。」《疏證》:「『𡐓』各本訛作『嬖』。《玉篇》云:『𡐓,水洲也。』《廣韻》於『𡐓』字云:『蜀、漢人呼水洲曰𡐓。』皆本此。今據以訂正。」戴震據《玉篇》、《廣韻》知《方言》中「嬖」為「𡐓」字之訛。由此可見,利用異文疏證字義、校勘典籍是一條切實可行之法。

---

〔註38〕趙克勤《古代漢語詞彙學》,商務印書館,1994年,78頁。

# 第五節 《方言疏證》引書考

　　戴震的經學研究走由詞通道之路，所以他特別重視語言文字研究，並形成獨特的研究方法，即「一字之義，必貫群經，本六書，以爲定詁」。〔註39〕他《爾雅文字考序》曰：「夫援《爾雅》以釋《詩》、《書》，據《詩》、《書》以證《爾雅》，由是旁及先秦以上，凡古籍之存者，綜覈條貫，而又本之六書、音、聲，確然於故訓之原，庶幾可與於是學。」〔註40〕又於《爾雅注疏箋補序》中說：「援《爾雅》附經而經明，證《爾雅》以經而《爾雅》明……爲之旁摭百氏，下及漢代，凡載籍去古未遙者，咸資證實，亦勢所必至。」〔註41〕爲求一字之「的」解，他常旁徵博引，綜覈條貫，使其說信而有徵。戴震疏證《方言》便採用了這種字書與文獻參互考究之法。

## 一、引用書目

　　戴震的《方言》研究歷時近二十年，他首先以《方言》與《說文》參伍考究，入四庫館後，得見《永樂大典》內《方言》，便以永樂大典本《方言》與明本對校。永樂大典本《方言》來源於宋本，明本錯誤可據永樂大典本改正。而永樂大典本的錯誤可以用宋以前古書所引來訂正，所以戴氏更進一步搜集古書引到《方言》和《郭注》的文字，與永樂大典本參伍考證，擇善而從。戴震《方言疏證序》曰：「今從《永樂大典》內得善本，因廣搜群籍之引用《方言》及注者，交互參訂。」「許慎《說文解字》、張揖《廣雅》多本《方言》，而自成著作，不加所引用書名……蓋是書漢末晉初乃盛行，故舉以爲言，而杜預以釋經，江瓊世傳其學，以至於式。他如吳薛綜述《二京解》，晉張載、劉逵注《三都賦》，晉灼注《漢書》，張湛注《列子》，宋裴松之注《三國志》，其子駰注《史記》，及隋曹憲、唐陸德明、孔穎達、長孫納言、李善、徐堅、楊倞之倫，《方言》及注，幾備見援引。」〔註42〕

　　戴震言下之義，凡晚成於《方言》的《說文》、《廣雅》等字書，以及其

---

〔註39〕 《戴先生行狀》，《戴震全書》七，4頁。

〔註40〕 《爾雅文字考序》，《戴震全書》六，275頁。

〔註41〕 《爾雅注疏箋補序》，《戴震全書》六，276頁。

〔註42〕 《方言疏證序》，《戴震全書》三，6頁。

他引用《方言》或郭注之書，它們廣採《方言》成說，皆足以爲考訂《方言》之資。其實，戴氏所引之書也有先成於《方言》的字書《爾雅》和先秦文獻，它們同爲記錄古代的客觀事物，而客觀情況多同少異，故先成之書也可用以參照比較。這些同類字書辭書，「備見援引」的材料皆是校勘《方言》有利的佐證。《方言疏證》一書引用書目達 101 種，共採書證 3268 條。所引書目具體如下：

## （一）經　部

經書是《疏證》徵引的重要對象，所引經部典籍有：

1・易　類：《周易》，晉王弼注，唐孔穎達疏。《周易本義》，宋朱熹撰。

2・詩　類：《詩經》，漢毛亨傳、鄭玄箋，唐孔穎達疏。

3・書　類：僞《古文尚書》，漢孔安國傳，晉王肅注，唐孔穎達疏。《尚書大傳》，漢伏勝撰，漢鄭玄注。

4・禮　類：《周禮》，漢杜子春注、鄭玄注。《禮記》，漢鄭玄注，唐孔穎達疏。《儀禮》，鄭玄注。《大戴禮記》，漢戴德撰。《三禮目錄》，漢鄭玄撰。《曲禮》，漢鄭玄注。

5・春秋類：《春秋左傳》，東漢服虔注，晉杜預注，唐孔穎達疏。《春秋公羊傳》，漢何休注。《春秋穀梁傳》，晉范甯注。

6・論語類：《論語》，漢鄭玄注、漢馬融注、漢孔安國注。

7・孟子類：《孟子》，漢趙岐注。《孟子音義》，孫奭撰。

8・小學類：《爾雅》，漢舍人注、漢魏間孫炎注、晉郭璞注、宋刑昺疏。《急就篇》，漢史游撰，唐顏師古注。《說文解字》，後漢許慎撰，徐鉉本。《釋名》，漢魏間劉熙撰。《廣雅》，魏張揖撰。《博雅音》，隋曹憲撰。《經典釋文》，唐陸德明撰。《小爾雅》，晉李軌撰。《毛詩草木鳥獸蟲魚疏》，三國陸璣撰。《玉篇》，晉顧野王撰。《廣韻》，宋陳彭年撰。《類篇》，宋司馬光撰。《說文解字繫傳》，南唐徐鍇撰。《法言注》，吳宋衷撰。

## （二）史　部

1・正史類：《史記》，漢司馬遷撰，唐司馬貞索隱，宋裴駰集解。《漢書》，漢班固撰，唐顏師古注。《漢書集解音義》，漢應劭撰。《漢書

音義》,晉灼撰。《後漢書》,宋范曄撰。《三國志》,晉陳壽撰,宋裴松之注。《續漢書》,晉司馬彪撰。《唐書》,宋歐陽修等撰。

2・雜史類:《國語》,吳韋昭注。

3・地理類:《水經注》,魏酈道元撰。

## (三)子　部

1・儒家類:《荀子》,戰國荀況撰,唐楊倞注。

2・道家類:《老子》,春秋老聃撰。《列子》,列禦寇撰,晉張湛注。《莊子》,戰國莊周撰。

3・雜家類:《鄭志》,魏鄭小同撰。《淮南鴻烈》,漢劉安撰,高誘注。《論衡》,漢王充撰。《葬書》,晉郭璞撰。《釋骨》,清沈彤撰。

## (四)集　部

戴震所引詩賦及其它體裁的文章,多出於《文選》。凡出於《文選》的詩賦都歸於《文選》,若不見於《文選》者,則單獨列出。集部所引共三類。

1・總集類:《楚辭》,漢王逸注,洪興祖補注。《文選》,梁蕭統編,唐李善注。《樂府詩集》,宋郭茂倩輯。

2・別集類:《文忠集》,宋周必大撰。

3・類書類:《藝文類聚》,唐歐陽詢等撰。《太平御覽》,宋李昉等撰。《事類賦注》,宋吳淑撰。《初學記》,唐徐堅撰。

其中,《廣雅》和《說文》徵引最多。《廣雅》引書多達 520 次,《說文》也有 393 次。頻繁的徵引,是由於它們與《方言》的關係密切。不僅戴震說「許慎《說文解字》、張揖《廣雅》多本《方言》」,何九盈《中國古代語言學史》也說:「許慎不僅引用經典證詞義,還引用了四十多種方言為證。《說文》出現的方言地區有古國名,如秦、晉、韓、宋、趙、齊、吳、楚等,州郡名有梁、益、青、徐、汝南、陳留、河內、隴西等,所證詞義有 170 多條。這些方言資料,有的取材於揚雄的《方言》,有的是他所熟悉的家鄉話,有的也可能是『博問』而來。」〔註43〕馬宗霍《說文解字引方言考・自序》也說:「許君《說文解字》

---

〔註43〕何九盈《中國古代語言學史》,廣東教育出版社,2005 年,65 頁。

引方俗語都百七十餘事……然皆不標舉所引用何書,其中見於揚雄《方言》者,僅六十餘事,而亦互有詳略,未能盡同,別有稱揚雄說者凡十三條,復不在《方言》之內。清《四庫全書提要》因謂當許慎時,揚書尚不名《方言》,亦尚不以《方言》為雄作。余謂今世所傳《方言》其為雄作,前人已有定論,至許書所引溢於揚書之外百餘事者……漢代構綴方言者,亦不止揚子一人,許君之書,旁咨博訪,又嘗校書東觀,得窺秘笈,是斯所引自不必專本揚書,既非主於一書,故亦不得標舉書名矣。然所引者州國交攬,今古兼羅,實與揚書淵源從同,波瀾莫二。故其合於揚書者固可資之以相參證,其為揚書所不具者,更足補揚書之遺。」〔註44〕許慎與揚雄為同時代人,所集方言或來自雄書,或出於調查,皆足以與《方言》參伍考證。

《廣雅》晚出,張揖集前人成就,多引《方言》成說。《四庫全書總目·經部·小學類·廣雅提要》:「其書因循《爾雅》舊目,博於漢儒箋注及《三蒼》、《說文》諸書以增廣之,於揚雄《方言》亦備載無遺。」〔註45〕王念孫《廣雅疏證序》亦云:「魏太和中博士張君雅讓,繼兩漢諸儒後,參考注籍,遍記所聞,分別部居,依乎《爾雅》,凡所不載,悉著於篇。其自《易》、《書》、《詩》、《三禮》、《三傳》經師之訓,《論語》、《孟子》、《鴻烈》、《法言》之注,楚辭、漢賦之解,讖緯之記,《蒼頡》、《訓纂》、《滂喜》、《方言》、《說文》之說,靡不兼載。」〔註46〕

《方言疏證》對《爾雅》的徵引次數僅次於《說文》和《廣雅》,共引用162次。何九盈於《中國古代語言學史》中分析了《爾雅》與《方言》的關係:「『正名命物』是《爾雅》的第一個目的……《爾雅》的正名有兩個內容:一是辨名物……正名的另一個內容就是釋方語,以雅言為標準,比較各地有關的方言辭彙,有的是同一事物有不同的方言名稱。如『中馗:菌』,『菌』是江東方言,『蛭:蟣』,『蟣』也是江東方言。有的只是方音的不同。如『茨:蒺藜』,『蟷:蛦』,『倉庚:商庚』。從這個意義上說,《爾雅》與《方言》在性質上有相同之處。《方言》卷一共計32個詞條,其中有17個詞條與《爾雅》

---

〔註44〕馬宗霍《說文解字引方言考·序》,見《說文解字引方言考》,科學出版社,1959年。

〔註45〕《四庫全書總目提要》。

〔註46〕王念孫《廣雅疏證序》,見《廣雅疏證》,江蘇古籍出版社,1984年。

相同或基本相同，占一半多。可以說，《爾雅》有相當一些篇如果在釋詞部分加上方言區域，就成了《方言》，《方言》如果將釋詞部分的方言區域通通刪掉，就和《爾雅》中的某些篇一個模樣了。」〔註47〕

## 二、徵引古書的體例

　　戴震上承漢魏實學之風，下啓有清考據之法，成爲乾嘉學派的代表人物，這完全得益於他科學的治學原則——一字之義，必貫群經，木之六書，以爲定詁。梁啓超稱戴震此種「無徵不信」的方法爲科學之方法。他《論中國學術思想變遷之大勢》說：「善懷疑，善尋間，不肯妄徇古人之成說與一己之臆見，而必力求眞是眞非之所存，一也。既治一科，則原始要終，縱說橫說，務盡其條理，而備其佐證，二也……凡此諸端，皆近世各種科學所以成立之由，而本朝之漢學皆備之，故曰其精神近於科學。」〔註48〕爲疏證、校勘《方言》，戴震遍搜群籍，綜合條貫。綜觀《方言疏證》全書，其引書體例大約如下：

### （一）一字之下徵引兩種以上古書

　　胡適在論證清代學者的治學方法時說：「他們用的方法，總括起來只有兩點：（1）大膽的假設，（2）小心的求證。假設不大膽，不能有新發明。證據不充分，不能使人信仰。」〔註49〕戴震疏證《方言》，多數情況下引一書足以證明解釋清楚處，他常徵引兩種以上古書。如：

> 　　《方言》卷十三：「冢，自關而東謂之丘。小者謂之塿，大者謂之丘。」

> 　　《疏證》：「『丘』訛作『廿』，從曹毅之本。張載《七哀詩》『今爲丘山土』，阮籍《詠懷詩》『丘墓蔽山岡』，謝脁《暫使下都夜發新林至京邑贈西府同僚詩》『思見昭丘陽』，李善注並引《方言》：『冢大者爲丘。』」

戴氏据曹毅之本斷定『廿』爲『丘』字之訛，雖有了版本依據，他仍徵引大

---

〔註47〕何九盈《中國古代語言學史》，65 頁、28～29 頁。

〔註48〕梁啓超《論中國學術思想變遷之大勢》，上海古籍出版社，2001 年，113 頁。

〔註49〕胡適《清代學者的治學方法》，見《胡適文集二》，北京大學出版社，1998 年，304 頁。

量文獻用例，並以《文選》李善注所引《方言》爲證，這樣便證據確鑿了。
又如：

> 《方言》卷十二：「𩣡，倦也。」
>
> 《疏證》：「《史記‧司馬相如傳》『徼𩣡受屈』，裴駰《集解》
> 云：『𩣡，音劇。駰按：郭璞曰：「𩣡，疲，極也。」言獸有倦遊
> 者，則徼而取之。』《索隱》：『司馬彪云：「𩣡，倦也。謂遮其倦
> 者。」《說文》云：「𩣡，勞也。」燕人謂勞爲𩣡。』《漢書注》：『蘇
> 林曰：𩣡，音倦𩣡之𩣡。』又『與其窮極倦𩣡』，《漢書注》引郭
> 璞云：『窮極倦𩣡，疲憊也。』《說文‧𠬞部》：『𩣡，相踦𩣡也。』
> 徐鍇《繫傳》云：『《上林賦》：「徼𩣡受屈」，謂以力相踦角，徼要
> 極而受屈也。』」

爲疏證「𩣡」爲倦義，戴氏徵引了裴駰《集解》、司馬貞《索隱》、顏師古《漢
書注》和徐鍇《說文繫傳》，證據的充分，使之言而有據，從之者眾。

## （二）暗引某書

戴震引用書目，一般都標明引自何書，甚至何篇，但偶爾有些詞條下只引
某書中一句話或一個詞，而不標明書名，此屬暗引。如：

> 《方言》卷六：「僤，怒也。」
>
> 《疏證》：「《詩‧大雅》『逢天僤怒』，《毛傳》：『僤，厚也。』『僤』
> 即『憚』，釋爲怒。僤怒、超遠、虔劉連文，皆二字義同。」

「超遠」一詞出自《楚辭》。《九歌‧國殤》：「平原忽兮路超遠。」「超」與「遠」
同義。「虔劉」一詞出自《左傳‧成公十三年》：「虔劉我邊陲。」杜預注：「虔、
劉皆殺也。」又如：

> 《方言》卷十三：「適，悟也。」
>
> 《疏證》：「郭璞、曹憲皆無音，以義推之當讀爲『適見於天』
> 之『適』。鄭《注》云：『適之言責也。』」

「適見於天」一句出自《禮記‧昏義》。

## （三）徵引古文訂正《方言》和郭注

1‧據字書、古注釋義訂正《方言》和郭注的訛誤。如：

《方言》卷一：「晉、魏、河內之北，謂惏曰殘，楚謂之貪，南
楚江、湘之間謂之歁。」

《疏證》：「『歁』各本訛作『欺』。《説文》：『歁，食不滿也。
讀若坎。』《廣雅》：『歁、婪，貪也。』義本此。曹憲音苦感反。
今據以訂正。」

戴震以《説文》、《廣雅》的釋義和曹憲注音，確定《方言》本文「欺」爲「歁」
字之訛。王念孫《廣雅疏證》「歁」下引《方言》詞條，字作「歁」。欺，《説文》：
「詐欺也。」徐灝箋：「戴氏侗曰：欺，氣餒也，引之爲欺紿。欺於心者，餒於
氣。」欺字於義無取。

《方言》卷三：「稛，就也。」

《疏證》：「『稛』各本訛作『梱』，注內同，今訂正。《説文》：『稛，
絭束也。』《玉篇》、《廣韻》並云『成熟』，與郭注『成就貌』合。
梱乃門橛，與義無取。」

戴震據《説文》、《玉篇》、《廣韻》的釋義，確定《方言》本文「梱」爲「稛」
字之訛。

2．據字書、古注所引《方言》訂正《方言》和郭注的訛誤。如：

《方言》卷三：「凡草木刺人，北燕朝鮮之間謂之茦，或謂之壯。」

《疏證》：「『茦』各本訛作『策』，今訂正。《爾雅·釋草》『茦，
刺。』郭注云：『草剌針也。關西謂之刺，燕北、朝鮮之間曰茦。
見《方言》。』《疏》全引《方言》此條，文竝同。《釋文》引《方
言》：『凡草木而刺人者，北燕、朝鮮之間謂之茦，關西呼茦壯爲
茢。』」

戴震據《爾雅注》、《爾雅疏》和《爾雅釋文》所引《方言》，確定「策」乃「茦」
字之訛。又如：

《方言》卷九：「所以藏箭弩謂之箙。弓謂之鞬，或謂之鞬丸。」

《疏證》：「各本『丸』訛作『凡』，因誤在下條『矛』字上。《南
匈奴傳》『弓鞬韇丸一』，注云：『《方言》：「藏弓謂鞬，藏箭謂韇
丸。」』即箭箙也。』《春秋·昭公二十五年左傳》『公徒釋甲執冰

而踞」，服虔《注》云：『冰，櫝丸蓋也。』疏引《方言》：『弓藏
謂之鞬，或謂之鞁丸。』今據此兩引訂正。」

戴震據《南匈奴傳》注和《春秋·昭公二十五年左傳》疏兩引《方言》，確定「凡」
乃「丸」字之訛。

### （四）據字書、古注疏證《方言》訓釋

1·徵引相同相近的訓釋證明《方言》的解釋。如：

《方言》卷一：「儇，慧也。」

《疏證》：「《荀子·非相篇》『鄉曲之儇子』，楊倞注云：『《方
言》：「儇，疾也。」又曰：「慧也。」與「喜而翾」義同。輕薄巧
慧之子也。』《楚辭·惜誦篇》『忘儇媚以背眾兮』，王逸注：『儇，
佞也。』洪興祖引《說文》：『儇，慧也。』」

楊倞以「巧慧」訓儇，王逸注以「佞」訓「儇」，洪興祖引《說文》直訓為慧，
皆可證明《方言》的解釋。又如：

《方言》卷二：「搜、略，求也。秦晉之間曰搜。就室曰搜，於
道曰略。略，強取也。」

《疏證》：「《齊語》『犧牲不略，則牛羊遂』，韋昭注云：『略，
奪也。』《春秋·成公十二年左傳》『略其武夫，以為己腹心股肱
爪牙』，杜預注云：『略，取也』。《襄公四年左傳》『匠慶請木，季
孫曰「略」』，注云：『不以道取為略。』疏云：『今律，略人、略
賣人是也。』沈約《齊故安陸昭王碑文》『小則俘民略畜』，李善
注引《方言》：『略，強取也。』」

戴氏以《齊語》韋昭注、《春秋·成公十二年左傳》杜預注、沈約《齊故安陸昭
王碑文》李善注，證明「略」為強取之義。

2·徵引字書、文獻材料解釋名物。《方言》只側重名物的異地異名，不注
重名物特性的描述。《疏證》通過引用文獻從多角度說明名物的特徵、性狀以及
命名之由。如：

《方言》卷八：「守宮，秦、晉、西夏謂之守宮，或謂之蠦蠼，
或謂之蜥易。其在澤中者，謂之易蜴。南楚謂之蛇醫，或謂之蠑螈。

東齊海、岱謂之蛓蠑。北燕謂之祝蜓。桂林之中，守宮大者而能鳴，謂之蛤解。」

《疏證》：「《詩·小雅》『胡爲虺蜴』，毛傳：『蜴，螈也。』《考工記》『以胸鳴者』，鄭注云：『胸鳴，榮原屬。』《疏》云：『此《記》本不同，馬融以爲胃鳴，干寶本以爲骨鳴。揚雄以爲蛇醫，或謂之榮原。』《鄭語》韋昭《注》云：『黿或爲蚖。蚖，蜥蜴也。象龍。』《爾雅》：『蠑螈、蜥蜴。蜥蜴，蝘蜓。蝘蜓，守宮也。』《疏》引《方言》此條，『易』作『蜴』，『謂之易蜴』作『謂之蜥蜴』，餘並同。《漢書·東方朔傳》『臣以爲龍，又無角；謂之爲蛇，又有角。跂跂脈脈善緣壁，是非守宮及蜥蜴』，顏師古《注》云：『守宮，蟲名也。術家云：以器養之，食以丹砂，滿七斤，擣治萬杵，以點女人體，終身不滅。若有房室之事，則滅矣。言可以防閒淫逸，故謂之守宮也。今俗呼謂壁宮，壁亦禦扞之義耳。揚雄《方言》云：『其在澤中者謂之蜥蜴，』故朔曰『是非守宮即蜥蜴』也。」

戴震通過徵引《考工記》鄭注、《鄭語》韋昭注和《漢書》顏師古注，說明了守宮的類屬、形狀、特點及命名之由。

3·徵引古書古注解釋《方言》釋語與被釋語的異體字、假借字和同源字。

《方言》被釋語與釋語都是已知的，爲在二者間架起一道橋樑，戴震常通過繫聯異體字、假借字和同源字來疏證《方言》，並引古書古注加以證明。如：

《方言》卷十二：「上，重也。」

《疏證》：「《漢書·匡衡傳》『治天下者審所上而已』，顏師古《注》云：『上謂崇尚也。』『尚』『上』義相通。《春秋·襄公二十七年左傳》『尚矣哉』，杜預《注》云：『尚，上也。』《禮記·緇衣篇》『不重辭』，鄭《注》云：『重猶尚也。』」

戴震以《漢書》顏師古注和《春秋左傳》杜預注證明「上」「尚」通用，因「尚」有重義，故「上」亦可訓爲重。又如：

《方言》卷十三：「康，空也。」

《疏證》：「『康』『康』古通用，別作『漮』，亦作『歁』。《說文》

云：『㝩，屋㝩㝗也。漮，水虛也。歑，飢虛也。』『㝩㝗』俗又作『㝩㝗』。《詩·小雅》『酌彼康爵』，鄭《箋》：『康，虛也。』《爾雅·釋詁》：『漮，虛也。』郭璞《注》云：『《方言》云：漮之言空也。』《釋文》云：『《方言》作㝩。』《疏》引《方言》：『漮㝗，空貌。』司馬相如《長門賦》：『委參差以槺梁』，李善《注》云：『《方言》曰『㝩，虛也。』㝩與槺同。』」

「㝩」爲屋空；「漮」爲水空；「歑」爲腹空。戴震通過繫聯同源字「㝩」、「歑」和「漮」，探求詞源義，並引《說文》、《爾雅》及郭璞注予以證實。又通過《詩經》鄭箋，司馬相如《長門賦》李善注，《爾雅》和《釋文》繫聯假借字「康」、異體字「㝩」和「槺」來疏證「㝩」爲空義。

4·引文爲《方言》被訓詞提供語境。《疏證》常常通過鉤稽典籍的方式，讓我們在具體語言環境中理解字義。如：

《方言》卷十二：「鞅、侼，強也。鞅、侼，懟也。」

《疏證》：「《史記·伍子胥列傳》：『常鞅鞅怨望。』《淮陰侯列傳》：『由此日怨望，居常鞅鞅，羞與絳、灌等列。』又《高祖本紀》：『此常怏怏，今乃事少主。』《絳侯世家》：『此怏怏者，非少主臣也。』《漢書》皆作『鞅鞅』，顏師古《注》云：『鞅鞅，不滿足也。』《廣雅》：『侼、怏，強也。勃、怏，懟也。』義皆本此，『鞅』『怏』、『侼』『勃』古通用。」

此所引數人皆有不滿情緒，故可幫助理解「鞅，懟也」之義。又如：

《方言》卷八：「豬，北燕、朝鮮之間謂之豭。」

《疏證》：「《春秋·定公十四年左傳》『野人歌之曰：「既定爾婁豬，盍歸吾艾豭。」』」

此例以「婁豬」與「艾豭」相對爲文，可見「豭」也爲豬。

（五）為訂正它書訓詁而引用

《疏證》不僅訂正《方言》訛誤，也旁及相關書目的校勘。如：

《方言》卷六：「戲、憚，怒也。齊曰戲，楚曰憚。」

《疏證》：「《廣雅》：『戲、憚，怒也。』義本此。《詩·大雅》

『逢天僤怒』，《毛傳》：『僤，厚也。』『僤』即『憚』，釋爲怒。僤

怒、超遠、虔劉連文，皆二字義同。」

戴震用《方言》、《廣雅》的釋義和同義連文的語法現象訂正《毛詩故訓傳》的

訛誤。又如：

《方言》卷六：「臂，力也。宋、魯曰臂。臂，田力也。」

《疏證》：「《玉篇》：『臂』亦通作『旅』，《詩·小雅》『旅力方

剛』，《毛傳》：『旅，眾也。』失之。」

戴震以《方言》、《玉篇》訂《毛傳》釋義。

余嘉錫說：「治學所以必讀古書，爲其閱時既久，亡佚日多，其卓然不可磨

滅者，必其精神足以自傳，譬之簸出糠秕，獨存精萃也。」〔註50〕戴震推崇古

書傳注，以爲捨古而無以求是，故其遍覽群籍，博觀約取，徵引古書得心應手，

左右逢源。

# 第六節　《方言疏證》中體現的語法觀念

語法觀念是指古代學者在校勘、注疏古代文獻時對漢語詞或句子的語法闡

釋。《方言疏證》的語法觀念是指由《方言疏證》所體現出來的戴震語法意識的

總和。儘管戴震對語法的認識和說解僅散見於文字訓詁的片言隻語中，顯得相

當直觀而無系統，但他對於中國語法學的建立有重要意義。梁啓超曾明確地說：

「中國之有文典自馬氏始，推其所自出，則亦食戴學之賜也。」〔註51〕梁氏之

言確爲有識。由於《方言疏證》是以方言詞爲研究對象，所以《疏證》中體現

的語法觀念主要是詞性觀念和構詞觀念。

## 一、詞性觀念

古人對詞類、詞性的認識大致經歷了一個從朦朧到逐漸清晰的過程。早

在漢代，許慎《說文解字》就將字分爲兩類：一類表示實在意義的叫「字」，

相當於今天所說的實詞；一類不表示實在意義的叫「詞」，相當於今天所說的

虛詞。其後注疏家們對虛實問題的揭示稍爲明確。如唐代孔穎達義疏《詩經·

〔註50〕余嘉錫《古書通例緒論》，《古書通例》，上海古籍出版社，1986年。

〔註51〕《論中國學術思想變遷之大勢》，122頁。

關雎》曰：「字之所用，或全取以制義，關關、雎鳩之類也，或假辭以助，者、乎、而、只、且之類也。」到宋代，有些文人的詩文中出現了「動字」和「靜字」的術語，這表明「動詞」一類的概念有所表現。戴震對詞性已經有所認識。其《緒言》提出：「學者體會古賢聖之言，宜先辨其字之虛實。」於此，戴氏所指實詞乃「實體實事」之名，虛詞乃抽象形容之名，雖與今天所說的實詞虛詞之概念不同，但已注意到虛實詞性在訓詁中的重要性。戴震疏證《方言》，運用術語表現、比較詞類或區分讀音來顯示訓詞或被訓詞的詞性。例如：

《方言》卷五：「釜，自關而西或謂之釜，或謂之鍑。」

《疏證》：「釜亦作䰞，《說文》云：『䰞，鍑屬。』《春秋隱公三年左傳》『筐、筥、錡、釜之器』，杜預注云：『有足曰錡，無足曰釜。』《廣雅》：『鉹、鉼、鏤、鬲、錡，䰞也。』蓋合上二條，以䰞爲總名。」

「總名」這個術語表現出戴氏對事物的種屬關係有深刻的認識：「總名」在於概括，近似於語法學中的「一般名詞」。戴震自覺地運用「總名」術語，表明他對「一般名詞」和「具體名詞」已有認識。又如：

《方言》卷八：「貘，陳、楚、江、淮之間謂之倈，北燕、朝鮮之間謂之貊，關西謂之狸。」

《疏證》：「貘乃猛獸之名。《書·牧誓》：『如虎如貘。』《史記·五帝本紀》：『教熊羆貔貅貙虎。』」

指出某詞爲某某之名，即在一定程度上揭示了某詞的名詞性質。戴震進一步引證他書，以貘與熊、羆、貅、貙、虎並列，說明它的名詞性質。

《方言》卷十：「媱、婧、鮮，好也。南楚之外通語也。」

《疏證》：「《說文》：『婧，齊也。』《玉篇》：『媱，好也。』張湛注《列子》『巧佞、愚直、媱斫、便辟』，引《字林》云：『媱，齊也。』蓋『媱』與『婧』皆容止整齊鮮潔之貌，故『媱』、『婧』、『鮮』同爲好也。《廣雅》：『媱、婧、鮮，好也。』義本此。」

戴震於此條運用了傳統訓詁學中專釋形容詞的訓詁術語「貌」字，揭示媱、婧、鮮皆爲形容詞。

　　當一個詞具有兩種不同的詞性時，戴震比較不同詞性的辭彙意義，表明他對詞的不同詞性是有意識的。例如：

　　　　《方言》卷三：「蔫、譌、譁、涅，化也。燕朝鮮洌水之間曰涅，或曰譁。雞伏卵而未孚，始化之時謂之涅。」

　　　　《疏證》：「《說文》：『涅，黑土在水中也。』《論語》：『涅而不緇』，注引孔安國云：『涅可以染皂』，是『涅』取染化之義。《廣雅》：『譁、蔫、涅，匕也。』義本此。匕，古化字。」

戴震指出：《說文》以涅爲水中黑土，《論語》孔安國傳指出涅可以染皂。「是涅取染化之義」一句表明「涅」於此處爲動詞而非名詞，體現出某些動詞觀念。又如：

　　　　《方言》卷一：「華、荂，晠也。（荂亦華別名，音誇）齊楚之間或謂之華，或謂之荂。」

　　　　《疏證》：「草木之華，《說文》本作『蕚』，呼瓜反。華盛之華，《說文》作『蕐』，胡瓜反。今經傳通作『華』，遂無蕚、蕐之異。《爾雅·釋言》：『華，皇也。』《釋文》『胡瓜反』。《釋草》：『華，荂也。華、荂，榮也。木謂之華，草謂之榮。』郭注云：『今江東呼華爲荂。』此四華字皆當讀呼瓜反。《方言》此條兩華字與《釋言》同，注內華字與《釋草》同。」

草木之蕚與華盛之蕐經傳通作「華」字，華字遂有二義。「《方言》此條兩華字與《釋言》同」，說明此處華爲華盛之華，是形容詞。「注內華字與《釋草》同」，說明此處華爲草木之華，是名詞。

　　　　《方言》卷三：「氾、浼、濶、洼，洿也。（皆洿池也）自關而東或曰注，或曰氾。東齊海岱之間或曰浼，或曰濶。」

　　　　《疏證》：「『洿』『污』古通用。《說文》：『洿，濁水不流也。一曰窊下也。污，薉也。一曰小池爲污。浼，污也。《詩》曰：「河水浼浼。」《孟子》曰：「汝安能浼我。」海岱之間謂相污曰濶。洼，深池也。潢，積水池。』孫奭《孟子音義》引《方言》：『東齊之間謂污曰浼。』郭注以爲皆洿池之名。《廣雅》：『氾、靦、洼、染、濶、濩、辱、點，污也。』蓋皆取薉污義。」

戴震通過羅列字書古注，指出上述被訓詞皆有兩義，一爲洿池之名，爲名詞；一爲薉污之義，爲動詞。通過不同辭彙義比較，體現出他對不同詞性的認識。

　　古漢語同一個單音節詞形，訓詁學家往往通過改變其讀音來表示不同詞性的辭彙意義。反過來，能夠準確區分一個詞形的不同讀音，就能判斷該詞所兼有的不同詞性。《疏證》有時通過區分詞形讀音來達到釋義之目的，體現出詞性觀念。例如：

　　　　《方言》卷一：「黨、曉、哲，知也。楚謂之黨，或曰曉，齊宋之間謂之哲。」

　　　　《疏證》：「『知』讀爲『智』，《廣雅》：『黨、曉、哲，暜也。』義本此。暜，古『智』字。孫綽《遊天台山賦》：『近智以守見而不之，之者以路絕而莫曉。』李善注云：『之，往也。假有之者，以其路斷絕莫之能曉也。《方言》曰：「曉，知也。」』此所引乃如字讀，與《廣雅》異。」

知，《廣韻》「陟離切」，《說文》：「知，詞也。」段玉裁注：「『詞也』之上當有『識』字。」《玉篇》：「知，識也。」是「知」爲知道之義。又《集韻》「知義切」，徐灝《說文解字注箋》：「知，智慧，即知識之引申，故古衹作知。」是「知」爲智慧之義。戴震所謂「『知』讀爲『智』」，實際上提示了此處「知」取智慧之義，爲形容詞而非動詞。

　　　　《方言》卷七：「展、惇，信也。東齊海、岱之間曰展，燕曰惇。（惇亦誠信貌）」

　　　　《疏證》：「惇本作憞，《廣雅》：『憞，信也。』據注云『惇亦誠信貌』，似以此條信讀爲屈申之申，而惇兼誠信一義，故言『亦』以別之。揚雄《長楊賦》『乃展人之所詘』，李善《注》引《方言》：『展，申也。』即此條，而改作『申』。謝靈運《石門新營所住四面高山迴溪石瀨修竹茂林詩》：『佳期何由敦』，注引《方言》：『敦，信也。』亦即此條，而改『惇』爲『敦』。一取屈信，一取誠信，如此注之兼兩義。」

信，《廣韻》「息晉切」，《說文》：「信，誠也。」爲誠信之義。又《集韻》「升人切」，《集韻》：「申，經典作『信』。」《易‧繫辭下》：「往者屈也，來者信也。」

是信爲申展之義。「此條信讀爲屈申之申」，意爲此信字取申展之義，爲動詞而
非形容詞。

　　戴震還用「形容之辭」對形容詞詞性作出直接判斷，具有一定的概括性，
例如：

　　　　《方言》卷二：「釥（錯眇反）、嫽（洛天反），好也。青徐海岱
　　之間曰釥，或謂之嫽。（今通呼小姣潔喜好者爲嫽釥）好，凡通語也。」

　　　　《疏證》：「釥亦作俏。《廣韻》云：『俏醋，好貌。』俏醋，雙
　　聲形容之辭。」

　　　　《方言》卷二：「恒慨、蔘綏、羞繹、紛毋，言既廣又大也。」

　　　　《疏證》：「《廣韻》：『蔘綏，垂貌。』餘未見他書，皆形容盛大
　　之辭。」

　　　　《方言》卷十二：「惏愉，悦也。」

　　　　《疏證》：「惏亦作敊。漢《瑟調曲・隴西行》：『好婦出迎客，顏
　　色正敊愉。』敊愉，雙聲形容之辭。」

所謂「形容之辭」，明確體現了戴震對形容詞性質特點的整體上的認識，帶有
理論意義上的概括性。我們今天區別詞性的「形容詞」一術語，和戴震所說
的「形容之辭」大致沒有區別。可見戴震的詞性觀念不全是隱含的，有時是
直接、明確的。

## 二、構詞觀念

　　從現代的語法學觀點看，漢語構詞主要有單語素構詞和多語素構詞兩大
類。其中單語素構成的詞叫單純詞，有單音節和多音節兩小類；多語素構成的
詞叫合成詞，有復合式、附加式、重疊式三小類。其中，多音節單純詞還可分
爲聯綿詞（雙聲和疊韻）和疊音詞等，復合式合成詞還可分爲聯合型、偏正型、
補充型、動賓型、主謂型等。〔註52〕今人歸納出來的這些構詞方式和構成詞的
類別，有些在戴震的語法觀念中已有不同程度的體現。《方言疏證》中戴震通過
術語運用、讀音區分、同意連文等表現形式，反映出音變構詞、雙音聯綿詞、
同義並列復合構詞、重疊詞等構詞觀念。例如：

---

〔註52〕黃伯榮、廖序東《現代漢語》上冊，高等教育出版社，1991年，269頁。

## （一）單語素構成的單純詞

### 1・單字音變構詞

「漢語的音變構詞，是通過改變同一個漢字音節中一個或幾個語音要素（聲、韻、調）來構造音義相關的新詞。」〔註53〕例如：

《方言》卷十三：「適，牾也。（相觸迕也）」

《疏證》：「《廣雅》：『適，牾也。』義本此。郭璞、曹憲皆無音。以義推之，當讀爲『適見於天』之適。鄭注云：『適之言責也。』」

戴氏按語「當讀爲『適見於天』之適」，旨在通過辨明「適」之讀音來區別作爲「往」、作爲「從」和假借爲「謫」的不同意義。適，古時有三種讀音：《廣韻》「施只切」，《爾雅》：「適，往也。」又《廣韻》「都歷切」，《玉篇》：「適，從也。」又《集韻》「陟革切」，《說文通訓定聲》：「適，假借爲謫。」這表明，一個「適」字，由於讀音的改變而構成三個不同的詞。

《方言》卷五：「炊䉛謂之縮，（漉米䉛也）或謂之簍（音藪），或謂之㔶。」

《疏證》：「《廣雅》：『簍，㔶䉛也。』本此。簍即簍之正體，亦作籔。《說文》云：『䉛，漉米籔也。籔，炊䉛也。』《玉篇》云：『㔶，漉米䉛也。』『縮』與『籔』一聲之轉。」

縮，《廣韻》「所六切」，上古屬覺韻心紐。籔，《廣韻》「蘇後切」，上古屬侯韻心紐。同紐雙聲，韻部覺侯陰入對轉。此類因音變所構之詞形體與原詞不同。

### 2・雙音聯綿構詞

聯綿詞是指兩個音節連綴成義而不能拆開來講的詞。《疏證》中常以「雙聲」「疊韻」來說明聯綿詞的構詞特色。如：

《方言》卷十：「忸怩，慚𧫝也。楚、郢、江、湘之間謂之忸怩，或謂之㖡咨。」

《疏證》：「《晉語》『君忸怩顏』，韋昭《注》云：『忸怩，慙貌。』趙岐注《孟子》云：『忸怩而慙。』《廣雅》：『忸怩，㖡咨也。』『忸怩』、『㖡咨』並雙聲。」

---

〔註53〕萬獻初《漢語構詞論》，湖北人民出版社，2004年，7頁。

忸，《廣韻》「女六切」，覺部泥紐。恜，《廣韻》「女夷切」，脂部泥紐。唇，《廣韻》「子六切」，屋部精紐。咨，《廣韻》「即夷切」，脂部精紐。兩詞並爲雙聲聯綿詞。

> 《方言》卷十二：「儒輸，愚也。（儒輸猶懦撰也）」
>
> 《疏證》：「以雙聲疊韻考之，儒輸，疊韻也。不當作『懦』。
>
> 注內『懦撰』亦疊韻也。懦，讓犬反；撰，士免反。」

儒，《廣韻》「人朱切」，上古屬侯部日紐。輸，《廣韻》「式朱切」，上古屬侯部書紐。懦，《廣韻》「乃亂切」，上古屬元部泥紐。撰，《廣韻》「雛鯇切」，上古屬元部崇紐。兩詞並爲疊韻聯綿詞。戴震對聯綿詞取音不取字以及不可分割的特點也有揭示。例如《方言》卷十二「侗，胴（挺桐），壯也」條，戴震指出：「（挺桐、侹侗、恫姬）三處音同而字異，且有先後之別。凡雙聲多取音，不取字。」又於《方言》卷十三「盂謂之銚銳，木謂之梏柍」條指出：「『梏柍』雙聲，二字合爲一名。《玉篇》分言之，誤矣。」即表明聯綿詞之特點是整體表義，不可分訓。

## （二）雙語素構成的合成詞

### 1・同義並列式復合詞

> 《方言》卷三：「露，敗也。」
>
> 《疏證》：「露，見也。《春秋昭公元年左傳》『勿使有所壅閼湫
>
> 底，以露其體』，注：『露，羸也。』《易》『羸其瓶』，注：『羸，敗
>
> 也。』故有敗露之語。」

戴震用遞訓的方式證明「露」「羸」「敗」三字同義，「故有敗露之語」，說明戴震對同義並列式復合詞已經有所認識。

> 《方言》卷六：「戲、憚，怒也。齊曰戲，楚曰憚。」
>
> 《疏證》：「《廣雅》：『戲、憚，怒也。』義本此。《詩・大雅》『逢
>
> 天憚怒』，《毛傳》：『憚，厚也。』『僤』即『憚』，釋爲怒。僤怒、
>
> 超遠、虔劉連文，皆二字義同。」

「連文皆二字義同」，反映出戴震心目中的「連文」大約相當於今天構詞法中的同義語素並列構成復合詞。

## 2‧附加式合成詞

《方言》卷六：「掩、翳，薆也。（謂蔽薆也。《詩》曰：『薆而不見。』音愛）」

《疏證》：「《釋言》：『薆，隱也。』注云：『謂隱蔽。』《離騷》『眾薆然而蔽之』，洪興祖《補注》引《方言》此條注文，訛作『謂薆蔽也』。薆亦通用僾。《說文》云：『彷彿也。』引《詩》『僾而不見』。今《毛詩》作愛，古字假借通用。薆而，猶隱然。『而』『如』『若』『然』，一聲之轉。」

戴震以「隱然」釋「薆而」，並以「一聲之轉」指出「而」、「如」、「若」、「然」四字在作為詞尾時，意義相同。

### 3‧重疊式復合構詞

有些單音節形容詞在發展過程中，為了特殊的表達效果或是追求節奏韻律，而將這個單音節形容詞重迭起來，形成雙音節形容詞，我們稱之疊字形容詞。疊字形容詞與單音節形容詞的意義是相關或相同的。據此，戴震常用疊字形容詞去疏證單音節形容詞或用單音節形容詞去疏證疊字形容詞。這說明戴震對這種重疊式復合構詞已有所認識。例如：

《方言》卷一：「娥、嬴，好也。秦曰娥，（言娥娥也）宋魏之間謂之嬴，（言嬴嬴也）秦晉之間凡好而輕者謂之娥。」

《疏證》：「《廣雅》：『嬴、媌、姣、姝、妍，好也。』義本此。《古詩十九首》『盈盈樓上女，皎皎當窗牖，娥娥紅粉妝』，李善注云：『盈與嬴同，古字通。』郭注於『娥』『嬴』並重言之，又以『姣潔』釋『姣』，正協此詩。」

戴震引用《古詩十九首》及李善注中「盈盈」釋「嬴」字，並贊同郭璞以重言釋單字的做法。

《方言》卷十二：「鞅、俟，強也。鞅、俟，懟也。」

《疏證》：「《史記‧伍子胥列傳》『常鞅鞅怨望』，《淮陰侯列傳》『由此日怨望，居常鞅鞅，羞與絳灌等列』，又《高祖本紀》『此常怏怏，今乃事少主』，《絳侯世家》『此怏怏者非少主臣也』，《漢書》皆作『鞅鞅』，顏師古注云：『鞅鞅，不滿足也。』《廣雅》：『俟、快，

強也。勃、快，懟也。』義皆本此。」

此條戴震以《史記》、《漢書》中「鞅鞅」釋「鞅」。

戴震雖然沒有語法專著，但其訓詁實踐中滲透著語法觀念，這是不可辯駁的事實。

# 第四章 《方言疏證》的音轉研究

漢字造字之初是形義統一的，然而隨著漢字的進一步符號化，「便產生形與義的脫節，造字初期所顯示的單純而統一的形義關係日益變得複雜，甚至遭到破壞。」〔註 1〕而表音趨勢逐漸得到加強。正因爲這種形、音、義之間的複雜關係，歷代訓詁學家都致力於音與義的探討。直至清代，由於古音學的昌明，學者們正式提出了因聲求義之訓詁理論，並付諸訓詁實踐。戴震將其古音學成就運用於《方言》研究，執形以求音，依音而索義，以聲音爲紐帶，繫聯出大量的方言音變詞、假借字、同源詞和聯綿詞的異體形式。本章通過對《方言疏證》中這些詞進行語音分析，找出音轉材料，進而總結出語音變化類型及規律，這可與前輩學者提出的音轉理論以及上古音系的某些闡述相印證。

## 第一節 「音轉」研究的歷史發展

所謂音轉，顧名思義，就是語音的轉化。它是指「漢字音隨著意義分化或方音差異而產生變化，從而在書寫上改用另形的現象」〔註 2〕。通俗地說，

---

〔註 1〕 《訓詁方法論》，74 頁。

〔註 2〕 王寧《音轉原理淺談》，戴淮清《漢語音轉學》附錄，中國友誼出版公司，1986 年，399 頁。

就是指同一語詞在不同地區或不同時代的語音變易現象。音轉是用同一語詞，表達同一意義。所謂「同一語詞」，就是說其聲韻儘管發生了流轉變異，但終究還是原來的那個「音」，變異中一般並未失去其主要的語音特徵。這就是黃承吉所說：「凡字原只一聲，故只一音。雖周流參差於各方之口舌，而原即此音也。」〔註3〕所謂「表達同一意義」，就是詞的語音發生了變化，但仍表達同一中心意義。最早注意到音轉現象，並用「轉」這個概念來表示語音變化的是《方言》的作者揚雄。他在《方言》一書中，用「轉語」、「語之轉」來說明不同地域方言的差異，如：

（1）《方言》卷三：「庸謂之倯，轉語也。」

（2）《方言》卷三：「鋌，空也，語之轉也。」

（3）《方言》卷十：「煤，火也。楚轉語也。」

（4）《方言》卷十：「南楚曰譠謾，或謂之支註，或謂之詀諀，轉語也。」

（5）《方言》卷十：「緤、末、紀，緒也。南楚皆曰緤。或曰端，或曰紀，或曰末，皆楚轉語也。」

（6）《方言》卷十一：「蠟蝓者，侏儒語之轉也。」

揚雄在《方言》中明確指明了六條音轉現象，這說明他對音轉造成方言差異的現象已有所認識。音轉與方言本來就淵源有自。中國地大物博，各地方物名稱千差萬別，由於時空的交錯，有音轉關係的方言詞語在文獻和實際語言中大量存在。劉師培說：「方言既雜，殊語日滋，或義同而言異，或言一而音殊，乃各本方言，增益新名，或擇他字以爲代。」〔註4〕所謂「增益新名」，就是專門爲方言造字。所謂「擇他字以爲代」，就是借用音近的字來代替。揚雄《方言》中的方言詞，有些就是採用這些方法造出來的。濮之珍《中國語言學史》說：「《方言》一書裏所用的文字有好些只有標音的作用，有時沿用古人已造的字，例如『儇，慧也』，《說文》『慧，儇也』，《荀子·非相篇》『鄉曲之儇子』；有時遷就音近假借的字，例如『黨，知也』，『黨』就是現在的『懂』字。」〔註5〕這些記

〔註3〕《字詁義府合按》臢條，中華書局1984年，50頁。

〔註4〕劉師培《新方言序》，《劉申叔先生遺書》，江蘇古籍出版社，1997年，1241頁。

〔註5〕濮之珍《中國語言學史》，上海古籍出版社，1987年，103～104頁。

錄方言的詞語與標準語之間不僅表現爲文字不同，有些也體現了語音上的差異，具有音轉關係。

郭璞深明此理，他注釋《方言》繼承揚雄轉語說，注意從聲音上去考察方言詞之間的關係，用「聲轉」、「語轉」、「語聲轉」等術語來說明古今語與方俗語的語音變化。在郭璞的注釋中，明確說明「聲轉」的有 11 處，「語轉」的 3 處，「聲之轉」1 處，共 15 處〔註6〕。如：

（1）《方言》卷一：「燕之北鄙，齊楚之郊，或曰京，或曰將。皆古今語也。（語聲轉耳）」

（2）《方言》卷二：「剟、蹶，獪也。秦晉之間曰獪，楚謂之剟，或曰蹶；楚、鄭曰蔿。（音指撝，亦獪聲之轉也）」

（3）《方言》卷三：「蔿、譌，譁，（皆化聲之轉也）涅，化也。」

（4）《方言》卷三：「蘇、芥，草也。（《漢書》曰：『樵蘇而爨。』蘇猶蘆，語轉也）」

（5）《方言》卷五：「杷，宋魏之間謂之渠挐，或謂之渠疏。（語轉也）」

（6）《方言》卷五：「甂，燕之東北，朝鮮、洌水之間謂之斛。（湯料反，此亦鍪聲轉也）」

（7）《方言》卷五：「簿，宋、魏、陳、楚、江、淮之間謂之苗，或謂之麴。（此直語楚聲轉也）」

（8）《方言》卷五：「牀，齊、魯之間謂之簀，陳、楚之間或謂之第。其槓，北燕、朝鮮之間謂之樹，自關而西，秦、晉之間謂之槓，南楚之間謂之趙。（趙當作兆，聲之轉也）」

（9）《方言》卷七：「鉤、貌，治也。吳、越飾貌爲鉤，或謂之巧。（語楚聲轉耳）」

（10）《方言》卷八：「屍鳩，燕之東北，朝鮮、洌水之間謂之鵖鴒。自關而東謂之戴鵀，東齊、海岱之間謂之戴南，南猶鵀也。（此亦語楚聲轉也）」

---

〔註6〕 郭璞隨文注釋，不便分開，括弧中文字爲郭注。

（11）《方言》卷十：「崽者，子也。（崽音枲，聲之轉也）」

（12）《方言》卷十：「諕，不知也。（音癡眩，江東曰咨，此亦知聲之轉也）」

（13）《方言》卷十：「溔，或也。沅、澧之間，凡言或如此者曰溔如是。（亦此憨聲之轉耳）」

（14）《方言》卷十一：「蠅，東齊謂之羊。（此亦語轉耳。今江東人呼羊聲如蠅）」

（15）《方言》卷十三：「瘃，極也。（巨畏反，江東呼極爲瘃，倦聲之轉也）」

郭璞繼承並發揚了揚雄的音轉觀念，值得稱道。自晉代以降，直至兩宋，在漫長的一千二百來年中，「音轉」說似乎悄然消失，無人問津。直至元代，「轉語」法終於復蘇。戴侗將「音轉」獨立成爲一種訓詁方法，並將其運用於同源詞的研究中，更名爲「因聲求義」法。他《六書故·六書通釋》曰：「夫文，生於聲者也。有聲而後形之以文。義與聲俱立，非生於文也。」〔註7〕基於此種認識，戴侗正式提出了「一聲之轉」的術語，並且用以指導其訓詁實踐。他於《六書故》卷九「女」字下云：「吾、卬、我、臺、予，人所以自謂也；爾、女、而、若，所以謂人也，皆一聲之轉。」其後，明陳第、方以智對音轉現象的普遍性、規律性有了進一步認識。陳第在《毛詩古音考敍》中說：「時有古今，地有南北，字有更革，音有轉移。」〔註8〕方以智在《通雅自序》和卷首之一的《方言說》中也分別指出：「上下古今數千年，文字屢變，音亦屢變。學者相沿不考，所稱音義，傳訛而已。」「欲通古義，先通古音。聲音之道，與天地轉。歲差自東而西，地氣自南而北，方言之變，猶之草木移接之變也。歷代訓詁、讖緯、歌謠、小說，即具各時之聲稱，惟留心者察焉。」〔註9〕方以智還將這些認識融貫於訓詁實踐，運用轉語進行求源。如他的《通雅》卷十九云：「婆、姥諸稱，皆母之轉語也，齊人呼母爲媄，李賀稱母阿㜷，江南曰阿媽，或作姥，或呼爲妹。因作奶，江南呼母曰阿姐，

---

〔註7〕 戴侗《六書故》，上海社會科學院出版社，2006 年。

〔註8〕 陳第《毛詩古音考》，中華書局，1991 年。

〔註9〕 方以智《通雅》，中國書店據清康熙姚文燮浮山此藏軒刻本影印，1990 年。

皆母字之轉也。」

　　然而眞正從理論高度提出古音、方音對轉原理的則是戴震。戴震是清代考古審音並重的大家，他從音理的角度出發，著《聲類表》和《聲韻考》二書，探討音轉之法。關於聲紐之轉變，戴震追本究源，從發音部位和發音方法上加以考察。他《轉語二十章序》曰：「人之語言萬變，而聲氣之微，有自然之節限。是故六書依聲託事，假借相禪，其用至博，操之至約也。學士茫然莫究，今別爲二十章，各從乎聲以原其義……人口始喉下底脣末，按位以譜之，其爲聲之大限五，小限各四，於是互相參伍，而聲之用蓋備矣……用是聽五方之音及小兒學語未清者，其輾轉必訛溷，必各如其位。斯足證聲之節限位次，自然而成，不假人意厝設也。」〔註10〕戴震認爲，人之語言雖千變萬化，聽起來異常複雜，但是語音的演變特別是「聲」的演變，皆受語音構成元素本身在發音學上特徵的節制，而在一定的限度內實現。這就是所謂「聲氣之微，有自然之節限」。戴震《聲類表》將聲紐按發音部位分成喉音、牙音、舌音、齒音、脣音五大類，每類一大格，又按發音方法分成四小類，即「發、送、內收、外收」。戴氏認爲，「位」與「次」這兩大「自然之節限」對音轉的制約，不外乎兩條規律：「同位」和「位同」。《轉語二十章序》云：「凡同位則同聲，同聲則可以通乎其義。位同則聲變而同，聲變而同則其義亦可以比之而通。」又說：「凡同位爲正轉，位同爲變轉。」「同位」指發音部位相同，即同爲「喉音」，同爲「牙音」，同爲「舌音」，同爲「齒音」，同爲「脣音」。發音部位相同，則發音方法容易轉變，所以說「同位爲正轉」。正轉之法即轉而不出其類，即在某類中的各聲母的相互轉變。如：喉類正轉，必須在見溪群影喻曉匣七母範圍內相互轉變。「位同」指發音方法相同。戴震將每類按發音方法分爲四「小限」，即四個「聲位」。發音方法相同，則發音部位可能前後移動，所以說「位同爲變轉」。變轉轉而不出其位，即某位內的聲母互相轉變。如：第三位的變轉，必須在影喻泥娘日疑明微八母範圍內相互轉變。

　　爲進一步說明位同變轉理論，戴震於《轉語二十章序》中舉例說：「參伍之法，臺、余、予、陽，自稱之詞，在次三章。吾、卬、言、我，自稱之詞，在次十有五章。截四章爲一類，類有四位，三與十有五，數其位皆至三而得之，位同也。凡同位爲正轉，位同爲變轉。爾、女、而、戎、若，謂人之詞。

---

〔註10〕《轉語二十章序》，《戴震全書》六，304～305頁。

而、如、若、然，義又交通，並在次十有一章。《周語》：『若能有濟也。』《注》云：『若，乃也。』《檀弓》：『而曰然』，《注》云：『而，乃也。』《魯語》：『吾未如之何』，即『奈之何』。鄭康成讀『如』爲『那』。曰乃、曰奈、曰那，在次七章。七與十有一，數其位亦至三而得之。若此類，遽數之不能終其物，是以爲書明之。」這就是說，臺、余、予、陽四字聲紐喻母在《聲類表》第三章，與吾、卬、言、我四字聲紐疑母在《聲類表》十五章位同，義可轉而通。爾、女、而、戎、若、如、然七字聲紐日母在《聲類表》十一章，與乃、奈、那三字聲紐泥母在《聲類表》第七章位同，義可轉而通。其餘可依此類推。戴氏更就其徽州本地方言來解析轉語的實際情況，云：「更就方音言，吾郡歙邑讀若『攝』（失葉切），唐張參《五經文字》、顏師古注《漢書·地理志》已然。『歙』之正音讀如『翕』，『翕』與『歙』，聲之位同者也。」歙從欠翕聲，許及切，曉母緝韻，其方音讀若攝，失葉切，審母葉韻。聲紐從曉變爲審，曉是第一類的第四位，審是第三類的第四位，位同變轉。

戴震在分析「聲」「韻」的基礎上把《轉語》「聲紐」按其演變的「自然節限」安排在一定的位置上，使它公式化、表格化。這樣，從語音演變的相互關係出發把漢字組成一個系統，以便從字音的相互關係中瞭解字音的演變，根據字音的演變推求字義的源流。李開據《聲類表》將戴震的聲紐系統整理如下：

表 5　戴震的古音聲紐系統

| 發音部位 | 行次 | 聲　　母 | | | |
| --- | --- | --- | --- | --- | --- |
| | | 清 | 次　清 | 次　濁 | 濁 |
| 牙音 | 1 | 見 | | | |
| | 2 | | 溪 | | 群 |
| 喉音 | 3 | 影 | | 喻、微 | 邪、匣 |
| | 4 | 影 | 曉、溪、透 | | 匣 |
| 舌音 | 5 | 端 | | | |
| | 6 | 知 | 透 | | 定 |
| | 7 | | | 泥、日 | |
| | 8 | | | 來 | |
| 齒音 | 9 | 知、莊、章 | 徹 | | |
| | 10 | 知 | 徹、初、昌 | | 崇、船、澄 |
| | 11 | | | 日、泥、娘 | |

| | | | | |
|---|---|---|---|---|
| 12 | 山、書、心 | | 喻四 | 禪 |
| 13 | 精、山 | | | 從 |
| 14 | | 清 | | 從、禪 |
| 15 | | | 疑 | |
| 16 | 心 | | | 邪 |
| 17 | 幫 | | | 並 |
| 18 | | 滂 | | 並 |
| 19 | | 滂 | 明 | 並 |
| 20 | 非 | 敷 | | 奉 |

(「唇音」作為第17至20列的左側縱向標籤)

音轉不僅爲聲紐之轉，韻部也可發生轉化。戴震於《聲韻考》（1773）中提出韻部音轉原則：「有微轉而不出其類，如眞、諄於先、仙，脂於皆，蒸於登，之於咍，幽於侯，支於佳，魚、虞於模，侵於覃。有轉而軼出其類遞相條貫者，如蒸、登於東，之、咍於尤，職、德於屋，東、冬於江，幽、侯於蕭，屋、燭於覺，陽於庚，藥、覺於陌、麥、錫，歌於麻，魚、虞、模於麻，鐸於陌。及旁推交通，如眞於蒸及青，寒、桓於歌、戈，之於眞及支，幽、侯於虞，屋、燭於錫，宵於魂及之，支、佳於麻，歌於支、佳，模於支、侵，凡於東。其共入聲互轉者，如眞、文、魂、先於脂、微、灰、齊，換於泰，咍於登，侯於東，厚、侯於講、絳，支於清，模於歌、戈。此聲氣斂侈，出入之自然。知此則無疑於古今異言、五方殊語矣。」〔註11〕又於《與段若膺論韻書》中說：「正轉之法有三：一爲轉而不出其類，脂轉皆，之轉咍，支轉佳，是也；一爲相配互轉，眞、文、魂、先轉脂、微、灰、齊，換轉泰，咍、海轉登、等，侯轉東，厚轉講，模轉歌是也；一爲聯貫遞轉，蒸、登轉東，之、咍轉尤，職、德轉屋，東、冬轉江，尤、幽轉蕭，屋、燭轉覺，陽、唐轉庚，藥轉錫，眞轉先，侵轉覃是也。」〔註12〕這就是說，正轉的方法有三種：其一：轉而不出其類，即轉變範圍不能超出九類中的本類。其二：鄰類同聲相轉。同爲陽聲、陰聲、入聲而且是鄰類即可相互轉化。其三：轉而不出其部。二十五部的任一部，內部各韻互轉，轉變範圍只限本部。旁轉交通即旁轉之法，是正轉外的長距離變化，能濟正轉之窮。

《聲韻考》（1773年）中的這一韻部正轉之法到了《聲類表》（1777年）的

---

〔註11〕《戴震全書》三，319～320頁。

〔註12〕《戴震全書》三，350～351頁。

九類二十五部，則由早先的正轉顯示出陰陽對轉。戴震的《聲類表》創立古音
9 類 25 部之說。李開《戴震評傳》整理如下：

### 表 6　戴震的古音韻部分類

| 喉音 | （一） | 1·阿　陽聲平聲　歌、戈、麻<br>2·烏　陰聲平聲　魚、虞、模<br>3·堊　入聲　鐸 |
|---|---|---|
| 鼻音 | （二） | 4·膺　陽聲平聲　蒸、登<br>5·噫　陰聲平聲　之、咍<br>6·億　入聲　職、德 |
| | （三） | 7·翁　陽聲平聲　東、冬、鍾、江<br>8·謳　陰聲平聲　尤、侯、幽<br>9·屋　入聲　屋、沃、燭、覺 |
| | （四） | 10·央　陽聲平聲　陽、唐<br>11·夭　陰聲平聲　蕭、宵、肴、豪<br>12·約　入聲　藥 |
| | （五） | 13·嬰　陽聲平聲　庚、耕、清、青<br>14·娃　陰聲平聲　支、佳<br>15·戹　入聲　陌、麥、昔、錫 |
| 舌齒音 | （六） | 16·殷　陽聲平聲　眞、諄、臻、文、欣、魂、痕<br>17·衣　陰聲平聲　脂、微、齊、皆、灰<br>18·乙　入聲　質、術、櫛、物、迄、沒 |
| | （七） | 19·安　陽聲平聲　元、寒、桓、刪、山、先，仙<br>20·靄　陰聲平聲　祭、泰、夬、廢<br>21·遏　入聲　月、曷、末、黠、鎋、薛 |
| 唇音 | （八） | 22·音　陽聲平聲　侵、鹽、添<br>23·邑　入聲　緝 |
| | （九） | 24·醃　陽聲平聲　覃、談、咸、銜、嚴、凡<br>25·諜　入聲　盍、合、葉、帖、業、洽、狎、乏 |

戴震注意陰陽入三分與分配，開古音陰陽入對轉之先河。他在《答段若膺
論韻》中說：「僕審其音，有入者如氣之陽，如物之雄，如衣之表；無入者如氣
之陰，如物之雌，如衣之裏。又平上去三聲近乎氣之陽、物之雄、衣之表；入
聲近乎氣之陰、物之雌、衣之裏。故有入之入與無入之去近，從此得其陰陽、
雌雄、表裏之相配。而侵已下九韻獨無配，則以其爲閉口音，而配之者更微不
成聲也。」對於戴震的入聲獨立，王力給予了充分的肯定。他的《漢語音韻》
說：「江永把入聲另分八部，並主張數韻共一入，這是陰陽入三分的先河。戴震
認爲入聲是陰陽相配的樞紐，所以他的古韻九類二十五部就是陰陽入三聲分立

的。應該指出，戴氏和江永的古韻分部的性質還是很不相同的。江永只分古韻
爲十三部，而沒有分爲二十一部，他還不能算是陰陽入三分，入聲還沒有和陰
陽二聲分庭抗禮。到了戴震，入聲的獨立性才很清楚了。」〔註13〕入聲的獨立，
陰陽入的相配，便有了古音的對轉。李開將戴震的韻轉規律與王力的韻轉理論
相比較，得出：「王力提出的代表性對轉 25 例，用戴表能說明者 20 例，王力提
出的代表性旁轉 9 例，用戴表能說明者 7 例，王力提出的代表性旁對轉 5 例，
用戴表能說明者 2 例，說明率達 74%。」〔註14〕這組數據體現了戴震的眞知灼
見。

　　戴震從文字聲、韻兩方面分別總結出了音轉規則，得到了後人的認同。黃
侃極爲推崇，曰：「戴震繼作，天誘其聰，其《轉語》一序，文字不過數百，而
包舉無窮。學者得其只言片語，光輝充實，足以名家。謂之爲集中國語言學之
大成，亦無不可。後來紹續，殆未有出其範圍者矣。」〔註15〕殷孟倫也說：「清
代小學之業盛，乾嘉爾後，群趣於聲音文字訓詁之溝合，而戴君《轉語》，實爲
其不祧之祖。戴君文雖不及千名，然籠圈條貫，百世可知。學者謹循其轍，上
自經典，下窮謠俗，隨物名之，隨事用之，六通四闢，無所不在。」〔註16〕

## 第二節　《方言疏證》的音轉研究

　　音轉現象之所以產生，主要有三個方面的原因：一是語源上的「通」，即方
言的差異和同源詞的孳乳；二是用字上的「借」，即假借字的使用；三是形體上
的「變」，即聯綿詞一詞多形。音轉雖是一個漫長的歷史過程，但涉及同源音轉、
方言音轉、假借音轉以及聯綿詞變的文獻語言材料，大多集中在周秦時期，這
樣，利用在周秦語言基礎上建立起來的上古音系進行音韻地位描寫，便成爲分
析音轉現象的有效手段之一。由於審音的不同，音韻學家爲上古音所分韻部各
有不同。繼戴震之後，段玉裁分古韻爲 19 部，孔廣森分 18 部，王念孫分 21

---

〔註13〕《王力文集》第五卷，山東教育出版社，1986 年，163 頁。

〔註14〕《戴震語文學研究》，145 頁。

〔註15〕轉引自殷孟論《黃侃先生在古漢語研究方面的貢獻》，《河北師院學報》，1987 年 1
期。

〔註16〕殷孟倫《子雲鄉人類稿》，齊魯書社，1985 年，264 頁。

部，章炳麟分 23 部，黃侃分 28 部，王力在黃侃所分 28 部的基礎上，加上微部、
覺部，構成了古韻 30 部。如下表所示：

表 7　王力古韻 30 部

| 甲類 | 之 | 幽 | 宵 | 侯 | 魚 | 支 |
| --- | --- | --- | --- | --- | --- | --- |
| | 職 | 覺 | 藥 | 屋 | 鐸 | 錫 |
| | 蒸 | 冬 | | 東 | 陽 | 耕 |
| 乙類 | 微 | | | | 歌 | 脂 |
| | 物 | | | | 月 | 質 |
| | 文 | | | | 元 | 眞 |
| 丙類 | 緝 | | | | 葉 | |
| | 侵 | | | | 談 | |

　　王力指出：疊韻（即韻部相同的字）有些是完全同音，有些是同音不同
調，有些是聲韻相同，但韻頭不同。同類同直行者爲對轉，這是母音相同或
韻尾的發音部位也相同；同類同橫行者爲旁轉，這是母音相近，韻尾相同或
無韻尾；不同類而同直行者爲通轉，這是母音相同，但韻尾發音部位不同。
雖不同母音，但韻尾同屬塞音或同屬鼻音者，也算通轉。

　　關於上古聲紐的研究，錢大昕提出了「古無輕唇音」和「古無舌上音」
的不刊之論。章太炎有「娘、日二紐歸泥」說。曾運乾有「喻三歸匣，喻四
歸定」說，黃侃又提出了「照二歸精」的重要學說。王力總結前人成果，分
上古聲紐爲五大類 33 紐，如下表所示：

表 8　王力上古聲紐系統

| 喉 | | 影 | | | | | |
| --- | --- | --- | --- | --- | --- | --- | --- |
| 牙 | | 見 | 溪 | 群 | 疑 | | 曉 | 匣 |
| 舌 | 舌頭 | 端 | 透 | 定 | 泥 | 來 | | |
| | 舌面 | 照 | 穿 | 神 | 日 | 喻 | 審 | 禪 |
| 齒 | 正齒 | 莊 | 初 | 床 | 山 | | 山 | 俟 |
| | 齒頭 | 精 | 清 | 從 | | | 心 | 邪 |
| 唇 | | 幫 | 滂 | 並 | 明 | | | |

　　王力指出：同紐者爲雙聲，同類同直行，或舌、齒同直行者爲準雙聲；同
類同橫行者爲旁紐；同類不同橫行者爲準旁紐；喉與牙，舌與齒爲鄰紐；鼻音
與鼻音，鼻音與邊音也算鄰紐。

　　至王力爲止，傳統的上古音理論被認爲臻於完善的地步。對《方言疏證》中音轉語詞的語音分析，本文將採用王力建立的上古音系。每個字的上古音一以唐作藩《漢字古音手冊》爲準。該手冊未收的字，則參考《新編上古音韻表》。

## 一、方言音變詞的語音分析

　　中國歷史悠久，幅員遼闊，不同方言間存在著各種差異。究其原因，不外乎時、地二字。從時代言，一個語音經歷長時間的發展之後，可能發生變化；從地域言，某一個詞在各地的讀音本身存在差異，各不相同，更或甲地保存某時代的讀音，而乙地卻保存另一時代的讀音。總之，方言變異既有南北地域的原因，也有古今時代的原因。這種由時空交錯而產生的方言詞語，給人們造成閱讀和理解《方言》的困難。然而誠如黃侃說：「今觀揚氏殊言，所載方國之語，大抵一聲之轉而別製字形。」〔註17〕如果懂得了音轉的道理，掌握了音轉的規律，就能對這類音轉造成的方言詞語做出合理的解釋。戴震《方言疏證》中用「聲轉」和「語轉」兩種術語指出具有音轉關係的方言詞。

### （一）《方言疏證》中的「聲轉」

　　戴震直接揭示的「聲轉」有22例，具體表述形式爲：一聲之轉、聲微轉、聲之變轉。

#### 1・《方言疏證》中的「一聲之轉」共20例

　　（1）《方言》卷二：「儀、佫，來也。」

　　《疏證》：「格、感、貫，一聲之轉。」

格，《廣韻》「古伯切」，上古屬鐸韻見紐入聲。感，《廣韻》「古孩切」，上古屬侵韻見紐上聲。貫，《廣韻》「古玩切」，上古屬元韻見紐平聲。格、感見紐雙聲，韻部侵元通轉，入上調轉。感、貫見紐雙聲，韻部鐸元通轉，上平調轉。

　　（2）《方言》卷二：「剟、蹶，獪也。」

　　《疏證》：「蹶、獪，一聲之轉。」

蹶，《廣韻》「居月切」，上古屬月韻見紐入聲。獪，《廣韻》「古外切」，上古屬

---

〔註17〕黃侃《論音之變遷由於地者》，《黃侃論學雜著》，103～104頁。

月韻見紐去聲。蹶、獗見紐雙聲，月部疊韻，入去調轉。

　　（3）《方言》卷三：「裕、猷，道也。」

　　　　《疏證》：「裕、猷，亦一聲之轉。」

裕，《廣韻》「羊戍切」，上古屬屋韻喻紐入聲。猷，《廣韻》「以周切」，上古屬
幽韻喻紐平聲。裕、猷喻紐雙聲，韻部幽屋旁對轉，入平調轉。

　　（4）《方言》卷五：「炊䉛謂之縮，或謂之籔，或謂之𠥓。」

　　　　《疏證》：「縮與籔，一聲之轉。」

縮，《廣韻》「所六切」，上古屬覺韻心紐入聲。籔，《廣韻》「蘇後切」，上古屬
侯韻心紐上聲。縮、籔心紐雙聲，韻部覺侯旁對轉，入上調轉。

　　（5）《方言》卷五：「㪍，宋魏之間謂之攝殳，或謂之度。」

　　　　《疏證》：「度、打，一聲之轉。」

度，《廣韻》「徒故切」，上古鐸韻定紐入聲。打，《廣韻》「德冷切」，上古音耕
韻端紐上聲。度、打定端旁紐，韻部鐸耕旁對轉，入上調轉。

　　（6）《方言》卷五「㪍，宋魏之間謂之攝殳，或謂之度。自關
　　　　而西謂之梧，或謂之梯。齊楚江淮之間謂之梜，或謂之桴。」

　　　　《疏證》：「羅、連，亦一聲之轉。」

羅，《廣韻》「魯何切」，上古屬歌韻來紐平聲。連，《廣韻》「力延切」，上古屬
元韻來紐平聲。羅、連來紐雙聲，韻部歌元對轉。

　　（7）《方言》卷五：「橛，燕之東北，朝鮮洌水之間謂之椴。（江
　　　　東呼都，音段）」

　　　　《疏證》：「都、椴，一聲之轉。」

都，《廣韻》「當孤切」，上古音魚韻端紐平聲。椴，《廣韻》「徒玩切」，上古
屬元韻定紐去聲。都、椴定端旁紐，韻部魚元通轉，平去調轉。

　　（8）《方言》卷六：「顛、頂，上也。」

　　　　《疏證》：「顛與頂，一聲之轉。」

顛，《廣韻》「都年切」，上古屬眞韻端紐平聲。頂，《廣韻》「都挺切」，上古屬
耕韻端紐平聲。顛、頂端紐雙聲，韻部眞耕通轉。

（9）《方言》卷六：「䛩、譀，與也。吳越曰䛩，荊齊曰譀與，
　　猶秦晉言阿與。」

《疏證》：「譀與猶阿與。譀、阿乃一聲之轉。」

譀，《集韻》「於瞻切」，上古屬談韻影紐上聲。阿，《廣韻》「烏何切」，上古屬
歌韻影紐平聲。譀、阿影紐雙聲，韻部談歌通轉，上平調轉。

（10）《方言》卷六：「臺、既，失也。」

《疏證》：「臺、遺，一聲之轉。」

臺，《集韻》「盈之切」，上古屬之韻透紐平聲。遺，《廣韻》「以追切」，上古屬
微韻喻紐平聲。臺、遺定紐雙聲，韻部之微通轉。

（11）《方言》卷六：「掩、翳，薆也。（謂蔽薆也。詩曰：薆而
　　不見。音愛）」

《疏證》：「而、如、若、然，一聲之轉。」

而，《廣韻》「如之切」，上古屬之韻日紐平聲。如，《廣韻》「人諸切」，上古屬
魚韻日紐平聲。若，《廣韻》「而灼切」，上古屬鐸韻日紐入聲。然，《廣韻》「如
延切」，上古屬元韻日紐平聲。而、如日紐雙聲，韻部之魚旁轉；如、若日紐雙
聲，韻部魚鐸對轉，平入調轉；若、然日紐雙聲，韻部鐸元通轉，平入調轉。

（12）《方言》卷六：「閻苦，開也。」

《疏證》：「苦、開，亦一聲之轉。」

苦，《廣韻》「康杜切」，上古屬魚韻溪紐上聲。開，《廣韻》「苦哀切」，上古屬
微韻溪紐平聲。苦、開溪紐雙聲，韻部魚微無涉，上平調轉。

（13）《方言》卷十二：「鋪、脾，止也。」

《疏證》：「《廣雅》：『脾，止也。』義本此。脾之為止，不見於
　　經傳，與鋪一聲之轉。方俗或云鋪，或云脾也。」

脾，《廣韻》「符羈切」，上古屬支韻並紐平聲。鋪，《廣韻》「普故切」，上古屬
魚韻滂紐平聲。脾、鋪並滂旁紐，韻部支魚旁轉。

（14）《方言》卷九：「楫謂之橈，或謂之櫂。所以隱櫂謂之簛。
　　所以縣櫂謂之緝。所以刺船謂之篙。」

《疏證》：「交即篙，一聲之轉。」

交，《廣韻》「古肴切」，上古屬宵韻見紐。篙，《廣韻》「古勞切」，上古屬宵韻見紐。交、篙見紐雙聲、宵部疊韻。

（15）《方言》卷十：「洓，或也。」

《疏證》：「或、洓，一聲之轉。」

或，《集韻》「越逼切」，上古屬職韻匣紐入聲。洓，《集韻》「胡甘切」，上古屬談韻匣紐平聲。或、洓匣紐雙聲，韻部職談無涉，入平調轉。

（16）《方言》卷十：「縭，中夏語也。（亦言眜也）」

《疏證》：「眜、縭，一聲之轉。」

眜，《廣韻》「力追切」，上古屬脂韻來紐平聲。縭，《廣韻》「郎計切」，上古屬支韻來紐去聲。眜、縭來紐雙聲，韻部脂支通轉，平去調轉。

（17）《方言》卷十：「戲、泄，歇也。」

《疏證》：「戲、歇，一聲之轉。」

戲，《廣韻》「香義切」，上古屬魚韻曉紐平聲。歇，《廣韻》「許竭切」，上古屬月韻曉紐入聲。戲、歇曉紐雙聲，韻部魚月通轉，平入調轉。

（18）《方言》卷十一：「螳蜋謂之髦，或謂之虹。（按《爾雅》
云：『螳蜋，蚷。』）」

《疏證》：「蚷、髦，一聲之轉。」

蚷，《唐韻》「莫浮切」，上古屬幽韻明紐平聲。髦，《廣韻》「莫袍切」，上古屬宵韻明紐平聲。蚷、髦明紐雙聲，韻部幽宵旁轉。

（19）《方言》卷十一：「蠅，東齊謂之羊。」

《疏證》：「蠅、羊，一聲之轉。」

蠅，《廣韻》「餘陵切」，上古屬蒸韻喻紐平聲。羊，《廣韻》「與章切」，上古屬陽韻喻紐平聲。蠅、羊喻紐雙聲，韻部蒸陽旁轉。

（20）《方言》卷十三：「嗾、宵，使也。」

《疏證》：「宵、嗾，一聲之轉。」

宵，《廣韻》「相邀切」，上古屬宵韻心紐平聲。嗾，《廣韻》「蘇後切」，上古音侯韻心紐上聲。宵、嗾心紐雙聲，韻部宵侯旁轉，平上聲轉。

2‧《方言疏證》中的「聲微轉」，僅 1 例。

　　《方言》卷七：「熬、聚、煎、儵、鞏，火乾也。」

　　《疏證》：「曹憲《廣雅‧音釋》：『烆，穹之去聲』應即鞏，聲
微轉耳。」

烆，《廣韻》「去仲切」，上古屬蒸韻溪紐去聲。鞏，《廣韻》『居悚切』，上古
屬東韻見紐上聲。烆、鞏溪見旁紐，韻部蒸東旁轉，去上調轉。

3‧《方言疏證》中的「聲之變轉」，僅 1 例。

　　《方言》卷十：「諫，不知也。（音癡眩，江東曰咨，此亦如聲
之轉也）」

　　《疏證》：「知與咨乃聲之變轉」。

知，《廣韻》「陟離切」，上古屬支韻端紐平聲。咨，《廣韻》「即夷切」，上古
屬脂韻精紐平聲。知、咨端精準雙聲，韻部支脂通轉。

4‧《方言疏證》中的「聲之轉」，僅 1 例。

　　《方言》卷十三：「蟬，毒也。」

　　《疏證》：「蟬即慘聲之轉耳。」

蟬，《廣韻》「市連切」，上古音元部禪母平聲。慘，《廣韻》「七感切」，上古
音侵部清母上聲。蟬、慘清禪鄰紐，侵元通轉，平上調轉。

　　《方言疏證》「聲轉」中同紐雙聲，韻部發生轉變的共 20 組。聲紐為旁
紐，韻部發生轉變的共 4 組。聲紐為準雙聲，韻部發生轉變的僅 1 組。於聲
紐雙聲例中，韻部通轉 7 例，對轉 4 例，旁轉 4 例，疊韻 2 例，韻部無涉 2
例。可見「聲轉」以同紐雙聲，韻部發生轉變為主，韻部轉變又以通轉為主，
對轉、旁轉次之，疊韻較少。

（二）《方言疏證》中的「語轉」

　　戴震直接揭示的「語轉」有 7 例，具體表述形式為：語之轉、語之變轉、
轉語。

1‧《方言疏證》中的「語之轉」。共 4 例。

　　（1）《方言》卷一：「烈，枿，餘也。陳鄭之間曰枿，晉衛之間
曰烈，秦晉之間曰肆。」

《疏證》：「肄、餘，語之轉。」

肄，《廣韻》「羊至切」，上古屬質韻定紐入聲。餘，《廣韻》「以諸切」，上古屬魚韻定紐平聲。肄、餘定紐雙聲，韻部質魚無涉，入平調轉。

（2）《方言》卷一：「敦、豐、厖、夵、幠、般、嘏、奕、戎、京、奘、將，大也。」

《疏證》：「敦、大，語之轉。」

敦，《廣韻》「都昆切」，上古屬文韻端紐平聲。大，《廣韻》「唐佐切」，上古屬月韻定紐入聲。敦、大端定旁紐，韻部文月旁對轉，平入調轉。

（3）《方言》卷一：「蟬，出也。」

《疏證》：「蟬、出，語之轉。」

蟬，《廣韻》「市連切」，上古屬元韻禪紐平聲。出，《廣韻》「赤律切」，上古屬物韻透紐入聲。蟬、出禪透準旁紐，韻部元物旁對轉，平入調轉。

（4）《方言》卷十：「眠娗、脈蜴、賜施、茭媞、譠謾、惛怮，皆欺謾之語也。」

《疏證》：「脈蜴當即眽摘，語之轉耳。」

蜴，《集韻》「夷益切」，上古屬錫韻定紐入聲。摘，《廣韻》「陟革切」，上古屬錫韻端紐入聲。蜴、摘聲紐定端旁紐，韻部疊韻。

2・《方言疏證》中的「語之變轉」。僅 1 例。

《方言》卷十：「愮、療，治也。」

《疏證》：「療、愮，語之變轉。」

療，《廣韻》「力照切」，上古屬宵韻來紐去聲。愮，《廣韻》「餘昭切」，上古屬宵韻定紐平聲。療、愮聲紐來定旁紐，韻部疊韻，去平調轉。

3・《方言疏證》中的「轉語」。共 2 例。

（1）《方言》卷八：「虎，陳魏宋楚之間或謂之李父，江淮南楚之間謂之李耳；或謂之於䖻。（於音烏，今江南山夷呼虎為䖻，音狗竇）」

《疏證》：「《春秋・宣公四年左傳》『楚人謂乳穀，謂虎於

莬」，《釋文》：『莬音徒。』此注言『音竇』，語轉也。」

徒，《廣韻》「同都切」，上古屬魚韻定紐平聲。竇，《廣韻》「田候切」，上古屬屋韻定紐入聲。徒、竇定紐雙聲，韻部屋魚旁對轉，平入調轉。

　　（2）《方言》卷八：「貔，陳楚江淮之間謂之猍，北燕朝鮮之間
　　謂之豾，（今江南呼爲豾狸。音丕）關西謂之狸。」

　　　　《疏證》：「豾狸轉語爲不來。」

豾，《廣韻》「敷悲切」，上古屬之韻滂紐平聲。不，《廣韻》「分物切」，上古屬之韻幫紐平聲。狸，《廣韻》「裏之切」，上古屬之韻來紐平聲。來，《廣韻》「洛哀切」，上古屬之韻來紐平聲。豾、不，聲紐滂幫旁紐，韻部疊韻。狸、來雙聲疊韻。

　　《方言疏證》「語轉」中聲紐雙聲 3 例，旁紐 5 例。韻部疊韻 4 例，旁對轉 3 例，無涉 1 例。

## 二、通假字的語音分析

　　漢字是一種表意文字，創制之初，字的形和義是統一的，人們憑藉字的形體結構，便可認定它所表示的意義。但隨著語言的發展和豐富，詞義無窮而字體有限，專字專用的原則難以貫徹，於是不得不採用借字標音的方法以補救造字的不足。即使某詞詞義已有了本字，人們使用時可能匆促間想不起來，也會用借字標音的辦法。讀古書，特別是先秦兩漢的古籍，如果採用專字專用的原則來看待這種一字多用的現象，就會難以理解或誤解古書之意。所以戴震於《論韻書中字義答秦尚書》說：「夫六經字多假借，音聲失而假借之義何以得？訓詁音聲相爲表裏。」通假字「義由聲出」，故可「因聲而知義」。戴震曾以「胡」、「寧」爲例，闡釋因聲求義之法，曰：「其例或義由聲出，如『胡』字，惟《詩》『狼跋其胡』，與《考工記》『戈胡』、『戟胡』用本義。至於『永受胡福』，義同『降爾遐福』，則因『胡』、『遐』一聲之轉，而『胡』亦從『遐』爲遠。『胡不萬年』、『遐不眉壽』，又因『胡』、『遐』、『何』一聲之轉，而『胡』、『遐』皆從『何』。又如《詩》中曰『寧莫之知』，曰『胡寧忍予』，曰『寧莫我聽』，曰『寧丁我躬』，曰『寧俾我遁』，曰『胡寧瘨我以旱』，『寧』字之義，傳《詩》者失之。以轉語之法類推，『寧』之言『乃』也。

凡訓詁之失傳者，於此亦可因聲而知義矣。」〔註18〕「胡」，《廣韻》「戶吳切」，
上古音屬魚部匣紐，「遐」，《廣韻》「胡加切」，上古音屬魚部匣紐，「何」，《廣
韻》「胡歌切」，上古音屬歌部匣紐，胡、遐、何都是「匣」紐，同紐雙聲，
韻部歌魚陰陽對轉。又「寧」，《廣韻》「奴丁切」，上古音屬耕部泥紐，「乃」，
《廣韻》「奴亥切」，上古音屬之部泥紐，二字同紐雙聲，韻部耕之無涉。

　　為了揭示通假，尋得本字，戴震《方言疏證》用「古通用」、「亦作」等術
語系聯了大量通假字，例如：

　　　　《方言》卷一：「憮、㤈、憐、牟，愛也。韓鄭曰憮，晉衛曰㤈，
　　　汝潁之間曰憐，宋魯之間曰牟，或曰憐。憐，通語也。」

　　　　《疏證》：「《荀子·榮辱篇》『恈恈然惟利飲食之見』，楊倞注：
　　　『恈恈，愛欲之貌。《方言》云：『恈，愛也。宋魯之間曰恈。』牟、
　　　恈古通用。」

牟，《說文》：「牛鳴也。從牛，象其聲氣從口出。」段玉裁注：「此合體象形，
與芉同義。」恈，《玉篇》「貪愛也」。牟，《廣韻》「莫浮切」，上古音屬幽部明
紐。恈，《廣韻》「莫浮切」，上古音屬幽部明紐。「牟」與「恈」同音通假而有
愛義。又如：

　　　　《方言》卷六：「掩、翳，薆也。（謂蔽薆也。詩曰：『薆而不見。』
　　　音愛）」

　　　　《疏證》：「《月令》『處必掩身』，鄭注云：『掩猶隱翳也。』左
　　　思《詠史詩》『歸來翳負郭』，李善注引《方言》『翳，薆也』並注。
　　　《爾雅·釋木》『蔽者翳』，郭注云：『樹蔭翳覆地者。』《釋言》：『薆，
　　　隱也。』注云：『謂隱蔽。』《離騷》『眾薆然而蔽之』，洪興祖補注
　　　引《方言》此條注文，訛作『謂薆蔽也。』薆亦通用僾。《說文》云：
　　　『彷彿也。』引《詩》『僾而不見』。今《毛詩》作愛，古字假借通
　　　用。」

愛，《說文》：「愛，行貌。」《廣雅》：「愛，仁也。」薆，《爾雅》：「薆，隱也。」
郭璞注云：「謂蔽薆也。」僾，《說文》：「僾，彷彿也。」僾、薆，《廣韻》「烏

〔註18〕《論韻書中字義答秦尚書》，《戴震全書》三，334～335頁。

代切」，上古音屬物部影紐。愛，《廣韻》「烏代切」，上古音屬物部影紐。愛與優、薆雙聲疊韻而通。

　　除假借通用外，同源詞的源字和孳乳字也存在通用現象。王寧說：「新詞因詞義引申而派生後，便孳乳出相應的新字。孳乳字已經承擔了發源字分化出的新義，與發源字有了明確的分工，但是，由於過去長期的習慣，在新字尚未被完全慣用的過渡階段，仍有與發源字混用的情況。同一發源字孳乳出的兩個以上的新字，也可能在過渡階段因分化未成熟、尚未成為多數人的習慣而混用。這就是同源通用現象造成的原因。例如：『風』是『諷』的源詞，在『諷諫』這個意義上，自《周禮》至《漢書》，均有『風』、『諷』通用的現象。」〔註19〕

　　源字和孳乳字出自同一語源，意義相關。為探求詞源義，戴震《方言疏證》用「亦作」、「即」等術語系聯了大量的同源詞，例如：

　　　　《方言》卷一：「敦、豐、京、奘、將，大也。凡物之大貌曰豐。」

　　　　《疏證》：「《廣雅》：『豐、般、敦，大也。』義本此。豐、寷古
　　　　通用。」

《說文·豆部》：「豐，豆之豐滿者也。」《易·豐卦》：「豐，大也。」《詩·周頌·豐年》：「豐年多黍多稌。」《毛傳》：「豐，大也。」《說文·宀部》：「寷，大屋也。從宀豐聲。」《廣雅·釋詁一》：「寷，大也。」寷以豐為聲符，寷為屋大，豐為豆大，二字為同源，他們詞根義為「大」。又如：

　　　　《方言》卷十：「瞷、矉、闚、眮、占、伺，視也。凡相竊視，
　　　　南楚謂之闚，或謂之瞷，或謂之眮，或謂之占，或謂之矉。矉，中夏
　　　　語也。闚，其通語也。自江而北謂之眮，或謂之覘。凡相候謂之占，
　　　　占猶瞻也。」

　　　　《疏證》：「郭璞《江賦》『爾乃矉霄褫於清旭』，李善注引《方
　　　　言》：『矉，視也。』班固《西都賦》『魚窺淵』，李善注引《方言》：
　　　　『窺，視也。』『窺』即『闚』。」

《說文》：「窺，小視也。從穴規聲。」《說文》：「闚，閃也。」《類篇》：「闚，缺規切。《說文》閃也。謂傾頭門中視也。又窺睡切。小視。」闚，從門視，窺，

〔註19〕王寧《訓詁學原理》，53頁。

從穴視，皆有看義。「窺」「闚」《廣韻》皆「去隨切」，上古音屬支部溪紐，音同，爲一組同源字。

假借字用來代替本字的時候，完全被當作一個音符來使用，其表音功能爲「聲同聲近」。「聲近」則表明假借字與本字產生了音轉。文字假借的必然性，決定了假借音轉的必然性。相互通用的同源詞有一部分保持同音，而另一部分則在詞義運動和共時變異與歷時變異的雙重作用下發生了音轉。本節將對戴震繫聯的 273 組假借通用字和同源通用字（統稱通假字）進行窮盡式語音分析，找出《方言疏證》中通假字的音轉材料。爲了節省篇幅，便於省覽，下面採用列表說明的辦法。《方言疏證》中「某」、「某」通用，前「某」表格中用 A 表示，後「某」用 B 表示。反切注音依據《廣韻》，《廣韻》所沒有的則依據《集韻》，並予以注明。上古音前爲韻部，中爲聲紐，後爲聲調。備註中分析通假字的音轉關係。

表 9　戴震繫聯的通用字語音關係

| AB | A | | B | | 備　　註 |
|---|---|---|---|---|---|
| | 反　　切 | 上古音 | 反　　切 | 上古音 | |
| 倢捷 | 疾葉切 | 葉精入 | 疾葉切 | 葉從入 | 精從旁紐，韻部疊韻 |
| 由猶 | 直由切 | 幽喻平 | 夷周切 | 幽喻平 | |
| 臺頤 | 與之切 | 之喻平 | 與之切 | 之喻平 | |
| 牟恈 | 莫浮切 | 幽明平 | 莫浮切 | 幽明平 | |
| 烈裂 | 良辥切 | 月來入 | 良辥切 | 月來入 | |
| 烈㤠 | 良辥切 | 月來入 | 力制切 | 月來入 | |
| 慔撫 | 文甫切 | 侯明上 | 武夫切 | 魚滂上 | 明滂旁紐，侯魚旁轉 |
| 矜齡 | 居陵切 | 侵見平 | 居陵切 | 侵見平 | |
| 唏悕 | 虛豈切 | 微曉平 | 香衣切 | 微曉平 | |
| 唏欷 | 虛豈切 | 微曉平 | 香衣切 | 微曉平 | |
| 喨喨 | 力讓切 | 陽來去 | 力讓切 | 陽來去 | |
| 傷傷 | 式羊切 | 陽書平 | 式羊切 | 陽書平 | |
| 憂優 | 於求切 | 幽影平 | 於求切 | 幽影平 | |
| 濕溼 | 失入切 | 緝審入 | 失入切 | 緝審入 | |
| 怒惄 | 奴歷切 | 覺泥入 | 奴歷切 | 覺泥入 | |
| 豐豐 | 敷隆切 | 冬滂平 | 敷隆切 | 冬滂平 | |
| 夰介 | 居拜切 | 月見入 | 居拜切 | 月見入 | |
| 佫格 | 古伯切 | 鐸見入 | 古伯切 | 鐸見入 | |
| 假格 | 古疋切 | 魚見上 | 古伯切 | 鐸見入 | 見紐雙聲，魚鐸對轉，上入調轉 |

| 嘽蟬 | 《集韻》稱延切 | 元昌平 | 市連切 | 元禪平 | 昌禪旁紐，韻部疊韻 |
|---|---|---|---|---|---|
| 脅愶 | 虛業切 | 葉曉入 | 虛業切 | 葉曉入 | |
| 闃嚹 | 馨激切 | 錫曉入 | 許激切 | 錫曉入 | |
| 闃潏 | 馨激切 | 錫曉平 | 許激切 | 錫曉平 | |
| 惏婪 | 盧含切 | 侵來平 | 盧含切 | 侵來平 | |
| 㦺林 | 《集韻》力錦切 | 侵來上 | 盧含切 | 侵來平 | 上平調轉 |
| 黎黎 | 力脂切 | 脂來平 | 郎溪切 | 脂來平 | |
| 杼抒 | 直呂切 | 魚書上 | 神與切 | 魚書平 | 上平調轉 |
| 亟㥛 | 紀力切 | 職溪入 | 紀力切 | 職溪入 | |
| 沈忱 | 式任切 | 侵書上 | 丁含切 | 侵端平 | 書端準旁紐，韻部疊韻 |
| 鈔俏 | 親小切 | 宵清上 | 七肖切 | 宵清去 | 上去調轉 |
| 鑠爍 | 書藥切 | 藥書入 | 書藥切 | 藥書入 | |
| 鱸盧 | 洛胡切 | 魚來平 | 洛胡切 | 魚來平 | |
| 瞳童 | 徒紅切 | 東定平 | 徒紅切 | 東定平 | |
| 洌列 | 良薛切 | 月來入 | 良薛切 | 月來入 | |
| 偉瑋 | 於鬼切 | 微匣上 | 於鬼切 | 微匣上 | |
| 孃壤 | 如兩切 | 陽日上 | 如兩切 | 陽日上 | |
| 纖孅 | 息廉切 | 談心平 | 息廉切 | 談心平 | |
| 蔑懱 | 莫結切 | 月明入 | 莫結切 | 月明入 | |
| 臺儓 | 徒哀切 | 之定平 | 徒哀切 | 之定平 | |
| 託侂 | 他各切 | 鐸透入 | 他各切 | 鐸透入 | |
| 艐媵 | 以證切 | 蒸喻去 | 以證切 | 蒸喻去 | |
| 媿愧 | 俱位切 | 微見去 | 俱位切 | 微見去 | |
| 剌瘌 | 盧達切 | 月來入 | 盧達切 | 月來入 | |
| 搜廀 | 所鳩切 | 幽生平 | 所鳩切 | 幽生平 | |
| 孜孳 | 疾置切 | 之精平 | 疾置切 | 之精平 | |
| 娠振 | 失人切 | 文書平 | 章刃切 | 文章去 | 書章旁紐，韻部疊韻 |
| 綷繀 | 子對切 | 微精去 | 子對切 | 微精去 | |
| 猷繇 | 以周切 | 幽喻平 | 餘昭切 | 宵喻平 | 喻紐雙聲，幽宵旁轉 |
| 浼靦 | 武罪切 | 微明上 | 《集韻》母伴切 | 元明上 | 明紐雙聲，微元旁對轉 |
| 佚迭 | 夷質切 | 質喻入 | 徒結切 | 質定入 | 喻定準旁紐，韻部疊韻 |
| 甿氓 | 謨耕切 | 陽明平 | 謨耕切 | 陽明平 | |
| 茫莔 | 莫郎切 | 陽明平 | 莫郎切 | 陽明平 | |
| 厲賴 | 力制切 | 月來入 | 落蓋切 | 月來入 | |
| 孷釐 | 裏之切 | 之來平 | 裏之切 | 之來平 | |
| 譌訛 | 五禾切 | 歌疑平 | 五禾切 | 歌疑平 | |
| 釀穰 | 如兩切 | 陽日平 | 如兩切 | 陽日平 | |
| 宅度 | 瑒伯切 | 鐸定入 | 徒故切 | 鐸定入 | |
| 掩奄 | 衣儉切 | 談影上 | 衣檢切 | 談影上 | |
| 洿污 | 哀都切 | 魚影平 | 哀都切 | 魚影平 | |

| | | | | | |
|---|---|---|---|---|---|
| 庸傭 | 魚封切 | 東喻平 | 魚封切 | 東喻平 | |
| [illegible]麗 | 盧啓切 | 耕禪上 | 郎計切 | 支來平 | 禪來準旁紐，耕支對轉，上平調轉 |
| 潔絜 | 古屑切 | 月見入 | 古屑切 | 月見入 | |
| 蘭闌 | 落幹切 | 元來平 | 落幹切 | 元來平 | |
| 棖橕 | 直庚切 | 陽定平 | 醜庚切 | 陽透平 | 定透旁紐，韻部疊韻 |
| 儓嬯 | 徒哀切 | 之定平 | 徒哀切 | 之定平 | |
| 愈瘉 | 以主切 | 侯喻上 | 以主切 | 侯喻上 | |
| 差瘥 | 楚懈切 | 歌初去 | 楚懈切 | 歌初去 | |
| 啓啓 | 康禮切 | 支溪上 | 康禮切 | 支溪上 | |
| 擈穙 | 普木切 | 屋滂入 | 蒲木切 | 屋並入 | 滂並旁紐，韻部疊韻 |
| 澌賜 | 斯義切 | 支心入 | 斯義切 | 錫心入 | 心紐雙聲，支錫對轉 |
| 鋌[illegible] | 徒鼎切 | 耕定平 | 他鼎切 | 耕透平 | 定透旁紐，韻部疊韻 |
| 擈樸 | 普木切 | 屋滂入 | 蒲木切 | 屋並入 | 滂並旁紐，韻部疊韻 |
| 襌單 | 都寒切 | 元禪上 | 都寒切 | 元禪上 | |
| 袚袷 | 其轍切 | 葉見入 | 古洽切 | 緝見入 | 見紐雙聲，葉緝旁轉 |
| 褸縷 | 力主切 | 侯來上 | 力主切 | 侯來上 | |
| 襟衿 | 居吟切 | 侵見平 | 居吟切 | 侵見平 | |
| 衿紟 | 居吟切 | 侵見平 | 居吟切 | 侵見平 | |
| 袊領 | 良郢切 | 耕來上 | 郎郢切 | 耕來上 | |
| 裎綎 | 直貞切 | 耕定平 | 特丁切 | 耕透平 | 定透旁紐，韻部疊韻 |
| [illegible]裻 | 冬毒切 | 藥定入 | 先鵠切 | 藥端入 | 定端旁紐，韻部疊韻 |
| [illegible]督 | 徒藥切 | 藥端入 | 冬毒切 | 覺端入 | 端紐雙聲，藥覺旁轉 |
| 幭韈 | 莫結切 | 月明入 | 望發切 | 月明入 | |
| 毉繄 | 於其切 | 之影平 | 烏奚切 | 支影平 | 影紐雙聲，之支旁轉 |
| 陌帞 | 莫白切 | 鐸明入 | 莫白切 | 鐸明入 | |
| 綃幧 | 相邀切 | 宵心平 | 七遙切 | 宵清平 | 心清旁紐，韻部疊韻 |
| 帞帕 | 莫白切 | 鐸明入 | 莫鎋切 | 月明去 | 聲紐雙聲，鐸月通轉，入去調轉 |
| 結髻 | 吉詣切 | 質見入 | 吉詣切 | 質見入 | |
| 麤粗 | 倉胡切 | 魚清平 | 徂古切 | 魚清平 | |
| [illegible]晚 | 《集韻》委遠切 | 元明上 | 無遠切 | 元明上 | |
| 仰[illegible] | 魚兩切 | 陽疑上 | 五綱切 | 陽疑上 | |
| 兩緉 | 兩獎切 | 陽來上 | 兩獎切 | 陽來上 | |
| 釜鬴 | 扶雨切 | 魚並上 | 扶雨切 | 魚並上 | |
| [illegible]蠡 | 郎計切 | 支來上 | 呂支切 | 支來上 | |
| 簴筥 | 居許切 | 魚見上 | 居許切 | 魚見上 | |
| 盂杅 | 羽俱切 | 魚匣平 | 羽俱切 | 魚匣平 | |
| 蠡盠 | 《集韻》郎計切 | 支來上 | 郎奚切 | 支來上 | |
| [illegible]落 | 歷各切 | 鐸來入 | 盧各切 | 鐸來入 | |

| | | | | | |
|---|---|---|---|---|---|
| 甂臾 | 羊朱切 | 侯喻平 | 羊朱切 | 侯喻平 | |
| 甂儋 | 丁含切 | 談端平 | 《集韻》都甘切 | 談端平 | |
| 帓裺 | 於業切 | 葉影入 | 衣檢切 | 談影上 | 聲紐雙聲，葉談對轉，入上調轉 |
| 鉤剄 | 古侯切 | 侯見去 | 古侯切 | 侯見去 | |
| 鍋劃 | 古火切 | 歌見上 | 古臥切 | 歌見去 | 上去調轉 |
| 杙弋 | 與職切 | 職喻入 | 與職切 | 職喻入 | |
| 篍摻 | 《集韻》以冉切 | 談書去 | 以冉切 | 談書去 | |
| 趙朓 | 治小切 | 宵定上 | 徒了切 | 宵定上 | |
| 箕筍 | 思尹切 | 真心上 | 思尹切 | 真心上 | |
| 扅椸 | 施智切 | 脂書去 | 余支切 | 歌喻平 | 書喻旁紐，脂歌旁轉，去平調轉 |
| 轣厤 | 《集韻》狼狄切 | 錫來入 | 郎擊切 | 錫來入 | |
| 轆鹿 | 盧谷切 | 屋來入 | 盧谷切 | 屋來入 | |
| 籥鑰 | 以灼切 | 藥喻入 | 以灼切 | 藥喻入 | |
| 簿博 | 補各切 | 鐸幫入 | 補各切 | 鐸幫入 | |
| 聳竦 | 息拱切 | 東心上 | 息拱切 | 東心上 | |
| 寋蹇 | 《集韻》紀偃切 | 元見上 | 九輦切 | 元見上 | |
| 殆怠 | 徒亥切 | 之定上 | 徒亥切 | 之定上 | |
| 澌嘶 | 先稽切 | 支心平 | 先稽切 | 支心平 | |
| 墊窴 | 都念切 | 侵端去 | 丁悷切 | 侵端去 | |
| 稟懍 | 筆錦切 | 侵來上 | 力稔切 | 侵來上 | |
| 蠡離 | 呂支切 | 支來上 | 呂支切 | 支來上 | |
| 偪幅 | 彼側切 | 職幫入 | 彼側切 | 職幫入 | |
| 刎刎 | 武粉切 | 物微入 | 文弗切 | 物微入 | |
| 廩稟 | 力稔切 | 侵來上 | 筆錦切 | 侵來上 | |
| 膂旅 | 力舉切 | 魚來上 | 力舉切 | 魚來上 | |
| 祛胠 | 去魚切 | 魚溪平 | 去魚切 | 魚溪平 | |
| 僤憚 | 徒案切 | 元定去 | 徒案切 | 元定去 | |
| 譜諦 | 特計切 | 錫端入 | 都計切 | 錫端入 | |
| 絚亘 | 古恆切 | 蒸見平 | 古鄧切 | 蒸見去 | 平去調轉 |
| 猒厭 | 一鹽切 | 談影平 | 《集韻》益涉切 | 談影平 | |
| 薆僾 | 烏代切 | 物影入 | 烏代切 | 物影入 | |
| 薆愛 | 烏代切 | 物影入 | 烏代切 | 物影入 | |
| 佚逸 | 夷質切 | 質喻入 | 夷質切 | 質喻入 | |
| 姪淫 | 餘針切 | 侵喻平 | 餘針切 | 侵喻平 | |
| 誅疾 | 秦悉切 | 質從入 | 秦悉切 | 質從入 | |
| 寫卸 | 四夜切 | 魚心去 | 司夜切 | 魚心去 | |
| 稅說 | 舒芮切 | 月書入 | 舒芮切 | 月書入 | |

| 嗾哨 | 倉奏切 | 屋清入 | 七肖切 | 宵清去 | 聲紐雙聲，宵屋旁對轉，入去調轉 |
|---|---|---|---|---|---|
| 酷䃦 | 苦沃切 | 覺溪入 | 苦沃切 | 藥溪入 | 聲紐雙聲，覺藥旁轉 |
| 蠍遏 | 胡葛切 | 月匣入 | 烏葛切 | 月影入 | 匣影鄰紐，韻部疊韻 |
| 噬遾 | 時制切 | 月禪入 | 時制切 | 月禪入 | |
| 彈憚 | 徒案切 | 元定去 | 徒案切 | 元定去 | |
| 沾霑 | 張廉切 | 侵端平 | 張廉切 | 侵端平 | |
| 擩嬴 | 以成切 | 耕喻平 | 以成切 | 耕喻平 | |
| 賀何 | 胡個切 | 歌匣去 | 胡可切 | 歌匣去 | |
| 茀袚 | 敷勿切 | 物幫入 | 北末切 | 月幫入 | 幫紐雙聲，物月旁轉 |
| 度渡 | 徒故切 | 鐸定入 | 徒故切 | 鐸定入 | |
| 菟虪 | 湯故切 | 魚透去 | 同都切 | 魚定平 | 透定旁紐，韻部疊韻。去平調轉 |
| 噣啄 | 陟救切 | 屋定入 | 竹角切 | 屋端入 | 定端旁紐，韻部疊韻 |
| 爵雀 | 即略切 | 藥精入 | 即略切 | 藥精入 | |
| 抱菢 | 薄浩切 | 幽并上 | 薄報切 | 幽并上 | |
| 佳雖 | 職追切 | 微章去 | 職追切 | 微章去 | |
| 鴀浮 | 縛謀切 | 幽并平 | 縛謀切 | 幽并平 | |
| 駒駕 | 古俄切 | 歌見平 | 古訝切 | 歌見平 | |
| 懱襪 | 莫結切 | 月明入 | 望發切 | 月明入 | |
| 懱蔑 | 莫結切 | 月明入 | 莫結切 | 月明入 | |
| 鸝鷅 | 呂支切 | 支來平 | 郎奚切 | 脂來平 | 聲紐雙聲，支脂通轉 |
| 鸝鴷 | 呂支切 | 支來平 | 呂支切 | 脂來平 | 聲紐雙聲，支脂通轉 |
| 鴷離 | 呂支切 | 脂來平 | 呂支切 | 歌來平 | 聲紐雙聲，脂歌旁轉 |
| 釪子 | 居列切 | 月見入 | 居列切 | 月見入 | |
| 鉤句 | 古侯切 | 侯見去 | 古侯切 | 侯見去 | |
| 鏝墁 | 莫半切 | 元明平 | 無販切 | 元明平 | |
| 棘戟 | 紀力切 | 職見入 | 幾劇切 | 鐸見入 | 見紐雙聲，職鐸旁轉 |
| 郭廓 | 古博切 | 鐸見入 | 苦敦切 | 鐸溪入 | 見溪旁紐，韻部疊韻 |
| 瞂伐 | 房越切 | 月並入 | 房越切 | 月並入 | |
| 袟鉄 | 直一切 | 質定入 | 直質切 | 質定入 | |
| 縪畢 | 卑吉切 | 質幫入 | 卑吉切 | 質幫入 | |
| 籠轆 | 盧紅切 | 東來平 | 盧紅切 | 東來平 | |
| 削鞘 | 息約切 | 藥心入 | 私妙切 | 宵心去 | 聲紐雙聲，藥宵對轉，入去調轉 |
| 楯盾 | 詳遵切 | 文穿上 | 食尹切 | 文定上 | 穿定準旁紐，韻部疊韻 |
| 輨錧 | 古滿切 | 元見上 | 古玩切 | 元見上 | |
| 鍋檋 | 古禾切 | 歌見平 | 古禾切 | 歌見平 | |
| 軑釱 | 特計切 | 月定去 | 特計切 | 月定去 | |
| 鐮廉 | 力鹽切 | 談來平 | 力鹽切 | 談來平 | |

| 箙服 | 房六切 | 職並入 | 房六切 | 職並入 | |
| 韇櫝 | 徒谷切 | 屋定入 | 徒谷切 | 屋定入 | |
| 舫方 | 甫妄切 | 陽幫平 | 府良切 | 陽幫平 | |
| 艄首 | 《集韻》始九切 | 幽書上 | 書九切 | 幽書上 | |
| 仡扻 | 許訖切 | 物疑入 | 魚厥切 | 物疑入 | |
| 仡刜 | 許訖切 | 物疑入 | 五忽切 | 月疑入 | 聲紐雙聲，物月旁轉 |
| 墨嚜 | 莫北切 | 職明入 | 明祕切 | 職明入 | |
| 恡遴 | 良刃切 | 文來去 | 良刃切 | 眞來去 | 來紐雙聲，文眞旁轉 |
| 恡吝 | 良刃切 | 文來去 | 良刃切 | 文來去 | |
| 墩敲 | 苦麼切 | 宵溪平 | 口交切 | 宵溪平 | |
| 泄渫 | 私列切 | 月心入 | 私列切 | 月心入 | |
| 泄洩 | 私列切 | 月心入 | 私列切 | 月心入 | |
| 卒猝 | 倉沒切 | 物清入 | 倉沒切 | 物清入 | |
| 謫適 | 陟革切 | 錫端入 | 施只切 | 錫書入 | 端書準旁紐，韻部疊韻 |
| 遑惶 | 胡光切 | 陽匣平 | 胡光切 | 陽匣平 | |
| 遽懅 | 其據切 | 魚群去 | 強魚切 | 魚群平 | 去平調轉 |
| 極恆 | 渠力切 | 職群入 | 紀力切 | 職見入 | 群見旁紐，韻部疊韻 |
| 讞謇 | 《集韻》九件切 | 元見上 | 九輦切 | 元見上 | |
| 憮怃 | 芳無切 | 魚滂平 | 芳無切 | 魚滂平 | |
| 蘇穌 | 素姑切 | 魚心平 | 素姑切 | 魚心平 | |
| 搖愮 | 餘昭切 | 宵喻平 | 餘昭切 | 宵喻平 | |
| 端耑 | 多官切 | 元端平 | 多官切 | 元端平 | |
| 貼佔 | 醜豔切 | 鹽船去 | 癡廉切 | 鹽船平 | 去平調轉 |
| 繷襛 | 《集韻》乃湩切 | 多泥平 | 《集韻》乃湩切 | 多泥平 | |
| 覘貼 | 醜廉切 | 談透平 | 醜豔切 | 談透去 | 平去調轉 |
| 覗伺 | 相吏切 | 之心平 | 息吏切 | 之心平 | |
| 窺闚 | 去隨切 | 支溪平 | 去隨切 | 支溪平 | |
| 仉汎 | 孚梵切 | 談敷去 | 孚梵切 | 談敷去 | |
| 僄剽 | 匹妙切 | 宵滂去 | 匹妙切 | 宵滂去 | |
| 趣促 | 七玉切 | 屋清入 | 七玉切 | 屋清入 | |
| 螮蝀 | 胡桂切 | 質匣入 | 胡桂切 | 質匣入 | |
| 闇瘖 | 烏紺切 | 侵影去 | 於金切 | 侵影平 | 去平調轉 |
| 蛄姑 | 古胡切 | 魚見平 | 古胡切 | 魚見平 | |
| 蚇尺 | 昌石切 | 鐸穿入 | 昌石切 | 鐸穿入 | |
| 果蠃 | 古火切 | 歌見上 | 古火切 | 歌見上 | |
| 尨朧 | 莫江切 | 東明平 | 《集韻》莫江切 | 東明平 | |
| 撫舞 | 芳武切 | 魚滂上 | 文甫切 | 魚明上 | 滂明旁紐，韻部疊韻 |
| 菲薠 | 扶涕切 | 微滂上 | 《集韻》妃尾切 | 微上 | 滂幫旁紐，韻部疊韻 |
| 裔帠 | 餘制切 | 月喻去 | 餘制切 | 月喻去 | |

| | | | | | |
|---|---|---|---|---|---|
| 恇惥 | 《集韻》於放切 | 陽匣去 | 居況切 | 陽見去 | 匣見旁紐，韻部疊韻 |
| 效皎 | 胡教切 | 宵匣去 | 古了切 | 宵見上 | 匣見旁紐，韻部疊韻，去上調轉 |
| 軮怏 | 於兩切 | 陽影上 | 於亮切 | 陽影上 | |
| 侼勃 | 《集韻》薄沒切 | 物並入 | 蒲沒切 | 物並入 | |
| 覶矉 | 必鄰切 | 眞幫平 | 符眞切 | 眞並平 | 幫並旁紐，韻部疊韻 |
| 眉釁 | 旻悲切 | 脂明平 | 靡爲切 | 歌明平 | 聲紐雙聲，脂歌旁轉 |
| 柲柲 | 兵媚切 | 質幫入 | 鄙宓切 | 質幫入 | |
| 萃崒 | 秦醉切 | 物從入 | 秦醉切 | 物從入 | |
| 說悅 | 《集韻》輸藝切 | 月書入 | 欲雪切 | 月喻入 | 書喻旁紐，疊韻疊韻 |
| 燾嶹 | 直由切 | 幽定平 | 直由切 | 幽定平 | |
| 蒙幏 | 莫紅切 | 東明平 | 莫弄切 | 東明平 | |
| 幏冡 | 莫弄切 | 東明平 | 莫紅切 | 東明平 | |
| 厲礪 | 力制切 | 月來入 | 力制切 | 月來入 | |
| 植殖 | 直吏切 | 職禪入 | 常職切 | 職禪入 | |
| 該賅 | 古哀切 | 之見平 | 古哀切 | 之見平 | |
| 虜鹵 | 郎古切 | 魚來上 | 郎古切 | 魚來上 | |
| 律葎 | 呂卹切 | 物來入 | 呂卹切 | 物來入 | |
| 嬴盈 | 以成切 | 耕喻平 | 以成切 | 耕喻平 | |
| 晠盛 | 時正切 | 耕禪平 | 承正切 | 耕禪平 | |
| 曅燁 | 筠輒切 | 葉匣入 | 筠輒切 | 葉匣入 | |
| 焜昆 | 胡本切 | 文匣上 | 古渾切 | 文見平 | 匣見旁紐，韻部疊韻。上平調轉 |
| 蒀蒕 | 於云切 | 文影上 | 於粉切 | 文影上 | |
| 嗇穡 | 所力切 | 職生入 | 所力切 | 職生入 | |
| 翹矯 | 渠天切 | 宵群平 | 居天切 | 宵見 | 群見旁紐，韻部疊韻，平上調轉 |
| 喤諻 | 戶盲切 | 陽匣平 | 胡盲切 | 陽匣平 | |
| 殹翳 | 於計切 | 支影去 | 於計切 | 支影去 | |
| 狄剔 | 徒歷切 | 錫定入 | 他歷切 | 錫透入 | 定透旁紐，韻部疊韻 |
| 升陞 | 識蒸切 | 蒸審平 | 識蒸切 | 蒸審平 | |
| 緣捐 | 《集韻》俞絹切 | 元喻平 | 輿專切 | 元喻平 | |
| 莫眊 | 莫卜切 | 屋明入 | 莫報切 | 宵明去 | 聲紐雙聲，屋宵旁對轉，入去調轉 |
| 休溺 | 乃歷切 | 藥泥入 | 奴歷切 | 藥泥入 | |
| 飭敕 | 恥歷切 | 職透入 | 恥歷切 | 職透入 | |
| 芒亡 | 莫郎切 | 陽明平 | 武方切 | 陽明平 | |
| 拇每 | 武罪切 | 之明上 | 武罪切 | 之明上 | |
| 瘃喙 | 許穢切 | 月曉入 | 許穢切 | 月曉入 | |
| 灼灼 | 之若切 | 藥章入 | 都了切 | 藥章入 | |

| 懼瞿 | 其遇切 | 魚群去 | 九遇切 | 魚見去 | 群見旁紐，韻部疊韻 |
|---|---|---|---|---|---|
| 傪慘 | 倉寒切 | 侵清上 | 七感切 | 侵清上 | |
| 葯約 | 於略切 | 藥影入 | 於略切 | 藥影入 | |
| 讚贊 | 則旰切 | 元精去 | 則旰切 | 元精去 | |
| 康漮 | 苦岡切 | 陽溪平 | 苦岡切 | 陽溪平 | |
| 康㱠 | 苦岡切 | 陽溪平 | 苦岡切 | 陽溪平 | |
| 康康 | 苦岡切 | 陽溪平 | 苦岡切 | 陽溪下 | |
| 俛婉 | 於阮切 | 元影上 | 於阮切 | 元影上 | |
| 揜掩 | 衣檢切 | 談影卜 | 衣儉切 | 談影上 | |
| 蘊縕 | 於云切 | 文影上 | 於云切 | 文影上 | |
| 姑鹽 | 古胡切 | 魚見平 | 公戶切 | 魚見上 | 平上音轉 |
| 彌爾 | 武移切 | 支明平 | 武移切 | 支明平 | |
| 腃朘 | 以證切 | 蒸喻去 | 以證切 | 蒸喻去 | |
| 嫗嘔 | 衣遇切 | 侯影去 | 烏侯切 | 侯影上 | 去上音轉 |
| 煦喣 | 香句切 | 侯曉去 | 籲旬反 | 侯曉上 | 去上音轉 |
| 媟渫 | 私列切 | 月心入 | 私列切 | 月心入 | |
| 翕熻 | 許及切 | 絹曉上 | 許及切 | 絹曉上 | |
| 去笶 | 丘據切 | 魚溪上 | 去魚切 | 魚溪平 | 上平音轉 |
| 採垸 | 倉宰切 | 之清上 | 倉代切 | 之清上 | |

　　戴震繫聯的 265 組通假字中，同音通用 199 例，占 75%。存在音轉關係的通假字 66 例，占 25%。存在音轉關係的通假字中，韻部疊韻，音調相同，聲紐發生轉化的 26 組，占 38%；韻部疊韻，聲紐、音調發生轉化的 3 組，占 4%；聲紐雙聲，音調相同，韻部發生轉化的 15 組，占 23%；聲紐雙聲，韻部、聲調發生轉化的 6 組，占 9%；韻部疊韻、聲紐雙聲，音調發生轉化的 13 組，占 22%；音調相同，聲紐、韻部發生轉化的 1 組，占 1%；聲紐、韻部、音調皆發生轉化的 2 組，占 3%。於 66 組音轉通假字中，具有疊韻關係的有 44 組，約占總數的 64%，具有雙聲關係的有 37 組，約占總數的 54%。

　　從以上統計數字可見，通假字以音同爲主。存在音轉關係的通假字，又以雙聲、疊韻爲主。前代學者於通假音轉大多主於聲轉。宋代的戴侗說：「聲，陽也；韻，陰也。聲爲律，韻爲呂。今之爲韻書者不以聲爲綱，而鑿者每以韻訓字，故其義多忒。聲之相通也，猶祖宗眾姓之相生也，其形不必同，其氣類一也。雖有不同焉者，其寡已矣。韻之相邇也，猶猩爰似人，鱔之似蛇，其形幾似，其類實遠。雖有同焉者，其寡已矣……不能審聲而配韻以立義，未有不爲

鑿說者也。」〔註20〕他充分肯定雙聲的作用，而極力貶低了疊韻訓詁的事實。晚近的學者，也有類似的觀點。如梁啓超說：「凡轉注假借字，其遞嬗孳乳，皆用雙聲。」〔註21〕王國維說得更明白：「然古人假借、轉注多取雙聲。段、王諸君自定古韻部目，然其言訓詁也，亦往往捨其所謂韻而用雙聲，其以疊韻說訓詁者，往往扞格不得通。然則與其謂古韻明而後詁訓明，毋寧謂古雙聲明而後詁訓明歟？」〔註22〕從具體的語料分析可見，撇開韻部，單從聲紐的轉變講音轉的觀點未必盡合事實。錢大昕說：「綜其要，無過雙聲、疊韻二端。」〔註23〕黃侃說：「假借之法，有以聲通假者，有以韻通假者。蓋求之於韻不得，則求之於聲。」〔註24〕這才是科學的論述。

### 三、聯綿詞的語音分析

漢字一個顯著的特點即它代表的詞語基本上是單音節的，但漢語詞語並非都是單音節，古漢語中存在不少聯綿詞。文獻語言要如實的記錄這類雙音節單純詞，只有連用兩個漢字。從聯綿詞正式形成的時候起，它就只代表一個詞的聲音，與意義已無必然聯繫，所以，代表這個詞的文字可以因時因地因人而異。而文字的不同，實質上反映的是語音形式的不同。這是聯綿詞音轉產生的根本原因。

戴震《方言疏證》中用「亦作」、「即」等術語系聯了45組聯綿詞的異體形式，如：

> 《方言》卷七：「漢漫、眠眩，懣也。朝鮮洌水之間煩懣謂之漢漫，顛眴謂之眠眩。」

> 《疏證》：「《廣雅》：『漢憫，懣也。』《玉篇》：『眠眩，懣也。』皆本此。漢憫即漢漫。」

憫，《廣韻》「母本切」，上古音屬文部明紐，漫，《廣韻》「莫半切」，上古音屬

---

〔註20〕 戴侗《六書故》卷九，上海社會科學院出版社，2006 年。

〔註21〕 《從發音上研究中國文字之源》，《飲冰室合集》卷三十六，中華書局，1936 年，37 頁。

〔註22〕 《爾雅草木蟲魚鳥獸釋例序》，《王國維遺書》第六冊，上海古籍出版社，1983 年。

〔註23〕 錢大昕《潛研堂文集》卷十五，上海書局，1988 年。

〔註24〕 黃侃《文字聲韻訓詁筆記》，152 頁。

元部明紐。二字聲紐雙聲，韻部文元旁轉，音近替代。

　　《方言》卷十二：「怤愉，悅也。」

　　《疏證》：「『怤』亦作『敷』。漢《瑟調曲・隴西行》『好婦出迎客，顏色正敷愉』，敷愉雙聲形容之辭。《廣雅》：『怤愉，說也。』

　　『說』即『悅』，又：『怤愉，喜也。』」

怤，《廣韻》「芳無切」，上古音屬侯部滂紐。敷，《廣韻》「芳無切」，上古音屬魚部滂紐。二字聲紐雙聲，韻部侯魚旁轉，音近而替代。

　　爲了節省篇幅，便於省覽，下面仍用表格的形式說明聯綿詞異體形式之間的語音關係。「某」亦作「某」。前「某」表格中用 AB 表示，後「某」用 CD 表示。當 A 與 C 或 B 與 D 文字相同時則不作語音分析。反切注音依據《廣韻》，《廣韻》所沒有的則依據《集韻》，並予以注明。上古音依次爲韻部、聲紐、聲調。備註中分析聯綿詞異體形式的音轉關係。

表 10　戴震繫聯的聯綿詞異形之間的語音關係

| AB CD | A 反切 | A 上古音 | C 反切 | C 上古音 | B 反切 | B 上古音 | D 反切 | D 上古音 | 備　註 |
|---|---|---|---|---|---|---|---|---|---|
| 黨朗 燡朗 | 多朗切 | 陽端上 | 他朗切 | 陽透上 | | | | | 黨燡端透旁紐，韻部疊韻 |
| 憮俺 撫掩 | 文甫切 | 魚明上 | 芳武切 | 魚滂上 | 一鹽切 | 談影平 | 衣檢切 | 談影上 | 憮撫明滂旁紐，韻部疊韻 |
| 噤齡 噤齡 | 渠飲切 | 侵群上 | 渠飲切 | 侵群上 | | | | | |
| 挾斯 俠斯 | 胡頰切 | 葉匣入 | 胡頰切 | 葉匣入 | | | | | |
| 檻褸 藍褸 | 魯甘切 | 談來平 | 魯甘切 | 談來平 | 力主切 | 侯來上 | 力主切 | 侯來上 | |
| 襱裕 童容 | 《集韻》昌容切 | 東穿平 | 徒紅切 | 東定平 | 余封切 | 東喻平 | 余封切 | 東喻平 | 襱童穿定準旁紐，韻部疊韻 |
| 鍫錑 鏊甾 | 千遙切 | 宵清平 | 千遙切 | 宵清平 | 楚洽切 | 葉初入 | 楚洽切 | 葉初入 | |
| 倚佯 倚陽 | | | | | 與章切 | 陽喻平 | 與章切 | 陽喻平 | |
| 轣轆 麻鹿 | 《集韻》狼狄切 | 錫來入 | 郎擊切 | 錫來入 | 虜谷切 | 屋來入 | 虜谷切 | 屋來入 | |
| 抖藪 抖擻 | | | | | 蘇後切 | 侯心上 | 蘇後切 | 侯心上 | |
| 崝嶸 崝嶸 | 七耕切 | 耕莊平 | 七耕切 | 耕莊平 | | | | | |

| 佚緆 刔緆 | 夷質切 | 質喻入 | 夷質切 | 質喻入 | | | | | |
|---|---|---|---|---|---|---|---|---|---|
| 佚緆 洗蕩 | 夷質切 | 質喻入 | 夷質切 | 質喻入 | 徒郎切 | 陽定上 | 徒郎切 | 陽定上 | |
| 佚緆 跌踢 | 夷質切 | 質喻入 | 徒結切 | 質定入 | 徒郎切 | 陽定上 | 他歷切 | 錫透入 | 佚跌喻定準旁紐，韻部疊韻；緆踢定透旁紐，韻部陽錫旁對轉。上入調轉 |
| 侔莫 劼莫 | 莫浮切 | 幽明平 | 莫浮切 | 幽明平 | | | | | |
| 漢憫 漢漫 | | | | | 母本切 | 文明去 | 莫半切 | 元明去 | 憫漫聲紐雙聲，韻部文元旁轉 |
| 鷉鴲 鬩氐 | 扶歷切 | 錫滂入 | 必益切 | 錫並入 | 巨支切 | 支群平 | 翹移切 | 支群平 | 鷉鬩滂並旁紐，韻部疊韻 |
| 結誥 秸鞠 | 古屑切 | 質見入 | 古黠切 | 質見入 | 古到切 | 幽見去 | 居六切 | 覺見入 | 誥鞠聲紐雙聲。韻部幽覺對轉。去入調轉 |
| 結誥 鵠鵋 | 古屑切 | 質見入 | 古黠切 | 質見入 | 古到切 | 幽見去 | 居六切 | 屋見入 | 誥鞠聲紐雙聲。韻部幽屋旁對轉。去入調轉 |
| 結誥 桔籦 | 古屑切 | 質見入 | 古屑切 | 質見入 | 古到切 | 幽見去 | 居六切 | 屋見入 | 誥籦聲紐雙聲。韻部幽屋旁對轉。去入調轉 |
| 鶡旦 渴旦 | 胡葛切 | 月匣入 | 苦曷切 | 月溪入 | | | | | 鶡渴聲紐匣溪旁紐，韻部疊韻 |
| 過贏 果贏 | 古禾切 | 歌見平 | 古火切 | 歌見上 | | | | | 過果平上調轉 |
| 女鷗 女匠 | | | | | 疾亮切 | 陽從去 | 疾亮切 | 陽從去 | |
| 鳺鴀 夫不 | 甫無切 | 魚幫平 | 甫無切 | 魚幫平 | 方久切 | 之非上 | 分物切 | 之非平 | 鴀不上平調轉 |
| 鷩鷉 鷉鶙 | 扶歷切 | 錫並入 | 扶歷切 | 錫並入 | 天黎切 | 支透平 | 田黎切 | 脂定平 | 鷉鶙透定旁紐。韻部支脂通轉 |
| 潤沭 憫怵 | 許激切 | 錫曉入 | 許激切 | 錫曉入 | 食聿切 | 物穿入 | 醜律切 | 物透入 | 沭怵穿透準雙聲，韻部疊韻 |
| 蠑蚖 榮原 | 於平切 | 耕日平 | 於平切 | 耕日平 | 愚袁切 | 元疑平 | 愚袁切 | 元疑平 | |
| 戴凪 犢丸 | 徒谷切 | 屋定入 | 徒谷切 | 屋定入 | 胡官切 | 元匣平 | 胡官切 | 元匣平 | |
| 舼舳 鷁首 | 五歷切 | 錫疑入 | 五歷切 | 陽疑入 | 《集韻》始九切 | 幽書上 | 書九切 | 幽書上 | 舼鷁聲紐雙聲，韻部錫陽旁對轉 |
| 央亡 鞅岡 | 於良切 | 陽影平上 | 於兩切 | 陽影平上 | 武方切 | 陽明平上 | 文兩切 | 陽明平上 | |
| 征伀 怔忪 | 諸盈切 | 耕章平 | 諸盈切 | 耕章平 | 職容切 | 東章平 | 職容切 | 東章平 | |
| 讓極 蹇恆 | 紀偃切 | 元見上 | 九輦切 | 元見上 | 渠力切 | 職群入 | 紀力切 | 見職入 | 極恆群見旁轉，韻部疊韻 |

| | | | | | | | | | |
|---|---|---|---|---|---|---|---|---|---|
| 康㝩<br>康㝩 | 《集韻》<br>口朗切 | 陽溪平 | 苦岡切 | 陽溪平 | 盧當切 | 陽來平 | 盧黨切 | 陽來平 | |
| 康㝩<br>棟梁 | 《集韻》<br>口朗切 | 陽溪平 | 苦岡切 | 陽溪平 | 盧當切 | 陽來平 | 呂張切 | 陽來平 | |
| 茅蕝<br>蘻蠽 | 莫交切 | 幽明平 | 《集韻》<br>謨交切 | 幽明平 | 昨結切 | 月從平 | □列切 | 月從平 | |
| 蝼蛄<br>螻姑 | | | | | 古胡切 | 魚見平 | 古胡切 | 魚見平 | |
| 精列<br>蜻蛚 | 子姓切 | 耕精平 | 子盈切 | 耕清平 | 良薛切 | 月來入 | 良薛切 | 月來入 | 精蜻精清旁紐，韻部疊韻 |
| 螳螂<br>螳蜋 | | | | | 子力反 | 陽來平 | 魯當切 | 陽來平 | |
| 馬穀<br>馬谷 | | | | | 古祿切 | 屋見入 | 虜谷切 | 屋見入 | |
| 斥蠖<br>尺蠖 | 昌石切 | 鐸昌入 | 昌石切 | 鐸昌入 | | | | | |
| 蟏蟥<br>蟏螬 | | | | | 取私切 | 脂清平 | 徂奚切 | 脂從平 | 蟥螬清從旁紐，韻部疊韻 |
| 次蟗<br>螏蝥 | 七四切 | 脂清去 | 陟劣切 | 月照去 | 七由切 | 幽清平 | 莫浮切 | 幽明平 | 次蟗聲紐清照鄰紐，韻部脂月旁對轉。蟗蝥聲紐清明無涉，韻部疊韻 |
| 蜉蝣<br>浮游 | 縛謀切 | 幽并平 | 縛謀切 | 幽并平 | 力求切 | 幽來平 | 以周切 | 幽喻平 | 蝣游聲紐來喻準雙聲，韻部疊韻。 |
| 蜉蝣<br>蜉蝣 | | | | | 力求切 | 幽來平 | 以周切 | 幽喻平 | 蝣蝣聲紐來喻準雙聲，韻部疊韻。 |
| 蝶蝅<br>渠略 | 強魚切 | 魚群平 | 強魚切 | 魚群平 | 離灼切 | 鐸來入 | 離灼切 | 鐸來入 | |
| 挺桐<br>侹侗 | 徒鼎切 | 耕定上 | 他鼎切 | 耕透上 | 徒紅切 | 東定上 | 他孔切 | 東透平 | 挺侹聲紐定透旁紐，韻部疊韻。桐侗定透旁紐，韻部疊韻。 |
| 挺桐<br>姃恫 | 徒鼎切 | 耕定上 | 待鼎切 | 耕定上 | 徒紅切 | 東定上 | 徒弄切 | 東定去 | 桐恫上去調轉。 |
| 爛傷<br>爛煸 | 郎旰切 | 元來去 | 力閒切 | 元來平 | 蒲眠切 | 文並平 | 布還切 | 元幫平 | 爛爛去平調轉；傷煸聲紐並幫旁紐。韻部文元旁轉 |
| 忕愉<br>敷愉 | 芳無切 | 侯滂平 | 芳無切 | 魚滂平 | | | | | 忕敷聲紐雙聲，韻部侯魚旁轉 |
| 嘷譶<br>嘷沓 | | | | | 徒谷切 | 屋定入 | 徒合切 | 緝定入 | 譶沓聲紐雙聲，韻部屋緝通轉 |
| 菈蘆<br>凵盧 | 丘於切 | 魚溪平 | 去魚切 | 魚溪平 | 落胡切 | 魚來平 | 落胡切 | 魚來平 | |
| 菈蘆<br>笨簾 | 丘於切 | 魚溪平 | 去魚切 | 魚溪平 | 落胡切 | 魚來平 | 力舉切 | 魚來平 | |
| 粻稈<br>餦餭 | 《集韻》<br>仲良切 | 陽知平 | 陟良切 | 陽知平 | 胡光切 | 陽匣平 | 雨方切 | 陽匣平 | |

　　戴震繫聯的 53 組聯綿詞的異體形式中，音同的 27 例，占 51%。存在音轉關係的 26 例，占 49%。聯綿詞的音轉關係極其複雜，有的上字韻轉而下字聲轉，有的上字不轉下字轉，有的上字音轉下字不轉，有的上字疊韻轉而下字雙聲轉，有的上字雙聲轉而下字疊韻轉……為便於統計，本文將具有音轉關係的 30 組字抽繹出來，作語音分析。其中，韻部疊韻，聲紐發生轉化的 15 例，占 50%；聲紐雙聲，韻部發生轉化的 4 例，占 13%；聲韻相同，聲調轉化的 4 例，占 13%；聲紐雙聲，韻部、調類發生轉化的 3 例，占 10%；聲紐、韻部皆發生轉化的 3 例，占 10%；聲紐、韻部、調類同時轉化的 1 例，占 3%。雙聲疊韻是聯綿詞音轉的基本類型。

　　聯綿詞的兩個音節間通常具有雙聲疊韻的關係。戴震《方言疏證》常指出聯綿詞兩個音節間的聲韻關係。如：

　　　　《方言》卷一：「黨、曉、哲，知也。楚謂之黨，（黨朗也，解寤貌）或曰曉，齊宋之間謂之哲。」

　　　　《疏證》：「注內『黨朗』疊韻字也。《廣韻》作『爣朗』，云火光寬明。」

黨，《廣韻》「多朗切」，上古音屬陽部端紐。朗，《廣韻》「盧黨切」，上古音屬陽部來紐。二字疊韻。

　　　　《方言》卷一：「虔、劉、慘、琳，殺也。晉魏河內之北謂琳曰殘，楚謂之貪。南楚江湘之間謂之欿。（言欿琳難猒也）」

　　　　《疏證》：「『欿』各本訛作『欺』，注內同。《說文》：『欿，食不滿也。讀若坎。』《廣雅》：『欿、婪，貪也。』義本此。曹憲音苦感反，今據以訂正。『欿琳』疊韻字也。」

欿，《廣韻》「苦感切」，上古音屬談部溪母。琳，《廣韻》「盧含切」，上古音屬侵部來紐。侵談旁轉。

　　　　《方言》卷二：「釥（錯眇反）、嫽（洛天反），好也。青徐海岱之間曰釥，或謂之嫽。（今通呼小姣潔喜好者為嫽釥）好，凡通語也。」

　　　　《疏證》：「『釥』亦作『俏』。《廣韻》云：『俏醋，好貌。』『俏醋』雙聲形容之辭，亦方俗語也。」

俏，《廣韻》「七肖切」，上古音屬宵部清紐。醋，《廣韻》「倉故切」，上古音屬鐸部清紐。二字雙聲。

《方言》卷六：「佚婸，緩也。（跌唐兩音）」

《疏證》：「『佚』從此注音『跌』，婸，從曹憲『大朗反』，『佚婸』二字乃雙聲。」

佚，《廣韻》「夷質切」，上古音屬質部喻母。婸，《廣韻》「徒郎切」，上古音屬陽部定紐。聲紐喻定準雙聲。

《方言》卷十：「忸怩，慚𧾷也。（𧾷猶苦者）楚郢江湘之間謂之忸怩，或謂之䎸咨。（子六莊伊二反）」

《疏證》：「《晉語》『君忸怩顏』，韋昭注云：『忸怩，慙貌。』趙岐注《孟子》云：『忸怩而慙。』《廣雅》：『忸怩，䎸咨也。』『忸怩』、『䎸咨』並雙聲。」

忸，《廣韻》「女六切」，上古音屬覺部泥紐。怩，《廣韻》「女夷切」，上古音屬脂部泥紐。䎸，《廣韻》「子六切」，上古音屬屋部精紐。咨，《廣韻》「即夷切」，上古音屬脂部精紐。兩詞並雙聲。

《方言》卷十二：「儒輸，愚也。（儒輸猶儒撰也）」

《疏證》：「以雙聲疊韻考之，儒輸，疊韻也。不當作『懦』。注內『懦撰』亦疊韻也。懦，讓犬反；撰，士免反。」

儒，《廣韻》「人朱切」，上古音屬侯部日紐。輸，《廣韻》「式朱切」，上古音屬侯部書紐。懦，《廣韻》「乃亂切」，上古音屬元部泥紐。撰，《廣韻》「雛鯇切」，上古音屬元部崇紐。兩詞並疊韻。

《方言》卷十二：「侗（他動反）、胴（挺桐），狀也。（謂形狀也）」

《疏證》：「『桐』音徒孔反，前卷注內『挺桐』當作『音挺桐之桐』。前卷六內有『侹侗』，卷十內又有『侗姪』，三處音同而字異，且有先後之別。凡雙聲多取音，不取字。」

挺，《廣韻》「徒鼎切」，上古音屬耕部定紐。桐，《廣韻》「徒紅切」，上古音屬東部定紐。侹，《廣韻》「他鼎切」，上古音屬耕部透紐。侗，《廣韻》「他孔切」，

上古音屬東部透紐。恫,《廣韻》「他紅切」,上古音屬東部定紐。姪,《廣韻》「他鼎切」,上古音屬耕部定紐。三詞並雙聲。

> 《方言》卷十二:「嫣(居偃反)、姪(音挺),傷也。(爛傷健狡也。博丹反)」

> 《疏證》:「注內『爛傷』即『瀾漏』。『爛』讀如『蘭』,乃與『傷』為疊韻。」

爛,《廣韻》「郎旰切」,上古音屬元部來紐;傷,《廣韻》「蒲眠切」,上古音屬文部並紐。韻部元文旁轉。

> 《方言》卷十二:「愍樸,猝也。(謂急速也。劈歷打撲二音)」

> 《疏證》:「『愍樸』雙聲,形容急速之意。《廣雅》:『愍樸,猝也。』義本此。」

愍,《廣韻》「普擊切」,上古音屬錫部滂紐。樸,《廣韻》「匹角切」,上古音屬屋部滂紐。二字雙聲。

> 《方言》卷十二:「忚愉,悅也。(忚愉猶昫愉也。音敷)」

> 《疏證》:「『忚』亦作『敷』。漢《瑟調曲·隴西行》『好婦出迎客,顏色正敷愉。』『敷愉』雙聲形容之辭。」

敷,《廣韻》「芳蕪切」,上古音屬魚部喻紐。愉,《廣韻》「羊朱切」,上古音屬侯部喻紐。敷、愉雙聲。

> 《方言》卷十三:「盂謂之橲(子殄反)。河濟之間謂之㽅盨。碗謂之盨。盂謂之銚銳(謠音),木謂之涓抉。」

> 《疏證》:「『涓抉』雙聲,二字合為一名。《玉篇》分言之誤矣。」

涓,《廣韻》「火玄切」,上古音屬先部曉紐。抉,《廣韻》「古穴切」,上古音屬月部見紐。曉見旁紐。

戴震指出的 10 個雙聲詞中,確實是雙聲的 8 例,旁紐 1 例,準雙聲 1 例。5 個疊韻詞中,確實是疊韻的 3 例,韻部旁轉 2 例。可見,相近的聲紐、韻部也能構成雙聲疊韻的關係。對此,古人已有認識,唐代和尚陽寧的《元和韻譜》云:「傍紐者皆是雙聲。」

## 四、《方言疏證》音轉規律研究

通過對《方言疏證》語音材料的分析，我們共找出音轉語料 126 條。音轉關乎整個音節，故本節從聲母、韻部、聲調以及聲韻結合幾方面，對這些音轉材料進行考察，探求音轉規律。

### （一）音轉類型

#### 1・聲 轉

所謂聲轉是指一組音轉詞之間的上古音的韻部和聲調相同，但聲母發生了流轉。這類共 42 組。例如：

（1）恇：惶

匣見旁紐，陽部疊韻

（2）嘽：蟬

昌禪旁紐，元部疊韻

（3）佚：迭

喻定準旁紐，質部疊韻

（4）沭：怵

穿透準雙聲，物部疊韻

（5）娠：侲

書章旁紐，書部疊韻

#### 2・韻 轉

韻轉是指一組音轉詞之間的上古音的聲紐、調類相同，但韻部發生了流轉。這類共 24 組。例如：

（1）蠅：羊

喻紐雙聲，蒸陽旁轉

（2）猷：繇

喻紐雙聲，幽宵旁轉

（3）臺：遺

定紐雙聲，之微通轉

（4）衱：袷

見紐雙聲，葉緝旁轉

（5）酷：梏

　　溪紐雙聲，覺藥旁轉

### 3・調　轉

調轉指一組音轉詞之間的上古音的聲紐、韻部皆相同，但調類發生了變化。這類共 19 組。例如：

（1）娍：盛

　　耕部疊韻，禪紐雙聲，去平調轉

（2）碍：不

　　之部疊韻，非紐雙聲，上平調轉

（3）闇：瘖

　　侵部疊韻，影紐雙聲，去平調轉

（4）絙：亙

　　蒸部疊韻，見紐雙聲，平去調轉

（5）鈔：俏

　　宵部疊韻，清紐雙聲，上去調轉

### 4・聲轉韻轉

所謂的聲轉韻轉是指一組音轉詞之間的上古音不但聲母發生了流轉，而且韻部也同時發生了流轉，但調類不變。這類共 6 組。例如：

（1）鸍：鵜

　　透定旁紐，支脂通轉

（2）次：齤

　　清照鄰紐，脂月旁對轉

### 5・聲轉調轉

聲轉調轉是指一組音轉詞之間的上古音韻部相同，但聲母、調類發生了流轉。這類共 4 組。例如：

（1）效：皎

　　宵部疊韻，匣見旁紐，去上調轉

（2）焜：昆

　　文部疊韻，匣見旁紐，上平調轉

### 6・韻轉調轉

韻轉調轉是指一組音轉詞之間的上古音聲紐相同，但韻部、調類發生了流轉。這類共 23 組。例如：

（1）嗾：哨

清紐雙聲，宵屋旁對轉，入去調轉

（2）帞：帕

明紐雙聲，鐸月旁轉，入去調轉

（3）削：鞘

心紐雙聲，藥宵對轉，入去調轉

（4）假：格

見紐雙聲，魚鐸對轉，上入調轉

（5）俺：淹

影紐雙聲，葉談對轉，入上調轉

### 7・聲轉韻轉調轉

所謂聲轉韻轉調轉是指一組音轉詞之間的上古音聲紐、韻部和調類都發生了流轉。這類共 8 組。例如：

（1）媵：踢

定透旁紐，陽錫旁對轉，上入調轉

（2）胗：橢

書喻旁紐，脂歌旁轉，去平調轉

（3）戲：麗

禪來準旁紐，耕支對轉，上平調轉

（4）蟬：慘

清禪鄰紐，侵元通轉，平上調轉

在這 126 組音轉詞中，韻部疊韻，聲紐流變的 42 組，占 33%；聲紐雙聲，韻部流變的 24 組，占 19%；聲韻皆同，調類轉變得 19 組，占 16%；聲轉韻轉，調類相同的 6 組，占 5%；聲轉調轉，韻部疊韻的 4 組，占 3%；韻轉調轉，聲紐雙聲的 23 組，占 18%；聲韻調皆流變的 8 組，占 6%。

## （二）音轉規律

從以上聲轉、韻轉和調轉的分析統計可以看出，音轉是一種十分複雜的

語言現象。這一點戴震於《答段若膺論韻》中已明確指出，曰：「音之流變無定方。」章太炎在《文始·略例》中也說：「旁轉對轉，音理多途；雙聲馳驟，其流無限。」但是，音轉作爲一種語言現象，是有規律可以把握的。戴震於《轉語二十章序》中曰：「人之語言萬變，而聲氣之微，有自然之節限。」戴氏認爲，人之語言雖然萬變，但自有自然之節限，所以戴震從發音部位和發音方法上發明音轉規律。音轉規律主要體現在聲紐和韻部的既對立又互補上，二者相互依存，相互制約，處在一個共存的統一體中。

1·聲轉規律

聲轉規律是指漢語的詞在聲母方面發生流轉演變的規律。主要表現爲：

1.1 旁 紐

旁紐是指喉音、牙音、舌音、齒音、唇音內部發音部位相同的聲紐。這類共有 46 組。其中，見系 10 個，分別爲見溪 2〔註25〕、見群 4、匣見 3、匣溪。例如：

（1）郭：廓

　　　見溪旁紐，鐸部疊韻

（2）極：恆

　　　群見旁紐，職部疊韻

（3）效：皎

　　　匣見旁紐，宵部疊韻

（4）鶷：渴

　　　匣溪旁紐，月部疊韻

端系 17 個，分別爲：定透 10、定端 5、端透、來定。例如：

（1）根：樘

　　　定透旁紐，陽部疊韻

（2）蜴：摘

　　　定端旁紐，錫部疊韻

（3）黨：燙

　　　端透旁紐，陽部疊韻

---

〔註25〕數字表示出現次數。如見溪 2 表示見紐與溪紐旁轉出現兩次。

（4）療：愮

　　　　來定旁紐，宵部疊韻

照系 4 個，分別爲：穿禪、書喻 2、書章。例如：

（1）嘽：蟬

　　　　穿禪旁紐，元部疊韻

（2）說：悅

　　　　書喻旁紐，月韻疊韻

（3）娠：侲

　　　　書章旁紐，文部疊韻

精系 4 個，分別爲：精從 2、心精、精清。例如：

（1）倢：捷

　　　　精從旁紐，葉部疊韻

（2）綃：幧

　　　　心清旁紐，宵部疊韻

（3）精：蜻

　　　　精清旁紐，耕部疊韻

幫系 11 個，分別爲：滂並 5、滂明 3、幫滂 2、并幫。例如：

（1）撲：穙

　　　　滂並旁紐，屋部疊韻

（2）撫：舞

　　　　滂明旁紐，魚部疊韻

（3）豾：不

　　　　滂幫旁紐，之部疊韻

（4）僻：煸

　　　　並幫旁紐，文元旁轉

## 1.2　準旁紐

準旁紐只限於舌音（舌頭音、舌上音）與齒音（齒頭音、正齒音）兩類，即舌頭音與舌上音之間、齒頭音與正齒音之間位置不相當的聲紐。這類共 8 組，分別是喻定 2、端書 2、穿定 2、禪來、禪透。例如：

（1）佚：迭

　　喻定準旁紐，質部疊韻

（2）讁：適

　　端書準旁紐，錫部疊韻

（3）楯：盾

　　穿定準旁紐，文部疊韻

（4）戾：麗

　　禪來準旁紐，韻部耕支對轉

（5）蟬：出

　　禪透準旁紐，元物旁對轉

### 1.3　準雙聲

準雙聲是指同類或舌齒間聲母位置相當的聲紐。這類共有 4 組。例如：

（1）知：咨

　　端精準雙聲，支脂通轉

（2）蟉：遊

　　來喻準雙聲，幽部疊韻

（3）沭：怵

　　穿透準雙聲，物部疊韻

（4）蟉：蝣

　　來喻準雙聲，幽部疊韻

### 1.4　鄰　紐

鄰紐是指喉音與牙音、舌音與齒音、鼻音與鼻音、鼻音與邊音。這類共有 3 組。例如：

（1）蟬：慘

　　清禪鄰紐，侵元通轉

（2）蠍：遏

　　匣影鄰紐，月部疊韻

（3）次：蠽

　　清照鄰紐，脂月旁對轉

## 1.5　無　涉

無涉指聲紐相隔較遠。這類僅 1 組。如：晝：蝥，二字幽部疊韻，聲紐清明無涉。

於此 62 組聲轉語料中，旁紐 46 組，約占聲轉總數的 74%；準旁紐 8 組，約占聲轉總數的 13%；準雙聲 4 組，約占聲轉總數的 6%；鄰紐 3 組，約占聲轉總數的 5%；無涉 1 組，約占聲轉總數的 2%。聲轉以同系相轉為主，同類相轉次之。

## 2・韻轉規律

韻轉規律是指漢語的詞在韻部方面發生流轉演變的規律。主要表現為：

### 2.1　旁　轉

旁轉是指古韻陰陽入三類韻部的字在本類之內跟鄰近的韻部相互轉變。換句話說，就是某一陰聲韻轉到和它相鄰的另一陰聲韻，或者某一陽聲韻轉到和它相鄰的另一陽聲韻。引起旁轉的原因，是一個字的主要母音的發音部位發生了前後高低的變化。這類共有 21 組，分別是幽宵 2、葉緝、藥覺 2、之支、物月 2、職鐸、脂歌、侯真、文元 2、侯魚 2、之魚、蒸陽、支魚、宵侯、脂歌、蒸東。例如：

（1）篤：督

　　端紐雙聲，藥覺旁轉

（2）蠅：羊

　　喻紐雙聲，蒸陽旁轉

（3）脾：鋪

　　並滂旁紐，支魚旁轉

（4）憫：漫

　　聲紐雙聲，文元旁轉

（5）茀：被

　　幫紐雙聲，物月旁轉

### 2.2　對　轉

對轉指古韻陰陽入三類韻在一定條件下相互流轉的音變現象。發生轉變的首要條件是主要母音相同，變化只發生在收韻尾音的增加、失落和改變上。換

句話說，在語言的發展變化過程中，常常有這種現象，即某一陽聲韻的字，由於失去了鼻音韻尾，而變成了陰聲韻的字；入聲韻的字，由於失去了塞音韻尾，而變成陰聲韻的字。反之，陰聲韻亦可轉變爲陽聲韻、入聲韻。這類共有 8 組，分別是：支錫、歌元、魚鐸 2、葉談、藥宵、幽覺、耕支。例如：

（1）裕：猷

喻紐雙聲，幽屋旁對轉

（2）如：若

日紐雙聲，魚鐸對轉

（3）羅：連

來紐雙聲，歌元對轉

（4）敦：大

端定旁紐，文月旁對轉

### 2.3　旁對轉

旁對轉是指先旁轉而後對轉。這類共 14 組，分別是：微元、錫陽、脂月、屋宵 2、幽屋 3、覺侯、魚屋、陽錫、鐸耕、文月、物元。例如：

（1）縮：簌

心紐雙聲，覺侯旁對轉

（2）徒：竇

定紐雙聲，屋魚旁對轉

（3）浼：醜

明紐雙聲，微元旁對轉

（4）圴：眊

明紐雙聲，屋宵旁對轉

（5）誥：鞠

見紐雙聲，幽屋旁對轉

### 2.4　通　轉

通轉是指三大類韻部中，不同類韻部主要母音相同而可以相互轉化。韻尾同屬鼻音或韻尾同屬塞音也叫「通轉」。通轉字韻尾發音部位可以不同。這類共有 16 組，分別是：屋緝、之微、眞耕、支脂 5、鐸月、侵元 2、鐸元 2、魚月、

談歌、魚元。例如：

（1）格：感

　　　見紐雙聲，侵元通轉

（2）譇：阿

　　　影紐雙聲，談歌通轉

（3）若：然

　　　日紐雙聲，鐸元通轉

（4）戲：歇

　　　曉紐雙聲，魚月通轉

（5）顛：頂

　　　端紐雙聲，眞耕通轉

### 2.5　無　涉

無涉指韻部相隔較遠。這類共 3 例。例如：

（1）苦：開

　　　溪紐雙聲，韻部魚微無涉

（2）或：湆

　　　匣紐雙聲，韻部職談無涉

（3）肆：餘

　　　定紐雙聲，韻部質魚無涉

《方言疏證》韻轉共有 62 組，其中，旁轉 21 組，約占韻轉總數的 34%；對轉 8 組，約占韻轉總數的 13%；旁對轉 14 組，約占韻轉總數的 22%；通轉 16 組，約占韻轉總數的 26%；韻部無涉 3 例，約占韻轉總數的 5%。可見，韻轉以旁轉爲主，旁對轉和通轉次之，韻部無涉至少。

上文分別考察了聲母和韻部相轉的情況，爲了突出各自的特點，我們在考察聲母時，撇開了韻部；考察韻部時，撇開了聲母。孤立地看韻部相轉，有些韻部之間相隔較遠，似乎難以通轉。如果我們把聲母和韻部結合起來考察，就會發現，韻部相轉是以聲母相同或相近爲根基的。爲了更好地說明漢語音轉的規律，揭示聲轉時所要求的韻的條件和韻轉時所要求的聲的條件，我們分別將聲轉時韻的情況和韻轉時聲的情況列表如下：

表 11　聲轉時韻部情況

| 類別　　聲轉 | 數　量 | 韻轉條件 | 數　量 | ％ |
|---|---|---|---|---|
| 旁紐 | 46 | 疊韻 | 36 | 78 |
| | | 旁轉 | 5 | 11 |
| | | 旁對轉 | 3 | 7 |
| | | 通轉 | 2 | 4 |
| 準旁紐 | 8 | 疊韻 | 6 | 75 |
| | | 對轉 | 1 | 12.5 |
| | | 旁對轉 | 1 | 12.5 |
| 鄰紐 | 3 | 疊韻 | 1 | 33.3 |
| | | 旁對轉 | 1 | 33.3 |
| | | 通轉 | 1 | 33.3 |
| 準雙聲 | 4 | 疊韻 | 3 | 75 |
| | | 通轉 | 1 | 25 |
| 無涉 | 1 | 疊韻 | 1 | 100 |

表 12　韻轉時聲類情況

| 類別　　韻轉 | 數　量 | 聲轉條件 | 數　量 | ％ |
|---|---|---|---|---|
| 旁轉 | 21 | 雙聲 | 16 | 76 |
| | | 旁紐 | 5 | 24 |
| 對轉 | 8 | 雙聲 | 7 | 88 |
| | | 準旁紐 | 1 | 12 |
| 旁對轉 | 14 | 雙聲 | 9 | 64.3 |
| | | 鄰紐 | 1 | 7.1 |
| | | 旁紐 | 3 | 21.4 |
| | | 準旁紐 | 1 | 7.1 |
| 通轉 | 16 | 雙聲 | 12 | 75 |
| | | 旁紐 | 2 | 12.5 |
| | | 準雙聲 | 1 | 6.3 |
| | | 鄰紐 | 1 | 6.3 |
| 无涉 | 3 | 雙聲 | 3 | 100 |

　　從聲轉表可以看出，聲母相轉，韻部以疊韻為主，計 47 組，約占總數的
76%，旁轉（5 組）和旁對轉（5 組）次之，通轉（4 組）和對轉（1 組）數量
最少。此外，上述數字還顯示，聲母關係遠近的不同，對韻的要求也不同，
聲母關係最近的旁紐要求韻部疊韻的比例雖高，同時也可以有一定數量的旁

轉、旁對轉和通轉，而聲母關係比較遠的無涉類則要求韻部疊韻的比例更高。說明聲母關係越近，韻轉的頻率就越高，聲母關係越遠，韻轉的頻率就越低。

從韻轉表可以看出，韻部相轉，聲母以雙聲為主，共有 47 組，約占韻轉總數的 76%，旁紐次之，共 9 組，約占韻轉總數的 15%，準旁紐（3 組）、鄰紐（2 組）和準雙聲（1 組）數量最少。在這 62 組韻轉中，雙聲和旁紐共有 56 組，約占韻轉總數的 90%。真正相隔較遠的無涉類僅占韻轉總數的 5%。同時，韻部關係遠近的不同，對聲母的要求也不同，關係最近的旁轉對雙聲要求的比例較高，同時也可以有一定數量的旁紐，而韻部關係比較遠的無涉類則要求聲紐雙聲的比例更高。這說明韻部關係越近，聲母相轉的頻率就越高，韻部關係越遠，聲母相轉的頻率就越低。

對音轉規律進行全面探討的是黃侃。他於《求本字捷術》中指出音轉理論中聲與韻是個統一體，二者不可分割。他說：「凡以聲相變者，無不有關於韻；凡以韻相轉者，無不有關於聲。此語言轉變之大則，又以之示限制也。錢玄同知韻關於聲，而不知聲關於韻，故嘗言聲變而不言旁轉，此其蔽也。」〔註26〕又說：「研究轉變必推其所由來，故凡言轉者，定有不轉者以為之根，然後可得而轉也。凡言變者，定有不變者以為之源，然後可得而變也。」〔註27〕

### 3・調轉規律

調轉規律是指漢語的詞在聲調方面發生流轉演變的規律。主要表現為：

3.1 平上調轉，即平聲與上聲的轉化，共 14 例。例如：

（1）宵：喉

　　心紐雙聲，宵侯旁轉，平上調轉

（2）琳：惏

　　來紐雙聲，侵部疊韻，平上調轉

3.2 平去調轉，即平聲與去聲的轉化，共 11 例。例如

（1）療：憀

　　來定旁紐，宵部疊韻，平去調轉

（2）喊：盛

---

〔註26〕《文字聲韻訓詁筆記》，116 頁。

〔註27〕《文字聲韻訓詁筆記》，156 頁。

禪紐雙聲，耕部疊韻，平去調轉

### 3.3 平入調轉，即平聲與入聲的轉化，共9例。例如：

（1）肄：餘

定紐雙聲，韻部質魚無涉，平入調轉

（2）敦：大

聲紐端定旁紐，韻部文月旁對轉，平入調轉

### 3.4 去入調轉，即去聲與入聲的轉化，共8例。例如：

（1）削：鞘

心紐雙聲，藥宵對轉，去入調轉

（2）誥：鞠

見紐雙聲，幽覺對轉，去入調轉

### 3.5 上去調轉，即上聲與去聲的轉化，7例，例如：

（1）蹈：劃

見紐雙聲，歌部疊韻，上去調轉

（2）效：皎

匣見旁紐，宵部疊韻，上去調轉

### 3.6 上入調轉6例。

（1）假：格

見紐雙聲，魚鐸對轉，上入調轉

（2）俺：掩

影紐雙聲，葉談對轉，上入調轉

從《方言疏證》的音轉材料來看，四聲之間皆可相互轉化。黃侃所謂「古只有平、入二聲」、「古平、入二聲往往不分」〔註28〕是符合古漢語事實的。於調轉55例中，聲紐未變者41例，占75%。韻部未變者22例，占40%。調轉一般伴隨著韻轉而進行。

通過對《方言疏證》音轉現象的分析，我們可以把漢語的音轉規律歸納為：

（1）聲母之間的流轉以同系、同類為主，異類又以發音方法相同的為主，

---

〔註28〕黃侃《文字聲韻訓詁筆記》，97頁。

其他種類的流轉數量不多。韻部流轉以母音相近（韻尾相同或無韻尾）為主，其他種類流轉的數量有限。

（2）音轉必須聲韻二者制衡而轉，聲轉必須以韻部的相同相近爲條件；韻轉必須以聲母的相同相近爲條件。二者處在一個既對立又互補的統一體中。

（3）聲母相轉，韻部以疊韻爲主；韻部相轉，聲紐以雙聲爲主。

（4）聲轉或韻轉自身地位的不同，對對方存在條件的要求也不同。聲母之間的關係越近，韻轉可以相對寬泛一些；韻部之間的關係越近，聲轉的相對自由度也可以大一些。

（5）四聲之間皆可相互轉化。

吳澤順曾從王氏四種（《廣雅疏證》、《讀書雜志》、《經義述聞》、《經傳釋詞》）的音轉材料中總結出的音轉規律與此基本相似〔註29〕。

---

〔註29〕　《從王氏四種看先秦文獻語言的音轉規律》，青海師範大學學報（社會科學版），1991 年第 1 期。

# 第五章 《方言疏證》的價值及不足

劉師培曰：「戴氏之學，先立科條，以慎思明辨爲歸，凡治一學立一說，必參伍考究，曲證旁通，以辨物正名爲基，以同條共貫爲緯⋯⋯凡古學之湮沒者，必發揮光大，使絕學復明。」〔註1〕戴震疏證《方言》，闡幽著微、訂訛辨誤，分析縝密而論證嚴謹。段玉裁盛讚其書爲「小學斷不可少之書。」梁啓超就其校勘成就稱：「自得此校本，然後《方言》可讀。」徐復曰：「《方言疏證》，其說簡而精確。」〔註2〕戴震《方言疏證》使《方言》這部瀕於隱沒的語言學著作重發光彩，不僅有功於揚雄《方言》，而且有功於傳統小學研究。

## 第一節 《方言疏證》的價值

### 一、對揚雄《方言》的貢獻

段玉裁曰：「《方言》十三卷，漢揚雄撰，宋洪邁以爲斷非雄作，先生實駁正之，其文詳矣。先生以是書與《爾雅》相爲左右，學者以其古奧難讀，郭景純之注語爲不詳，少有研摹者，故正訛、補脫、刪衍，復還舊觀。又逐條援引諸書，一一疏通證明，具列案語，蓋如宋邢昺之疏《爾雅》，而精確過之。漢人

---

〔註1〕 劉師培《南北學派不同論・南北考證學不同論》，《劉申叔先生遺書》，555～556頁。

〔註2〕 徐復《戴震語文學研究序》。

訓詁之學於是大備。」〔註3〕概括說來，戴震有功於《方言》者三：一是對《方言》的校勘；二是對《方言》的疏證。三是對《方言》著作權的辯論和卷數分合的考訂。

打開《方言疏證》，「某訛作某，今訂正」之語隨處可見，幾乎每條之下皆有校勘語。戴震校勘廣徵博引，通貫群籍，做到「以字考經、以經證字」。同時他又將其文字、音韻知識，善尋義例的本領運用於校勘中，以理論斷，形成以他校和理校為主，兼用各種校勘方法的校勘特色。戴震對《方言》及郭注的校改大都信而有徵，可據者十之八九，基本還原了《方言》原貌，所以白兆麟說：「該書是清人《方言》校勘中最為精審的一部，參考價值很大。」〔註4〕校勘的本質，是廣求相關文獻對底本證偽或證真。而疏證詞條是廣求相關文獻，對業已證真的校定本求其所以為真的故實原委。從某種意義上講，疏證是深層義上的校勘。戴震校正《方言》訛誤之後，進一步疏證詞條，利用漢字系統聲近義通的內在規律，讀破通假、繫聯同源，更用「語轉」明方言音變，因聲以求義，從而溝通《方言》訓詞與被訓詞。通過戴震的校勘、疏證，《方言》訓詁學作用得到真正發揮。凡治經、讀史、博涉古文詞者皆以《方言》為重要參考資料。例如王念孫作《廣雅疏證》，郝懿行作《爾雅義疏》，皆廣徵《方言》詞條，從它得到佐證。同時，《方言》作為我國第一部語言學著作，他不僅在共時語言學上有重要的價值，給我們清楚地顯示了漢代漢語方言詞彙相當準確的地理分佈，還具有歷時語言學的價值，它告訴我們不同時期漢語辭彙在地域分佈上的變化。戴震對《方言》的清理，將更好地發揮《方言》在語言學中應有之價值。

戴震關於《方言》著作權的辯論集中在《方言疏證序》和劉歆揚雄往來書信的疏證中。《方言》舊題揚雄撰。東漢應劭《風俗通義序》稱：「周秦常以歲八月遣輶軒之使，求異代方言，還奏籍之，藏於秘室。及嬴氏之亡，遺棄脫漏，無見之者，蜀人嚴君平有千餘言，林閭翁孺才有梗概之法。揚雄好之，天下孝廉衛卒交合，周章質問，以次注續，二十七年，爾乃治正。凡九千字。其所發明，猶未若《爾雅》之閎麗也。張竦以為『懸諸日月不刊之書』。」與《揚雄答劉歆書》所述略同。應劭在注《漢書》時還引用過《方言》，這表明應氏確實已

〔註3〕 《戴東原先生年譜》丁酉條。

〔註4〕 《新著訓詁學引論》，153 頁。

見到了這部書。三國魏孫炎注《爾雅》，吳薛綜述《二京解》都引用過《方言》中的材料，晉杜預注《左傳》，張載和劉逵注《三都賦》，張湛注《列子》也遞相徵引。晉代常璩的《華陽國志》還明確記載《方言》為揚雄所作。到《隋書·經籍志》開始正式著錄為：「《方言》十三卷，漢揚雄撰，郭璞注。」其後《唐書·藝文志》，南宋紹興晁公武《郡齋讀書志》中都有著錄。但是，《方言》是否為揚雄所作，傳世漢代文獻中存在疑點：如《漢書·揚雄本傳》和《藝文志》著錄揚雄著作，完全沒有提到《方言》。許慎《說文解字》廣徵故籍、博採通人，明言引自揚雄說者 13 處，但與今本《方言》沒有關係；引方言俗語 174 條，其中三分之一以上的條目和《方言》相應條目的內容相似，但沒有標舉人名或書名〔註5〕。

　　至宋代，受疑古思潮的影響，洪邁首先懷疑揚雄《方言》著作權，他說：「今世所傳揚子雲《輶軒使者絕代語釋別國方言》，凡十三卷，郭璞序而解之，其末又有漢成帝時劉子駿與雄書，從取《方言》，及雄答書。以予考之，殆非也。雄自序所為文，《漢史》本傳但云：『經莫大於《易》，故作《太玄》；傳莫大於《論語》，作《法言》；史篇莫善於《倉頡》，作《訓纂》；箴莫善於《虞箴》，作《州箴》；賦莫深於《離騷》，反而廣之；辭莫麗於相如，作四賦。』雄平生所為文盡於是矣，初無所謂《方言》。《漢藝文志》小學有《訓纂》一篇，儒家有雄所序三十八篇，注云：『《太玄》十九，《法言》十三，樂四，箴二。』雜賦有雄賦十二篇，亦不載《方言》。觀其答劉子駿書，稱『蜀人嚴君平』，按君平本姓莊，漢顯帝諱莊，始改曰『嚴』。《法言》所稱『蜀莊沈冥。』『蜀莊之才之珍』，『吾珍莊也』，皆是本字，何獨至此書而曰『嚴』，又子駿只從之求書，而答云：『必欲脅之以威，陵之以武，則縊死以從命也！』何至是哉？既云成帝時子駿與雄書，而其中乃云孝成皇帝，反覆牴牾。又書稱『汝、潁之間』，先漢人無此語也，必漢魏之際，好事者為之云。」〔註6〕

　　洪邁據《漢書·揚雄本傳》、《藝文志》不曾著錄《方言》，以及《揚雄答劉歆書》中避諱、措辭指出《方言》非揚雄所作。針對洪氏之說，戴震一一

〔註5〕　參見馬宗霍《說文解字引通人說考》、《說文解字引方言考》，科學出版社，1959 年。
〔註6〕　《容齋三筆》卷十五「別國方言」條，《容齋隨筆》下，嶽麓書社，2006 年，463～464 頁。

加以辨駁。至於《漢書‧揚雄本傳》盡述其「平生所爲文」而無《方言》,《藝文志》備列揚雄作品「亦不載《方言》」,戴震認爲,揚雄的作品「溢於雄傳及《藝文志》外者甚多」,如《諫不受單于朝書》、《趙充國頌》、《元后誄》等,不能據此「輕置訾議」,更何況「應劭、杜預、晉灼及隋唐諸儒咸莫之考實邪」?他們離雄時不遠,其言自有其可据者。應劭「《風俗通義序》取《答書》中語,具詳本末」,是應劭看到了揚雄與劉歆之間的往返書信,其說即本之於雄書。況且「班固次《雄傳》及《藝文志》,不知其有此。」因爲《漢書‧藝文志》是據劉歆《七略》而成,劉歆編《七略》時,《方言》尚未成,「劉歆遺雄書求《方言》,則當王莽三四年間,未幾而雄卒,答書內所謂『二十七歲於今』,《傳贊》所謂『年七十一,天鳳五年卒』是也。《答書》有云:『語言或交錯相反,方復論思,詳悉集之。如可寬假延期,必不敢有愛。』然則《方言》終屬雄未成之作,歆求之而不與,故不得入錄。」〔註7〕至於改「莊」曰「嚴」的問題,戴氏認爲這是「不知本書不諱而後人改之者,多矣。此書下文『蜀人有楊莊者』,不改『莊』字。獨習熟於嚴君平之稱而妄改之。」「成帝」與「孝成皇帝」之稱「反覆牴牾」亦因後人妄增所致,戴震認爲,和劉歆書信題目混在一起的五十二字,「不知何人所記,宋本已有之」。「劉歆遺揚雄書,求觀《方言》,則當王莽天鳳三四年間,未幾而雄卒」,因此「『漢成帝時』四字最爲謬妄」,「洪邁不察『漢成帝時』四字係後人序入此二書者之妄」,「是輕執後人之妄以疑古,疏謬甚矣」。劉歆求觀《方言》,揚雄答書表示「縊死以從命」,洪氏不解,發出了「從之求書」,「何至是哉」的詰疑。戴震解釋說:「雄以其書未成未定爲辭。時歆爲莽國師,故雄爲是言,絕其終來強以勢求,意可見矣」,並認爲洪氏的詰疑是「於知人論世,漫置不辨,而妄議不輕出其著述爲非,亦不達於理矣」,至於書中稱「汝穎之間」,洪氏以爲「先漢人無此語也」,戴氏亦予以反擊:「書內舉水名以表其地者多矣,何以先漢人不得稱汝穎之間邪?」〔註8〕

　　戴說既出,清學者著作如盧文弨《漢書補注》、《重校方言》,錢繹《方言箋疏》,王先謙《虛受堂文集‧方言序》,繆荃孫《藝風堂文集‧蜀兩漢經師

〔註7〕　《方言疏證序》。

〔註8〕　《〈劉歆與揚雄書〉疏證》和《〈揚雄答劉歆書〉疏證》,《戴震全書》三,239～247頁。

考》皆以揚雄爲《方言》著作者。王先謙於《方言校正合刊序》說《方言》「非博覽深思之儒不能爲，雖兩漢多文人，然子雲外，無足當之矣」。陶方琦從《倉頡篇》佚文中見到《方言》條文，如：陸德明《釋文》引《倉頡篇》「瞳，目病也，吳江淮之間曰瞳」，與「今《方言》二下『吳揚江淮之間或曰瞳』正同」；《眾經音義》引《倉頡篇》「東齊曰瘐」，與「今《方言》三『東齊海岱之間曰瘐』正同」……因此斷定「《方言》之書昔統名曰《倉頡訓纂》」〔註9〕，即認爲揚雄《方言》就是《倉頡訓纂》舊書。現代著名語言學家羅常培總結這椿歷史公案說：「《方言》是中國的第一部比較方言辭彙。它的著者是不是揚雄，洪邁和戴震有正相反的說法，後來盧文弨、錢繹、王先謙都贊成戴說，認爲《方言》是揚雄所作。」〔註10〕其他大量訓詁學史、語言學史著作都把《方言》直接歸在揚雄名下。揚雄爲《方言》一書的著作者基本上被肯定下來。此爲戴震對《方言》的又一大貢獻。

關於《方言》的卷數，劉歆向揚雄索書時的信及揚雄的覆信都說十五卷，郭璞《方言注》序也稱「三五之屬」，但《隋書・經籍志》記載《方言》十三卷，《舊唐書》也說「《別國方言》十三卷」，今天所見到的《方言》也是十三卷。到底是十五還是十三？戴震說：「其並十五爲十三，在郭注後，隋已前矣。」〔註11〕戴氏以爲揚雄《方言》本爲十五卷，後經合併而成十三卷。當代語言學家何九盈說：「我以戴震的《方言疏證》爲根據作了一個統計，全書收詞條658個，那麼，十二、十三卷的詞條占全書詞條的比例爲百分之三十八。因此，我懷疑原書是由十五卷變爲十三卷，可能這後兩卷本是分四卷的，經過合併，就使全書少了兩卷。」〔註12〕戴震「並十五爲十三」的看法，正與當代學者何九盈的推斷相一致。

## 二、在方言學史上的地位

在封建社會裏，方言被視爲「鄙賤」、「不登大雅之堂」之事，受到封建

〔註9〕　陶方琦《揚雄倉頡訓纂即在方言中說》，華學誠《揚雄方言校釋匯證》下冊，1117～1119頁。

〔註10〕　羅常培《方言校箋序》。

〔註11〕　《方言疏證序》。

〔註12〕　何九盈《中國古代語言學史》，河南人民出版社，1985年，38頁。

義人士大夫的歧視和排斥，很少有人研究它，所以揚雄《方言》之後，僅有晉郭璞作《方言注》，之後幾乎沒有研究《方言》的專著出現。然而，「《方言》本名《輶軒使者絕代語釋別國方言》，言絕代者，爲時間之異，言別國者爲空間之異。而空間縱之則爲時間，時間橫之則爲空間。故《方言》一書，即解釋古語之書也。南北之是非，由《方言》而可知之；古今之通塞，亦由《方言》而可知之也。」〔註13〕不論是以古證今，還是研究古文，都離不開《方言》。戴震力主「以辭通道」，不能不重視《方言》研究。他以「不爲一時之名，亦不期後世之名」〔註14〕的淡薄心態研究《方言》，開啓了清人《方言》研究之風。胡奇光《中國小學史》稱：「對揚書的校注，戴震在這方面起著帶頭的作用。」〔註15〕《方言疏證》爲《方言》研究者提供了一個基礎較好的本子。後人在戴氏基礎上繼續羽翼、豐滿它。繼《方言疏證》之後，盧文弨「以考戴氏之書，覺其當增正者尚有也」，廣搜明、清刻本和校本，包括稿本，而作《重校方言》。《重校方言》是繼戴震《方言疏證》之後的又一精校本。其後，劉台拱《方言補校》、王念孫《方言疏證補》、錢繹《方言箋疏》相繼拾補。近現代《方言》研究繼續發展。王國維的《書郭注方言後三》、吳承仕的《方言郭璞注》、吳予天的《方言注商》從不同角度對《方言》進行了校理。現代有關《方言》研究中最值得重視的，是周祖謨《方言校箋》和華學誠的《揚雄方言校釋匯證》。周祖謨用了乾嘉學者沒有見到的古書，如《原本玉篇》、《玉燭寶典》、慧琳《一切經音義》等所引到的《方言》詞句，校勘一過，華學誠更是注意利用出土文獻和現代漢語方言資料疏證《方言》，見解超越前人者甚眾。

後人對《方言》的研究雖有後出轉精之勢，但《方言》研究者對《方言疏證》的借鑒繼承關係亦爲顯見。現以《重校方言》爲例，看戴震校勘成果對後世《方言》研究者的影響。《方言疏證》與《重校方言》的校改內容相同與不同數目列表如下：

---

〔註13〕《文字聲韻訓詁筆記》，262 頁。

〔註14〕《答鄭丈用牧書》，《戴震全書》六，373～374 頁。

〔註15〕胡奇光《中國小學史》，上海人民出版社，2005 年，281 頁。

表13 《方言疏證》與《重校方言》校改內容異同表

| 卷　數 | 戴、盧校改內容相同條數 | 戴、盧校改內容不同條數 | |
|---|---|---|---|
| | | 盧改而戴未改條數 | 戴、盧校改不同條數 |
| 卷一 | 12 | 3 | 1 |
| 卷二 | 16 | 8 | 1 |
| 卷三 | 10 | 5 | |
| 卷四 | 12 | 7 | 2 |
| 卷五 | 14 | 7 | 1 |
| 卷六 | 14 | 7 | 3 |
| 卷七 | 3 | 3 | |
| 卷八 | 7 | 4 | 1 |
| 卷九 | 8 | 4 | 3 |
| 卷十 | 13 | 7 | 4 |
| 卷十一 | 8 | 6 | 2 |
| 卷十二 | 18 | 9 | 2 |
| 卷十三 | 18 | 10 | 4 |

　　由上表可見，於盧文弨校改的 257 條中，有 153 條與戴震校改相同。盧文弨繼承了戴震《方言疏證》的大部分校勘成果。《重校方言》直接指明依據戴本改正的就有 36 處。如《方言》卷三：「撲，鋌，澌，盡也。南楚凡物盡生者曰撲生。物空盡者曰鋌，鋌，賜也。連此撲澌皆盡也。」盧文弨按：「『鋌賜撲澌』舊本誤作『連此撲澌』，今從戴本。」又如卷五：「繑，自關而東周洛韓魏之間謂之綆，或謂之絡。關西謂之繑綆。」盧文弨按：「俗本句末有『綆』字，戴按：《易釋文》、《左氏傳襄九年正義》所引皆無之，有者衍也。」卷八：「鳩，自關而東周鄭之郊韓魏之都謂之鷗鶋，其傷鳩謂之鸝鶋。自關而西秦漢之間謂之鵴鳩，其大者謂之鴶鳩。其小者謂之䳚鳩，或謂鶏鳩，或謂之鶏鳩，或謂之鵴鳩。梁宋之間謂之鷦鴖。」盧文弨按：「即《詩·小雅》『翩翩者雛』，同一字各本誤作『鷦』，又誤連下條『鴖』字，今依戴本改正。」

　　盧文弨校改內容與戴震相同的占 60%，其餘 40% 不同之處亦互有得失。如《方言》卷十二：「效（音皎）、烓，明也。」盧文弨改「效」為「皦」是不正確的。玄應《一切經音義》卷四：「皦，今作皎，同。」《詩·陳風·月出》：「月出皎兮。」《文選·月賦》注引作「皦」。又《王風·大車》：「有如皦月。」陸德明《經典釋文》云：「皦，本又作皎。」可見「皦」「皎」為一對異體字。郭璞注「效」為「皎」，達到音義相互發明的目的。效，《廣韻》胡教切，上古音

匣紐宵部；皎，《廣韻》古了切，上古音見紐宵部，見匣旁紐，二字音近。原文當如戴本作「效」。

戴震目光犀利，善尋其間，往往於不經意處發現問題。盧氏對戴氏的繼承也表現在對戴氏提出問題的進一步考證，或證其是，或證其非。如《方言》卷一：「撏、攓、摭、挻，取也。自關而西秦晉之間凡取物而逆謂之篡，（音饌）楚部或謂之挻。」戴氏《疏證》：「篡各本訛作篡，蓋因注內『饌』字而誤。今訂正。《後漢書・逸民傳》：『揚雄曰：鴻飛冥冥，弋者何篡焉』，宋衷曰：『篡，取也。今人謂以計數取物為篡。』《爾雅・釋詁》：『探、篡、俘，取也。』《說文》：『屰而奪取曰篡。』」盧文弨補充證據曰：「《漢書・衛青傳》：『公孫敖與壯士往篡之。』師古曰：『屰取曰篡。』今定作『篡』。」並進一步考證「篡」字注音之誤：「『音饌』二字乃後人隨手為音，失之不審……『篡』音初患反，不當音饌，故並刪去之。今杭人猶有此語，音近『撮』，蓋即篡聲之轉。」又如：卷六：「佚惕，緩也。」戴震《疏證》：「《廣雅》：『劮嫷，姪也。』各本『嫷』訛作『惕』，『姪』訛作『緩』。今據《廣雅》訂正。」盧文弨指出：「佚惕與佚蕩、佚傷、劮嫷、劮宕同，《漢書・揚雄傳》云：『為人簡易佚蕩』，張宴曰：『佚音鐵，蕩音盪。』晉灼曰：『佚蕩，緩也。』正本此。又蕭該云：『蕩亦作傷。』韋昭音佚為替，蕩為黨。又李善注江淹《恨賦》引《揚雄傳》作『跌宕』，《廣雅》：『劮宕，姪也。』『姪』乃『緩』字之誤，或張揖自以意改之，正不當以《方言》為誤。戴本遽從《廣雅》改此文作『佚嫷，姪也』，不考之《漢書注》，非是，今不從。」考訂之事，本非一人之精力所能盡。前修未密，後人補之。《重校方言》雖多有創獲，然戴震發起之功、奠基之力仍為有目共覩。盧文弨在給丁傑的信中說：「戴君通人，在日文弨敬之愛之，情好甚摯，今此書若無戴君理之於前，使文弨專其事，紕謬當益多，決不止於此區區數條而已。」〔註16〕此乃實事求是之言。戴震在方言學史中承前啟後之功不可低估。

## 三、方法論價值

胡樸安曾說：「二百年來，確有治學方法，立有清一代考據學之基礎，衣被

〔註16〕《抱經堂文集》卷二十。

學者，至今日猶享受之而未盡，則休寧戴東原先生其人也。」〔註17〕戴震以《方言疏證》的實踐向世人昭示其字書研究之科學方法。

　　戴震治學以校勘爲前提，因爲「守訛傳謬者，所據之經，並非其本經」。爲了避免「水流松果之上」之類的笑話出現，戴震整理《方言》首先校訂文字訛誤。戴震校勘不容先入之見的影響，善於發現問題所在，然後從客觀材料出發，廣搜群籍異文和漢儒箋注，廣證細考，參伍考究，憑心得不憑臆測，憑博徵不憑孤證。戴氏這種校勘風格得到後世的高度評價。盧文弨云：「胸有眞得，故能折衷群言，而無徇矯之失。」〔註18〕劉師培也說戴氏「所學長於比勘，博徵其材，約守其例，悉以心得爲憑」〔註19〕。《方言疏証》共改訛字二百八十一個，補脫字二十七個，刪衍字十七個，基本還原了《方言》的原貌。既還《方言》之本來面目後，戴震進一步疏證詞條，解讀古書。「戴震在校勘的基礎上進一步釋義，實邏輯的必然，戴震將此古代解釋學的規律經自己的實踐昭示學人，永爲後世校勘家、訓詁家們立下範式典例，其開創者的貢獻是永不磨滅的。」〔註20〕後人對《方言》的研究基本上是沿著戴震的路子：以校勘爲主而又兼及詞義疏證。

　　戴震疏證《方言》詞義時，「廣搜群籍之引用《方言》及注者，交互參訂」，把語言文字和經傳資料貫穿起來，實現字書與文獻的互證。他這种「以字考經，以經證字」的訓詁方法，不僅確保了結論的可靠性，而且對清代以及近現代的訓詁學意義深遠。段玉裁的弟子陳奐在《說文段注跋》一文中說：「奐聞諸先生曰：『昔東原師之言，「僕之學不外以字考經，以經考字」。余之治《說文》也，蓋竊取此二語而已』。」

　　戴震已充分認識到聲音在訓詁中的作用，他於《六書音均表序》中說：「六經字多假借，音聲失而假借之意何以得？訓詁音聲，相爲表裏。」〔註21〕戴震將其古音學知識和音轉理論運用於《方言》的訓詁，執形以求音，依音而索義。他常常利用文字聲音關係，突破形體束縛，或讀破假借，以求本字；或繫聯同

〔註17〕　《戴東原先生全集序》，《戴震全書》七，171 頁。

〔註18〕　《戴氏遺書序》，《抱經堂文集》卷六。

〔註19〕　劉師培《近代漢學變遷論》，《劉申叔先生遺書》，1541 頁。

〔註20〕　李開《戴震語文學研究》，92 頁。

〔註21〕　《六書音均表序》，《戴震全書》六，384 頁。

源詞，以求詞源義；或用音轉以明方言音變，溝通方言詞，爲讀通《方言》掃清了障礙。黃侃說：「以義訓者，苟取以相明，惟聲訓乃眞正之訓詁。」〔註22〕戴震的因聲求義之法，對當時及其後學術界具有導夫先路的作用。段玉裁因戴氏《方言》《說文》互見本，以十七部的遠近分合解讀《說文》，而成《說文解字注》；朱駿聲更以聲韻統攝全文，而作《說文通訓定聲》。《說文解字注》和《說文通訓定聲》皆爲小學著作之頂峰。

　　戴震疏證《方言》詞條時，常常單線或雙線分析詞義引申，這在前人訓詁學著作中並不多見，戴震開其端睨，給後人留下寶貴經驗。段玉裁《說文解字注》、朱峻聲《說文解字通訓定聲》善推詞義引申，其學術淵源當來自戴震。

　　戴震治學首重校勘的思想，以及他匯綜群籍、因聲求義以及引申推義的訓詁方法都啓迪後學，具有革命性質的影響。所以黃德寬說：「顧炎武、戴震文字學方面的著作不多，但他們的主張和理論方法對清代學者的影響極深，即使在今天也仍然具有借鑒的價值。」〔註23〕

# 第二節　《方言疏證》的不足

## 一、校勘方面的不足

　　《方言疏證》雖被認爲是清人《方言》校勘中最爲精審的一部書，但限於各種條件，《方言疏證》還存在漏校和誤校之處。例如《方言》卷十：「悃、憗、頓愍，惛也。南楚飲毒藥懣謂之氏惆，亦謂之頓愍，猶中齊言眠眩也。」「飲毒藥懣」當爲「飲藥毒懣」。本書卷三云：「凡飲藥傅藥而毒，南楚之外謂之瘌。東齊海岱之間謂之眠，或謂之眩。」《廣雅》：「悃、憗、頓愍、眠眩，惑亂也。」王念孫《疏證》引《方言》此條作「飲藥毒懣」。「藥」「毒」二字誤倒，戴震未乙。又如《方言》卷六：「絓、挈、憍、介，特也。楚曰憍，晉曰絓，秦曰挈。物無耦曰特，獸無耦曰介。飛鳥曰雙，鴈曰乘。」「飛鳥」前當有「二」字。《說文》：「隻，鳥一枚曰隻也。從又持隹。持一隹曰隻，持二隻曰雙。」則「雙」指二鳥。故慧琳《音義》引《方言》作：「雙，二飛鳥也。」

---

〔註22〕《文字聲韻訓詁筆記》，190 頁。

〔註23〕《漢語文字學史》，安徽教育出版社，1990 年，134 頁。

《廣雅》：「雙、耦、匹、乘，二也。」《古今韻會舉要》：「物雙曰乘。」揚雄《解嘲》：「乘鴈集不爲之多，雙鳧飛不爲之少。」「乘鴈」與「雙鳧」相對爲文。周祖謨《方言校箋》將「飛鳥曰雙，鴈曰乘」單獨分條，並按：「慧琳《音義》卷六引《方言》：『雙，二飛鳥也。』卷七引《方言》：『二飛鳥曰雙』，是今本飛上當有『二』字。」「鴈曰乘」當蒙上文省「二」字。戴震未補此處脫文。以上爲漏校之例，《方言疏證》中還有誤校之處。例如：《方言》卷十三：「謦、睌，忘也。」《疏證》云：「『謷』各本訛作『謦』，今訂正。《說文》云：『謷者，忘而息也。』《廣雅》：『謷、睌，忘也。』義本此。」錢繹《方言箋疏》不從戴氏改，並按：「若原本作謷，郭氏何以無音？」但「謷」之訓「忘」，文獻未見。《方言》「謦」字蓋「聲」字之訛，二字形近。《說文新附》：「聲，不聽也。從耳敖聲。」《玉篇》：「聲，《廣雅》云不入人語也。」《新唐書·元結列傳》：「樊左右皆漁者，少長相戲，更曰聲叟。彼誚以聲者，爲其不相從聽，不相鉤加。」「忘」，《說文》云：「不識也。」段玉裁《說文解字注》云：「忘，不識也。識者，意也。今所謂知識，所謂記憶也。從心亡聲。」《集韻》：「忘，棄忘也。」「忘」爲不記憶，與「聲」不入人語義相近。文獻有訛「聲」爲「謦」者，如《二十五史·宋史·志·卷二百五·志第一百五十八》校勘記云：「『晞』原作『希』，『謦』原作『聲』，並誤。《書錄解題》卷十、《遂初堂書目》有黃晞撰《聱隅子》，本書卷四五八《本傳》，稱其『自號聱隅子，著《歔欷瑣微論》十卷』。上文儒家類著錄《聱隅子歔欷瑣微論》，注云黃晞撰，今改。」戴震改「謦」爲「謷」當爲誤改。

## 二、訓詁方面的不足

戴震吸收了傳統的訓詁經驗，又結合自己的訓詁實踐，利用了自顧炎武以來古音研究的成果，建立起了比較完整的訓詁學理論體系，總結出一套行之有效的詞義考釋方法。他既運用語言規律推求詞義；又能依據聲音，因聲求義，把字的形、音、義三者結合起來互相推求；並克服了傳統訓詁學長於考釋通義詞，疏於考釋名物之病，將名物的考釋與通義詞的訓詁並重，爲讀通《方言》掃清了障礙。然而戴震雖逐條疏證，但仍有缺而不疏之處，這實爲一種缺憾。例如：

　　擎，楚謂之紉。（卷六）

　　捇，離也。（卷七）

　　膊，兄也。（卷十）

　　緤，緒也。（卷十）

　　將，威也。（卷十二）

　　嫣、娗，傷也。（卷十二）

　　饘、餕，饋也。（卷十二）

　　趙，小也。（卷十二）

　　效，文也。（卷十二）

　　忽、達，芒也。（卷十三）

　　曉，嬴也。（卷十三）

　　《方言疏證》訓詁上也存在一些失誤。例如：《方言》卷一：「嫒、蟬、繟、撚，未續也。楚曰嫒。蟬，出也。楚曰蟬，或曰未及也。」《疏證》：「《廣雅》：『繟、剺、接、撚、未、連、似、粟、屬、結，續也。』繟、撚、未，三字取之此條，是自未以上五字，各自句絕。『嫒』『蠉』古通用。蟲行也。蟬，《玉篇》云：『蟬連，繫續之言也。』繟，《玉篇》云：『續也。』撚，《廣韻》云：『以指撚物。』皆有連續之意。未續，應謂欲續而未結繫。未及則猶有間斷。《廣雅》失之。『楚曰嫒』三字句絕。『蟬』、『出』語之轉，故『蟬』又爲『出』。」因「未」之訓「續」不得其解，戴震故以「未續」「未及」連讀，並以「欲續而未結繫，未及則猶有間斷」解釋之。然上文「嫒、蟬、繟、撚」皆有「續」義，不得訓爲「未續」。王念孫《廣雅疏證》以爲「未」爲「末」字之訛，云：「未與續義不相近。《方言》、《廣雅》『未』字，疑皆『末』字之訛。《方言》：『末，隨也。』隨亦相續之意。」朱駿聲《說文通訓定聲》以「未」借爲尾字，云：「《荀子‧正論》且徵其未也。注：謂將來，又借爲尾。按：《方言》一：『未，續也。或曰未，及也。』王氏《廣雅疏證》疑爲『末』之誤字。非是。」吳予天《方言注商》補證朱氏說云：「未即尾之聲轉，唇音自相轉也，《易‧遯卦》『遯尾』注：『尾之爲物，最在後體者也。』《國策‧秦策》『王若爲此尾』注：『後也。』蓋古人以尾聯續於體後，而轉其義爲續爲尾。『尾』聲轉爲『未』聲，此上文未之所以訓續也。」以「未」爲「尾」之方言音變較爲可信。

　　正如胡三省《新注資治通鑒序》所云：「人苦不自覺，前注之失，吾知之，吾注之失，吾不能知也。」〔註 24〕《方言疏證》亦有不縝密之處，所以自該書問世之後，學者們多有匡正。但是，這些失誤均是白璧微瑕，絲毫不影響《方言疏證》在方言學史、訓詁學史上熠熠生輝的地位。

---

〔註24〕司馬光著，胡三省音注《資治通鑒》，中華書局，1956年。

# 參考文獻

1. 戴震《方言疏證》〔M〕，四庫全書本、微波榭叢書本。

2. 陳與郊《方言類聚》〔M〕，四庫全書存目叢書本。

3. 盧文弨《重校方言》〔M〕，乾隆四十九年線裝本。

4. 沈齡《續方言疏證》二卷〔M〕，續修四庫全書本。

5. 錢繹《方言箋疏》〔M〕，北京：中華書局，1991 年。

6. 周祖謨《方言校箋》〔M〕，北京：中華書局，1993 年。

7. 張岱年等《戴震全書》〔M〕，合肥：黃山書社，1997 年。

8. 王念孫《方言疏證補》〔M〕，影印湖北省圖書館藏民國二十七年嚴氏蕡園刻本。

9. 許慎《說文解字》〔M〕，北京：中華書局，2002 年。

10. 段玉裁《說文解字注》〔M〕，杭州：浙江古籍出版社，1998 年。

11. 段玉裁《經韻樓集》〔M〕，上海：上海古籍出版社，2008 年。

12. 朱駿聲《說文通訓定聲》〔M〕，武漢：武漢古籍書店，1983 年。

13. 陳彭年《大宋重修廣韻》〔M〕，北京：中國書店，1982 年。

14. 王念孫《廣雅疏證》〔M〕，北京：中華書局，1983 年。

15. 王念孫《讀書雜志》〔M〕，杭州：浙江古籍出版社，1985 年。

16. 王引之《經義述聞》〔M〕，杭州：浙江古籍出版社，1985 年。

17. 華學誠《揚雄方言校釋匯證》〔M〕，北京：中華書局。2006 年。

18. 王力《同源字典》〔M〕，北京：商務印書館，1982 年。

19. 唐作藩《上古音手冊》〔M〕，南京：江蘇人民出版社，1982 年。

20. 徐中舒等《漢語大字典》〔M〕，湖北辭書出版社，四川辭書出版社，1992 年。

21. 宗福邦等《故訓匯纂》〔M〕，北京：商務印書館，2003 年。

22. 羅竹風等《漢語大詞典》〔M〕，上海：漢語大詞典出版社，1997 年。

23. 杜預《春秋左傳集解》〔M〕，上海：上海人民出版社，1997 年。

24. 司馬遷著、斐駰集解、司馬貞索隱《史記》〔M〕，北京：中華書局，1959 年。

25. 班固撰、顏師古注《漢書》〔M〕，北京：中華書局，1996 年。

26. 趙爾巽等《清史稿》〔M〕，上海：上海古籍出版社，1986 年。

27. 《十三經注疏》〔M〕，上海：上海古籍出版社，1997 年。

28. 蕭統編、李善注《文選》〔M〕，上海：上海古籍出版社，1986 年。

29. 《四庫全書》〔M〕，文淵閣電子本。

30. 《諸子集成》〔M〕，長沙：嶽麓書社，1996 年。

31. 王寧《訓詁學原理》〔M〕，北京：中國國際廣播出版社，1996 年。

32. 陸宗達、王寧《訓詁方法論》〔M〕，北京：中國社會科學出版社，1983 年。

33. 白兆麟《新著訓詁學引論》〔M〕，上海：上海辭書出版社，2005 年。

34. 李先華《〈說文〉與訓詁語法論稿》〔M〕，合肥：安徽大學出版社，2005 年。

35. 洪誠《訓詁學》〔M〕，南京：江蘇古籍出版社，1984 年。

36. 馬景侖《段注訓詁研究》〔M〕，南京：江蘇教育出版社，1997 年。

37. 胡樸安《中國訓詁學史》〔M〕，北京：中國書店，1983 年。

38. 周祖謨《文字音韻訓詁論集》〔M〕，北京：北京大學出版社，2000 年。

39. 洪誠《洪誠文集》〔M〕，南京：江蘇古籍出版社，2000 年。

40. 李開《戴震語文學研究》〔M〕，南京：江蘇古籍出版社，1998 年。

41. 李開《戴震評傳》〔M〕，南京：南京大學出版社，2006 年。

42. 黃侃《文字聲韻訓詁筆記》〔M〕，上海：上海古籍出版社，1983 年。

43. 程千帆、徐有富《校讎廣義》〔M〕，濟南：齊魯書社，1998 年。

44. 錢玄《校勘學》〔M〕，南京：江蘇古籍出版社，1998 年。

45. 蔣元卿《校讎學史》〔M〕，合肥：黃山書社 1985 年。

46. 陳垣《校勘學釋例》〔M〕，上海：上海書店出版社，1997 年。

47. 黃德寬《漢語文字學史》〔M〕，合肥：安徽教育出版社，1990 年。

48. 何九盈《中國古代語言學史》〔M〕，廣州：廣東教育出版社，2005 年。

49. 華學誠《漢語方言學史研究》〔M〕，臺北：藝文印書館，2001 年。

50. 黃伯榮、廖序東《現代漢語》〔M〕，北京：高等教育出版社，1991 年。

51. 郭錫良《古代漢語》〔M〕，北京：北京出版社，1981 年。

52. 徐道彬《戴震考據學研究》〔M〕，合肥：安徽大學出版社，2007 年。

53. 王寶剛《〈方言箋疏〉因聲求義研究》〔M〕，上海：上海辭書出版社，2004 年。

54. 盧文弨《抱經堂文集》〔M〕，北京：中華書局，1990 年。

55. 《四庫全書總目提要》〔M〕，北京：中華書局，1987 年。

56. 梁啓超《論中國學術思想變遷之大勢》〔M〕，北京：中華書局，1936 年。

57. 梁啓超《中國近三百年學術史》〔M〕，天津：天津古籍出版社，2003 年。

58. 梁啓超《清代學術概論》〔M〕，上海：上海古籍出版社，2005 年。

59. 錢穆《中國近三百年學術史》〔M〕，臺北：臺灣商務印書館，1957 年。

60. 胡適《清代學者的治學方法・胡適文集》二〔M〕，北京：北京大學出版社，1998 年。

61. 華學誠《周秦漢晉方言研究史》〔D〕，上海：華東師範大學，2001 年。

62. 吳澤順《漢語音轉研究》〔D〕，長沙：湖南大學，2004 年。

63. 馮曉麗《戴震、盧文弨〈方言〉校勘比較研究》〔D〕，長春：吉林大學，2004 年。

64. 劉巧芝《戴震〈方言疏證〉同族詞研究》〔D〕，重慶：西南師範大學，2005 年。

65. 華學誠《〈方言〉校釋零劄八則》〔J〕，《古漢語研究》，2006 年，（1）：48～51。

66. 吳澤順《從王氏四種看先秦文獻語言的音轉規律》〔J〕，《青海師範大學學報》（哲學社會科學版）1991 年，（1）：66～71。

67. 王平《戴震〈方言疏證〉中的聲轉和語轉》〔J〕，《山東師大學報》（社會科學版），1988 年，（1）：78～81。

68. 劉川民《〈方言箋疏〉校勘評議》〔J〕，《浙江大學學報》（人文社會科學版），1998 年，（4）：70～76。

69. 鄧躍敏《戴震〈方言疏證〉的校勘成就》〔J〕，《求索》，2007 年，（1）：183～185。

70. 朱國理《試論轉語理論的歷史發展》〔J〕，《古漢語研究》，2002 年，（1）：32～36。

71. 程明安《論顏師古注〈漢書〉的異文》〔J〕，《語言研究》，2003 年，（4）：62～67。

# 致　謝

　　本書是在博士學位論文基礎上修改而成的。論文的寫作得到導師楊應芹教授的悉心指導。選題時，導師指出本課題的可寫性，並幫助搜集資料。修改時，導師更是不辭辛苦地審閱披覽，指導批示，即便是文字、標點這樣的錯誤，導師都要一一指正。導師為本論文的完成傾注了大量的心血，在此，謹向導師表示誠摯的感謝！

　　在開題報告會和答辯會上，本論文得到了南京師範大學董志翹教授、郁賢皓教授，湖北大學胡錦賢教授，安徽師範大學李先華教授，安徽大學白兆麟教授、黃德寬教授、徐在國教授的鼓勵和指導，在此向他們致以誠摯的敬意！還感謝那些默默無聞工作的老師們，是他們為我們創造了良好的學習環境。

　　感謝我愛人胡根生對我一貫的理解和支持，他崇尚知識的理念對我影響至深。

　　最後，向所有直接或間接幫助本書出版的老師、編輯表示感謝並致以崇高的敬意！